rororo

rororo

Dudley W. Buffa hat zehn Jahre als Strafverteidiger in Oregon gearbeitet, ist ausgebildeter Politikwissenschaftler und weiß aus eigener Erfahrung, wovon er in seinen Romanen erzählt. Er leitet das «Institute for The New California», das Auswirkungen der modernen Kommunikationstechnologie auf die Politik des 21. Jahrhunderts erforscht. Buffa lebt in Walnut Creek, Kalifornien, und hat bislang einen Roman veröffentlicht: «Nichts als die Wahrheit».

D. W. Buffa

Nichts als Lügen Roman

Antonellis zweiter Fall

Deutsch von Pociao und
Roberto de Hollanda

Rowohlt Taschenbuch Verlag

Die Originalausgabe erschien 1999
unter dem Titel «The Prosecution»
bei Henry Holt, New York
Umschlaggestaltung any.way, Cathrin Günther
(Foto: Premium / Panoramic Images / F. Fier)

Veröffentlicht im Rowohlt Taschenbuch Verlag GmbH,
Reinbek bei Hamburg, Juli 2002

Redaktion Micheline Rampe
Gesamtherstellung Clausen & Bosse, Leck
Printed in Germany
ISBN 3 499 23242 1

Die Schreibweise entspricht den Regeln
der neuen Rechtschreibung.

Für Hal Martin

Danksagung

Michael Naumann war der beste Verleger und Freund, den sich ein Autor wünschen kann. Rachel Klauber-Speiden ließ mir, nicht zum ersten Mal, alle Unterstützung zukommen, die ein Lektor geben kann, und Mary Erwin war mir eine ständige Quelle der Ermutigung.

Die Übersetzer bedanken sich bei Dr. Dietrich Welp für seine fachliche Beratung.

1

Lügen ist mir immer leichter gefallen, als die Wahrheit zu sagen. Als Kind bin ich einmal auf die Arbeitsplatte in der Küche geklettert, um an die Keksdose zu kommen, und habe dabei die Lieblingsvase meiner Mutter aus Kristall heruntergeworfen. Als sie auf dem Küchenboden zerschellte, wusste ich, dass ich so gut wie tot war, falls das herauskam. Vorsichtig sammelte ich die Glasscherben auf und versuchte, sie hinter den Töpfen und Pfannen im Küchenschrank zu verstecken. Am gleichen Abend fragte mich mein Vater mit einer großen Scherbe in der Hand, ob ich irgendetwas dazu sagen könne. Ich tat, was jeder getan hätte: Ich stritt alles ab.

Er glaubte mir nicht. Er setzte sich in seinen Sessel, legte mir die Hand auf die Schulter und begann, mir von George Washington und dem Kirschbaum zu erzählen. Da wusste ich, dass ich geliefert war. Diese Geschichte war allgegenwärtig. Man konnte nicht vor ihr weglaufen. Alle Väter erzählten sie ihren Söhnen und jede Lehrerin ihrer Klasse. Wir konnten die Grundschule verlassen, ohne die geringste Ahnung von amerikanischer Geschichte zu haben, aber wir waren uns immer bewusst, dass der junge George uns alles vermasselt hatte, als er sein berühmtes Geständnis ablegte: «Vater, ich kann nicht lügen.»

Ich stand da und starrte auf meine Schnürsenkel. Es gab kein Entkommen, trotzdem brachte ich es nicht fertig, den Blick zu heben und genau diese Worte auszusprechen. Ich konnte nur nicken und hoffen, dass dieses quälende, stumme Eingeständnis die einzige Strafe blieb, die ich auf mich nehmen musste. Doch schon damals war mir nicht so ganz klar, ob die Lektion «du sollst nicht lügen» hieß oder «du darfst dich nicht erwischen lassen».

Ich habe nicht immer im Leben die Wahrheit gesagt, aber nie vor Gericht gelogen, obwohl ich Jahre damit verbrachte, Mörder, Vergewaltiger und Diebe zu verteidigen. Ich brauchte nicht zu lügen, denn das Gesetz gestattete es mir, Menschen freizuboxen, obwohl sie eine Strafe verdient hatten. Ich wollte ein Anwalt sein, der keinen Fall verliert, weil all seine Mandanten unschuldig sind. Stattdessen wurde ich einer, der andere daran hinderte, zu beweisen, dass mein Mandant schuldig war.

Ich kannte keine Gewissensbisse, keine Albträume wegen meiner Arbeit oder der Art, wie ich sie erledigte. Ich war ein Strafverteidiger, der geschworen hatte, seine Mandanten so gut wie möglich zu verteidigen. Sobald ein Verfahren zu Ende ging, begann das nächste, und ich machte mir keine Gedanken darüber, was passieren könnte, wenn ein Schuldiger freigesprochen wurde. Nicht, bis im Rahmen eines ausgeklügelten Racheaktes der einzig wahrhaft unschuldige Mann, dem ich jemals begegnet war, des Mordes angeklagt und ich von der einzigen Frau, die ich jemals geliebt hatte, verlassen wurde.

Leopold Rifkin war der ehrenwerteste und anständigste Mensch, den ich jemals kennen gelernt hatte. Als ranghöchster Richter am Circuit Court hatte er alles getan, was in seiner Macht stand, um mir zu helfen, als ich mit dem Jura-Examen in der Tasche aus Harvard kam und keine Ahnung hatte, wie man eine Gerichtsverhandlung führt. Vom ersten Tag an war ich fasziniert von seinem brillanten

Verstand. Er war auf eine Art gebildet, von der ich nur träumen konnte, studierte die Klassiker in ihren Originalsprachen und besaß die größte Privatbibliothek, die ich je gesehen hatte. Nachdem ich mir den Ruf eines ziemlich erfolgreichen Anwalts erkämpft hatte, machte er sich Sorgen, weil ich meine Fälle zu häufig gewann, und fragte mich, ob mir bewusst sei, welchen Preis ich möglicherweise eines Tages dafür bezahlen müsse.

Der Tag, vor dem er mich warnte, kam tatsächlich, und der Preis war höher, als selbst Leopold Rifkin sich hatte vorstellen können. Wahrscheinlich steckt eine gewisse Ironie des Schicksals dahinter, dass ich, als ich mich zum ersten Mal mehr um den Angeklagten sorgte als um mich selbst, auch zum ersten Mal das Gefühl verspürte, den Fall verlieren zu können. Da ich dieses Risiko nicht eingehen wollte, verteidigte ich ihn für ein Verbrechen, das er nicht begangen hatte, indem ich selbst ein Unrecht beging. Ich hatte einen Zeugen zu einem Meineid veranlasst, und Leopold Rifkin konnte den Gerichtssaal als freier Mann verlassen. Einige Tage später beging er Selbstmord, und am Tag seiner Beerdigung war Alexandra, die Frau, die ich heiraten wollte, aus meinem Leben verschwunden.

Mehr als ein Jahr war vergangen, seitdem ein Gericht Leopold Rifkin wegen eines Mordes, den er nicht begangen hatte und für den er niemals hätte angeklagt werden dürfen, freigesprochen hatte. Mehr als ein Jahr auch, seit ich meinen Anwaltsberuf an den Nagel gehängt und keinen Gerichtssaal mehr betreten hatte. Es gab viel zu viele Erinnerungen, viel zu viele Dinge, über die ich nicht nachdenken wollte. Hätte mich Horace Woolner nicht darum gebeten, wäre ich wahrscheinlich nie wieder dort erschienen.

Der Protokollführer träumte vor sich hin, seine Finger lagen auf den stummen Tasten seiner Maschine. Am Anwaltstisch starrte ein Assistent des Staatsanwalts mürrisch zu Boden, die Hände in den Taschen seines dunkelblauen Anzugs vergraben. Als einziger Zuschauer saß ich auf einer der hinteren Holzbänke und dachte an das letzte Mal zurück, als ich in einem Verfahren, in dem ich einen Zeugen überredet hatte, die Unwahrheit zu sagen, auf die Urteilsverkündung der Geschworenen gewartet hatte.

Nun saß Horace Woolner auf der Richterbank und führte den Vorsitz einer eher harmlosen Verhandlung. Entschlossen, der Welt zu demonstrieren, was er von ihr hielt, hob der Häftling die gefesselten Hände und zeigte die Mittelfinger als Symbol seines geballten Widerstands. Der Hilfssheriff, der nur wenig entfernt stand, machte einen Schritt auf ihn zu. Woolner hob die Hand und schüttelte den Kopf. Der Beamte blieb stehen und trat wieder zurück.

Daraufhin stützte sich Woolner auf die Richterbank, beugte sich mit riesigen Schultern vor und kniff die Augen zusammen, um den Mann, den er soeben verurteilt hatte, von oben bis unten zu mustern.

«Das macht sechs Monate wegen Beleidigung des Gerichts», sagte er schließlich. «Im Anschluss an die vierundzwanzig Monate, die Sie gerade wegen Einbruchs bekommen haben.»

Sein Anwalt versuchte vergeblich, ihn zu bremsen. Erneut stieß der Häftling eine wüste Beschimpfung aus und zeigte die beiden Mittelfinger. Seine blauen Augen blitzten vor Wut. Der Beamte packte ihn an der Schulter und drückte ihn auf den leeren Stuhl nieder, während der Verteidiger mit offenem Mund zusah.

«Sie kannten doch die Höhe der Strafe, bevor Sie hereingeführt wurden. Es wurde auf schuldig plädiert», erklärte Horace und wedelte mit einem achtseitigen, an der Ecke zusammengehefteten Schriftsatz. «Es ist bereits Ihre zweite Verurteilung. Sie wussten genau, woran Sie waren, und auch, welches Strafmaß die Richtlinien vorschreiben. Wir sind Ihr Schuldeingeständnis zusammen durchgegangen.» Er zeigte auf das Dokument. «Sie haben darin erklärt, dass Sie es verstanden und mit Ihrem Anwalt besprochen haben. Es kann Sie nicht überrascht haben, Mr. Merriweather. Und trotzdem müssen Sie Ihre kleine Show abziehen, um zu beweisen, was für ein harter Brocken Sie sind. Was soll das Spielchen?»

Der Angeklagte wand sich unter dem harten Griff, der ihn auf dem Stuhl festhielt, und beschränkte sich auf finsteres Schweigen.

«Ich kann Ihnen weitere sechs Monate aufbrummen, wenn Sie das wollen», warnte Horace. Seine tiefe Stimme schien gleichzeitig von überall herzukommen. «Und dann können Sie mir wieder den Mittelfinger zeigen, und wir machen immer so weiter.»

Der Beamte drückte den Häftling mit aller Kraft auf den Stuhl. Merriweather hatte das schlanke, muskulöse Äußere, das Häftlinge seines Alters oft besitzen. Die Sehnen am Hals traten vor Anspannung hervor.

«Lassen Sie ihn los», sagte Woolner und erhob sich.

Man konnte die Überraschung auf Merriweathers Gesicht sehen, als Woolner um die Richterbank herum auf ihn zukam. Es war eine Sache, einen massigen schwarzen Mann mit grauen Schläfen und einer Robe über den breiten Schultern herauszufordern, aber es war etwas ganz anderes, zu sehen, wie sich die Entfernung zwischen einem selbst und dem stiernackigen Mann verringerte, der mindestens eins neunzig maß und mehr als hundert Kilo auf die Waage brachte, einem Mann, der mit eiskaltem Selbstvertrauen näher kam.

«Was …?», fragte er, während seine Augen vom Richter zum Hilfssheriff und wieder zurück zum Richter schossen.

Woolner blieb direkt vor dem Häftling stehen, legte ihm seine riesige Pranke auf die Schulter und sah ihm in die Augen.

«Ich wünschte, ich müsste das nicht tun», erklärte er mit leiser, ruhiger Stimme, «aber ich habe keine andere Wahl. Bringen wir es hinter uns wie Männer.»

Die Anspannung schien aus dem Häftling zu weichen. Während Woolner die Hand auf seiner Schulter behielt, sackte er zusammen, senkte den Blick und nickte langsam.

«Fangen wir also nochmal ganz von vorn an», erklärte Woolner und nahm wieder in seinem Richtersessel Platz.

Als er jetzt neben seinem Anwalt stand, wirkte Merriweather kleiner und jünger als zuvor.

«Gemäß Strafgesetzbuch verurteile ich Sie hiermit zu vierundzwanzig Monaten Jugendstrafe.» Dann setzte Woolner mit ruhiger, entschiedener Stimme hinzu: «Möchten Sie noch etwas zu der Strafe sagen?»

Merriweather stand da und zwinkerte nervös mit den Augen.

«Möchten Sie noch etwas dazu sagen, Mr. Merriweather?», wiederholte der Richter.

Diesmal verstand Merriweather. «Nein, Sir», antwortete er höflich und schüttelte heftig den Kopf.

«Sehr schön. In diesem Fall wird Ihnen die sechsmonatige Strafe wegen Beleidigung des Gerichts erlassen.» Als der Beamte den Häftling abführen wollte, fuhr Woolner fort: «Noch eins, Mr. Merriweather. Das ist bereits Ihre zweite Verurteilung. Lassen Sie es dabei bewenden. Sie verstehen, was ich meine?»

Der Häftling wurde aus dem Gerichtssaal geführt, und die Anwälte begannen, ihre Unterlagen einzusammeln.

«Willkommen zurück im Strafgericht, Mr. Antonelli», rief Woolner mit klarer, jovialer Stimme von seinem Platz auf der Richterbank.

Beide Anwälte hielten inne und blickten auf.

«Ganz richtig, Gentlemen, Joseph Antonelli existiert tatsächlich.»

Er führte mich in sein Amtszimmer, wo ich mich vor seinen Schreibtisch setzte und beobachtete, wie er die schwarze Robe ablegte und an den Kleiderständer neben der Tür hängte.

«Alma bringt mich um», sagte er, während er ein Loch auf seiner Hose begutachtete. «Den Anzug habe ich erst letzte Woche gekauft», erklärte er und setzte sich auf seinen Stuhl hinter dem Schreibtisch. «Sie bringt mich um. Ich muss mir das unbedingt abgewöhnen!»

Kaum hatte er die Worte vor sich hin gemurmelt, brach er in tiefes, polterndes Lachen aus.

«Als dieser Junge mir den Finger zeigte, war ich so wütend, dass ich mir den Füller ins Bein gebohrt habe. Gott sei Dank ist es aus Holz!»

«Sie sahen gar nicht so wütend aus. Eher so, als hätten Sie alles unter Kontrolle.»

Es war schon fast ein Instinkt, der ihn dazu trieb, Lob abzulehnen.

«‹Richter prügelt zweiundzwanzigjährigen Angeklagten

zu Tode!› Keine gute Schlagzeile, wenn man kurz vor der Wiederwahl steht, was?»

«Sie haben ihn vor sich selbst gerettet, und das kriegt niemand zu lesen», gab ich zurück.

Er winkte ab. «Er ist doch bloß ein verkorkstes Bürschchen. Man kann ihm keinen Vorwurf machen. Die Eltern waren beide Drogenhändler. Was soll man bei so einer Ausgangsposition schon tun?»

Seine Stimme war so leise geworden, dass ich ihn beim Sprechen atmen hören konnte. Er lehnte sich im Schreibtischsessel zurück und ließ den Blick über die Bücherregale an der Wand schweifen. Die Jalousien an dem einzigen Fenster waren hochgezogen; das graue Licht warf einen trostlos fahlen Schein auf den Tisch und unsere Gedanken.

«Bis heute Morgen hatte ich keine Ahnung, dass Sie in Leopolds Gerichtssaal umgezogen sind.»

Horace starrte aus dem Fenster. «Ich wollte es nicht», antwortete er schließlich und sah mich an. «Ich hielt es nicht für richtig, außerdem mochte ich meinen alten. Er war größer, und ich hatte mich daran gewöhnt. Aber als Leopold starb» – er zögerte taktvoll und vermied jede Anspielung auf den Selbstmord –, «wollte ich nicht, dass irgendwer ihn übernimmt.» Er schüttelte verächtlich den Kopf. «Alle waren von seiner Schuld überzeugt, obwohl er freigesprochen wurde.»

Er warf den Kopf zurück. «Komisch, was? Wir sind die Einzigen, die wissen, was wirklich passiert ist, und Sie haben sein Haus geerbt und ich seinen Gerichtssaal …»

Er zögerte und sagte: «Sie haben sich verändert, Joe. Sie wirken entspannter.» Dann änderte er seine Meinung. «Nein, das ist es nicht. Konzentrierter.» Strahlend fügte er hinzu: «Das ist es, was? Es ist die verdammte Bibliothek. Sie werden langsam wie Leopold. Es ist derselbe Blick, irgendwas jenseits der Augen.»

«Ach was, die einzige Veränderung ist, dass ich nicht ein paar Dutzend Fälle im Kopf habe und ständig daran denken muss, wann mein nächster Termin ist, Horace.»

Er beugte sich vor, warf mir einen verschmitzten Blick zu und kam zur Sache. «Leopold hat nie getan, was Sie machen. Er hat sich nie hinter schmiedeeisernen Gittern verkrochen und den ganzen Tag in der Bibliothek verbracht. Er kam her, fünfmal pro Woche, jahrein, jahraus, und hat seine Arbeit getan. Er kam Morgen für Morgen, denn er wusste, dass er uns gegenüber eine Verpflichtung hatte. Und die haben Sie auch. Sie sind ein verdammt guter Anwalt», sagte er energisch, «und es ist höchste Zeit, dass Sie wieder an die Arbeit gehen.»

«Das hatten wir schon mal, Horace. Ich komme nicht zurück. Ich kann nicht.»

Er verschränkte die Arme vor der Brust und strich sich mit der Hand über die Wange. Dann sah er mich über das Schweigen hinweg an. «Es gibt etwas, worüber ich mit Ihnen reden will», sagte er schließlich. «Erinnern Sie sich an den Mord an Marshall Goodwins Frau?»

Marshall Goodwin war stellvertretender Staatsanwalt am Circuit Court. Seine Frau war einem grausamen Verbrechen zum Opfer gefallen, das nie aufgeklärt werden konnte. Ich hatte die Einzelheiten vergessen, aber das, woran ich mich erinnerte, war schlimm genug.

«Sie wurde irgendwo in einem Hotelzimmer ermordet. Man hat ihr die Kehle durchgeschnitten.»

«Das ist richtig. Kennen Sie Goodwin?», fragte Horace.

Er ballte die langen dicken Finger zu einer Faust und öffnete sie wieder, mehrmals hintereinander, als wäre es eine rituelle Übung.

«Ich habe ein paar Fälle gegen ihn verteidigt, er war gut.»

«Ich habe ihn eingestellt», erklärte Horace, während er auf seine Hände blickte. «Vermutlich ist er der beste Ankläger, den ich je hatte. Immer auf Zack. Meistens hat auch er gewonnen», fügte er hinzu und sah zu mir auf. «Außer, wenn er Sie als Gegner hatte.»

Ich vermisste den Gerichtssaal, aber die Vergangenheit war so weit von meinem jetzigen Leben entfernt, dass es mir vorkam, als erklärte er mir, wie gut ich früher auf der High School gewesen war. Es spielte keine Rolle mehr, nicht mal als nostalgische Erinnerung.

Horace fing an, mit einem Kugelschreiber rhythmisch auf den Tisch zu klopfen. «Seine Frau hieß Nancy», sagte er eindringlich. «Eine ausgesprochen nette Person. Sie arbeitete für eine Elektronikfirma. Als sie umgebracht wurde, war sie auf einer Konferenz in Corvallis. Eine der wenigen Nächte, die sie nicht zu Hause verbrachte.»

Horace ließ den Kugelschreiber fallen und griff in seine Schublade. Er zog eine umfangreiche, mit dickem Gummiband verschlossene Mappe heraus.

«Vor drei Monaten wurde in Los Angeles ein Mann namens Travis Quentin wegen Doppelmord verhaftet. Er hatte eine Frau und einen Mann im Schlaf umgebracht. Die typischen Vorstrafen, die man bei einem Kerl wie ihm erwartet, Schwerverbrechen, bewaffneter Raub, Überfälle. Sie haben ihn auf frischer Tat ertappt, und da macht er ihnen den Vorschlag, in einem anderen Mordfall auszupacken, wenn sie dafür die Todesstrafe fallen lassen und auf lebenslänglich plädieren würden. Nach seiner Aussage benachrichtigen sie die Polizei in Oregon, die Quentin verhört und eigene Ermittlungen anstellt. Hier ist das, was sie rausgekriegt haben», erklärte er und legte die Hand auf die Akten. «Ich bin mir nicht sicher, ob es ausreicht.» Einen Augenblick starrte er nachdenklich zu Boden. «Vielleicht will ich aber auch nur nicht wahrhaben, dass es reicht», sagte er schließlich und sah auf.

Ich war jedem Wort, das Horace gesagt hatte, gefolgt und wusste, warum er es nicht glauben wollte.

«Glaubt die Polizei, dass Goodwin seine Frau getötet hat?»

«Dass er jemanden damit beauftragt hat. Goodwin war hier», antwortete er und deutete mit dem Kinn auf die Tür, die zum Vorzimmer und auf den Gang führte. «Als seine Frau aufgeschlitzt wurde, saß Marshall Goodwin in einem Sitzungszimmer der Staatsanwaltschaft und bereitete sich auf die Verhandlung am nächsten Tag vor, einen Mordprozess. Können Sie sich ein besseres Alibi vorstellen?»

Mir fiel etwas ein. «Er hat doch wieder geheiratet, nicht wahr?»

Horace nickte. «Ja, ungefähr ein Jahr nach dem Mord an seiner Frau. Kristin Maxfield, auch Staatsanwältin. So haben sie sich kennen gelernt. Alle Welt glaubte, es sei das Beste, was ihm passieren konnte.»

Horace stützte eine Hand auf den Tisch und die andere auf die Armlehne des Stuhls und stemmte sich hoch. Dann straffte er die Schultern und verlagerte das Gewicht auf die beiden Beinprothesen, die ihm seit mehr als einem halben Leben Beweglichkeit schenkten. Aus dem Augenwinkel sah er, wie ich ihn beobachtete.

«Mag sein, dass ich damit kein Wettrennen gewinnen kann, aber Sie sollten mal sehen, was ich mit einer Tür anstellen kann, wenn ich sauer bin!» Er trat ans Fenster und sah zum Himmel auf. «So was bringt mich auf die Palme», sagte er mit gedämpfter Stimme und zeigte auf die dicke Mappe auf dem Schreibtisch. «Dass einer von unseren Staatsanwälten für Geld seine Frau umbringen lässt.»

«Weiß die Staatsanwältin schon Bescheid?»

Horace lehnte sich gegen den Fensterrahmen und senkte die Stimme. «Die Polizei ist direkt zu mir gekommen, weil sie eine Genehmigung für die Telefonüberwachung brauchte und ich früher selbst Staatsanwalt war. Man ging davon aus, dass ich dichthalten würde, bis die Verhaftung erfolgt ist.» Die Augen nach wie vor zu Boden gerichtet, fuhr er sich mit den Fingerknöcheln über die Wange. «Ich habe Gwendolyn bislang nichts erzählt und werde es auch nicht tun.»

Dann hob er den Blick und sah mich an. «Was meinen Sie, was sie damit anstellt? Glauben Sie, dass sie ihren Stellvertreter anklagen würde?» Er sah mich unverwandt an. «Schlimmer hätte es nicht kommen können. Ihr eigener Stellvertreter wird des Mordes beschuldigt.»

«Jedenfalls könnte sie es nicht ignorieren», antwortete ich, während Horace durchs Zimmer ging und dann wieder hinter dem Schreibtisch Platz nahm.

«Sind Sie sicher? Der Fall ist nicht so klar», erklärte er und tippte nachdenklich mit dem Zeigefinger auf die Akte. «Die Aussage eines überführten Mörders steht gegen die eines der bedeutendsten Anwälte unseres Landes. Sie könnte den Fall einfach versenken, und glauben Sie mir, genau das würde sie auch tun.»

Intelligent, ehrgeizig und reich, wie sie war, hatte Gwendolyn Gilliland-O'Rourke seit dem Tag ihrer Geburt Gouverneur werden wollen; der Posten der Staatsanwältin war nur ein Sprungbrett. Wenn es nach ihr ging, diente die Macht, die ihr dieses Amt verlieh, höchstens dazu, ihr den Weg für die eigene Karriere zu ebnen.

«Daran können Sie nicht viel ändern, Horace. Sie ist immer noch die Staatsanwältin.»

«Doch, das kann ich», entgegnete Horace, während er die Armlehnen des Schreibtischsessels umfasste und anfing zu wippen. «Es gibt ein Statut, das die Einsetzung eines Sonderanklägers vorsieht, jemand aus der Staatsanwaltschaft eines anderen Countys oder sogar eines Anwalts aus einer Privatkanzlei.»

Ich kannte dieses Statut. Es wurde herangezogen, wenn ein Fall einen besonderen Experten erforderte, über den man nicht verfügte. Kleinere Landgerichte nahmen es gelegentlich in Anspruch, wenn die Hilfe eines externen Sachverständigen in besonders komplizierten Fällen notwendig war. Meistens erfolgte die Anfrage vom jeweiligen Staatsanwalt. In diesem Fall würde das offensichtlich nicht passieren.

«Ich habe die Vollmacht dazu», versicherte Horace.

«Und wen wollen Sie beauftragen?», fragte ich, in der Annahme, dass er bereits jemanden aus einem benachbarten County im Auge hatte.

«Ich möchte, dass Sie den Fall übernehmen», antwortete er.

«Ich bin Strafverteidiger», wandte ich ein.

«Sie waren Strafverteidiger», korrigierte er mich.

«Da haben Sie Recht», stimmte ich nachdrücklich zu. «Ich bin kein Anwalt mehr. Und daran wird sich auch nichts ändern. Sie wissen doch, was ich getan habe.» Ich funkelte ihn böse an.

«Sie haben dafür gesorgt, dass ein Unschuldiger freigesprochen wurde», sagte er. «Gilliland-O'Rourke hätte ihn für den Rest seines Lebens hinter Gitter gebracht.» Er hielt inne und wandte den Blick ab. Als er mich wieder ansah, war er so ernst, wie ich ihn noch nie erlebt hatte. «Ich bitte Sie um einen Gefallen. Ich brauche jemanden, dem ich die Entscheidung anvertrauen kann, ob Goodwin angeklagt werden soll oder nicht. Und wenn Sie zu diesem Schluss kommen, dann möchte ich, dass Sie es tun. Der Fall ist viel zu wichtig, als dass man ihn jemandem aus einem anderen County oder einem Anwalt aus einer Privatkanzlei überlässt. Außerdem weiß jeder, wie gut Sie sind. Niemand kann Ihnen vorwerfen, dass Sie sich mit dem Fall einen Namen machen wollen.»

Als er das Zögern in meinen Augen bemerkte, heuchelte er Verständnis. «Ich weiß, dass es keine leichte Entscheidung ist», erklärte er und stand auf. «Sie müssen sich nicht sofort entscheiden. Nehmen Sie die Akte mit, und machen Sie sich ein Bild. Sie können es mich am Wochenende wissen lassen.» Er kam um den Schreibtisch herum. «Wir können es am Sonntag beim Abendessen besprechen. Ihre Zulassung habe ich bereits veranlasst», fügte er hinzu, noch ehe ich irgendetwas einwenden konnte. «Alma besteht darauf, das Sie kommen», fuhr er in der Gewissheit fort, dass dies jeglichen Einwand im Keim ersticken würde. «Im Übrigen könnten Sie ihr dann auch sagen, wie Leid es Ihnen tut, dass Sie aus Versehen meine Hose ruiniert haben.»

«Und wie soll ich das angestellt haben?», fragte ich, während ich mich erhob.

«Ach, zum Teufel, woher soll ich das wissen?», antwortete er lachend und ungeduldig. «Eins nach dem anderen. Ich lass mir was einfallen.»

Er reichte mir die Akte. Dann legte er eine Hand auf meine Schulter und sah mir in die Augen. Ich hatte wahrscheinlich dasselbe Gefühl wie der Häftling vorher, das Gefühl, dass er irgendwie mehr über einen wusste als man selbst.

«Ich möchte, dass Sie den Fall übernehmen. Es ist mir wichtig.» Dann kehrte er ohne Übergang zu seiner üblichen, unbeschwerten Art zurück, schlug mir auf den Rücken und sagte: «Als Bestechung lade ich Sie zum Mittagessen ein.»

«Und was ist mit Ihrer Hose?», fragte ich und warf einen Blick auf das Hosenbein.

Er griff nach einem Stück Klebeband, hielt die beiden Enden des gerissenen Stoffes zusammen und pappte es drauf.

«Das wird vorerst reichen», verkündete er. «Nach dem Essen kümmere ich mich um Nadel und Faden.» Er spann den Gedanken weiter, als wir den Gang entlanggingen: «Ich war ziemlich gut im Nähen. Hab es während des Krieges gelernt. Es war das einzige Vernünftige, was ich damals gelernt habe.»

2

Am späten Nachmittag verließ ich Portland und fuhr über die Straße am Fluss entlang nach Lake Oswego zu dem Haus, wo ich seit über einem Jahr in fast völliger Abgeschiedenheit lebte.

Der graue Aprilregen hatte aufgehört; jetzt brach die Sonne durch die Wolken und tauchte die hohen Tannen in silbrigen Dunst. Am unteren Ende der langen gewundenen Auffahrt stieg ich aus dem Wagen und schloss das regennasse Eisentor hinter mir.

Oben angelangt, parkte ich den Wagen und stieg die Stufen zur Veranda hinauf, die sich über die gesamte Vorderfront des weiträumigen zweistöckigen Gebäudes zog. Eine der Hartholzdielen knarrte, als ich durch die Eingangshalle zur Bibliothek ging und dort die Akte auf den Schreibtisch legte.

Leopold Rifkins persönliche Gegenstände, die Bilder seiner Frau, die Aufnahmen der wenigen Freunde, die er in seinem Leben gehabt hatte, die Urkunden, die er für seinen langen selbstlosen und größtenteils anonymen Dienst an der Gesellschaft bekommen hatte – alles, was in diesen Räumen auf ihn verwies, hatte ich lagern lassen, weil ich es nicht übers Herz brachte, es einfach wegzuwerfen.

Alles andere war so, wie er es hinterlassen hatte. Die Bücherregale, die bis zur Decke reichten, enthielten nach wie vor die wichtigsten Werke der Weltliteratur: Die Dialoge Platons, Aristoteles' Staatsverfassung der Athener; die Reden Ciceros und die Geschichtsbücher des Tacitus; die wissenschaftlichen Werke von Bacon, Descartes und Newton; die politischen Schriften von Machiavelli, Hobbes und Locke; die wunderbaren Schöpfungen von Nietzsche und Rousseau – alles war da, in einer Ordnung, die kaum sichtbar und nicht immer chronologisch war. Selbst nach all der Zeit gab es Augenblicke, wo ich mich wie ein Fremder im eigenen Haus fühlte, wenn ich eines seiner abgewetzten Bücher aufschlug.

Ich stieg die Treppe zum Schlafzimmer hinauf und wechselte in Khakihose und kurzärmliges Hemd. Dann ging ich barfuß in die Küche, machte mir einen Kaffee und setzte mich anschließend in den Sessel mit der hohen Rückenlehne am Schreibtisch der Bibliothek.

Direkt vor mir, da aufgeschlagen, wo ich zu lesen aufgehört hatte, lag eine englische Übersetzung von Aristoteles, die ich am Morgen versucht hatte zu verstehen. Monatelang hatte ich über dem *Organon* gebrütet, das aus sechs Werken bestand: *Kategorien*, *Vom Satz*, *Erste Analytik* und *Zweite Analytik*, *Topik* und *Sophistische Widerlegungen*, in denen Aristoteles die Regeln der Vernunft und die Grundlage des logischen Denkens festgelegt hatte. Ich hatte nicht lockergelassen, bis ich fast alle seine Werke gelesen hatte, sogar *Die Metaphysik*. Als ich jetzt die erste Seite der *Metaphysik* aufschlug, fiel mein Blick auf den ersten Satz, vielleicht die acht hilfreichsten Worte, die jemals geschrieben worden waren, eine einfache Zusammenfassung, dessen, was einst ein Glaubensbekenntnis gewesen war: «Alle Menschen streben von Natur aus nach Wissen.»

Dass sie nach Wissen über die *Metaphysik* strebten, wenn überhaupt, war allerdings schwer vorstellbar. Ich stellte die Kaffeetasse auf den Tisch und warf einen Blick auf die mit

Gummiband verschnürte Akte. Horace hatte gewusst, dass es mir keinen Spaß machen würde, für immer und ewig zurückgezogen wie ein Mönch aus dem Mittelalter zu leben. Ich kennzeichnete die Stelle mit einem Zettel, schlug die *Metaphysik* zu und schob sie beiseite.

Während der folgenden Stunden studierte ich den Polizeibericht über den Mord an Nancy Goodwin. Ich hatte mein ganzes Leben damit verbracht, derartige Berichte zu lesen: langweilige Chroniken von Gewaltverbrechen, in eintöniger Sprache abgefasst, perfekter Ausdruck der extremen Banalität des Bösen. Sie hinterließen bei mir stets ein Gefühl von stumpfsinniger Gleichgültigkeit und die bedrückende Erkenntnis, dass es wichtiger war, wie das Opfer starb, als wie es gelebt hatte. Dies war die auf die Spitze getriebene Obszönität des Strafrechts: Nicht, dass eine Frau ermordet worden war, zählte, sondern das, was man ihr am Ende angetan hatte. Das Mordopfer wurde öffentlich bloßgestellt. Mord war immer etwas Schmutziges.

Eine Angestellte des Motels hatte Nancy Goodwins Leiche gefunden. Ihr Kopf hing vom Bettrand, das Haar war von der Schnittwunde am Hals blutverkrustet. Man hatte ihr den Mund mit Leukoplast zugeklebt und die Hände auf dem Rücken gefesselt. Laut Aussage des Gerichtsmediziners war sie vergewaltigt worden, wahrscheinlich mehrmals.

Eine Arbeitskollegin war mit ihr nach Portland gefahren und hatte im Nachbarzimmer gewohnt. Sie hatten bei dem Abendessen im Anschluss an die Konferenz nebeneinander gesessen und anschließend an der Motelbar noch etwas getrunken. Gegen elf hatten sie sich Gute Nacht gesagt und waren auf ihre Zimmer gegangen. Am nächsten Morgen war die Kollegin davon ausgegangen, dass Nancy irgendwo im gleichen dunklen Vortragssaal saß und die Präsentation ebenso verfolgte wie sie selbst. Zweihundert Menschen hatten an der Konferenz teilgenommen, die Nancy Goodwin nach Corvallis geführt hatte, und keiner hatte irgendetwas Ungewöhnliches bemerkt. Die Polizei hatte im Zimmer Dutzende von Fingerabdrücken und jede Menge Fasern auf dem Boden gefunden, doch das Motelzimmer wurde von Hunderten von Gästen im Jahr benutzt. Es kam zu keiner einzigen Verhaftung.

Ich lehnte mich zurück, schwang ein Bein über die Armlehne und blickte aus dem Fenster. Der Himmel hatte aufgeklart, und die Abendsonne überflutete die Knospen der Bäume am anderen Ende des Rasens mit Licht. Dazwischen blühten vereinzelt Azaleen und Rhododendron, ein sichtbares Zeichen, dass der Winter dem Frühling allmählich wich.

Die Polizeiberichte hatten sich nicht verändert, aber ich merkte, dass ich sie anders las als früher. Damals hatte ich sie mit dem Vorsatz studiert, in der Beweiskette einen Haken zu entdecken, irgendeine Lücke, egal wie klein. Ich hatte sie nicht gelesen, um herauszufinden, was passiert war. Lange bevor ich mich Aristoteles widmete, hatte ich gewusst, wie man analytisches Denken benutzt und missbraucht.

Einige hundert Meilen vom Tatort entfernt schloss Marshall Goodwin gerade das Kreuzverhör eines Zeugen ab, als man ihm vom Tod seiner Frau Bericht erstattete. Der Richter, dem die Aufgabe zukam, hatte ihn in sein Amtszimmer gebeten und stumm vor Entsetzen zugehört, wie Goodwin von Trauer überwältigt erzählte, dass seine Frau im vierten Monat schwanger gewesen sei. Es war ihr erstes Kind.

Ich sah im Geiste vor mir, wie er seinen Fall vor der Jury vortrug. Marshall Goodwin war gut in dem, was er tat, besser als die meisten Staatsanwälte, die im Strafrecht Karriere machten. Er war gründlich und präzise, hatte ein lebendiges Lächeln und eine unkomplizierte, entspannte Art. Keine Spur von der hohläugigen Gereiztheit oder Hoffnungslosigkeit jener, die nicht in der Lage sind, Schritt zu halten und den Preis mit schlaflosen Nächten und achtzehnstündigen Arbeitstagen bezahlen. Im Gegenteil, Goodwin vermittelte einen derartig selbstbewussten Eindruck, dass man ihn für arrogant hätte halten können, wäre er nicht gleichzeitig freundlich und verbindlich gewesen. Er gehörte zu den Anwälten, die einem als Erste gratulierten, wenn sie den Fall verloren – was selten genug vorkam. Wenn Gwendolyn Gilliland-O'Rourke endlich den Zeitpunkt gekommen sah, für den Gouverneursposten zu kandidieren, würde der nächste Staatsanwalt Goodwin heißen – davon ging man allgemein aus.

Obwohl die Polizei ihr Versagen nie eingestand, hatte sie schließlich die Ermittlungen eingestellt. Die Akte Nancy Goodwin landete bei unzähligen anderen ungelösten Fällen und setzte dort Staub an, bis zwei Jahre später und ein paar tausend Meilen entfernt der Täter bei einem anderen Mord erwischt wurde. Bei der Aussicht auf die Gaskammer gestand Travis Quentin den Mord an Nancy Goodwin, um seinen Hals aus der Schlinge zu ziehen. Die Abschrift des Verhörs, in dem er einen Staatsanwalt beschuldigte, den Mord in Auftrag gegeben zu haben, enthielt keine erkennbare Spur von Reue. Man habe ihm ein Foto des Opfers gegeben, erklärte er, und ihm gesagt, wo es die Nacht verbringen würde. Er sollte die Frau töten und anschließend zehntausend Dollar dafür bekommen. Sie zu vergewaltigen war seine eigene Idee gewesen.

Travis Quentins langes Vorstrafenregister spiegelte die ungerührte Grausamkeit eines Psychopathen und die Ohnmacht des herrschenden Systems, irgendetwas dagegen auszurichten. Seinen ersten Mord hatte er im Alter von fünfzehn Jahren begangen, als er einen halbwüchsigen Jungen vom Dach eines zehnstöckigen Hauses stieß. Noch beunruhigender als das Fehlen irgendeiner Erklärung oder auch nur des Versuchs, die Tat zu rechtfertigen, war seine offensichtliche Unfähigkeit, zu begreifen, wozu eine Strafe nötig war. Statt ihn zum Tode zu verurteilen oder zu einer lebenslangen Freiheitsstrafe, wurde er in eine Jugendhaftanstalt eingewiesen, bis er als Erwachsener freikam. Wenn er in seiner kurzen Haftzeit irgendetwas gelernt hatte, dann, dass er bei seinen nächsten Verbrechen raffinierter vorgehen musste. Dreißig Jahre ständiger Verhaftungen und gelegentliche Verurteilungen hatten nichts bewirkt, um seinen Charakter zu verändern oder seine Opfer vor ihm zu schützen. Außer Nancy Goodwin hatte er noch mindestens fünf weitere Menschen umgebracht und nach zwei Verurteilungen wegen Totschlags bislang sieben Jahre im Knast verbracht.

Auf der ersten Seite seines Vorstrafenregisters klebte ein Foto von Travis Quentin, eine körnige Schwarzweißaufnahme: pockennarbiges Gesicht, schmale Stirn, dichte Brauen und breite Knollennase. Die linke Ohrmuschel war nach vorn geknickt, als hätte er darauf geschlafen, und das rechte Lid hing schlaff herab. Er wirkte wie jemand, der stark schwitzt, sobald er sich anstrengt.

Es bestand keinerlei Zweifel daran, dass Quentin Nancy

Goodwin tatsächlich ermordet hatte. Er wusste alles über die Tat, sogar Einzelheiten, die nie veröffentlicht worden waren. Die eigentliche Frage war, ob es tatsächlich ein Auftragsmord gewesen war. Er behauptete es, aber er hatte verdammt viel zu gewinnen und nichts zu verlieren, wenn er jemand anderen beschuldigte. Es war die einzige Möglichkeit, sein Leben zu retten. Er hatte sich zu einem Lügendetektortest bereit erklärt und ihn bestanden. Trotzdem gab es nach wie vor Zweifel an seiner Glaubwürdigkeit.

Ich stand auf und ging mit der Tasse in die Küche. Draußen wurden die Schatten auf dem Rasen länger, während der letzte Schimmer von Tageslicht den westlichen Himmel erhellte. Durch das offene Fenster hörte ich das leise Seufzen einer abendlichen Brise, das jedoch bald wieder erstarb.

Mit einer vollen Tasse kehrte ich wieder zurück und warf einen Blick auf die unzähligen in Leinen oder Leder gebundenen Ausgaben, die Leopold Rifkin während seines langen Lebens gesammelt hatte. Die Bibliothek war mehr als die Sammlung dessen, was Rifkin gelesen hatte, und mehr als eine sichtbare Erinnerung daran, womit er sich den größten Teil seines Lebens beschäftigt hatte. Sie war eine Festung gegen die belanglose Vergänglichkeit der Welt. Sie war der Ort, an dem er den Sinn seiner Arbeit in der Stadt und im Gerichtssaal entdeckt hatte, wo er über das Schicksal und das Wohl derjenigen entschied, die vor ihn traten. Die auf dem Schreibtisch ausgebreiteten fragmentarischen Berichte der nie abgeschlossenen Ermittlung des Mordes an Nancy Goodwin und der möglichen Verwicklung ihres Mannes schienen beinahe hierher zu gehören.

Ich setzte mich wieder an den Tisch und fuhr mit meinen Überlegungen fort.

Laut Travis Quentins Aussage war er dem Staatsanwalt zum ersten Mal begegnet, als er im Gefängnis von Multnomah County saß. Die Polizei hatte ihn aufgegriffen, als er spätnachts zwei Häuserblocks von einem wohlhabenden Viertel entfernt am Straßenrand parkte. Die beiden Beamten hatten ausgesagt, dass er unter den Vordersitz gegriffen habe, als sie sich dem Wagen näherten – einer alten Schrottkiste, in der sich keiner aus der Gegend hätte blicken lassen. Aus Sorge um ihre Sicherheit hätten sie ihre Waffen gezogen, ihn aufgefordert auszusteigen und das Fahrzeug anschließend durchsucht. Unter dem Vordersitz hätten sie lediglich eine kleine Plastiktüte mit Marihuana gefunden, doch unter dem Rücksitz versteckt eine große Menge Heroin und im Kofferraum drei Pistolen, eine abgesägte Schrotflinte und ein Schnellfeuergewehr, das Menschen mit einem einzigen Schuss zerfetzen konnte.

Die Durchsuchung war nicht ganz koscher gewesen. Jeder anständige Strafverteidiger hätte den Polizisten einen Strick daraus drehen können. Die gesetzlichen Bestimmungen für Durchsuchungen und Verhaftungen waren ein einziges Durcheinander. Die Berufungsgerichte versuchten regelmäßig, die Machtbefugnisse der Polizeibeamten festzulegen, und vertraten dabei genauso viele Meinungen über deren korrektes Verhalten, wie es Richter gab. Es war gang und gäbe, einen Antrag auf Aufhebung des Haftbefehls einzureichen, ihn vor dem Haftrichter zu erläutern und abzuwarten, was daraus wurde. Wenn der Richter entschied, dass die Durchsuchung rechtens und die Beweismittel zulässig waren, wurde der Betreffende vor Gericht gestellt. Wenn der Mandant anschließend verurteilt wurde, blieb noch die Möglichkeit, ein Berufungsgericht davon zu überzeugen, dass die Polizei gegen Gesetze verstoßen hatte, über deren Auslegung man sich nie hatte einig werden können.

Doch nichts davon war hier geschehen. Zwei Tage nach seiner Verhaftung war Travis Quentin ins Büro des Staatsanwaltes gebracht worden, wo er nur von Marshall Goodwin vernommen wurde. Die Hilfssheriffs, die ihn in Handschellen gefesselt aus dem Gefängnis abholten, glaubten, Quentin könne ein potenzieller Zeuge in einem größeren Drogenprozess sein, in den angeblich einige der prominentesten Bürger des Stadt verwickelt waren. Nachdem Quentin hinter verschlossenen Türen mehr als eine Stunde lang mit Goodwin gesprochen hatte, wurden alle schwerwiegenden Anschuldigungen fallen gelassen, außer der, dass er eine geringfügige Menge Marihuana besessen hatte, ein minderes Vergehen.

Niemand dachte sich irgendetwas dabei. Inoffizielle Absprachen waren an der Tagesordnung, und an dieser war nichts Besonderes, wenn man davon absah, in welchem Tempo sie zustande gekommen war. Statt Verdacht zu erregen, hatte die Abwesenheit eines Strafverteidigers das ohnehin hohe Ansehen des stellvertretenden Staatsanwalts nur noch erhöht. Die Polizei wusste genau, auf welche Staatsanwälte sie sich verlassen konnte und welche auf die Einhaltung der Gesetze pochten. Goodwin war intelligent, und er war energisch; was aber am wichtigsten war, er machte der Polizei nie Vorwürfe, wenn mal was schief ging.

Kurz nach seiner privaten Unterredung mit Quentin stand Goodwin neben Gilliland-O'Rourke, als sie den von der Grand Jury bestätigten Anklagebeschluss wegen gemeinschaftlichen Handels mit Drogen gegen ein Dutzend Bürger der oberen Mittelschicht verlas, die nie zuvor mit dem Gesetz in Konflikt geraten waren. Alle beteuerten ihre Unschuld, machten ihren Anspruch auf gerichtliche Klärung geltend und gaben sich dann mit dem zufrieden, was sie rausschinden konnten. Zu einer Gerichtsverhandlung kam es nie. Es gab keinen Anlass, irgendwelche Zeugen zu vernehmen. Travis Quentin wurde aus dem Gefängnis entlassen, nachdem er eine dreißigtägige Haftstrafe abgesessen hatte, und niemand hakte nach.

Travis Quentin hatte eine interessantere Version parat. Er behauptete, dass man den zwei Beamten, die ihn in Goodwins Büro geführt hatten, gesagt habe, sie sollten draußen warten. Als sie zögerten, Goodwin schutzlos mit dem Häftling allein zu lassen, wurden sie mit einem Lächeln beruhigt. Stirnrunzelnd setzten sie Quentin auf einen Holzstuhl vor dem Schreibtisch und wandten sich zum Gehen.

«Sie können ihm die Handschellen abnehmen», sagte Goodwin. Er saß auf der rechten Tischkante, einen Fuß auf dem Boden, während er den anderen baumeln ließ. «Mr. Quentin und ich werden uns ganz freundlich unterhalten», erklärte er, und als die beiden Beamten einen besorgten Blick wechselten, setzte er hinzu: «Mir passiert schon nichts.»

Kaum war die Tür hinter den Beamten ins Schloss gefallen, hatte Goodwin in die Jackentasche gegriffen. «Zigarette?», hatte er gefragt und eine ungeöffnete Schachtel zutage gefördert.

Quentin hatte sich die Handgelenke gerieben, genickt und darauf gewartet, dass Goodwin die Packung aufmachte und ihm eine anbot. Stattdessen, so seine Behauptung, habe Goodwin ihm die ganze Packung zugeworfen.

«Behalten Sie sie. Ich bin Nichtraucher», hatte er gesagt, während er aufstand und sich in den Sessel hinter seinen Schreibtisch setzte.

Umgangsformen waren Quentin mehr oder weniger fremd, aber er kannte Anwälte und die Art, wie sie sich aufführten. Die meisten Staatsanwälte kleideten sich wie Friedhofsdirektoren, waren verbissen und ungeduldig und sprachen mit ausdrucksloser Stimme. Goodwin dagegen trug einen blauen Zweireiher. Quentin erinnerte sich an die glänzenden Goldknöpfe. Er saß lässig hinter seinem Schreibtisch, ein Bein über das andere geschlagen, und tat so, als hätte er alle Zeit der Welt, um sich lang und breit darüber zu unterhalten, wie man die Probleme seiner Mitmenschen am besten lösen könnte.

«Sie haben ein interessantes Vorstrafenregister, Mr. Quentin», hatte Goodwin ohne den geringsten Anflug von Entrüstung bemerkt.

Quentin riss die Packung auf und nahm eine Zigarette heraus. Goodwin griff in eine Schublade und warf ihm eine Streichholzschachtel zu.

«Totschlag, Einbruch, bewaffneter Überfall», fuhr er fort und blätterte in dem dicken Stapel an Verhaftungen und Verurteilungen, der einzigen Lebensbeschreibung, die Travis Quentin jemals haben würde. «Ich fürchte, das ist die Art von Vergangenheit, die einem nicht viel Spielraum für Milde lässt. Nein, ich würde eher sagen, dass die neuen Vergehen Sie für acht bis zehn Jahre hinter Gitter bringen werden.»

Er hielt inne und stützte den Ellbogen auf den Tisch. «Es sei denn, Sie finden sich bereit, uns allen viel Zeit und ein Gerichtsverfahren zu ersparen.»

Quentin war misstrauisch. Man wurde nicht in das Büro des Staatsanwaltes geholt, um über den Verzicht auf eine Anklage zu verhandeln. Das war Sache des Strafverteidigers, und bislang hatte er noch keinen. Quentin zog an seiner Zigarette, und dann stellte er die einzige Frage, die ihn interessierte. «Was soll ich machen?»

Statt beiläufiger Belustigung spiegelte sich in Goodwins Augen nun ernsthaftes Interesse.

«Sie erklären sich des Besitzes einer geringfügigen Menge Marihuana für schuldig. Das bringt Ihnen dreißig Tage Haft ein, und die Zeit, die Sie bis zur Urteilsverkündung im Knast absitzen müssen, wird Ihnen angerechnet.»

Quentin hatte sich an der Rauchwolke verschluckt, die er gerade inhalieren wollte, und angefangen zu husten. «Und wen soll ich dafür um die Ecke bringen?», hatte er lachend gefragt.

Goodwin hatte sich erhoben und den Kopf geschüttelt. «Vorerst niemanden», erklärte er. «Abgemacht?»

Quentin dachte nicht daran, abzulehnen.

Am Tag seiner Entlassung, so hatte er zu Protokoll gegeben, habe ihn eine Frau vor dem Gefängnis abgepasst und ihm einen Umschlag mit einem Schwarzweißfoto von Nancy Goodwin überreicht, in dem sich auch Name und Anschrift eines Motels in Corvallis sowie das Datum, an dem sie dort übernachten würde, befunden habe. Darüber hinaus enthielt der Umschlag fünftausend Dollar in Hundertdollarscheinen und den Schlüssel zu einem Schließfach im Busbahnhof mit dem Hinweis, dass er nach Erledigung des Jobs weitere fünftausend Dollar dort abholen könne.

Das Geld habe er längst verbraten und das Foto und die mit Schreibmaschine getippten Angaben über den Aufenthaltsort seines Opfers vernichtet. Quentin räumte ein, Goodwin angerufen und gedroht zu haben, ihn zu verpfeifen, falls dieser ihm nicht mehr Geld gebe. Da alle Anrufe aufgezeichnet und abgehört wurden, hatte Goodwin, als er seine Stimme erkannte, behauptet, er kenne niemanden dieses Namens, und aufgelegt.

Der Fall gegen Marshall Goodwin basierte auf der Aussage von Travis Quentin und sonst nichts. Quentin war verhaftet worden und hatte fast eine Stunde mit dem Staatsanwalt verbracht. Die Vergehen, die gegen ihn hätten vorgebracht werden können, waren fallen gelassen worden, und statt zu einer langjährigen Haftstrafe verurteilt zu werden, hatte er lediglich dreißig Tage im Bezirksgefängnis abgesessen. Mehr war da nicht, und das reichte kaum aus.

Ich schlenderte zur Glastür, die auf den Patio hinausging, und betrachtete die Lichter, die in der Ferne glitzerten, während ich darüber nachdachte, was Marshall Goodwin wohl in diesem Moment machte. Die meisten Morde hatten etwas Gewöhnliches an sich; es waren ordinäre Gewaltakte, begangen von dummen Idioten, für die Gewalt die einzige Art der Selbstdarstellung war. Doch das hier war kein im Affekt begangenes Verbrechen, jedenfalls nicht, wenn Travis Quentin die Wahrheit sagte. Das war ein Auftragsmord, der kaltblütig und mit klarem Verstand ausgeführt worden war. Welches Motiv hätte Goodwin haben können? Und falls er Travis Quentin mit dem Mord an seiner Frau beauftragt hatte, falls es tatsächlich so gewesen war – hatte er es dann geschafft, alles zu verdrängen, so wie Staatsanwalt und Strafverteidiger einen Fall bereits vergessen haben und an den nächsten denken, wenn der Angeklagte in den Gerichtssaal geführt wird? War es wirklich so leicht?

Ich wandte mich ab und warf einen Blick auf die Uhr auf dem Schreibtisch. Kurz nach neun, noch nicht zu spät für einen Anruf.

Schon beim ersten Klingeln nahm Horace den Hörer ab. «Haben Sie meinen Anruf etwa erwartet?», fragte ich lachend.

«Nein, ich glaubte, es sei Alma. Diese Woche habe ich sie kaum zu Gesicht bekommen. Sie hat jeden Abend irgendeinen Termin, um das Wohltätigkeitsdinner am Sonntag vorzubereiten.»

Ich hatte das Wohltätigkeitsdinner völlig vergessen. «Hören Sie, Horace», sagte ich und überlegte, wie ich am besten aus der Sache rauskommen könnte.

«Was soll dieses ‹Hören Sie, Horace›?», brummte er. «Sie wollen doch nicht kneifen, oder? Ich muss hin und Sie auch.»

Die mangelnde Logik darin war unwiderstehlich. «Nein, Horace, Sie müssen hin, weil Sie mit der Frau verheiratet sind, die das Ganze veranstaltet. Und weil Sie als Richter derjenige sind, der wieder gewählt werden will. Ich muss nirgendwohin.»

«Das weiß ich alles», antwortete er gelassen. «Trotzdem muss ich hin und Sie auch. Ich muss hin, weil ich mit Alma verheiratet bin, und Sie müssen hin, weil Alma Sie dabeihaben will. Aber jetzt sagen Sie schon, haben Sie die Unterlagen durchgesehen, die ich Ihnen mitgegeben habe? Was halten Sie davon?»

«Sie wollen wissen, ob ich glaube, dass er es getan hat?» Ich hielt inne und versuchte irgendwas zu sagen, das einen Sinn ergab. «Wenn ich ihn nicht kennen würde, wenn ich ihm nie begegnet wäre, wenn ich nur das wüsste, was dieser

Quentin ausgesagt hat, würde ich wahrscheinlich glauben, dass die Möglichkeit besteht.»

Einen Augenblick lang sagte Horace nichts. Dann antwortete er: «Mit anderen Worten, Sie meinen, dass es für eine Verurteilung nicht reicht?»

Ich zögerte. «Ich bin nicht mal sicher, ob man Anklage erheben sollte. Sie etwa?»

«Es ist so, wie ich Ihnen bereits sagte. Ich hoffe, dass er es nicht war.»

«Aber Sie glauben, dass er es doch war. Warum?»

«Aus mehreren Gründen. Zum Ersten der Lügendetektor. Quentin hat den Test bestanden. Dann das Treffen mit Goodwin und die fallen gelassenen Anklagepunkte. Dass Quentin wusste, wo Nancy sein würde. Doch vor allem, weil irgendwas an Goodwin faul ist, ich weiß nur noch nicht, was. Ich will nicht glauben, dass er es war, aber als die Polizei mich informierte, habe ich nicht so reagiert, als wäre ich absolut sicher, dass es nicht sein kann.»

Ich wusste genau, was er meinte: die hundertprozentige Gewissheit, dass jemand unschuldig ist, und der schreckliche Zweifel, dass man es vielleicht nicht beweisen kann. Wenn es etwas Schlimmeres gibt, als jemanden zu verteidigen, der für eine Tat verurteilt wird, die er nicht begangen hat, dann, den Betreffenden dieses Verbrechens angeklagt zu haben. Es ist die Angst, die jeder anständige Anwalt spürt, und das Gefühl einer Gefahr, die sich auf alles auswirkt, was im Strafgericht geschieht.

Horace hatte ein Talent dafür, Dinge zu hören, die unausgesprochen blieben.

«Joe, Sie haben den nötigen Instinkt. Wenn Goodwin es nicht getan hat, werden Sie es am ehesten rauskriegen.»

«Was macht Sie so sicher, dass ich den Fall übernehmen werde?»

«Was macht Sie so sicher, dass Sie ihn nicht übernehmen werden?»

3

Aus einer grauen Kleinstadt, die man in zehn Minuten durchqueren konnte, hatte sich Portland in ein Labyrinth von hässlichen Wolkenkratzern und ineinander verschachtelten Schnellstraßen verwandelt. Das Polizeipräsidium und das Gericht, einstmals die höchsten Gebäude der Stadt, fristeten nun ein Schattendasein zwischen riesigen Büropalästen. Fast ein Jahrhundert lang war Portland ein Zentrum für den Holzhandel gewesen. Bauholz gehörte zu den Gütern, auf die die Welt nicht verzichten konnte. Die Leute, die wussten, wie man Geld daraus macht, hatten pompöse Villen hinterlassen, die als Denkmäler für ihren schlechten Geschmack fungierten, und ihre Kinder so erzogen, dass diese weder die Laster noch die Tugenden ihrer Eltern übernahmen. Piratensöhne wurden zu Gentlemen und Hurentöchter zu Ladys. Zwar ging ein gewisser Verlust an unverfälschter Energie damit einher, doch das war ein Preis, den man glaubte sich leisten zu können.

Die erste Generation hatte nach Reichtum getrachtet und die zweite nach Ehre, die dritte aber hatte jeglichen Antrieb verloren. Mittlerweile hatten andere Namen Berühmtheit und Anerkennung erlangt. Männer, ja sogar Frauen, die aus dem Nichts gekommen waren, die weder Geld noch Verbindungen hatten, dafür aber dieselbe hartnäckige Entschlossenheit, Spuren zu hinterlassen. Ganz gleich, ob Vertreter des alten oder des neuen Geldes, alle wollten ins Convention Center eingeladen werden, um an dem Event teilzunehmen, den Alma Woolner erfolgreich zum gesellschaftlichen Höhepunkt des Jahres erklärt hatte.

Das Convention Center lag am östlichen Flussufer, dort, wo es früher nichts gegeben hatte außer Lagerhallen, Gleisanlagen und Eckkneipen für die Männer, die dort arbeiteten. Es war ein ziemlich neues Gebäude, eine Huldigung an die Postmoderne, aus grünem Glas mit einem schmalen dreiseitigen Turm, der geradewegs in den Himmel ragte. Für die Kathedrale von Notre Dame als Tribut an einen ewigen Gott hatte man noch hundertvierzig Jahre gebraucht; dieses Gebäude als Handelszentrum dagegen war in weniger als zwei Jahren fertig gestellt worden. Es war immer nur die Frage, zu wem man betete.

Die Lobby wimmelte von Männern in dunklen Anzügen und von Frauen, die alles Mögliche trugen, vom hautengen kleinen Schwarzen bis hin zu glänzenden bodenlangen Abendkleidern. Ich nahm dem erstbesten Kellner, den ich traf, ein Glas Champagner ab und bahnte mir auf der Suche nach Horace einen Weg durch die wogende Menge. Das Glas über dem Kopf balancierend, gelangte ich schließlich auf die andere Seite der Lobby und fand ihn an die Wand gelehnt, wo er voller Stolz seine Frau beobachtete.

Alma berührte die vielen Hände kaum, die man ihr entgegenstreckte, und unterhielt sich mal mit diesem, mal mit jenem Gast. Als sie sich von einer runzligen alten Dame abwandte, die eine mit Perlen bestickte Jacke über den eingefallenen Schultern trug, entdeckte sie mich. Sie warf einer untersetzten Frau mit kantigen Zügen ein rasches Lächeln zu und ging an ihr vorbei. «Ich wusste doch, dass Sie kommen würden», rief sie und legte die Hände auf meine Schultern. Dann stellte sie sich auf die Zehenspitzen und gab mir einen Kuss auf die Wange.

«Danke», flüsterte sie, als hätte ich ihr einen großen Gefallen getan. Sie ließ meine Schultern wieder los und nahm meine Hand. «Sieh mal, wen ich gefunden habe», verkündete sie, als sie mich zu ihrem Mann führte.

Horace erwartete mich mit einem arglistigen Glitzern in den Augen. «Kennen Sie eigentlich den Präsidenten des Supreme Court?», fragte er unschuldig.

Der glatzköpfige Mann mittleren Alters neben ihm streckte mir die Hand entgegen. Der Smoking und das dazu passende Rüschenhemd waren eine Nummer zu groß für ihn.

«Jason Cornelius», sagte Horace mit oberflächlicher Höflichkeit. «Joseph Antonelli.»

Cornelius' Handschlag schwächte sich kurz ab, wurde dann jedoch, als wolle er etwas kompensieren, fester als zuvor.

«Ja, ja, natürlich. Mr. Antonelli. Ich erinnere mich», sagte er und lächelte schwach.

Nur darauf bedacht, Unannehmlichkeiten zu vermeiden, hatte er Leopold Rifkin damals, als er des Mordes angeklagt war, nahe gelegt, den Dienst zu quittieren. Ich dagegen war der Meinung gewesen, dass ein Justizsystem, das stark genug ist, mit inkompetenten Typen wie Cornelius zu leben, auch in der Lage sein muss, eine falsche Anschuldigung gegen einen unschuldigen Mann zu verkraften. Wie die meisten Politiker würde sich Cornelius nie an ein gegebenes Versprechen erinnern. Die damalige Auseinandersetzung hatte er jedoch bestimmt nicht vergessen. Noch ehe er etwas sagen konnte, wandte ich mich seiner Frau zu und stellte mich vor.

«Ihr Mann und ich hatten die Ehre, den verstorbenen Leopold Rifkin zu unseren Freunden zu zählen», erklärte ich.

Sie hatte keine Ahnung, von wem die Rede war. «Rifkin?», fragte sie und sah ihren Mann an.

«Ja, Liebes, Richter Rifkin. Er ist vor etwa einem Jahr gestorben», klärte er sie auf. «Es war eine traurige Sache, wirklich sehr traurig.» Er tätschelte ihren Arm und brachte sie rasch in Sicherheit.

Mit verschränkten Armen gluckste Horace in sich hinein. «Na, da haben Sie ja mal wieder Ihren ganzen Charme spielen lassen.»

«Was sollte ich denn sonst machen, etwa die Wahrheit sagen?»

Er legte mir die Hand auf die Schulter und sah an mir vorbei auf die glänzenden Gesichter der Menge. «Das sollte man bei einem Kerl wie Cornelius tunlichst vermeiden», sagte er leise, «es sei denn, man will den Eindruck vermitteln, dass man lügt.»

Die Menge um Alma Woolner wogte zuerst in die eine, dann in die andere Richtung und drängte sie allmählich von uns weg, bis nur noch ihr pechschwarzes Haar zu sehen war, das sie an diesem Abend hochgesteckt trug. Horace verlor sie nie aus dem Blick.

«Alma sieht toll aus», bemerkte ich bewundernd.

«Alma sieht immer toll aus.»

«Sie sind ein Glückspilz, Horace.»

Er drehte sich zu mir um. «Und was für einer!»

Und plötzlich fing er an, auf mich einzureden. «Warum sehen Sie sich nicht etwas um? Vielleicht stoßen Sie auf eine wirklich attraktive Frau, die nur darauf brennt, ihre Nächte mit einem Kerl zu verbringen, der die ganze Zeit in seiner Bibliothek rumhängt.»

Dann bahnte er sich einen Weg durch die Menge, ein Auge auf Alma gerichtet, das andere auf mich. «An Gelegenheiten mangelt es hier nicht», spottete er und zog bei jedem Abendkleid, das ihm über den Weg lief, die Brauen hoch.

«Alle vergeben», rief ich durch den Lärm.

Er blieb stehen und warf mir ein breites Grinsen zu. «Nicht alle!»

«Wo wollen Sie hin?», rief ich.

«Wir treffen uns drinnen!», rief er und verlor sich aus meinem Blickfeld.

Ich hielt den nächsten Kellner an und tauschte mein leeres Glas gegen ein volles ein. Vage vertraute Gesichter huschten in einiger Entfernung an mir vorbei, aber ich hatte keine Lust, sie anzusprechen. Eine junge Frau beobachtete mich lächelnd, und ich erinnerte mich: Früher hätte das der Anfang einer Romanze sein können. Einen Augenblick erwiderte ich ihren Blick, doch dann wandte ich mich ab und ging weiter. Als bekannt gegeben wurde, dass es Zeit war, den großen Saal zu betreten, wo das Abendessen stattfand, löste ich mich aus der Menge und bahnte mir einen Weg durch die gläserne Lobby zur Toilette. Ich stand auf dem Marmorboden und starrte auf die gekachelte Wand vor mir, ohne auf den Mann zu achten, der das Becken neben mir benutzte. Doch als ich den Reißverschluss hochzog, sprach er mich an. Ich drehte mich um und entdeckte einen Unbekannten mit grauen Augen, der mich über die Schulter hinweg musterte.

«Ja», antwortete ich, während ich den Wasserhahn aufdrehte. «Ich bin Joseph Antonelli.»

«Wir haben uns noch nie persönlich kennen gelernt», erklärte er und trat an das benachbarte Waschbecken. Er trocknete sich die Hände mit einem Papiertuch ab und wartete, bis ich dasselbe getan hatte. «Mein Name ist Arthur O'Rourke», sagte er und gab mir die Hand.

Es war etwas Beeindruckendes an ihm. Er war groß und schlank, hatte eine hohe Stirn, tief liegende, intelligente Augen, einen fein geschnittenen Mund und den großzügigen Blick eines Menschen, der immer bereit ist, anderen zu helfen.

«Sie kennen bestimmt meine Frau», sagte er. «Gwendolyn.» Arthur O'Rourke, der zwanzig Jahre älter sein musste als sie, war also der Mann der Staatsanwältin.

«Ja, natürlich», antwortete ich und fragte mich, während ich seine Hand losließ, was sie ihm von mir erzählt haben mochte.

«Ich war überrascht, als ich hörte, dass Sie sich zurückgezogen hätten», erklärte er. «Und ich weiß, dass Gwendolyn enttäuscht war. Sie hat immer behauptet, Sie seien ein vorzüglicher Anwalt.»

«Sehr nett von ihr, das zu sagen», bedankte ich mich, als er mir die Tür aufhielt.

Als wir zusammen den Gang entlanggingen, erkundigte er sich, ob ich daran dächte, wieder zu praktizieren, und setzte rasch hinzu, dass dieser Beruf für ihn selbst niemals in Frage gekommen wäre.

«Sie meinen Strafverteidiger?», fragte ich.

«O nein. Anwalt allgemein. Ich kann mir nicht vorstellen, mich in einem Gerichtssaal zu behaupten. Gwendolyn dagegen scheint es eine Menge Spaß zu machen. Ich bewundere sie dafür.»

Er sprach langsam, bewegte sich mit lässiger Eleganz und sah aus, als würde er bei einem harten Wort zusammenzucken.

«Glauben Sie, dass Sie eines Tages wieder in Ihren Beruf zurückkehren?», wiederholte er, als wir den Speisesaal betraten.

«Ich denke gerade darüber nach.»

Er blieb stehen und sah mich an. «Tun Sie es», erklärte er ziemlich ernst. «Ich wünschte, ich hätte auch etwas, worin ich wirklich gut bin», sagte er schließlich, und ich meinte, eine Spur von Bedauern in seiner Stimme zu entdecken.

Wir verabschiedeten uns, doch ehe ich anfing, nach meinem Platz zu suchen, beobachtete ich, wie er sich langsam einen Weg durch die Menge bahnte und dabei von allen möglichen Bekannten und Leuten aufgehalten wurde, die ihm Glück wünschten. In der Ferne erkannte ich seine Frau, die zielbewusst ihre Runde durch den Saal machte, von einem Tisch zum anderen schwirrte und jedem, dem sie die Hand schüttelte, ein strahlendes Lächeln schenkte. Es waren sechshundert Gäste hier, und ich war sicher, dass Gwendolyn Gilliland-O'Rourke, noch ehe der Kaffee serviert würde, jeden einzelnen davon überzeugt hätte, dass sie nur seinetwegen gekommen war.

In der Mitte des Saals, in dem Dutzende von runden Tischen mit jeweils zehn Plätzen verteilt waren, stand ein langer, rechteckiger Tisch, an dem ich Horace und Alma fand. Ich setzte mich an den leeren Platz mit meinem Namensschild, zwischen Alma und einer Frau, deren Lächeln offenbar keinen Unterschied zwischen Zynismus und Verachtung kannte. Obwohl sie mindestens siebzig war, konnte man sich leicht vorstellen, dass sie einmal sehr schön und sehr grausam gewesen sein musste.

«Joseph, darf ich Sie mit Madame Natascha Krupskaya bekannt machen, der ehemaligen Primaballerina, die diese Saison als Beraterin in unserem Ensemble verbringt.»

Zu meiner Überraschung sprach Alma ihren Gast auf Russisch an. Madame Krupskaya nickte, sah zu mir auf und sagte in langsamem, stockendem Englisch: «How do you do?» Dann wandte sie sich wieder Alma zu und lachte, wobei sie auf Russisch etwas hinzusetzte, das aufgrund des Tonfalls und des Ausdrucks in ihren Augen wie eine Frage klang. Alma antwortete ihr knapp.

Dann beugte sie sich leicht zu mir und flüsterte: «Sie wollte wissen, mit wie vielen Ballerinas Sie schon im Bett waren.»

Ich warf der alternden Diva einen Blick zu und war überzeugt, dass ihre eigene Liste von Liebhabern ein Buch mit unzähligen Kapiteln füllen würde. Sie jedoch ignorierte mich.

«Und was haben Sie geantwortet?»

Alma riss die Augen auf. «Mit allen.»

Die meisten der elegant gekleideten Männer und Frauen am Mitteltisch gehörten dem Vorstand des Ballettensembles an. Man hatte sie weder wegen ihrer herausragenden beraterischen Fähigkeiten noch wegen ihrer Kenntnisse im Bereich der Kunst ausgewählt, sondern weil sie Geld besaßen und davon überzeugt worden waren, dass dies eine günstige Gelegenheit war, es auszugeben. Egal, ob alt oder neu, Geld war stets willkommen.

Alma schob ihren Stuhl zurück, und ich machte Anstalten aufzustehen.

«Nein, ich bin gleich wieder da.»

Anmutig sprang sie auf und ging zur Bühne im vorderen Teil des Saals.

«Und mit wie vielen Ballerinas warst du wohl selbst im Bett?», murmelte ich vor mich hin.

Natascha Krupskaya hob den Blick und musterte mich. «Sind Sie der Ansicht, dass die Liebe Konventionen gehorchen sollte, Mr. Antonelli?», fragte sie in perfektem Englisch.

Als Alma auf die Bühne stieg und zu reden begann, hielt jeder inne. Ihr Grußwort dauerte nicht länger als eine Minute, und dann fügte sie lächelnd hinzu, dass nach dem Essen niemand den Saal verlassen dürfe, bis alle Reden gehalten worden seien. Das war alles, doch die beruhigende Wirkung ihrer Stimme war derart stark, dass sie bereits die Bühne verlassen hatte und auf dem Weg zu ihrem Platz war, ehe die Gäste ihre Gespräche wieder aufnahmen.

«Sie hätten Anwältin werden sollen», sagte ich, als sie wieder neben mir saß. «Die Geschworenen würden alles tun, was Sie von ihnen verlangten.»

«Sie wollen doch nicht etwa sagen, dass meine Frau eine Lügnerin ist?», lachte Horace.

«Nein, nur, dass sie sehr charmant ist.»

Almas schwarze Augen glühten. «Gibt es da einen Unterschied?»

«Das Lügen verwandelt sich in Charme, wenn man so gefesselt davon ist, dass einem die eigentliche Absicht gleichgültig wird.»

Ich sah auf. Direkt gegenüber von Alma saß Russell Gray, der Vorstandsvorsitzende des Ensembles. Anfang vierzig, zweimal geschieden, repräsentierte er eine der ältesten Familien der Stadt. Er hatte schmale, ausdrucksvolle Finger, die Hände eines Musikers und feine Gesichtszüge, die jene ambivalente Art von Sexualität spiegelten, die Männer zur Weißglut bringen kann und Frauen anzieht. Seine Stimme war leise und vibrierend, als sei er leicht atemlos. Immer wenn er etwas sagte, das er für besonders interessant hielt, legte er kokett den Kopf auf die Seite, ohne sein Gegenüber aus den Augen zu lassen.

«Anwälte sind Lügner», sagte er, stützte die Ellbogen auf die weiße Tischdecke und breitete die Hände aus. «Künstler sind charmant. Alma ist eine Künstlerin.»

Als sie abwinkte, erinnerte Gray sie daran, dass sie früher Mitglied im New Yorker City Ballett gewesen war.

«Ja, aber nur zwei Jahre.»

«Warum nur zwei Jahre?», wollte jemand wissen.

«Weil sie mich getroffen hat», erklärte Horace.

«Das war bei weitem das Beste, was ihr passieren konnte», sagte Gray mit einer matten Handbewegung.

Ich war von dieser großzügigen Bemerkung überrascht, was er mir wohl am Gesicht ablas.

«Sind Sie nicht dieser Meinung, Mr. Antonelli?» Er lehnte sich zurück, legte einen Arm vor die Brust und presste den Zeigefinger an den Mund. In seinen Augen entdeckte ich ein kurzes Aufflackern von Genugtuung.

«Das Beste, was beiden passieren konnte», erwiderte ich.

Möglich, dass Horace das Ganze peinlich war, jedenfalls wechselte er das Thema. «Ich will nur klarstellen, dass Alma nicht die Einzige ist, die ein tieferes Interesse an der Kunst hat. Ich wollte Schauspieler werden, als ich klein war. Das heißt, bis ich merkte, dass man mich eigentlich immer nur in derselben Rolle sehen wollte. Damals war ich noch ein bisschen militant», setzte er leise hinzu, als sei es nicht weiter wichtig. «Aber ich bestand darauf: Jago oder gar nichts!»

«Dabei ist der Othello eine der größten Rollen überhaupt», protestierte Gray und lachte gewinnend.

«Nun, das fand ich nicht. Er hätte merken müssen, was vor sich ging.»

«Das wäre dann allerdings keine Tragödie gewesen», erklärte Gray.

«Nein, aber viel gerechter und deshalb vielleicht auch eine bessere Lektion.»

«Mag sein», räumte Gray ein. «Aber nicht unbedingt bessere Kunst.»

«Sie meinen, nicht so charmant?»

«Ja, so kann man es auch sehen.»

«Also eine Lüge?», bohrte Horace.

Gray zuckte die schmalen Achseln. «Ich weiß es wirklich nicht.»

Alma hatte ihren Salat kaum angerührt und das Hauptgericht ignoriert. Gray und sie wechselten einen Blick und standen dann auf.

«Ich fürchte, ich muss Ihre Frau kurz entführen», sagte Gray, ging um den Tisch herum und nahm Almas Hand.

Horace und ich beobachteten, wie die beiden von Tisch zu Tisch gingen und alle begrüßten, die für das Privileg, dabei zu sein, bezahlt hatten.

«Was halten Sie von ihm?», fragte Horace.

«Er ist in Ordnung», antwortete ich gleichgültig. «Warum fragen Sie?»

«Nur so. Er ist sehr nett zu Alma. Ich habe bloß Probleme mit Leuten, die niemals um etwas kämpfen mussten.» Er schüttelte den Kopf, als wollte er einen Gedanken verscheuchen, und legte den Arm über die Rückenlehne von Almas Stuhl. «Nicht weiter wichtig. Und jetzt verraten Sie mir, wie Sie entschieden haben. Werden Sie den Fall übernehmen?»

Am anderen Ende des gedämpft erleuchteten Saals sah ich Gilliland-O'Rourke, die entspannt an einem Tisch stand. Ich legte den Arm über den von Horace und schob ein Knie auf den leeren Stuhl zwischen uns.

«Wussten Sie, dass sie hier sein würde?»

«Ehrlich gesagt habe ich mir keine Gedanken darüber gemacht. Alle Welt ist hier. Wieso?»

«Ich bin ihrem Mann über den Weg gelaufen. In der Toilette, gleich nachdem ich Sie in der Lobby verlassen hatte.»

Horace warf einen Blick auf den voll besetzten Speisesaal. «Und ich bin Marshall Goodwin begegnet.»

«Muss doch komisch sein», sagte ich, «mit jemandem zu reden, der keine Ahnung hat, was man über ihn weiß.»

Horace nickte. «Als Staatsanwalt erfährt man alles Mögliche über die Leute. Haben Sie eine Ahnung, wie oft Menschen fälschlich beschuldigt werden? Sie müssten sich die Polizeiberichte über Ihre Mandanten mal ansehen. Leute, die ganz offiziell irgendeiner Tat beschuldigt werden. Ich weiß von Anschuldigungen, die erhoben wurden, obwohl die Beweise für eine Anklage bei weitem nicht ausreichten.» Sein Blick schweifte durch den Saal. «Nicht mal die angesehensten Bürger dieser Stadt, die heute Abend hier versammelt sind, bleiben davon verschont, darunter auch hohe Tiere aus der Justiz, und sie selbst haben keine Ahnung davon.»

Ich zog den Arm zurück, hob das Knie und umfasste es

mit beiden Händen. «Wenn es keine besseren Beweismittel gibt, könnte genau das mit der Akte passieren, die ich gerade gelesen habe.»

Er legte die Hand auf mein Knie. «Das ist kein gewöhnlicher Mordfall», wandte er mit grimmiger Entschiedenheit ein. «Haben Sie gesehen, wie Gilliland-O'Rourke die Runde gemacht hat? Sie wird für den Gouverneursposten kandidieren. Und dann wird dieser Kerl der nächste Staatsanwalt. Mir ist klar, dass Sie ganz sicher sein müssen. Ich *wünsche* mir, dass Sie ganz sicher sind. Aber eins sollten Sie bedenken. Das ist kein Fall, bei dem man einfach sagen kann, dass er es vielleicht nicht getan hat. Wenn es auch nur den geringsten Tatverdacht gibt, müssen Sie damit vor Gericht gehen. Wenn er tatsächlich unschuldig ist, dann sollen die Geschworenen darüber entscheiden. An irgendeinem Punkt muss man sich einfach auf das System verlassen.»

Er sah mich einen Augenblick lang an.

«Ich habe es jedenfalls immer getan.» Und setzte dann hinzu, wobei er sich Mühe gab, nicht zu lachen: «Außer vielleicht, wenn Sie der Strafverteidiger waren.»

4

Als ich zum ersten Mal ein Gefängnis betrat, musste ich mich fast zwingen, die Stufen zum Eingang hinaufzusteigen. Zwar kommt man innerhalb von Minuten rein und auch wieder raus, wenn man einen Mandanten im Bezirksgefängnis besucht, doch kaum ist man hinter den hohen Steinmauern der Haftanstalt verschwunden, fragt man sich, ob sie einen jemals wieder freigeben werden.

Unter den wachsamen Augen einer jungen Vollzugsbeamtin in der üblichen Uniform aus dunkelblauer Gabardinehose und frisch gestärktem kurzärmligem Hemd trug ich mich in die Besucherliste ein. In dem kleinen Warteraum standen mehrere Frauen mit ihren Kindern teilnahmslos herum und warteten darauf, dass es losging. Eine gelangweilte Frau Ende dreißig war in ein orangefarbenes Sofa aus Kunststoff eingesunken. Es war so niedrig, dass ihre Knie fast auf derselben Höhe waren wie ihre Schultern. Sie las in einem Buch, kaute Kaugummi und sah aus wie eine ständige Besucherin, eine dieser Ehefrauen oder Freundinnen, die sich eine billige Wohnung in Salem mieten, damit sie ihre Männer während der Besuchszeiten, die zweimal am Tag stattfanden, sehen können. Als es ein Uhr schlug, erhob sie sich schwerfällig, ohne den Blick von der aufgeschlagenen Seite des Buches zu nehmen, und ging langsam zu der Reihe mit Schließfächern am anderen Ende des Raums. Nachdem sie das Buch und ihre abgewetzte Lederhandtasche in einem Schließfach verstaut hatte, reihte sie sich in die kurze Schlange ein, die sich mittlerweile gebildet hatte.

Ich hielt die Aktentasche mit beiden Händen vor der Brust, starrte auf die schwarzen Kratzspuren auf dem Linoleumboden und wartete hinter ihr auf die Sicherheitskontrolle. Sie ging durch den Metalldetektor und wurde dann aufgefordert, ihren Kaugummi wegzuwerfen. Eine große schwarze Frau löste Alarm aus, musste beiseite treten und die Ohrringe abnehmen.

Ich reichte dem Wärter meine Aktentasche. Während er den Inhalt inspizierte, zog ich meine Schuhe aus. Maßgeschneiderte Schuhe haben eine dünne Metallplatte in der Sohle, mit der man zwar jeden Detektor am Flughafen passieren kann, an den hochsensiblen Geräten in den Sicherheitstrakten der Gefängnisse jedoch nicht vorbeikommt. Ich gab Schuhe, Schlüssel, Füller und Kleingeld ab. Den Gürtel hatte ich vergessen, doch als die Alarmanlage losschrillte, nahm ich ihn ab und reichte ihn dem Sicherheitsbeamten. In Socken ging ich problemlos durch den schmalen hölzernen Durchgang, bekam meine Sachen zurück und zog Gürtel und Schuhe wieder an.

Nachdem alle die Sicherheitskontrolle passiert hatten, führte uns ein Wärter eine mit braunem Teppichboden ausgelegte Rampe hinab. Wir kamen an einem vergitterten Fenster vorbei, durch das man zwei hölzerne Picknicktische in einem mit Gras bewachsenen, von hohen Mauern umgebenen Gefängnishof und die Glasfenster des Wachtturms in der Ferne erkennen konnte. Unten angelangt, warteten wir, bis eine Zellentür geöffnet wurde. Weit vor uns gingen die Gefängnisinsassen in blauen Hemden ihren Geschäften nach, als bewegten sie sich in den Gängen eines Einkaufszentrums.

Nach wenigen Schritten blieben wir wieder stehen. Der

Wärter steckte einen schweren Metallschlüssel in eine Stahltür und ließ uns in einen lang gestreckten Raum im Souterrain treten. An der gegenüberliegenden Wand gab es ein paar Verkaufsautomaten. Auf einer erhöhten Plattform neben der Toilette saß ein Beamter in Uniform an einem Holztisch, ließ den Blick über die langen Reihen von einander gegenüberstehenden Plastikstühlen wandern und wachte darüber, dass keine Drogen übergeben wurden oder verbotene Körperkontakte stattfanden. Als ich ihm meinen Namen nannte, griff er nach dem Hörer seines schwarzen Tastentelefons und meldete mich an.

Ein paar Plätze entfernt von mir saß die Frau, die ihr Buch gelesen und die ich für eine ständige Besucherin gehalten hatte, vor einem der Häftlinge. Er hatte eine krumme Nase, sandfarbenes Haar und den erloschenen Blick eines Mannes, der schon sehr lange hier war. Es gab nichts Romantisches an der Art, wie sie sich ansahen; sie waren wie ein verheiratetes Paar, das irgendwo auf einer Parkbank sitzt, zufrieden in der Gesellschaft des anderen. Doch in einer Stunde würde er wieder in seine Zelle zurückgehen und sie in ihre kleine, trostlose Wohnung. Sie würden getrennt zu Abend essen, und dann würde das Telefon klingeln – das R-Gespräch, das wie jeden Abend mitgeschnitten wurde. Am Ende würden sie sich ein paar zärtliche Obszönitäten zuflüstern, mehr Nähe war nicht drin. Das Ganze könnte noch Jahre so weitergehen, bis er entlassen wurde, und nach wenigen Wochen der Leidenschaft würden sie entdecken, dass nichts so war, wie sie es sich immer erträumt hatten.

Die Luft war von Schweiß und Tabakrauch geschwängert. Als ich nach einer Weile den Wärter darauf aufmerksam machte, dass ich immer noch da war, griff er erneut nach dem Telefon und brummte irgendetwas hinein, während seine Augen beharrlich von einem Stuhl zum nächsten wanderten.

Lange Zeit starrte ich auf die Uhr über dem Tisch des Wärters und war überzeugt, dass sie kaputt war, bis der lange Zeiger plötzlich weitersprang und mir unmissverständlich klarmachte, dass eine Minute verstrichen war.

«Mr. Antonelli», rief der Wärter, zog die Beine unter dem Tisch hervor und stützte die Ellbogen auf die Knie. «Tut mir Leid, aber er ist nicht hier.»

«Was meinen Sie damit, er ist nicht hier?», fragte ich.

Er schüttelte den Kopf. «Man hätte es Ihnen am Eingang sagen müssen. Er ist drüben im Hochsicherheitstrakt untergebracht.»

Es war nicht sein Fehler. «Soll das etwa heißen, dass ich den ganzen Weg raus- und dann wieder reinmuss?», brummte ich.

«Ich fürchte, ja.» Er griff wieder zum Hörer. «Ich werde sofort dafür sorgen.»

Ich verließ das Betonlabyrinth auf demselben Weg, den ich gekommen war. Das Kreischen der Stahltür, die hinter mir ins Schloss fiel, hallte noch in meinen Ohren nach, als ich die Glastür am Eingang aufstieß und die Zementstufen zum gepflasterten Bürgersteig hinunterlief.

Ich fuhr um das Gebäude herum und ließ nochmal dieselbe Prozedur über mich ergehen, doch jetzt war ich allein. Zu diesem Eingang kam man nur aus offiziellem Anlass; niemand sonst wurde eingelassen. Der Wärter führte mich einen kurzen, breiten Gang entlang und durch eine Reihe von offenen Sicherheitstüren zu den Kabinen, bei denen Besucher und Insassen getrennt waren.

«Nein», sagte ich und blieb stehen. «Nicht hier drin. Ich habe ausdrücklich erklärt, dass ich von Angesicht zu Angesicht mit ihm sprechen will.»

«Aber das ist von Angesicht zu Angesicht», wandte er ein. Es war das erste Mal, dass er überhaupt den Mund aufmachte, und mir erschien seine hohe, weinerliche Stimme völlig fehl am Platz.

Ich hatte keine Lust, mich zu rechtfertigen, und jetzt, da ich nicht als Verteidiger agierte, brauchte ich es auch nicht.

«Bringen Sie ihn in einen Raum mit einem Tisch und zwei Stühlen.»

«Sind Sie sicher?», fragte er und verzog die Mundwinkel. «Mit diesem Kerl wäre ich ungern allein.»

«Das geht schon in Ordnung», beruhigte ich ihn, während er seinen Schlüsselbund durchging und schließlich ein paar Schritte hinter uns eine Sicherheitstür aufschloss.

Ich nahm einen Notizblock aus der Aktentasche, legte ihn auf den Tisch und trug in der oberen linken Ecke das Datum ein. Da ich sonst nichts zu tun hatte, klopfte ich mit dem Füller einen langsamen monotonen Rhythmus, dessen Geräusch der einzige greifbare Beweis dafür war, dass die Zeit nicht endgültig stehen geblieben war.

Durch eine Tür auf der anderen Seite des Raumes hörte ich gedämpfte Stimmen und dann einen metallenen Schlüssel im Schloss. Travis Quentin wurde in den Raum gestoßen. Seine Hände waren auf dem Rücken gefesselt, die Füße aneinander gekettet. Doppelt um die Hüften geschlungen, führte eine dicke Kette zwischen den Handgelenken hinunter zu den Fußgelenken und dann wieder nach oben. Sie zerrte seine Schultern nach hinten und streckte die Brust nach vorn. Zwei Wärter hielten ihn aufrecht, einer an jedem

Arm, und halfen ihm, mir gegenüber am Tisch Platz zu nehmen.

Er warf mir einen kurzen finsteren Blick zu, verzog die wulstigen Lippen und sah dann einen der Wärter an.

«Nehmen Sie mir die verfluchten Dinger ab!», fauchte er und erhob sich ein Stück vom Stuhl, um zu zeigen, was er meinte.

Der Wärter sah mich an. Ich klopfte mit dem Füller auf den Tisch. Quentins runder Kopf folgte den Augen des Wärters.

«Wenn Sie mit mir reden wollen, Mister, dann sagen Sie ihnen, dass sie mir die verdammten Dinger abnehmen sollen.» Seine Stimme war nicht mehr ganz so laut und sein Ton nur noch halb so fordernd.

«Sie irren sich», entgegnete ich. «Nicht ich will mit Ihnen reden, Mr. Quentin. Ich bin hier, weil Sie mit mir reden wollen.»

Er saß auf der Stuhlkante und spannte die Nackenmuskeln gegen den Zug der Kette. Das rechte Lid hing schlaff herab. Er beobachtete, wie ich mit dem Füller auf den Block klopfte, und versuchte herauszufinden, was ich vorhatte.

Mit rauer, trockener Stimme beharrte er: «Ohne mich haben Sie nichts in der Hand.»

Der Füller schlug wie ein Metronom und maß den Takt, während ich nachdenklich den Kopf hin- und herwiegte. Plötzlich hielt ich inne und beugte mich vor.

«Was meinen Sie mit nichts in der Hand, Mr. Quentin? Etwa die Behauptungen, die Sie aufgestellt haben, um nicht in der Gaskammer zu landen? Meinen Sie wirklich, dass Ihnen irgendwer glauben wird?»

«Der Kerl hat mich beauftragt, seine Frau umzubringen», sagte er.

Er zerrte immer noch an der Kette, aber seine Bewegungen waren nicht mehr so heftig, sondern wirkten eher verächtlich.

«Soll ich die Wärter bitten, etwas dagegen zu tun?», fragte ich und deutete mit dem Kinn auf die schweren, um seine Hüften gewickelten Eisenketten.

«Was glauben Sie wohl, verfluchte Scheiße?», fauchte er.

Ich verschränkte die Arme vor der Brust, lehnte mich zurück und schwieg. Einen Augenblick starrten wir uns an. Schließlich beruhigte er sich. «Ja, wär nicht schlecht.»

Ich sah den Wärter an, der einen halben Meter neben ihm stand. «Sie können sie abnehmen.»

Nachdem er die schweren Ketten abgenommen hatte, sah mich der Wärter an, als sei er nicht ganz sicher, was er als Nächstes tun sollte.

«Nehmen Sie ihm die Handschellen auch ab», sagte ich.

Als Travis die Handgelenke frei hatte, führte er die dicken Hände zum Hals, ballte sie zu einer Faust und drückte sie heftig gegeneinander, wobei er die Arme streckte, bis die Ellbogen nach vorn zeigten. Dann ließ er sie an den Seiten herabhängen, um den Kreislauf wieder anzukurbeln.

Der Wärter legte die Kette über den Arm und gab seinem Kollegen ein Zeichen. «Wir warten direkt vor der Tür», sagte er und machte Anstalten zu gehen.

«Einer von Ihnen sollte hier bleiben», erklärte ich und zeigte auf den Stuhl in der Ecke, während ich Quentin einen Blick zuwarf. «Für den Fall, dass wir später unterschiedlicher Meinung darüber sind, was hier besprochen wurde.»

«Ich habe meine Geschichte bereits den Bullen erzählt,

die nach L. A. runterkamen. Der Kerl hat mich beauftragt, seine Frau umzubringen. Ich habe sie getötet. Das habe ich zugegeben. Was wollen Sie sonst noch wissen?», fragte er und rieb sich den Arm.

«Ich habe den Polizeibericht gelesen. Da ist nichts drin.»

Er verstand immer noch nicht. «Was meinen Sie? Wie oft soll ich das noch erzählen? Er hat mich beauftragt, seine Frau umzubringen, und ich habe sie umgebracht.»

Ich legte die Ellbogen auf den Tisch und stützte das Kinn auf die Daumen. Dann sah ich ihn direkt an.

«Na schön. Es funktioniert so. Sie haben sie getötet. Er hat sie beauftragt.»

«Ja, so war es.»

«Dann hat er sich der Anstiftung zum Mord schuldig gemacht. Aber niemand kann aufgrund der unbestätigten Aussage eines Mittäters wegen Mordes verurteilt werden. Das habe ich gemeint, als ich sagte, dass da nichts drin ist. Sie haben keinerlei Beweise dafür, dass Goodwin was mit der Sache zu tun hatte. Nichts, was Ihre Aussage untermauern kann.»

«Wenn er mich nicht beauftragt hätte, wie hätte ich dann wissen sollen, wer sie war und wo sie war?», fragte er und grinste selbstgefällig. «Wie sonst wäre ich darauf gekommen?»

«Sie hätten das ja auch erst entdecken können, nachdem Sie sie getötet hatten. Sie haben ihre Handtasche mitgehen lassen. Darin befanden sich ihre Brieftasche, ihr Führerschein, ein Foto ihres Mannes.»

«Ach ja? Und was ist mit der Tatsache, dass er mich länger als eine Stunde in seinem Büro verhört hat, und dem tollen Deal, den er mir angeboten hat? Was zum Teufel war das, nur ein Zufall?»

«Die Staatsanwaltschaft stellt ständig irgendwelche Fälle ein. Die Durchsuchung war gesetzeswidrig. Er hat Sie vernommen, weil er sehen wollte, ob er Sie im Zusammenhang mit einer Drogenermittlung benutzen konnte. Das war der Deal.»

Ich setzte mich etwas vom Tisch weg, schlug ein Bein über das andere und umfasste das Knie.

«Die könnten argumentieren, dass Sie den Deal vorgeschlagen haben – dass Sie angeboten haben, in dem Drogenfall auszupacken, um sich zehn Jahre Haft zu ersparen –, und dann, als Sie wieder auf freiem Fuß waren, haben Sie beschlossen, es ihm zu zeigen. Und jetzt, wo Sie auf dem elektrischen Stuhl landen, fällt Ihnen ein, dass das noch nicht genug war und er Sie beauftragt hat, seine Frau zu ermorden.» Ich kniff die Augen zusammen und sah ihn an. «Haben Sie überhaupt eine Ahnung, was ein guter Strafverteidiger mit einem Typen wie Sie, der einen Mord zugegeben hat, im Kreuzverhör alles anstellen kann?»

Kopfschüttelnd stand ich auf und ging ein paar Schritte auf und ab. Der Wärter hockte vornübergebeugt auf seinem Stuhl in der Ecke und starrte zu Boden.

«Was hat er Ihnen gesagt, als Sie bei ihm im Büro saßen?», fragte ich und lehnte mich gegen die Ziegelwand.

«Nichts. Er fragte, ob ich bereit wäre, mich des Besitzes von Marihuana schuldig zu erklären und dafür einen Monat im Knast zu verbringen. Ich sagte so was wie: ‹Und wen soll ich dafür um die Ecke bringen?› Und er antwortete: ‹Darüber reden wir später.› Da war mir alles klar.»

Ich steckte die Hände in die Jackentasche und stellte die Füße über Kreuz. «Was war Ihnen klar?»

«Dass es kein Witz war, sondern zum Deal gehörte. Er

würde mir eine langjährige Haftstrafe ersparen, und ich würde mich dafür um jemanden kümmern. Ich sah es an seinem Blick.»

«Sie waren mindestens eine Stunde bei ihm. Worüber hat er mit Ihnen gesprochen, bevor Sie wussten, dass Sie jemanden für ihn töten sollten?»

«Hauptsächlich über mein Vorstrafenregister.»

«Und was genau?»

«Alles von A bis Z», antwortete er mit einem trockenen Lachen, das in seiner Kehle rasselte. «Angefangen bei meiner ersten Verhaftung. Er ist die ganze Liste durchgegangen, um rauszukriegen, wie eins zum anderen gekommen war. Er sagte, er wollte alles über mich wissen.»

Sein halb geschlossenes rechtes Auge zuckte unwillkürlich, während er darüber nachdachte, was passiert war.

«Irgendwie mochte ich den Kerl. Obwohl ich ihm nicht über den Weg getraut habe», setzte er schnell hinzu. So wie er es sagte, sollte ich wissen, dass er niemandem traute. «Aber irgendwie gefiel er mir. Er erinnerte mich an einen dieser Strafverteidiger, die einem sagen, wie sie den Fall gewinnen wollen, und bei denen man nicht weiß, ob sie einfach nur lügen oder wirklich so dämlich sind, dass sie selbst daran glauben.»

Er hielt inne, als wollte er im Geiste etwas gegeneinander abwägen. Dann zuckte er mit ausdruckslosem Gesicht die Achseln.

«Jedenfalls behandeln sie einen nicht so, als würden sie sich als Erstes die Hände waschen, wenn man mit ihnen gesprochen hat.»

Ich drehte meinen Stuhl um, setzte mich rittlings drauf und verschränkte die Arme über der Rückenlehne.

«Interessierte er sich besonders für die Verurteilungen wegen Totschlags?»

«O ja. Er wollte wissen, wie ich darüber denke.»

«Wie Sie darüber denken?»

«Ja», antwortete er und legte den Kopf leicht auf die Seite. «Er wollte wissen, ob ich noch an die Opfer dachte.»

«Und was haben Sie ihm erzählt?»

«Nicht viel.» Er zuckte die Achseln und wandte den Blick ab.

«Was haben Sie ihm erzählt?», wiederholte ich.

Er ignorierte mich, kratzte sich die pockennarbige Wange und murmelte irgendwas Unverständliches.

«Was haben Sie ihm erzählt?», beharrte ich.

Plötzlich hob er ruckartig den Kopf und starrte mich an. Seine Augen waren von einer seltsamen, fast dynamischen Bosheit erfüllt. «Jedenfalls nicht, dass es mir Leid tat, wenn Sie das meinen.»

«Es tut Ihnen nicht Leid, dass sie diesen Jungen vom zehnten Stock hinuntergestoßen haben?», gab ich zurück.

«Ich war selbst ein Kind», antwortete er. Offenbar war er überrascht, dass ich das überhaupt erwähnte. «Das war nichts. Jedenfalls nichts im Vergleich zu dem, was ich mit Goodwins Frau angestellt habe.»

Die meisten Verbrecher verharmlosen ihre Taten, um sie kleiner wirken zu lassen, unbedeutender, weniger strafwürdig, als sie in Wirklichkeit sind. Travis Quentin hatte dieses Bedürfnis nicht. Zweifellos war Marshall Goodwin zu der Erkenntnis gelangt, dass er es bei Travis Quentin mit einem ziemlich gewissenlosen Burschen zu tun hatte.

«Hatten Sie noch einmal Kontakt zu ihm, nachdem Sie wieder ins Gefängnis gebracht worden waren?»

«Nie wieder.»

«Und am Tag Ihrer Entlassung hat Ihnen jemand einen Umschlag übergeben. Auf diese Art haben Sie erfahren, was Sie zu tun hatten?»

«Ja. Ich kam aus dem Knast, und da wartete diese Frau. Sie hat kein Wort gesagt, mir nur den Umschlag in die Hand gedrückt und ist weitergegangen.»

«Woran können Sie sich sonst erinnern?»

Ein dummes, abstoßendes Grinsen flog über sein Gesicht. «Sie hatte eine tolle Figur.»

«Welche Haarfarbe?»

«Lieber Himmel, was weiß ich.»

«Was hatte sie an? Wie war sie gekleidet?»

«Kann mich nicht erinnern, aber sie war gut angezogen, ein Kostüm, glaube ich.»

«Berufskleidung also. Na schön. Alter?»

«Ende zwanzig, Anfang dreißig.»

«Und sie hat nichts gesagt? Hat Sie nicht gefragt, ob Sie Travis Quentin sind? Nicht erklärt, dass sie eine Nachricht vom Büro des Staatsanwalts überbringt, von Goodwin?»

«Hab ich Ihnen doch schon gesagt», erwiderte er gereizt. «Sie hat mir den Umschlag in die Hand gedrückt und ist verschwunden.»

«Mehr können Sie mir nicht über sie sagen?»

«Nein. Kann ich nicht», brummte er. «Aber ich weiß, wer sie ist.»

«Vor einer Minute konnten Sie mir nicht mal sagen, welche Haarfarbe sie hatte.»

«Welche Haarfarbe sie hatte, kann ich Ihnen nicht sagen. Aber ich weiß, wer sie ist.»

Ungeduldig schlug ich mit der offenen Hand auf den

Tisch. «Warum haben Sie das nicht vorher gesagt? Wieso steht das nicht im Polizeibericht?»

«Weil keiner danach gefragt hat, deshalb.»

«Na schön», sagte ich und versuchte, mich zusammenzunehmen. «Wie heißt sie?»

«Den Namen weiß ich nicht.»

Ich starrte ihn finster an und stand auf.

«Sie war im Gerichtssaal, als ich angeklagt wurde. Ich sah sie am Anwaltstisch sitzen, als sie mich reinbrachten. Ein echter Blickfang, so was vergisst man nicht so leicht.»

«Ist sie Anwältin, eine Strafverteidigerin?», fragte ich ungläubig.

«Nein», entgegnete er, während sich die Falten auf seiner Stirn vertieften. «Keine Strafverteidigerin. Sie ist Staatsanwältin.»

Ich umklammerte die Stuhllehne mit beiden Händen und starrte ihn an. «Sind Sie sicher? Sind Sie hundertprozentig sicher?»

«Hab ich doch gesagt. So was vergisst man nicht so leicht. Nicht bei der Figur.»

Der Wärter in der Ecke blickte plötzlich auf.

«Sie hatte dunkles Haar und große schwarze Augen. Eins siebzig oder fünfundsiebzig, schlank. Richtig?»

Ich achtete nicht darauf, was er antwortete. Es spielte keine Rolle. Ich wusste, wer sie war. Ich war ganz sicher.

5

Unter einem finsteren Himmel verließ ich das Gefängnis und fuhr nach Portland zurück. Nachdem ich zwei Stunden mit Travis Quentin zugebracht hatte, dachte ich nicht mehr darüber nach, ob ich das, worum Horace Woolner mich gebeten hatte, tun würde. Diese Frage hatte sich von selbst beantwortet. Stattdessen überlegte ich, wie es sein würde, plötzlich wieder dabei zu sein. In seinem Testament hatte mir Leopold Rifkin sein Haus und seine bemerkenswerte Bibliothek hinterlassen, weil er der Meinung gewesen war, es sei nie zu spät, sich mit ernsthaften Dingen zu befassen. Trotzdem hatte Horace Recht. Leopold hatte seine Bücher studiert und dennoch gearbeitet. Von mir hätte er nichts anderes erwartet.

Sobald ich zu Hause ankam, ging ich in die Bibliothek und griff zum Hörer. Während ich wartete, dass Horace abnahm, fiel mein Auge auf das Buch von Aristoteles, und ich musste daran denken, dass mir jedes Mal, wenn ich darin las, klar wurde, wie wenig ich tatsächlich wusste.

Alma nahm ab. «Sie haben schon wieder eine Eroberung gemacht. Madame Krupskaya fragt ständig nach Ihnen.»

Ich erinnerte mich an das grell geschminkte Gesicht der Russin, das wie eine bemalte Maske gewirkt hatte. «Wie alt ist sie überhaupt?»

«Na ja», antwortete sie. «Ich glaube nicht, dass sie wirklich für den Zaren getanzt hat …» Dann verebbte ihre Stimme in unsicherem Schweigen. «Sie ist eine außergewöhnliche Frau», sagte ich in dem Versuch, höflich zu sein.

Ein weiches Lachen, wie das gedämpfte Kichern eines Schulmädchens, verbarg sich hinter ihren Worten. «Sind Sie interessiert, Joe?»

«Noch nicht.»

«Noch nicht!», platzte sie heraus. «Was soll das heißen, noch nicht?»

«Ich bin zu jung für sie», erklärte ich.

«An dem Altersunterschied – oder was auch immer Sie meinen – wird sich auch in Zukunft nichts ändern, Joe.»

«Nein, aber wenn ich achtzig oder fünfundachtzig bin, fällt er nicht mehr so ins Gewicht.»

«Das sagen Sie jetzt», neckte sie mich.

«Ist Horace zu Hause?»

«Sie meinen, mit mir wollten Sie eigentlich gar nicht reden?» Sie wartete gerade lange genug, um mir ein schlechtes Gewissen zu machen. «Er ist auf dem Weg nach Hause. Er hat mich gerade aus dem Gericht angerufen. Soll er Sie zurückrufen?»

Ich sagte ja, und dann lud sie mich zum Abendessen ein. «Irgendwann bald», sagte sie. «Vielleicht treibe ich jemanden auf, der etwas weniger – wie soll ich sagen – reif ist als Madame Krupskaya.»

«Ich würde sehr gern kommen, aber wie wär's nur zu dritt?»

«Na, vielleicht auch zu viert», beharrte sie. «Sie sollten wirklich mehr ausgehen. Wir machen uns Sorgen um Sie. Sie müssen auf andere Gedanken kommen, Joe. Das muss jeder irgendwann», erklärte sie plötzlich ganz ernst.

Eine halbe Stunde später kam Horace sofort zur Sache. «Wie ist es gelaufen mit Quentin? Was ist er für ein Typ?»

«Er ist ein ziemlich starkes Argument gegen die Todesstrafe, wenn Sie mich fragen.»

Horace las meine Gedanken. «Weil sie zu gut für ihn wäre, was?» Mein Blick schweifte über das Bücherregal mit den zahllosen Werken über Moralphilosophie. Was konnten diese Bücher bei einem Typen wie Travis Quentin schon ausrichten? Als er alt genug war, um mit dem Studium der Ethik zu beginnen, war es bereits zu spät, als dass es seinen Weg noch hätte beeinflussen können.

«Begriffe wie Gut oder Böse sagen ihm nichts», versuchte ich zu erklären. «Stellen Sie sich jemanden vor, der immer das tut, was er will, und es anschließend sofort verdrängt, als wäre es ein Bonbonpapierchen, das man aus dem Wagenfenster wirft.»

«Hat er Ihnen irgendwas Neues erzählt?»

«Ich glaube, ich weiß jetzt, wer ihm den Umschlag mit den Informationen über Goodwins Frau gegeben hat.»

«Gut. Wer?»

«Die Frau, die er geheiratet hat: Kristin Maxfield.»

Er fluchte leise vor sich hin. «Sind Sie sicher?»

«Quentin hat sie wieder erkannt. Er hat sie während seiner Vernehmung zur Anklage im Gerichtssaal gesehen.»

«Das bedeutet nicht unbedingt, dass sie was mit der Sache zu tun hat.»

«Darf ich Sie was fragen, Horace? Goodwin war mitten in einer Verhandlung, als man ihm die Nachricht vom Tod seiner Frau brachte. Es ging um Mord. War sie es, die den Fall übernahm? War sie die stellvertretende Staatsanwältin in diesem Fall?»

Er versuchte, sich zu erinnern. «Schon möglich. Sie haben gewöhnlich zusammengearbeitet.»

Ich sah sie vor mir, wie sie in einem der Sitzungszimmer vor ihren dicken aufgeschlagenen Gerichtsakten saßen, die Tür zum Gang halb geöffnet. Jeder, der Überstunden machte, hätte sehen können, wie sie sich auf den nächsten Tag vorbereiteten. Ich wusste, wie das war, die ständigen Vorbereitungen, die besessene Suche nach den kleinsten Einzelheiten, die Unfähigkeit, sich länger als einen Augenblick davon zu lösen. Woran hatten sie in jener Nacht gedacht, als Nancy Goodwin starb und sie zusammenarbeiteten?

«Ich muss es wissen», sagte Horace, «so oder so. Werden Sie den Fall übernehmen?»

Ich konnte immer noch ablehnen. Wenn ich nein sagte, war die Sache abgeschlossen, und Horace würde es mir nie vorhalten. Wenn ich ja sagte, gab es kein Zurück mehr.

«Ja.» Nach einer kurzen Pause fragte ich: «Sie haben es gewusst, nicht wahr?»

«Sie mussten zurückkommen», antwortete er. «Früher oder später. Sie brauchten eine Weile Abstand, aber Sie hätten es nie ganz aufgegeben. Es steckt Ihnen im Blut. Sie können es einfach nicht lassen. Es ist wie mit dem Krieg. Alle Welt hasst ihn, aber wenn es lange keinen gegeben hat, vergisst man, wie es ist, und fängt an, nach einem Vorwand zu suchen, um einen neuen anzuzetteln.»

Ich hoffte, dass er sich täuschte, obwohl ich wusste, dass er Recht hatte. Auch vor Gericht kommt es nur darauf an, ob man gewinnt oder verliert. Jetzt, nach allem, was passiert war, glaubte ich, dass es einen Unterschied macht, ob man verdient gewinnt.

Während der nächsten hektischen Tage befasste ich mich mit den prosaischen Einzelheiten meines Entschlusses, zum zweiten Mal in meinem Leben eine Kanzlei zu eröffnen, die sich vorerst nur mit einem einzigen Fall beschäftigen würde. Wie jung und naiv ich doch gewesen war, als ich mich vor Jahren zum ersten Mal nach Büroräumen umgesehen hatte! Damals beflügelte mich die Gewissheit, eine Karriere vor mir zu haben, bei der alle meine Angeklagten unschuldig waren und niemals verurteilt würden. Wie schnell doch alles gegangen war! Ehe ich mich versah, hatte ich als Hauptteilhaber der am schnellsten expandierenden Firma in der Stadt aus dem Fenster meines Eckbüros den Sonnenuntergang über dem Mount Hood betrachtet und mich gefragt, wie es wohl gewesen wäre, wenn ich ein kleiner anonymer Anwalt geblieben wäre mit einer Klientel mittelloser Mandanten und einem schäbigen Zweizimmerbüro, einem Schreibtisch aus zweiter Hand und ein paar ausgeliehenen Stühlen. Ich schätze, es war eine Art Midlife-Nostalgie, vage Trauer über die verlorene Unschuld und die Erkenntnis, dass der Preis dafür anders ist alles, was man sich vorgestellt hat.

Trotzdem sollte mein zweiter Start auf keinen Fall so aussehen wie mein erster; die Tage spartanischer Einfachheit waren passé. Ich mietete eine Suite mit vier Räumen in einem modernen Gebäude, ein paar Häuserblocks vom Gericht entfernt, und richtete sie mit Perserteppichen und teuren Möbeln ein. Dann ging mir auf, dass ich keine Ahnung hatte, was ich als Nächstes machen sollte. Früher hatte sich Helen Lundgren, die mehr als zwölf Jahre meine Sekretärin gewesen war, um alles gekümmert. Ich war dermaßen selbstverständlich an sie gewöhnt, dass ich erst an sie dachte, als ich sie brauchte.

Die Telefone waren gerade angeschlossen worden. Als Erstes rief ich meine alte Kanzlei an.

«Sie hätten sich ruhig etwas früher melden können», schimpfte sie. «Sie trinken doch nicht wieder? Oder haben irgendwelche Dummheiten angestellt? Sie sind doch nicht etwa …?»

«Nein, mir geht es gut. Bestens. Ich mache gerade wieder eine Kanzlei auf.»

«Da werden sich die Ganoven aber freuen», sagte sie scharf, immer noch davon überzeugt, dass es weder falsche Anschuldigungen noch echte Irrtümer gab.

«Ich habe mich gefragt, oder besser gesagt, ich habe gehofft … Wären Sie daran interessiert, wieder für mich zu arbeiten? Ich weiß, dass Sie schon sehr lange bei der Firma sind, aber ich könnte Ihre Hilfe wirklich gebrauchen.»

Sie senkte die Stimme zu einem verschwörerischen Flüstern. «Wissen Sie, womit die mich hier beschäftigen? Ich muss mich mit Erbschaftsangelegenheiten rumschlagen, Treuhandkonten und so weiter. Wissen Sie, wie langweilig das ist?», fragte sie vorwurfsvoll. «Sie haben ja keine Ahnung, wie ich mich nach Mord, Vergewaltigung und all dem anderen zurücksehne, was wir früher gemacht haben. Wann kann ich loslegen?»

«Wann können Sie denn kündigen?»

«Die sollen kriegen, was sie verdienen. Ich kann anfangen, wann Sie wollen.»

Am nächsten Morgen wartete Helen bereits auf mich, die knochigen Knie übereinander geschlagen, noch hagerer als früher. Das Haar war etwas grauer geworden, und sie hatte ein paar neue Fältchen um die Augen. «Wie geht es Ihrem Mann?», fragte ich und setzte mich an den Schreibtisch.

«Er ist immer noch der glücklichste Mann auf der Welt», antwortete sie munter.

«Ich hatte irgendwie gehofft, dass Sie sich ein bisschen verändert hätten», sagte ich und lehnte mich zurück, in dem Versuch, mir ein Grinsen zu verkneifen.

«Nein, haben Sie nicht», gab sie zurück. «Wollen wir anfangen?»

Am Ende der Woche sah das Büro halbwegs nach einer Kanzlei aus. Helen hatte jemanden aufgegabelt, der den ganzen Tag und scheinbar auch nachts gearbeitet und die Bücherregale an den beiden Wänden des Zimmers aufgebaut hatte, das nun als Konferenzraum und Bibliothek diente. Ohne dass es eines Wortes zwischen uns bedurfte, sorgte Helen dafür, dass die Gesetzestexte, die ich eingelagert hatte, abgeholt wurden, und am Morgen nachdem die Regale fertig waren, stand sie auf einer Leiter und stellte sämtliche Bände des *Oregon Reporter* in chronologischer Reihenfolge an ihren Platz. Zwar lehnte sie meine Hilfsangebote normalerweise ab, als seien sie eine Aufforderung zur Unzucht, ich versuchte es aber trotzdem.

«Wenn was gut werden soll», erklärte sie und griff mit beiden Händen nach dem nächsten Band, «dann muss man es selbst machen.» Sie hatte die Gabe, die abgedroschenste Binsenwahrheit so zu zitieren, als wäre sie ein echter Geistesblitz.

«Wenn Sie einen Moment Zeit haben», sagte ich gedehnt und ging in mein Büro, «könnten Sie mich mit dem Büro der Staatsanwaltschaft verbinden.»

Kaum war die Tür hinter mir ins Schloss geschnappt, da ertönte die Sprechanlage auf meinem Tisch. «Wen wollen Sie denn dort sprechen?»

Auf der vorderen rechten Ecke meines Schreibtischs stand eine Kristallvase mit einer einzigen roten Rose. Weder die Vase noch die Rose hatte es am Tag zuvor gegeben.

«Danke für die Blume.»

Sie ging nicht darauf ein. «Wen wollen Sie sprechen?»

«Marshall Goodwin.»

Goodwin war nicht im Büro, doch zwei Stunden später rief er zurück.

«Joseph Antonelli!», rief er mit derselben Überschwänglichkeit, mit der er gelegentlich auch wildfremde Menschen bedachte. «Habe ich Ihre Sekretärin richtig verstanden? Kanzlei Joseph Antonelli! Sie sind also wieder im Geschäft? Großartig! Was kann ich für Sie tun?»

Er schien überrascht, als ich ihn zum Mittagessen einlud, ja sogar etwas unangenehm berührt, wie ich fand. Lag das an der unsichtbaren Linie, die so oft zwischen Staatsanwälten und Strafverteidigern gezogen wird, einer Trennlinie, die gesellschaftliche Kontakte zwischen den beiden Lagern verhindert? Oder war es etwas anderes?

«Es gibt da etwas, worüber ich mit Ihnen sprechen möchte», erklärte ich, als er zögerte.

«Natürlich, gern», antwortete er und kehrte zu seinem üblichen Enthusiasmus zurück.

Wir trafen uns am nächsten Tag in einem Fischrestaurant, einen Häuserblock von Burnside entfernt, und setzten uns an einen Holztisch im hinteren Teil. Goodwin trug eine Paisley-Krawatte und einen gut gebügelten, eleganten Zweireiher. Er flirtete mit der Kellnerin, als er einen Drink bestellte, und sah ihr nach, als sie wieder ging.

«Süß», sagte er und wandte sich mir wieder zu. «Finden Sie nicht?»

«Ein bisschen jung», entgegnete ich.

«Also erzählen Sie», sagte er und musterte mich mit unverhohlener Neugier. «Was hat Sie bewogen, den Anwaltsberuf wieder aufzunehmen?»

«Es war höchste Zeit», antwortete ich und erwiderte seinen Blick. Es war ein komisches Gefühl – besser gesagt, es war komisch, dass ich scheinbar überhaupt nichts fühlte. Ich weiß nicht genau, was ich erwartet hatte. Ich hatte Dutzende von Leuten verteidigt, die des Mordes angeklagt gewesen waren, die meisten davon schuldig, und fast alle waren freigesprochen worden. Doch selbst ein Mordprozess ist wie ein Theaterstück, eine von Shakespeares Geschichten, in der alle Gewalt außerhalb der Bühne stattfindet. Das Opfer ist bereits tot, und egal wie grausam der Mord war, er hatte weit weg von der umständlichen Zuvorkommenheit eines Gerichtssaals stattgefunden. Das hier schien anders zu sein und auf seltsame Weise realer. Ich saß jemandem gegenüber, der möglicherweise ein Mörder war und nicht einmal wusste, dass er verdächtigt wurde.

«Ich hatte nie Gelegenheit, Ihnen zu sagen, wie Leid es mir tut, was Ihrer Frau zugestoßen ist», erklärte ich ernst.

Er wandte den Blick ab, als wüsste er nicht genau, wie er reagieren sollte.

«Das ist schon lange her», antwortete er schließlich. Dann hellte sich sein Gesicht wieder auf, und er wechselte das Thema. «Doch jetzt erzählen Sie mir, was Sie vorhaben. Ich kann mir nicht vorstellen, dass Sie sich etwas so Langweiligem wie Zivilrecht widmen wollen. Arbeiten Sie wieder als Strafverteidiger?»

«Ich werde als Ankläger arbeiten», antwortete ich ganz ruhig.

Er hatte gerade an seinem Drink genippt und lachte. «Sie werden was?»

«Ich bin als Sonderankläger in einem Mordfall bestellt worden», offenbarte ich ihm. «Sie kennen doch das Statut.»

«O ja, natürlich», sagte er. «Wenn ein County niemanden mit der notwendigen Erfahrung oder dem Fachwissen besitzt. Tja, ich hätte nie gedacht, dass Sie mal jemanden hinter Gitter bringen würden», fuhr er fort und hob das Glas. «Willkommen im Club.»

Die Kellnerin kam und servierte das Essen. Goodwin klimperte mit dem Eis in seinem Glas und bestellte noch einen Drink. Als er die Hand hob, fiel mir seine Uhr auf, ein schmales Armband aus Blattgold und ein flaches Zifferblatt mit Jadesteinen und zwei feinen Zeigern für die Stunden und Minuten. Es strahlte die schlichte Eleganz zurückhaltenden Luxus aus. Ich konnte den Blick nicht davon abwenden.

«Ich habe sie mir selbst geschenkt», bemerkte er und zog den Ärmel zurück, bis die Uhr ganz sichtbar wurde. «Letztes Jahr, als ich vierzig wurde, habe ich sie anfertigen lassen.»

«Ich wusste gar nicht, dass Staatsanwälte so gut verdienen.»

«Also, was ist das für ein Fall?», fragte er und heuchelte Interesse. «Müssen Sie etwa in eins der öden Nester, wo sich die Füchse Gute Nacht sagen und das Büro des Staatsanwalts nur mit zwei Leuten besetzt ist?» Sein Lächeln ließ keinen Zweifel daran, was er von jemandem hielt, der außerhalb der einzigen Stadt arbeitete, die im County zählte.

«Nein, der Fall findet hier statt.»

«Hier in Portland? Das ist doch unmöglich.»

«Sie haben den Fall Marshall wieder ausgegraben.»

«Welchen Fall?»

«Den Mordfall an Ihrer Frau.»

Ich lehnte mich gegen die harte Lehne der Holzbank, um zu sehen, was er machen würde. Er reagierte nicht wie ein Ehemann, der seine Frau verloren hat, sondern wie ein Anwalt, der mit einer Verfahrensfrage konfrontiert wird.

«Sie wurde doch in Corvallis ermordet. Der Fall müsste dort verhandelt werden, nicht hier.»

«Ihre Frau wurde zwar in Corvallis ermordet, aber der Mordplan wurde hier ausgeheckt, in Portland. Ein paar Häuserblocks entfernt, um genau zu sein.»

Er kniff die Augen zusammen und musterte mich. «Ein paar Häuserblocks entfernt? Wie kommen Sie darauf? Warum sollte jemand meine Frau ermorden lassen?»

«Ich dachte, diese Frage könnten Sie mir beantworten.»

Er schüttelte langsam den Kopf und hielt dann inne. Seine Augen öffneten sich weit. «Worauf wollen Sie hinaus?»

«Travis Quentin hat ein Geständnis abgelegt. Er hat der Polizei alles erzählt. Wie Sie ihn in Ihrem Büro empfangen haben, wie Sie alle Anklagepunkte gegen ihn haben fallen lassen, wie Sie ihm am Tag seiner Entlassung einen Umschlag überbringen ließen, mit genauen Anweisungen, wo er Ihre Frau finden würde und das übrige Geld abholen könnte, das Sie ihm versprochen hatten.»

Ein verblüffter Ausdruck breitete sich auf seinem Gesicht aus. «Und deshalb hat man Sie als Sonderankläger bestellt?»

Er stand auf, warf die Serviette auf den Tisch und schüttelte den Kopf.

«Da haben Sie sich aber ein ziemliches Problem aufgehalst, Antonelli.»

«Wieso?»

«Weil ich es nicht war.»

6

«Was hätte er denn sonst sagen sollen?», fragte ich, als Horace mich finster anblickte.

«Wieso haben Sie ihn überhaupt darauf angesprochen? Was sollte das?»

«Ich wollte sehen, wie er reagiert, wenn er zum ersten Mal damit konfrontiert wird. Ehe er Zeit hatte, sich zu überlegen, was er sagen würde.»

Ich räkelte mich auf dem Stuhl vor Horaces Schreibtisch. Er stand am anderen Ende des Zimmers und schenkte sich einen Kaffee ein.

«Sind Sie sicher, dass Sie keinen wollen?», fragte er, als er sich in den Ledersessel hinter seinem Schreibtisch fallen ließ. Vorsichtig führte er den angeschlagenen Becher zum Mund. «Ich hatte einen harten Tag», seufzte er. «Die Antragsliste war einfach mörderisch. Alle denken nur daran, ihr Soll zu erfüllen. Manchmal glaube ich, dass wir im Gerichtssaal immer nur dasselbe machen, dieselben blöden Schriftsätze lesen, dieselben müden Argumente hören, vorgebracht von ein paar hohläugigen Anwälten, die viel zu viel Angst haben, Fehler zu machen, um irgendwas Originelles oder auch nur halbwegs Interessantes zu verfassen.»

Er wollte schon den nächsten Schluck nehmen, doch dann besann er sich eines Besseren. In seinen Augen funkelte boshaftes Erstaunen.

«Sie hätten es sehen sollen», sagte er. «Einer dieser weißen Pflichtanwälte – Sie kennen ja diese schlappen depressiven Typen – hat seine Argumente für die Einstellung des Verfahrens heruntergeleiert und dabei Wort für Wort wiederholt, was er in seinem Schriftsatz bereits geschrieben hatte.»

Mit seinem gnadenlosen Talent zur Nachahmung ließ Horace den Kopf zur Seite fallen und seine Augen gelangweilt durch den Raum schweifen. Jedes Mal, wenn sie mich erreichten, sah er rasch woanders hin.

«‹Diese Angelegenheit wurde vor drei Jahren entschieden, im Fall ...›», sagte er und äffte eine erschöpfte Stimme nach, die nur am Ende eines mühsamen Schnaufers überhaupt etwas von sich gab. Dann hob er wieder den Kopf. «Ich konnte einfach nicht anders», erklärte er. «‹Ist dieser Fall durch die aktuelle Rechtsprechung nicht kürzlich überholt worden?› fragte ich. Er sah mich tatsächlich zum ersten Mal an. Mein Gott, er glich einer Leiche, die gerade eine Transfusion bekommt, so rasch stieg ihm das Blut ins Gesicht. Ich drehte mich zum Staatsanwalt um. Auch er hatte keine Ahnung, aber denken Sie bloß nicht, dass er es zugegeben hätte. Von wegen!», brüllte er.

«‹Können Sie sich erinnern, Mr. Krueger?› frage ich. Der kleine Wichser! – ‹Ich bin sicher, dass Ihr Gedächtnis besser ist als meines, Euer Ehren›, gibt er zur Antwort.» Horace schüttelte den großen grauen Kopf mit spöttischer Verachtung.

«Also wandte ich mich wieder an den Pflichtverteidiger. ‹Und wie steht es mit Ihrem Gedächtnis, Counselor?› Wenn er auf Zack gewesen wäre, gut vorbereitet, wenn er gewusst hätte, wovon er redet, hätte er sagen können: ‹Nein, Euer Ehren, der Fall ist keineswegs überholt worden, das Gesetz ist nach wie vor gültig.› Stattdessen fummelt er in der

Akte rum und erweckt damit den Eindruck, dass er sich tatsächlich auf etwas beruft, das längst außer Kraft gesetzt ist.»

Horace hielt die Tasse mit beiden Händen und nahm einen Schluck. Mit halb geschlossen Augen blickte er auf etwas in der Ferne.

«Früher gab es Anwälte, die nicht ständig nur mit sich beschäftigt waren», sagte er nachdenklich. «Es ist noch gar nicht so lange her, da hätte mich der Staatsanwalt auf der Stelle korrigiert. Dass es seinem Fall nichts nutzte, wäre ihm egal gewesen. Wir mussten uns alle nach den Buchstaben des Gesetzes richten, und es spielte keine Rolle, dass man vorübergehend einen Vorteil einbüßte, wenn man den Fehler eines anderen korrigierte.»

Ich richtete mich auf. «Die Dinge ändern sich.»

Er zog die Mundwinkel nach unten, während er einen Augenblick darüber nachdachte. «Aber nicht gerade zum Besseren. Was meinen Sie?»

Wir sahen uns gegenseitig an, gefangen in unseren jeweiligen Erinnerungen an die Vergangenheit und Ereignisse, die unser Leben für immer verändert hatten.

«Offensichtlich nicht», antwortete ich.

Horace wandte sich ab, die Hände auf dem Schoß, die leblosen Beine ausgestreckt, und blickte aus dem Fenster.

«Es ist alles eine Illusion», sagte er unvermittelt. «Die ganze Idee des Fortschritts. Das Wesentliche hat sich nicht verändert. Und wird es auch nie tun.» Seine Stimme war jetzt kaum noch zu hören.

«Glauben Sie ihm?», fragte er.

«Goodwin?»

Er wandte das Gesicht leicht ab, um dem Licht, das von

draußen hereinfiel, auszuweichen. «Glauben Sie, dass er vielleicht doch die Wahrheit sagt?»

«Ich bin nicht sicher, ob ich ihn wirklich vor Gericht bringen kann, Horace», räumte ich ein.

Er verlagerte sein Gewicht, zog den Sessel näher an den Schreibtisch und legte beide Arme darauf.

«Als ich noch Staatsanwalt war, hatte auch ich manchmal Zweifel. Hin und wieder ergab sich eine Frage, die mich unsicher machte.» Er musterte mich einen Moment. «Sie hatten dieses Problem nie, was? Sie mussten sich nie fragen, ob Ihr Mandant tatsächlich unschuldig ist, oder? Mich hat so was die ganze Zeit beschäftigt. Es gibt nichts Schlimmeres als die Angst, jemanden für etwas zu verurteilen, das er nicht getan hat. Natürlich kann man sich sagen, dass es Sache der Geschworenen ist, darüber zu entscheiden. Aber nur man selbst liegt dann nachts wach und fragt sich, ob man einen Fehler gemacht hat. Nach außen zählt bloß, dass man seinen Fall gewinnt, aber lassen Sie sich etwas gesagt sein: Es gab Fälle, da hat es mir nichts ausgemacht, dass ich sie verlor.»

Ich sah ihm in die Augen und fragte: «Sie haben keinen Zweifel, was Goodwin anbetrifft?»

«Ich bin nicht der Ankläger in diesem Fall. Sie sind es, der entscheiden muss.»

Mit beiden Händen stemmte sich Horace hoch.

«Wollen Sie wirklich keinen Kaffee?», fragte er, als er steifbeinig zu der zerbeulten Blechkanne am anderen Ende des Raumes ging.

Nachdem er sich wieder eingeschenkt hatte, trat er zu einem Schwarzweißfoto in einem schlichten schwarzen Holzrahmen, das am Ende des Bücherregals an der Wand hing.

«Das waren wir», sagte er und tippte mit dem Fingerknöchel darauf. Das Foto zeigte zwanzig bis dreißig Männer und Frauen, alle in den gleichen T-Shirts. «Woolner Warriors.» Er lachte. «Unser Softballteam. Ich war der Anführer, wahrscheinlich, weil ich am lautesten schreien konnte. Der hier neben mir ist Goodwin. Ich glaube, er war der beste Sportler in der Mannschaft. Schnell wie ein Hirsch.» Er bewegte den Kopf wie ein Kämpfer hin und her. «Ich mochte ihn, wissen Sie. Ich mochte ihn wirklich.»

Ich stand auf und trat zu ihm. «Ist Kristin auch drauf?», fragte ich und ging näher ran, bis ich direkt vor dem Foto stand. Da war sie, die Zweite von links in der hintersten Reihe, so weit von Goodwin weg wie nur möglich. Alle Abgebildeten arbeiteten in der Staatsanwaltschaft, und fast die Hälfte waren Frauen, doch in Kristins großen dunklen Augen war etwas, das einen anzog und bewog, noch einmal hinzuschauen.

Horace beobachtete mich. «Möglich, dass sie das Motiv ist», spekulierte er.

Ich starrte sie an und zögerte, an meinen Platz zurückzukehren. «Sie könnte ein Motiv für alles Mögliche sein.» Ich nickte und wandte schließlich den Blick ab. «Aber er hätte sich doch bloß scheiden lassen müssen. Warum sollte er seine Frau umbringen?»

«Wegen des Geldes», antwortete Horace und zuckte die Achseln, als er zum Schreibtisch ging.

Ich blieb bei dem Foto stehen, steckte die Hände in die Hosentaschen und fragte: «Ist Ihnen jemals etwas an ihr aufgefallen? Oder an den beiden?»

«Sie fiel jedem auf», brummte Horace. «Kein Wunder.

Aber etwas zwischen beiden? Nein. Wenn ich mich recht entsinne, war sie verlobt.»

«Mit jemandem aus der Staatsanwaltschaft?»

«Ich kannte ihn nicht. Ich glaube nicht, dass ich ihm je begegnet bin», gestand er, und jetzt fiel das Licht vom Fenster direkt auf sein Gesicht. «Sie war fast zu hübsch. Wissen Sie, was ich meine? Die meisten Kerle hätten sich bei ihr keine Chance ausgerechnet. Und als bekannt wurde, dass sie verlobt war, hat wohl jeder gemeint, dass es ein reicher Pinkel wäre und sie den Job aufgeben würde, sobald sie verheiratet war.»

Ich stellte die Beine über Kreuz und starrte auf meine Schuhe.

«Ich hätte sie fast mal gefragt, ob sie mit mir ausgehen will», gestand ich.

Horace lachte. «Und warum haben Sie es nicht getan?»

«Keine Ahnung», entgegnete ich und sah auf. «Vielleicht weil sie einfach zu selbstsicher auftrat.»

«Vielleicht lag es daran, dass Sie nicht selbstsicher genug waren, als es um sie ging. Ich kann mich noch an ein paar Frauen erinnern, mit denen Sie zusammen waren. Die meisten waren nicht gerade schüchtern.»

«Ich hatte das Gefühl, dass sie nur spielte.»

«Nun, diesmal könnte sie sich auf ein richtig gefährliches Spiel eingelassen haben», erklärte Horace und runzelte die Stirn.

«Vielleicht ist sie aber bloß davon ausgegangen, dass sie einem Zeugen einen Umschlag mit Informationen übergab», sinnierte ich. «Sie arbeitete für Marshall, vergessen Sie das nicht.»

«Schon möglich», erwiderte er wenig überzeugt.

Ich warf einen letzten Blick auf das Gesicht auf dem gerahmten Foto und kehrte an meinen Platz zurück. Der Himmel zog sich zu, und der warme Schimmer, der Horaces dunkles Gesicht erhellt hatte, war verschwunden. Düstere Schatten senkten sich über den Raum, und das Weiße in seinen Augen schien gespenstisch in der Luft zu schweben. Einen kurzen Augenblick lang hatte ich das seltsame, beunruhigende Gefühl, von jemandem beobachtet zu werden, der mir völlig fremd war.

Ich machte Anstalten, mich zu setzen, änderte dann jedoch meine Meinung. Es wurde spät, und ich musste gehen.

«Ich brauche etwas Zeit. Es gibt ein paar Details, die ich gern noch von der Polizei untersuchen lassen würde.»

Die Sonne kam wieder hervor, und Horace wandte sich dem Licht zu, während er langsam die Fingerspitzen gegeneinander rieb.

«Es könnte zu spät sein», sagte er, «Gilliland-O'Rourke hat gestern Abend versucht, mich zu erreichen. Ich habe sie noch nicht zurückgerufen.» Er machte mir ein Zeichen, mich wieder zu setzen, und griff nach dem Hörer. «Wollen wir mal sehen, was unsere alte Freundin auf dem Herzen hat ...»

«Gwendolynl!», rief er, als sei der Ton ihrer Stimme das Beste, was er an diesem Tag erlebte. «Wie nett von Ihnen, mich anzurufen. Ich hätte auch schon längst zurückgerufen, aber ich war den ganzen Tag im Gericht, und Sie wissen ja, wie das ist.»

Dann fuhr er zusammen, hielt den Hörer etwas vom Ohr entfernt und rollte die Augen.

«Sie brauchen sich nicht so aufzuregen», sagte er, «man durfte einfach kein Risiko eingehen ... Nein, es ist nicht so, dass wir Ihnen nicht vertraut hätten. Sie müssen verstehen …»

Mit offenem Mund sah er mich an, und dann legte er kopfschüttelnd den Hörer auf. «Wie gesagt. Manche Dinge ändern sich nie.»

«War sie sauer?»

Er nickte heftig und seine Augen strahlten belustigt.

«Sagen wir, ein klein bisschen wütend. Goodwin hat es ihr vor zwei Tagen gesagt, direkt nach dem Essen mit Ihnen. Blieb ihm ja auch nichts anderes übrig.»

Ich hatte nicht darüber nachgedacht, aber als Horace es sagte, wusste ich, dass er Recht hatte. Hätte Goodwin damit gewartet, bis Anklage erhoben wurde, hätte es so ausgesehen, als wollte er etwas vertuschen. Wie auch immer, indem er direkt zu ihr gegangen war, hatte er den Anschein empörter Unschuld gewahrt. Und jetzt war auch Gilliland-O'Rourke empört.

Ich sah Horace an. «Was glauben Sie, was sie jetzt tun wird?»

Er grinste verächtlich. «Sie wissen genauso gut wie ich, was sie jetzt tun wird. Irgendwas so Abwegiges, dass es uns völlig logisch erscheinen wird, wenn sie damit fertig ist. Und wir werden uns wundern, warum wir nicht schon vorher drauf gekommen sind. Richtig?»

«Aber sie kann nichts tun», entgegnete ich.

Mit großen Augen sah Horace mich an und begann zu lachen. «Meinen Sie?»

Es war fast fünf Uhr, und ich war bereits spät dran. Ich verließ das Gericht und fragte mich, was Gilliland-O'Rourke tun könnte, und als ich im Hotel ankam, war ich schon fast überzeugt, dass sie versuchen würde, alles umzudrehen und mich der Anstachelung zum Meineid im Verfahren gegen Leopold Rifkin anzuklagen.

Alte Gewohnheiten sind schwer abzuschütteln und mit manchen schafft man es nie. Ich lebte zwar allein, aber mit der Enthaltsamkeit hatte ich mich immer noch nicht anfreunden können. In dem Jahr, nachdem mich Alexandra verlassen hatte, hatte ich mich gelegentlich mit einer Frau getroffen, für die Sex viel zu aufregend war, um es mit etwas so Edlem wie Liebe zu verwässern. Sie war eine große, schlanke Blondine mit flachen Brüsten, die mir offenbarte, dass sie von dem Tag, an dem sie ins College eintrat, bis sie sich zum dritten Mal hatte scheiden lassen, mit Hunderten von Männern geschlafen hatte und von keinem hundertprozentig befriedigt worden war. Wir benutzten einander für die Lust, und da niemals irgendwelche Erwartungen ausgesprochen wurden, gab es auch keine Enttäuschungen. So waren wir auf unsere Art mehr als bloße Bekannte und beinahe gute Freunde.

Ich räkelte mich auf dem Hotelbett, das Laken bis zur Brust hochgezogen, und lauschte dem Plätschern der Dusche. Schließlich kam sie nackt bis auf ein Handtuch, das sie um das Haar gewickelt hatte, aus dem Badezimmer und setzte sich neben mich.

«Ich habe nicht viel Zeit, Joe.»

Eine Spur undefinierbaren Bedauerns flog über ihren breiten, vollen Mund, als sie sich über mich beugte und mir einen flüchtigen Kuss gab. Vielleicht gerade weil sie gehen musste, wollte ich, dass sie blieb.

«Wir haben das Zimmer gemietet. Wir könnten die Nacht hier verbringen.»

Sie schob sich näher heran, bis ich direkt in ihre strahlenden braunen Augen sehen konnte. Der Geruch ihres Atems erinnerte mich an ein Mädchen, an das ich mich nicht entsinnen konnte, eins, das ich als Junge gekannt hatte, damals, als ich die Wochenenden noch in geparkten Autos verbrachte. Ihre Finger strichen mir über die Stirn und dann durch mein Haar. «Hast du das ernst gemeint, dass wir die Nacht zusammen verbringen könnten?», fragte sie leise.

«Wir könnten zusammen zu Abend essen …»

Sie legte die Hand auf meinen Mund und schüttelte den Kopf. In ihrem Blick lag spöttische Skepsis, als sie zu mir unter das dünne weiße Laken kroch.

Wir verloren uns in der süßen Ekstase des Sex. Als es vorbei war, lauschte ich erneut dem Plätschern der Dusche, und als ich sie beim Anziehen beobachtete, dachte ich nicht mehr daran, sie zum Bleiben aufzufordern. Ihre Art, sich zu bewegen, faszinierte mich – alles geschah mit mechanischer Effizienz. Sie sah mich an, während ihre Hände und Beine ständig in Bewegung waren.

«Wir können ein anderes Mal die Nacht zusammen verbringen», sagte sie und knöpfte sich die Bluse zu. «Aber nicht heute. Ich habe eine Verabredung.»

Die Hände hinter dem Kopf verschränkt, fragte ich: «Etwas Ernstes?»

Sie wandte sich von mir ab, betrachtete sich im Spiegel über dem kleinen Tisch und fing an, sich die Lippen zu schminken.

«Er will mich heiraten», erklärte sie gleichgültig.

«Und willst du das auch?»

Sie schob die Kappe auf den Lippenstift und presste die Lippen zusammen.

«Ich bin ganz gern verheiratet», antwortete sie und wirbelte herum, als wollte sie sich begutachten lassen. «Wie sehe ich aus?», fragte sie mich mit einem unsicheren Ausdruck in Gesicht.

Sie war attraktiv, und ich sagte es ihr.

«Du bist süß», antwortete sie, während sie sich heruntebeugte und mir vorsichtig einen Kuss auf die Wange gab, um den Lippenstift nicht zu verschmieren.

«Bleib liegen», sagte sie und richtete sich auf. An der Tür drehte sie sich noch einmal um. «Rufst du mich nächste Woche an?»

Als die Tür hinter ihr ins Schloss geschnappt war, lag ich da und starrte auf die Decke, schlaff, wunschlos, in einer tiefen Leere versunken. Nach einer Weile raffte ich mich auf, schleppte mich ins Bad und nahm eine lange heiße Dusche.

Nachdem ich mich angezogen hatte, warf ich den Schlüssel auf den kleinen Tisch vor dem Spiegel und sah mich noch einmal im Zimmer um. Das Bett war mit zerknüllten Kissen und zerknitterten Laken bedeckt, und sämtliche Handtücher lagen auf dem Boden verstreut. Es stank nach Sex. In zwei Stunden hatten wir das Zimmer eines der teuersten Hotels der Stadt in eine Szene aus einer billigen Absteige verwandelt.

Statt, wie beabsichtigt, das Hotel zu verlassen, überlegte ich es mir anders und ging in die Bar. Sie war klein, nur wenige Tische standen an der Wand. Ich setzte mich auf einen Lederhocker und bestellte einen Scotch mit Soda. Durch das Glasfenster vorn, auf dem der Name der Bar prangte, konnte ich sehen, wie sich die rotblaue Neonreklame des Kinos am Ende der Straße auf dem regennassen Bürgersteig spiegelte.

Auf der anderen Seite der Bar flimmerte ein Fernseher. Ich nippte an meinem Drink und beobachtete eine Weile den wechselnden Gesichtsausdruck der Sprecherin, die verschiedene Beiträge anmoderierte, von denen keiner länger als zwanzig Sekunden dauerte und die zweifellos alle von höchster Bedeutung waren.

«Könnten Sie die Lautstärke etwas höher stellen?», fragte ich den Barmann, als ich sah, dass die Staatsanwältin eine Erklärung abgab.

«Aber sicher», antwortete er, während er mit einem Geschirrtuch ein Glas abtrocknete. Er streckte sich und stellte die Lautstärke so ein, dass ich hören konnte, was sie sagte.

Gwendolyn Gilliland-O'Rourke war nicht mehr die Jüngste. Das knallrote Haar wurde allmählich rostbraun, und die grünen Augen strahlten nicht mehr so hell. Doch auch wenn sie sich verändert hatte, klang ihre Stimme noch genau wie früher.

Sie stand draußen vor ihrem Büro, im Hintergrund erkannte man das Schild BÜRO DES STAATSANWALTS, und las einen vorverfassten Text über eine Verhaftung vor.

«Nach eingehenden Ermittlungen, die die Polizei unter strenger Geheimhaltung durchgeführt hat, ist auf meine Anweisung hin Marshall Goodwin, stellvertretender Staatsanwalt von Multnomah County, wegen des Mordes an seiner Frau Nancy Goodwin verhaftet worden. Die Tat wurde vor zwei Jahren begangen.» Dann sah sie direkt in die Kamera und setzte hinzu: «Mr. Goodwin wurde am heutigen Nachmittag in Untersuchungshaft genommen. Da Mr. Goodwin, der von meinem Vorgänger, Richter Horace Woolner, ernannt worden war, stellvertretender Staatsanwalt war, wurde beschlossen, einen Sonderankläger zu bestellen, der den

Staat in der Sache gegen den Angeklagten vertreten wird, um jeglichen Verdacht von Begünstigung oder unangebrachter Härte von vorneherein auszuräumen. Ich habe die Ehre, Ihnen mitzuteilen, dass der Staat von einem der renommiertesten Anwälte in Oregon vertreten wird: Mr. Joseph Antonelli.»

Die Kamera schwenkte ab, als Gwendolyn anfing, die Fragen der Journalisten zu beantworten, und kehrte zu der Nachrichtensprecherin im Fernsehstudio zurück.

«Der stellvertretende Staatsanwalt Marshall Goodwin, der die besten Aussichten auf den Posten des Staatsanwaltes hatte, wenn Gilliland-O'Rourke erwartungsgemäß nächstes Jahr für den Gouverneursposten kandidiert, wurde also aufgrund eines Mordverdachts festgenommen. Überraschenderweise wird der Strafverteidiger Joseph Antonelli als Ankläger in diesem Fall auftreten. Wir haben bislang vergeblich versucht, Mr. Antonelli zu erreichen.»

Ich sprang auf und bezahlte meinen Drink. Auf der Straße schlug ich den Kragen hoch und zog die Schultern ein, um mich vor dem unaufhörlichen Nieselregen zu schützen. Auf der anderen Straßenseite hatte sich eine Schlange vor der Kinokasse gebildet. Eine Zeit lang wanderte ich ziellos umher und grübelte über meine eigene Dummheit. Ich konnte mir lebhaft vorstellen, wie Goodwin zu Gilliland-O'Rourke ins Büro gestürmt war, um ihr zu berichten, er habe soeben erfahren, dass er wegen des Mordes an seiner Frau angeklagt werden sollte. Und ebenso gut konnte ich mir vorstellen, wie sie, einer der gewissenlosesten Menschen, die ich je kennen gelernt hatte, ihn wie eine gute Freundin beruhigte und, kaum hatte er ihr Büro verlassen, alles Notwendige veranlasste, um ihn festnehmen zu lassen. Ich hatte unbedingt Marshall Goodwins Gesicht sehen wollen, als er zum ersten Mal hörte, was Travis Quentin gegen ihn ausgesagt hatte, weil ich mich vergewissern wollte, dass er tatsächlich schuldig war. Stattdessen wusste ich nun nur eines: dass ich einen Mann anklagen würde, der möglicherweise unschuldig war.

7

Wie die Zeit macht auch das Gesetz vor niemandem Halt. Ob es sich um einen betrunkenen Penner handelt, der des Diebstahls einer billigen Flasche Weins bezichtigt wird, oder um einen prominenten Vertreter der Justiz, der des Mordes angeklagt wird – jeder, der in Untersuchungshaft genommen wird, muss binnen achtundvierzig Stunden einem Haftrichter vorgeführt werden. Als ein Hilfssheriff den Häftling Marshall Goodwin zum Anwaltstisch führte, damit formell Anklage gegen ihn erhoben werden konnte, schien dieser sich am meisten seiner Kleidung zu schämen. Die teuren Anzüge, die dezent eleganten Krawatten, gestärkten Hemden und glänzenden schwarzen Schuhe waren durch das formlose blaue Baumwollhemd mit V-Ausschnitt und die weite Bündchenhose ersetzt worden, in der alle Häftlinge gleich aussehen.

Goodwin wollte niemanden ansehen, und niemand wollte ihn ansehen. Nur die stupide Einförmigkeit des Gesetzes erlöste uns vor der peinlichen Stille.

«Mein Name ist Joseph Antonelli, Euer Ehren», begann ich. «Ich bin als bestellter Sonderankläger hier.»

Kaum sichtbar hinter seiner Bank saß Richter Stanley Roberts, ein winziger Mann, der regelmäßig mit gespieltem Mitgefühl Gnadengesuchen lauschte, ehe er dann beispiellos harte Strafen verhängte, und studierte die Akte, die vor ihm lag. Die Deckenleuchte schimmerte auf der nackten Haut seines Kahlkopfs.

Er sah auf. «Die Ernennung zum Sonderankläger liegt

vor. Fahren Sie bitte fort.» Kaum hatte er das gesagt, wandte er den Blick ab.

Zwar hatte ich dem Ritual, mit dem der Staat einem seiner Bürger den Krieg erklärt, unzählige Male zugehört, diese Worte selbst jedoch noch nie ausgesprochen.

«Wir verhandeln gegen Marshall Goodwin, Euer Ehren. Er ist aufgrund einer diesbezüglichen Information der Anstiftung zum Mord angeklagt. Nehmen Sie bitte zu Protokoll, dass ich Mr. Goodwins Anwalt eine Kopie der Anklageschrift ausgehändigt habe.»

Goodwin hatte sich einen der besten Strafverteidiger des Landes genommen. Sollte irgendjemand an Richard Lee Jones' Können zweifeln, so war dieser nur allzu bereit, ihn davon zu überzeugen. Groß und breitschultrig marschierte er durch den Gerichtssaal, mit rudernden Armen und blitzenden Augen, fest davon überzeugt, dass allein der Klang seiner Stimme die zwölf Männer und Frauen, aus denen eine Jury bestand, verzaubern konnte. Er war einer der letzten Vertreter einer altmodischen Redekunst vor Gericht und ließ spätestens nach zehn Minuten seines Schlussplädoyers eine dichte schwarze Haarlocke in die Stirn fallen, so wie auf dem Foto von Clarence Darrow, das auf dem Schreibtisch seines Büros in La Grande, in der hoch gelegenen Wüste östlich der Cascades, stand.

Mit spitzen Fingern nahm er den Schriftsatz entgegen, als strömte ihm daraus Gift entgegen. Seine Mundwinkel waren immer leicht nach unten verzogen. Unter den Hosenaufschlägen seines dreiteiligen Maßanzugs lugte ein Paar Schlangenlederstiefel hervor.

Ohne die Unterlagen abzulegen, stützte er eine Hand in

die Hüfte und die andere auf den Tisch, während er sich vorbeugte.

«Für das Protokoll. Ich bin Richard Lee Jones.» Er hielt inne und wandte mir den Kopf zu. «Ich werde in diesem Prozess Mr. Goodwin verteidigen.»

«Wollen Sie sich jetzt schuldig bekennen?», fragte Richter Roberts.

«Wir plädieren auf nicht schuldig», antwortete er, ohne den Blick von mir zu nehmen, «und stellen den Antrag, die Klage fallen zu lassen, da wir selbstverständlich davon ausgehen, dass Mr. Antonelli einen Anklagebeschluss erwirken kann.»

Plötzlich wandte er den Blick von mir ab und sah den Richter an.

«Mr. Goodwin hat nur den einen Wunsch, seinen Namen von diesen ungeheuerlichen Beschuldigungen reinzuwaschen, Euer Ehren. Und gewiss kann er mehr zu seiner Entlastung beitragen, wenn er aus der Untersuchungshaft entlassen wird. Wir stellen daher respektvoll den Antrag, ihn auf Ehrenwort aus der Untersuchungshaft zu entlassen.»

«Bei einer Mordanklage, Mr. Jones?», fragte der Richter stirnrunzelnd. «Die Kaution wird auf zweihunderttausend Dollar festgesetzt.»

Jones wirkte keineswegs enttäuscht. Er flüsterte seinem neuen Mandanten ein paar Worte zu. Dann legte ein Hilfssheriff Goodwin die Hand auf den Arm und führte ihn ab. Jones warf die Anklageschrift in seine lederne Aktentasche, ließ das Schloss zuschnappen und wandte sich zum Gehen. Er blieb gerade lange genug stehen, um mir einen letzten eisigen Blick zuzuwerfen.

«Noch vor Ende des Tages habe ich ihn draußen.»

Trotz Richard Lee Jones' brachte ich meine Anklage vor dem Anklageprüfungsverfahren der Grand Jury durch. Während der Aussage von Travis Quentin gab es Augenblicke, in denen ich mich fragte, ob ich selbst die Anklage zugelassen hätte. In einem düster beleuchteten Saal im obersten Stock des Gerichtsgebäudes hörten die Geschworenen, die meisten im mittleren Alter oder darüber, anschließend schweigend zu, wie ich dem Kronzeugen der Anklage die Geschichte des Mordes an Nancy Goodwin aus der Nase zog.

Quentin saß auf einem Holzstuhl ohne Armlehnen. Wieder zerrten die schweren Ketten an seinen Schultern und Beinen. Hinter ihm standen zwei bewaffnete Beamte. Ich saß an einem kleinen Tisch direkt vor ihm, keine drei Meter entfernt.

«Trifft es zu, dass Sie Nancy Goodwin vor zwei Jahren ermordet haben?»

Quentin hob den Kopf und drehte ihn ein wenig zur Seite, sodass er mich wie üblich leicht schräg im Blick hatte.

«Ja», brummte er.

«Und warum haben Sie sie getötet?»

Sein Blick schweifte ab und blieb dann an einem der Geschworenen hängen, die alle links von ihm saßen.

«Ich wurde dafür bezahlt», erklärte er, während sein Blick weiterwanderte.

«Wie viel haben Sie bekommen?», fragte ich scharf, um seine Aufmerksamkeit wieder auf mich zu lenken.

Er wandte sich mir zu. «Zehntausend.»

«Das ist nicht viel für ein Leben, nicht wahr?», fragte ich streng.

«Nicht übel für eine Stunde Arbeit», gab er zurück.

Ein Stuhlbein quietschte auf dem Linoleumboden, als einer der Geschworenen sein Gewicht verlagerte; ein anderer räusperte sich. Ich beobachtete ihre Gesichter, konnte jedoch kein sichtbares Anzeichen für Schock, Wut oder auch nur Ungläubigkeit darin erkennen. Stattdessen erfüllte ein fast greifbarer Unmut den Saal, als wollten sie, da sie kein Funke von Menschlichkeit mit Travis Quentin verband, nicht daran erinnert werden, dass jemand wie er überhaupt existierte.

«Wer hat Sie für den Mord an Nancy Goodwin bezahlt?», fragte ich schließlich.

«Ihr Mann, der Staatsanwalt.»

«Sie meinen Marshall Goodwin, stellvertretender Staatsanwalt von Multnomah County?»

«Ja, das ist der Kerl», antwortete er.

Er hob die gefesselten Arme vor die Brust und zerrte an der Kette, um das Gewicht des Eisens auf einen anderen Punkt seiner Schultern zu verlagern.

«Könnten Sie mir die Dinger nicht abnehmen? Ich werde schon nicht türmen», bemerkte er und deutete mit dem Kinn auf die Wärter hinter sich.

Ich ging nicht darauf ein. «Woher wissen Sie, dass er Sie bezahlt hat?»

Er ließ die Arme wieder in den Schoß fallen, wobei die Ketten laut rasselten. Dann starrte er mich mürrisch an und schwieg.

«Woher wissen Sie, dass er Sie bezahlt hat?», wiederholte ich.

Er schwieg beharrlich.

Ich schob meinen Stuhl etwas vom Tisch zurück, schlug

die Beine übereinander und ließ beide Arme an den Seiten hinunterbaumeln.

«Wir haben alle Zeit der Welt, Mr. Quentin. Nehmen Sie sich, so viel Sie brauchen», sagte ich gelassen. «Die Ketten werden dadurch nicht leichter.»

«Sie tun weh», sagte er und legte den Kopf auf die linke Schulter.

Ich sah einen der Wärter an und nickte. Er hob die Kette von Quentins Schulter und verschob sie ein paar Zentimeter nach hinten. Einen Augenblick lang flackerte so etwas wie Dankbarkeit in seinen Augen auf.

Ich wiederholte meine Frage, und dieses Mal antwortete er. Methodisch, eine Frage nach der anderen, spürten wir der Entwicklung von Marshall Goodwins Mordauftrag nach.

«Und was geschah, als Sie aus dem Gefängnis entlassen wurden?»

Er schilderte, wie man ihm ein Päckchen übergeben hatte – einen großen Briefumschlag –, und erzählte, was darin gewesen war. Nach der Frau, die den Auftrag ausgeführt hatte, fragte ich nicht.

Nachdem ich meine letzte Frage gestellt hatte, erklärte ich der Sprecherin der Grand Jury, dass ich mit dem Zeugen fertig sei.

Die Sprecherin, eine korpulente Frau Mitte dreißig mit langen schwarzen Wimpern, sah sich um.

«Hat noch jemand Fragen an den Zeugen?»

Es war, als hätte sie eine Obszönität vorgeschlagen. Alle sahen weg. Schließlich hob eine ältere Frau langsam die Hand.

Ich hatte zuvor bemerkt, dass sie nervös die Lippen zusammenpresste, als Quentin sich zu dem Geld, das er für den Mord an Nancy Goodwin erhalten hatte, so brutal äußerte.

«Mr. Quentin», fragte sie und warf ihm einen bekümmerten Blick aus ihren blassblauen Augen zu. «Ich möchte Sie etwas fragen. Bedauern Sie Ihre Tat?»

Quentin achtete nicht auf sie, während sie die Frage stellte. Seine Augen folgten der Bewegung seiner Daumen, die an der Kette auf und ab strichen. Als sie fertig war, hielt er in der Bewegung inne und sah auf. Er hatte den Mund bereits geöffnet, die Worte lagen ihm auf der Zunge, doch dann sah er sie, eine zerbrechliche alte Frau, die keiner Fliege etwas zu Leide tun konnte. Sein Mund schloss sich von selbst, er senkte den Blick und sah zu, wie seine Daumen wieder dieselbe Bewegung aufnahmen wie vorher.

Die Wärter halfen ihm beim Aufstehen. Als er die gefesselten Füße über den Boden schleifte, rasselten die Ketten, die ihn gebeugt hielten, und gaben ein seltsames Echo von sich, das von irgendwo tief unter der Erde zu kommen schien. Niemand sagte ein Wort, bis er den Raum verlassen hatte.

Es war kurz nach halb zwölf, und keiner hatte etwas dagegen einzuwenden, die Sitzung zum Mittagessen zu unterbrechen, ehe wir den nächsten Zeugen anhörten. Als ich aus dem Gerichtsgebäude trat, war die Luft klar und frisch, der Himmel wolkenlos blau. Ich war mit Horace zum Mittagessen verabredet und hatte noch viel Zeit. Gegenüber dem Gerichtsgebäude setzte ich mich auf eine grüne Holzbank und beobachtete, wie ein Eichhörnchen über den Rasen lief. Plötzlich hielt es inne, machte mit einer Eichel zwischen den Klauen und zitterndem Schnurrbart Männchen und huschte dann den knorrigen Stamm einer Eiche empor. Auf der anderen Seite des Gehwegs beugte sich eine junge Frau zu einem kleinen Jungen hinab und redete ihm gut zu, während er versuchte, sich aufzurichten, indem er sich an den Knien der Mutter festhielt.

Es war der erste warme Frühlingstag. Ich lockerte meine Krawatte und zog den Mantel aus. Der Junge ließ das Knie der Mutter los, schwankte und fiel dann auf den Hosenboden. Einen Augenblick sah er aus, wie nur ein Kind aussehen kann, wenn es nicht weiß, ob es lachen oder weinen soll. Die Mutter strahlte ihn an und lachte, und kurz darauf lachte auch er.

Ich streckte den Arm über die lange Rückenlehne der Bank, hob das Gesicht der Sonne entgegen und schloss die Augen. Als ich sie wieder öffnete, sah ich, wie das Kind sich mit ausgestreckten Armen an den Fingern der Mutter festhielt und verwundert über seine eigene Leistung einen Fuß vor den anderen setzte. Wie einfach es doch war, das Leben vorbeigehen zu lassen. Ich war über fünfzig und hatte nie geheiratet, geschweige denn ein Kind gezeugt. In den Jahren meiner ehrgeizigen Karriere, als immer nur der nächste Fall vor Gericht wichtig war, hatte ich geglaubt, dass sich all diese Dinge von selbst ergeben würden.

Mit wachsendem Vertrauen ließ der Junge die Hände seiner Mutter los und war jetzt ganz auf sich allein gestellt. Zu seiner Überraschung gaben die kleinen Beinchen nach, und er landete erneut auf dem Pflaster. Doch diesmal dachte er gar nicht mehr daran, zu weinen, sondern wälzte sich auf die Knie, stemmte sich hoch und legte die Arme auf die Beine der Mutter, um es von neuem zu versuchen.

Allmählich füllte sich der Park mit Menschen, die ihre

Mittagspause im Freien verbringen wollten. Ich warf mir den Mantel über die Schultern, ging an dem Jungen und seiner Mutter vorbei und fragte mich flüchtig, wie es wohl wäre, selbst eine Frau und ein Kind zu haben.

«In einer Woche wird er laufen», hörte ich mich plötzlich sagen.

«Wahrscheinlich», antwortete sie und lachte.

Sie hatte fröhliche Augen und ein angenehmes Lächeln, und der Junge war so sehr der Mittelpunkt ihres Lebens, dass sie mich einen Augenblick später nicht mal mehr ansatzweise hätte beschreiben können, obwohl sie mich direkt angesehen hatte.

Horace erwartete mich bereits vor dem Restaurant. In seinem dunkelbraunen Anzug mit blauweiß gestreiftem Hemd, einer riesigen Fliege und einem zerknautschten irischen Wanderhut wirkte er mehr wie ein Anglistikprofessor als jemand, der die meiste Zeit seines Lebens in der bedrückenden Atmosphäre des Strafgerichtes verbracht hatte.

«Sie sind spät dran.» Er gluckste. «Aber ich hab mir schon gedacht, dass Sie die Zeit vergessen würden, wenn man Sie auf eine Grand Jury loslässt.»

«Eigentlich haben wir ziemlich früh Schluss gemacht. Ich habe nur noch ein paar Minuten im Park gesessen. – Eleganter Anzug», setzte ich hinzu, als wir das Restaurant betraten und auf einen Tisch warteten.

«Alma hat gesagt, sie wäre Ihnen sehr dankbar, wenn Sie mir in diesen kein Loch bohrten», sagte er ernst. «Sie hat ihn ausgesucht.»

«Und wer hatte die Idee mit der Fliege?»

Er musterte mich durch halb geschlossene Augen. «Haben Sie jemals versucht, so ein Ding zu binden? Ich habe den halben Morgen dafür gebraucht», erklärte er verwundert – ob darüber, wie lange er gebraucht hatte, oder darüber, dass er es selbst geschafft hatte, konnte ich nicht sagen.

Wir wurden zu einem Tisch am Fenster geführt. Die Straße war voller Autos, und die Bürgersteige wimmelten von Passanten, die zum Einkaufen ins Zentrum gekommen waren. Die ganze Stadt war auf den Beinen, um den schönen Tag auszunutzen.

«Kauft Alma eigentlich alle Ihre Anzüge?»

«Nein», erwiderte er streng. «Ich kaufe sie. Sie sucht sie nur aus. – Und Sie haben einfach so im Park gesessen?»

«Wie geht es Alma?»

«Sie hat viel zu tun. Das Ballettensemble», sagte er kopfschüttelnd. «Manchmal denke ich, dass es zu viel ist. Aber sie liebt es, und darauf kommt es an. – Was haben Sie denn im Park gemacht? Akten studiert?»

«Nein, gar nichts. Nur dagesessen und eine junge Mutter beobachtet – besser gesagt, ein junges Mädchen –, die mit ihrem Kind spielte. Es ist etwa ein Jahr alt und lernt gerade laufen. Es machte immer einen oder zwei Schritte, fiel dann auf den Hosenboden und versuchte es wieder.»

Horace nickte. «Und da haben Sie Sehnsucht nach einem ganz gewöhnlichen Leben bekommen, was? Frau, Kinder und alles, was dazugehört?»

«Ich habe mich nur gefragt, wie es wohl gewesen wäre.»

«Noch ist es nicht zu spät», bemerkte er beiläufig, während der Kellner kam.

Nachdem wir die Bestellung aufgegeben hatten, beugte sich Horace über den Tisch.

«Und jetzt erzählen Sie endlich. Es war doch das erste Mal vor einer Grand Jury für Sie, oder?»

«Nein, das zweite. Das erste Mal ist schon viele Jahre her, damals, als ich anfing. Ich wurde als Zeuge aufgerufen, als ich noch als Pflichtverteidiger arbeitete. Einer meiner Mandanten war nicht zu seiner Verhandlung erschienen und wurde verwarnt. Dann riefen sie mich auf, und der Staatsanwalt, der den Fall verhandelte, fragte mich in Anwesenheit der Grand Jury, ob ich meinen Mandanten unterrichtet hätte, wann er vor Gericht zu erscheinen hatte.»

Horace grinste. «Lassen Sie mich raten. Sie haben sich auf das Aussageverweigerungsrecht berufen?»

«Klar», antwortete ich. «Ich hatte doch keine Ahnung.»

«Und man hat Ihnen Missachtung des Gerichtes vorgeworfen?»

«Man hat es versucht», sagte ich und zuckte die Achseln. «Rifkin hat mich rausgeboxt. Er erklärte dem Staatsanwalt, dass eine Missachtung des Gerichtes nur vorläge, wenn ich die Antwort absichtlich verweigert hätte, was jedoch nicht zutreffe. Offensichtlich sei mir nur nicht bekannt, was das Aussageverweigerungsrecht tatsächlich umfasse. Und dann belehrte er mich, dass es mich keineswegs davor bewahre, auszusagen, ob mein Mandant gewusst habe, wann er vor Gericht zu erscheinen hatte, oder nicht. Er legte mir nahe, der Grand Jury zu sagen, was ich wusste.»

«Typisch für Leopold. Der einzige Mensch in meinem Leben, der einem ins Gesicht sagen konnte, was für ein Trottel man ist, und dem man auch noch dankbar dafür war.»

Wir waren mit dem Essen fast fertig, als er mir endlich die Frage stellte, die ihm schon seit Tagen auf den Nägeln brannte.

«Es ist Ihr Fall, und Sie müssen mir nichts verraten, wenn Sie nicht wollen, aber warum haben Sie Kristin rausgehalten? Im Büro wird sie behandelt wie eine Art Märtyrerin. Gilliland-O'Rourke hat ihr vorgeschlagen, sie solle sich so lange frei nehmen, wie sie bräuchte. Jeder hält sie für das Unschuldslamm.»

Ich vergewisserte mich, dass niemand zuhörte, und sagte dann: «Hören Sie, Horace, ich bin mir nicht mal sicher, ob sie nicht alle beide Unschuldslämmer sind.»

Er zeichnete mit der Gabel lauter Achten auf die Tischdecke.

«Sie meinen, Sie sind immer noch nicht sicher, was Goodwin anbelangt?», fragte er und sah mich mit gefurchter Stirn an.

«Sie hatten völlig Recht. Ich habe einen Fehler gemacht. Ich hätte niemals mit ihm reden dürfen. Damit habe ich nur erreicht, dass Gilliland-O'Rourke mir jetzt Daumenschrauben anlegt.»

«Sie verfügen über genügend Beweise, um formell Anklage zu erheben.»

«Genug für eine Anklage, und vielleicht reicht es sogar für eine Verurteilung, aber es ist nicht annähernd genug, um mich selbst zu überzeugen, dass ich das Richtige tue», entgegnete ich und machte mir Vorwürfe, zu unbedacht vorgeprescht zu sein. «Ich habe nichts gegen sie in der Hand», setzte ich hinzu, um seine Frage zu beantworten. «Mal sehen, was sie heute Nachmittag zu sagen hat.»

«Sie wollen sie als Zeugin aufrufen?»

«Es gibt ein paar Fragen, die ich ihr gern stellen würde.»

Wir traten aus dem Restaurant und schlenderten die bevölkerte Straße zum Gerichtsgebäude zurück.

«Alma möchte Sie zum Abendessen einladen», erinnerte mich Horace.

Er legte seine riesige Pranke um meine Schulter und drückte sie kurz, während er mich boshaft grinsend darauf hinwies, dass ich gar keine andere Wahl hatte.

«Sie will ein ‹paar› Leute einladen. Sie wissen ja, was das heißt, oder? Ein paar tausend wildfremde Menschen werden um mich herumschwirren und sich über Ballett und Kunst und all den Kram unterhalten. Und ich bitte Sie, Antonelli, einer solchen Meute können Sie mich doch nicht allein überlassen. Sie müssen kommen – tun Sie mir den Gefallen.»

Wir standen vor dem Gerichtsgebäude. Horace nahm seine Hand von meiner Schulter.

«Samstagabend in einer Woche. Ich kann mich doch auf Sie verlassen, oder?»

Wenige Dinge machten Horace mehr Spaß, als die Motive für seine Großzügigkeit zu verbergen. Es gab Dutzende von Anwälten, die er als Sonderankläger hätte bestellen können, und alle wären auf den Ruhm erpicht gewesen, den eine Anklage gegen den stellvertretenden Staatsanwalt unweigerlich mit sich brachte. Mich hatte er gefragt, weil er der Meinung war, dass ich wieder praktizieren musste, und dann hatte er sich auch noch bedankt, als ich den Fall übernahm. Ebenso wusste er, dass ich Alma nie absagen würde, also erfanden beide irgendwelche Anlässe, um mich wieder in die Welt zurückzuholen, und taten dann so, als würde ich ihnen damit aus der Patsche helfen.

«Ich werde da sein», antwortete ich. «Danke, Horace.»

«Nein», entgegnete er und warf mir einen arglistigen Blick zu. «Ich habe zu danken – Sie haben mich gerettet.»

Im Aufzug verabschiedeten wir uns. «Ich habe ganz vergessen, es zu erwähnen», erklärte ich, als ich den Aufzug betrat. «Spitzenhut, Horace.»

Bevor die Tür schloss, sah er mich einen Augenblick an und rollte dann die Augen, um sich das Grinsen zu verkneifen.

Ich kam gerade noch rechtzeitig im Sitzungssaal der Grand Jury an. Wir riefen unseren nächsten Zeugen auf.

Selbstbewusst, intelligent und unendlich begehrenswert nahm Kristin Maxfield Goodwin mit einem Ausdruck belustigter Ungeduld auf dem Stuhl Platz, auf dem noch vor kurzem ein Vergewaltiger und Mörder gesessen hatte.

«Mir ist klar, dass es nicht leicht ist für Sie, Mrs. Goodwin ...»

Sie hob den ohnehin erhobenen Kopf noch etwas mehr. «Ms. Maxfield. Ich habe meinen Mädchennamen beibehalten. Aus beruflichen Gründen.»

«Natürlich. Dann sagen Sie uns bitte, Ms. Maxfield ...»

«Mr. Antonelli, Sie sind sich dessen bewusst», unterbrach sie mich, während sie mit den großen Augen blinzelte, «dass auf mich das Aussageverweigerungsrecht zutrifft, da Mr. Goodwin mein Mann ist und das Verweigerungsrecht von beiden Ehepartnern in Anspruch genommen werden kann?»

«Wollen Sie damit andeuten, dass Ihr Mann vom Aussageverweigerungsrecht Gebrauch machen wird und auch Sie angewiesen hat, vor dem Anklageprüfungsverfahren zu schweigen?»

Sie war auf der Hut. «Ich will gar nichts andeuten, Mr. Antonelli. Ich will Sie nur darauf hinweisen, dass dieses Recht existiert.»

«Es ist ohnehin nicht wichtig», bemerkte ich, während ich aufstand und auf die andere Seite des Raumes ging, wo die Mitglieder der Grand Jury saßen. «Die Fragen, die ich Ihnen stellen werde, haben ausschließlich mit Dingen zu tun, die sich vor Ihrer Ehe mit Mr. Goodwin abgespielt haben. Sicherlich brauche ich Sie nicht darüber zu belehren, dass das Aussageverweigerungsrecht für Ehepartner sich nur auf Gespräche bezieht, zu denen es während der Ehe gekommen ist.» Ich zögerte und setzte dann hinzu: «Und auch dann nicht auf alle.»

Ich lehnte mich an die Wand und verschränkte die Arme vor der Brust.

«Sagen Sie uns zuerst, wenn das möglich ist, wo Sie sich in der Nacht, als Nancy Goodwin ermordet wurde, aufgehalten haben, Ms. Maxfield.»

«Ich war fast die ganze Nacht in der Staatsanwaltschaft – im Sitzungsraum – und habe mich auf eine Verhandlung vorbereitet.»

«Sie waren mit Staatsanwalt Goodwin zusammen. Ist das richtig?»

«Ja, wir haben den Fall zusammen vertreten.»

«War es das erste Mal, dass Sie einen Fall gemeinsam vertraten, oder kam das öfter vor?»

«Wir hatten schon mehrmals zusammengearbeitet, vor allem, wenn es um Mordfälle ging.»

«Wirkte er an diesem Abend anders? Hatten Sie den Eindruck, dass ihn etwas bedrückte?»

«Nein, daran kann ich mich nicht erinnern. Wir arbeiteten bis kurz vor Mitternacht und gingen dann nach Hause.»

«Zusammen?»

«Wir verließen das Gebäude zusammen, wenn es das ist, was Sie meinen.»

«Nein, das ist nicht das, was ich meine», sagte ich schroff und trat einen Schritt auf sie zu. «Was ich meine ist: Haben Sie – Sie beide – die Nacht zusammen verbracht?»

Sie warf mir einen vernichtenden Blick zu und erklärte: «Nein, haben wir nicht!»

«Haben Sie die Nacht mit irgendjemand anderem verbracht?»

«Ja, in der Tat.»

«Mit Ihrem Verlobten?»

Sie suchte meinen Blick. «Ja, das ist richtig.»

«Wie heißt er?»

Sie blickte auf ihren Schoß, feuchtete ihre Lippen an und sah auf. «Conrad. Conrad Atkinson.»

«Wann genau nach Nancy Goodwins Tod haben Sie Ihre Verlobung mit Mr. Atkinson aufgelöst?»

«Zwei oder drei Monate später, glaube ich.»

«Und war der Grund dafür, dass Mr. Goodwin und Sie sich inzwischen näher gekommen waren?»

«Nein!», entgegnete sie. Zum ersten Mal wandte sie den Blick von mir ab und sah die Mitglieder der Grand Jury an. «Ich hatte mit meinem Mann – Marshall Goodwin – bereits mehrere Jahre zusammengearbeitet. Wir waren gute Freunde geworden, aber sonst war nichts zwischen uns. Nach dem Tod seiner Frau – es war ein schrecklicher Schock für ihn – brauchte er die Hilfe seiner Freunde. Ich habe ihm, so gut ich konnte, beigestanden. Erst viel später, nachdem meine Verlobung in die Brüche gegangen war und er den Tod seiner Frau verkraftet hatte, haben wir angefangen, zusammen auszugehen. Bis dahin, glaube ich, hatten wir nicht mal zusammen zu Abend gegessen.»

«Hat er in der Zeit Ihrer Zusammenarbeit je den Namen Travis Quentin erwähnt?», fragte ich und kehrte zu dem kleinen Tisch zurück, der direkt vor ihr stand.

«Nein», antwortete sie, ohne zu zögern.

Ich nahm wieder Platz, legte einen Arm über die Lehne des wackligen Eisenstuhls und schlug ein Bein über das andere. «Haben Sie Travis Quentin jemals zu Gesicht bekommen?», fragte ich und beobachtete, wie mein Fuß hin und her pendelte.

«Nicht dass ich wüsste.»

Ich sah auf. «Nicht dass Sie wüssten? Wollen Sie etwa behaupten, dass Sie Travis Quentin an dem Tag, als er aus der Haft entlassen wurde, keinen versiegelten Umschlag überreicht haben?»

Hätte sie mehr Zeit zum Nachdenken gehabt, hätte sie vielleicht ausgesagt, dass man ihr aufgetragen hatte, einem potenziellen Zeugen, der gerade aus der Haft entlassen worden war, ein Dokument zu überbringen. Stattdessen überlegte sie nur eine Sekunde und stritt dann kurzerhand alles ab.

«Nein, habe ich nicht.»

Ich warf ihr einen ungläubigen Blick zu und ließ sie im Dunkeln darüber, wie ich an diese Information gekommen war und wie viel mehr ich wusste.

8

Noch am Tag seines ersten Auftritts vor Gericht, am späten Nachmittag, hinterlegte Marshall Goodwin die festgesetzte Kaution und verließ das Gefängnis, nicht unbedingt als freier Mann, doch frei genug. Er durfte sich innerhalb des Bundesstaats frei bewegen und konnte tun, was er wollte, solange er nicht gegen Gesetze verstieß. Die einzige Auflage, die er bei der Entlassung bekam, war, Kontakt zu seinem Anwalt zu halten und an den festgesetzten Verhandlungsterminen vor Gericht zu erscheinen.

Das Anklageprüfungsverfahren vor der Grand Jury war für neun Uhr dreißig anberaumt worden. Als ich um Viertel nach neun erschien, wimmelte es im Gang vor dem Verhandlungssaal nur so von Fernsehteams, die ihre Kameras aufbauten. Im Innern des Gerichtssaals, wo Kameras nicht zugelassen waren, drängten sich Dutzende von schlampig gekleideten Journalisten in den Bänken, wo sonst, wenn überhaupt, nur eine Hand voll Zuschauer saß.

Punkt neun Uhr dreißig betrat Richter Stanley Roberts durch eine Tür hinter der Richterbank den Saal, strich die Robe glatt und setzte sich an seinen angestammten Platz. Das unterdrückte Husten, Flüstern, Füßescharren auf dem Linoleumboden, Rascheln von Seiten in den Notizblöcken der Reporter – alles hörte mit einem Schlag auf.

«Guten Morgen, Gentlemen», grüßte er ausdruckslos. Er warf einen kurzen Blick auf den leeren Stuhl zwischen Anklage und Verteidigung. «Gibt es irgendetwas, das Sie mir sagen wollen, Mr. Jones?»

«Ich bin sicher, dass Mr. Goodwin jeden Augenblick kommen wird, Euer Ehren», antwortete Jones ruhig und zuversichtlich.

Wir warteten wie die Gäste einer Hochzeit, die sich fragen, ob die Braut womöglich ihre Meinung geändert hat. Ich stand am Anwaltstisch, hatte die Arme verschränkt und starrte zu Boden, während ich mit dem Daumen verstohlen den Ärmel über die Armbanduhr hochschob. Stanley Roberts saß auf der Richterbank, den runden Kopf in die Hand gestützt, und klopfte mit dem Ende seines Kugelschreibers rhythmisch auf den Notizblock: zwei schnelle Schläge, die von einer kurzen Pause gefolgt wurden, und dann zwei weitere, immer wieder, wie das Pochen eines menschlichen Herzens, das die Stille eines einsamen Lebens erfüllt. Unter ihm saß die Protokollführerin vor ihrem Gerät, beugte sich vor und rieb sich, ein Gähnen unterdrückend, den Knöchel.

Das Klopfen erstarb. Richard Lee Jones hatte beide Hände in die Hosentaschen gesteckt. Jetzt sah er auf und hob eine Braue – die einzige Geste in seinem ansonsten ausdruckslosen Gesicht. «Ich gehe davon aus, dass Sie es nicht für notwendig gehalten haben, Ihrem Mandanten die Bedeutung von Pünktlichkeit zu erklären?», fragte Roberts. Man sah ihm die Gereiztheit an den schmalen Lippen an.

«Ich bin sicher, dass er gleich kommt, Euer Ehren», antwortete Jones, ohne auf die Frage einzugehen.

Das Unheil verkündende Klopfen setzte von neuem ein. Kurz darauf warf der Richter einen Blick auf die Uhr.

«Die Sitzung war für neun Uhr dreißig anberaumt, Mr. Jones. Jetzt ist es neun Uhr vierzig. Wie lange sollten wir Ihrer Meinung nach noch warten?»

Welche Antwort er auch gab, sie wäre unweigerlich

falsch. Jones schüttelte unsicher den Kopf und senkte den Blick.

«In diesem Fall, so meine ich, haben wir bereits zu lange gewartet», erklärte Jones.

Gerade als er aufstehen wollte, öffnete sich die Tür am Ende des Saals. Es war, als hätte Goodwin draußen gewartet, in der Absicht, die Dinge auf die Spitze zu treiben. Er kam in einem dunkelblauen Anzug mit rot-gold gestreifter Krawatte den Gang herauf.

«Bitte vielmals um Verzeihung, Euer Ehren», verkündete er atemlos und stellte sich mit einem unverschämten Grinsen neben seinen Anwalt. «Ich stand im Stau.»

Roberts biss sich auf die Lippen und musterte ihn. «Wie oft sind Sie schon in meinem Gerichtssaal aufgetreten?»

Der abgewandte Blick, der niedergeschlagene Ausdruck, die Hoffnungslosigkeit eines Häftlings, der zerknirscht und schlotternd in der üblichen, viel zu weiten Gefängniskleidung vor dem Richter gestanden hatte, war gänzlich gewichen. Als Anwalt gekleidet, gab er sich so, wie wir ihn alle kannten. «Nur einmal, Euer Ehren, als Häftling!», grinste er.

Die Verärgerung in den Augen des Richters legte sich. Egal, was der Angeklagte sagte, er würde nichts gegen ihn unternehmen. Goodwin hatte gewonnen.

«Sie wissen, dass Sie pünktlich sein müssen», erklärte er, während Goodwin pflichtbewusst nickte. «Sollte das noch einmal vorkommen, könnten Sie sich im Gefängnis wieder finden. Und ich bin sicher, dass Ihnen die bisherige Erfahrung reicht», fügte er hinzu.

Goodwin hob das Kinn und stimmte zu: «Das ist richtig, Euer Ehren.»

«Na dann», erklärte Jones besänftigt. «Kommen wir zur Tagesordnung. Mr. Antonelli?»

«Wir verhandeln erneut gegen Marshall Goodwin, Euer Ehren. Die Grand Jury hat der Anklageerhebung gegen Mr. Goodwin wegen Mordes an seiner Frau Nancy Goodwin zugestimmt.»

Jones hob kurz die Hand und erklärte, dass die Verteidigung auf eine formelle Verlesung des Urteils verzichte. Ich händigte ihm die Kopie aus, und er legte sie mit der Schrift nach unten auf den Tisch, ohne einen Blick darauf zu werfen.

«Die Verteidigung plädiert auf nicht schuldig, Euer Ehren, und beantragt, dass der Fall vor einem Geschworenengericht verhandelt wird.»

Roberts veranlasste die erforderlichen Einträge in die Gerichtsakte. Aus dem Augenwinkel beobachtete ich, wie Goodwin der Protokollführerin zuzwinkerte, einer fröhlichen, immer freundlichen Person, die länger als die meisten Richter am Gericht gearbeitet hatte.

Roberts räusperte sich und legte die Akte beiseite, dann beugte er sich vor und faltete die Hände. Vor ihm lag ein beschriebenes Blatt Papier.

«Es ist eine äußerst ernste Angelegenheit, wenn jemand eines Verbrechens angeklagt wird», las er vor, «vor allem bei einem so schwerwiegenden wie diesem. Der Angeklagte in diesem oder auch jedem anderen Fall hat das Recht – das uneingeschränkte Recht, sollte ich hinzufügen – auf eine faire Verhandlung und auf die Unschuldsvermutung. Auf der anderen Seite hat auch die Öffentlichkeit ein Recht – das Recht auf unvoreingenommene Anwendung des Gesetzes. Wir haben die Pflicht, jeden Schein von Parteilichkeit zu verhindern. Der Angeklagte genießt großes öffentliches Vertrauen und arbeitet in seiner Stellung tagtäglich mit sämtlichen Richtern in diesem County zusammen. Aus diesem Grund haben wir gemeinsam beschlossen, dass jemand von außerhalb dieses Countys, jemand, der nicht diesem Gericht angehört, bei dem Prozess und allen damit verbundenen Verfahren den Vorsitz führen soll, und das betrifft natürlich auch die Gerichtsverhandlung.»

Mit der Gerichtsakte unter dem Arm stand Richter Roberts auf. «Sobald der Richter feststeht, werden die Anwälte unterrichtet.»

Er wandte sich zum Gehen, blieb dann jedoch noch einmal stehen. «Ich denke, es ist nicht unangebracht, wenn ich die Hoffnung äußere, dass alles so kommen möge, wie es kommen soll.»

Eine neutralere Bekundung seines guten Willens war kaum vorstellbar.

So langsam wie möglich sammelte ich meine Unterlagen ein und verstaute sie methodisch und in der richtigen Reihenfolge in meiner Aktentasche. Als ich fertig war, setzte ich mich hin und kritzelte ein paar bedeutungslose Notizen auf meinen leeren Block. Ich versuchte, die Zeit totzuschlagen, bis Goodwin und sein Anwalt den Saal verließen. Ich wollte der Presse zwar so weit wie möglich aus dem Weg gehen, aber auch beobachten, wie Richard Lee Jones den Fernsehzuschauern seinen Fall präsentierte.

Seit mehr als zehn Jahren wetterte Jones nun schon gegen schamlose Profilierungsgelüste in der Öffentlichkeit. Wie viel er von dem, was er gesagt hatte, wirklich glaubte und was der bewusste Versuch gewesen war, Aufmerksamkeit zu heischen, war eine Frage, die nicht mal er selbst zu beantworten vermochte. Wie jeder junge Anwalt am Anfang seiner Karriere hatte auch Jones sämtliche Fälle angenommen, die er kriegen konnte. Dass er anfangs fast alle verloren hatte, war seine Schuld. Die Geschworenen hatten ihn gehasst. Er hatte die Zeugen der Anklage als Lügner und die Staatsanwälte als fahrlässige Stümper beschimpft und der Polizei routinemäßig unterstellt, entweder Beweismaterial, das der Verteidigung gedient hätte, unterschlagen zu haben oder umgekehrt Indizien, die der Anklage halfen, herbeizuzaubern. Noch ehe er ein halbes Dutzend Fälle verhandelt hatte, war er berühmt dafür, dass seine Schlussplädoyers länger dauerten als die Verhandlung selbst.

Die Liste seiner verlorenen Fälle hätte sich endlos fortgesetzt, wäre es nicht zu jener Äußerung des einzigen Richters am ordentlichen Circuit Court gekommen. Eines Montagnachmittags, als das Gericht die Arbeit an den zu verhandelnden Prozessfällen aufnahm, warf er einen Blick auf den Gerichtssaal und erklärte:

«Jene unter Ihnen, die heute hier sind, um zur Anklage wegen eines Verbrechens vernommen zu werden, haben das Recht, sich von einem Anwalt vertreten zu lassen. Wenn Sie sich keinen Anwalt leisten können, wird Ihnen das Gericht einen zuweisen. Wir haben mehrere gute Privatanwälte, die sich dafür zur Verfügung gestellt haben. Wenn Ihr Name aufgerufen wird, treten Sie vor» – er deutete mit einem Nicken auf den langen Holztisch innerhalb der Gerichtsschranken –, «und Mr. Davies, der Staatsanwalt, wird die Anklagepunkte gegen Sie verlesen. Wenn Sie auf nicht schuldig plädieren und den Fall vor Gericht bringen wollen, werde ich Ihnen jemanden zuweisen, der Sie vertreten wird.

Aber auch wenn Sie sich schuldig bekennen und das

Ganze hinter sich bringen wollen, haben Sie das Recht, von einem Anwalt vertreten zu werden, der das für Sie bestmögliche Urteil erwirkt. In diesem Fall werde ich Ihnen Mr. Jones vorschlagen, er sitzt dort drüben», erklärte er und deutete mit dem Kopf auf die Seite des Gerichtssaals, wo der junge Richard Lee ganz allein saß. «Mr. Jones, das kann ich Ihnen versichern, wird sein Bestes geben, um dafür zu sorgen, dass die Schuldigen bekommen, was sie verdienen.»

Es war eine Anekdote, die Jones selbst immer wieder gern erzählte. Egal ob sie stimmte oder nur Teil einer Legende war, die er selbst geschaffen hatte – kein Mensch konnte leugnen, dass Richard Lee Jones die anderen von nun an zumindest mit einem Minimum an formellem Respekt behandelte. Seine Pechsträhne hörte auf, und er begann, seine Fälle zu gewinnen. Doch insgeheim war er nach wie vor überzeugt, dass er jede Seite vertreten und jeden Fall gewinnen könnte und einen Fall nur deshalb verlor, weil es nicht mit rechten Dingen zugegangen war.

Jeder, der gegen ihn angetreten war, gab bereitwillig zu, dass er ein guter Strafverteidiger war. Jones selbst bestand darauf, dass er der beste war. Die anderen waren in seinen Augen nur Aufschneider und Dummköpfe. In fast allen Verhandlungen, die von der überregionalen Presse aufgegriffen wurden, trat Richard Lee Jones vor die Kameras und verkündete streng und bedauernd wie ein Vater, der ein störrisches Kind zurechtweisen muss, dass seiner Meinung nach die Staatsanwälte in diesem Fall kläglich versagt hätten.

Ich schloss die Tür des Gerichtssaals leise hinter mir und näherte mich so unauffällig wie möglich dem äußeren Rand der Menge, die sich um Jones, seinen Mandanten und die Frau seines Mandanten versammelt hatte. Im grellen

Schein der Scheinwerfer spiegelten ihre Gesichter die ganze Selbstgewissheit ihrer plötzlichen Berühmtheit wider. Sie standen im Mittelpunkt der Aufmerksamkeit, und sie waren sich dessen bewusst.

Während er den Fragen eines Reporters lauschte, bereitete sich Jones auf seinen Auftritt vor. «Sie wollen wissen, was der Staatsanwalt gegen meinen Mandanten in der Hand hat? Nun, ich werde es Ihnen mit einem Wort sagen: Nichts. Es gibt keinen Fall», fuhr er fort und wiegte den Kopf hin und her, als sei es ihm immer noch unbegreiflich, wie man auf die empörende Idee kommen konnte, seinen Mandanten des Mordes anzuklagen. «Da gesteht ein Mann den Mord an Marshall Goodwins Frau, Nancy Goodwin. Doch hat er diesen Mord etwa gestanden, weil sein Gewissen ihm keine Ruhe mehr ließ? Weil er mit der Tat nicht mehr leben kann? Nein. Er gesteht erst dann, als er noch weitere Menschen getötet hat und versucht, der Gaskammer zu entgehen.»

Ein anderer Reporter rief: «Aber er behauptet, Goodwin habe ihn dafür bezahlt.»

«Er behauptet eine Menge», entgegnete Jones und winkte ab. «Wenn einem die Todesstrafe droht, wird man ganz schön erfinderisch. Er ist ein mehrfacher Mörder, und es gibt nichts, womit er seine Behauptung beweisen könnte.»

Derselbe Reporter hakte nach: «Wieso ist Ihr Mandant dann angeklagt worden, wenn es keine Beweise gibt?»

«Ja, das ist sonderbar, nicht wahr?», sagte Jones mit einem wissenden Blick, der auf irgendetwas Unausgesprochenes anspielen sollte. «Ich meine, es ist schon sonderbar, dass jemand allein aufgrund des eigennützigen Geständnisses eines Killers angeklagt wird, erst recht, wenn es sich um eine so angesehene Persönlichkeit wie den stellvertretenden Staatsanwalt im größten County des Landes handelt.»

Er legte den Kopf auf die Seite und ließ den Blick von einer Kamera zur nächsten wandern.

«Nun, ich weiß nicht, warum das passieren musste. Aber ist es nicht seltsam, dass die Polizei damit nicht zur Staatsanwältin gegangen ist, sondern zu einem amtierenden Richter am Circuit Court, der zufälligerweise Vorgänger der jetzigen Staatsanwältin ist? Ich möchte nicht behaupten, dass etwas Politisches dahinter steckt, aber ein wenig seltsam ist es doch, nicht wahr?»

«Wollen Sie damit andeuten, dass Richter Woolner es eigentlich auf Gilliland-O'Rourke abgesehen hat, indem er ihren stellvertretenden Staatsanwalt des Mordes bezichtigt?», rief eine anonyme Stimme aus der dichten Menge der Reporter.

Jones verwahrte sich gegen jede unlautere Absicht. «Ich kann nur auf die Fakten hinweisen. Die Schlussfolgerungen überlasse ich Ihnen.»

Während Jones auf die Fragen antwortete, beobachtete ich Kristin, um zu sehen, wie sie auf das reagierte, was hier zur Sprache kam. Sie war die perfekte Zuschauerin, schnell, aufnahmefähig, die Stimmung der Umstehenden widerspiegelnd, noch ehe sie selbst wussten, was sie über all das denken sollten. Sie hielt die Hand ihres Mannes, blickte über die Menge und lachte mit den anderen über eine Bemerkung von Jones. Doch dann fiel ihr Blick auf mich, und für einen kurzen Moment der Unsicherheit erstarb ihr Lachen.

«Wenn das stimmt», fragte jemand direkt an Goodwin

gewandt, «warum hat dann die Staatsanwältin einen Haftbefehl gegen Sie erwirkt?»

Marshall Goodwin trat einen halben Schritt vor und antwortete: «Sie hat nur ihre Pflicht getan. Als ich erfuhr, dass man Anklage gegen mich erheben wollte, habe ich sie davon unterrichtet.» Er schaute zu Boden, machte ein noch ernsteres Gesicht und erklärte dann, wieder aufblickend: «Ich habe der Staatsanwältin nahe gelegt, mich zu verhaften, wenn wir unseren Ruf als unparteiische Instanz wahren wollen. Das Letzte, was ich mir wünschte», setzte er hinzu und sah direkt in die Kamera, «das Letzte, was wir beide wollten, war, dass jemand glauben könnte, wir wären parteiisch gegenüber Menschen, die wir laut Gesetz verfolgen müssen.»

Er klang beinahe so, als hätte er sich selbst verhaftet.

Ich war bereits auf dem Weg nach draußen, als jemand meinen Namen flüsterte und mich am Arm festhielt.

«Tja, Antonelli, hätten Sie sich jemals träumen lassen, dass Sie einmal gegen den größten Verteidiger antreten würden, den die Welt gesehen hat?»

Harper Bryce mit seinem glatten runden Kopf, den durchdringenden schwarzen Augen und einem Bauch, der bei jedem Schritt mitschwabbelte, sah aus wie ein angeschmolzener Schneemann. Er schlug sein Notizbuch zu, schob es in die Tasche seiner Sportjacke und steckte sich den Bleistift hinters Ohr.

«Ich habe Sie eine Weile nicht gesehen», sagte er, als ich nicht antwortete.

Wir traten durch die Tür auf die Straße.

«Ich war eine Weile weg.»

«Und wieso sind Sie wieder da?»

Ich war auf der Hut. «Es wurde Zeit.»

Er nickte, als sagten ihm die Worte etwas.

«Wollen Sie mir nicht verraten, was hier wirklich gespielt wird? Ich kann doch nicht hinschreiben, was dieser arrogante Schnösel gerade von sich gegeben hat, oder?» Seine tiefe Stimme erreichte einen in abgehackten Stößen, als spuckte er immer ein paar Worte auf einmal aus, um zu sehen, wie sie ankamen, bevor es weiterging.

«Sind nicht alle Anwälte arrogante Schnösel?» So oder so ähnlich hatte er sich in einem seiner Artikel mal geäußert.

«Stimmt», brummte er. «Manche mehr und andere weniger.»

«Richard Lee Jones?»

Er lachte. «Der sprengt sämtliche Maßstäbe.»

Ich konnte es mir nicht verkneifen. Ich blieb stehen und sah ihn an. «Und ich?»

Er zupfte an seiner Krawatte, schnaufte heftig und schien darüber nachzudenken. Dann grinste er schlitzohrig, musterte mich und schüttelte den Kopf.

«Ich habe Sie nie durchschauen können. Manchmal habe ich geglaubt, dass Sie noch egozentrischer sind als der Kaiser Jones persönlich. Und andere Male wirkten Sie so vertieft in das, was Sie taten, dass ich mich gefragt habe, ob Sie überhaupt ein Ego haben. Es gibt Menschen, wissen Sie», fuhr er fort, während wir den Bürgersteig entlanggingen, «die verstricken sich dermaßen in ihre Aufgabe, dass sie ganz darin aufgehen und die eigene Person vollkommen vergessen. Ich wünschte, ich könnte so sein», setzte er wehmütig hinzu.

In Wirklichkeit war Harper Bryce genau so; er verlor

sich ständig in irgendwelchen Geschichten, über die er gerade berichtete. Er schrieb länger, als ich zurückdenken konnte, über Prozesse und hatte mehr Verhandlungen verfolgt als irgendein Anwalt, den ich kannte. Als ständiger Besucher in den halb leeren Gerichtssälen, wo die meisten Prozesse stattfanden, war Bryce fasziniert davon, wie normale Sterbliche die Wahrheit so vollkommen verdrängen konnten, wenn sie mit dem Verlust ihres Geldes oder ihrer Freiheit konfrontiert wurden. Dabei war das eine Schwäche, gegen die auch er nicht ganz gefeit war. Wenn er über meine Fälle berichtet hatte, waren die Fakten häufig falsch wiedergegeben und die Zeugenaussagen phantasievoll ausgeschmückt, und trotzdem, wenn man es als ein Ganzes betrachtete, war der Eindruck, den er vermittelte, normalerweise zutreffend. Vielleicht hatte er mehr von einem Künstler, als er zugeben wollte.

Wir gingen schweigend weiter, bis wir zur nächsten Ecke kamen und warteten, dass die Ampel umsprang.

«Was halten Sie von dem Auftritt gerade?», wollte er wissen.

Es wurde grün. «Ich werde keinen Kommentar abgeben», antwortete ich, als wir gemeinsam über den Bordstein traten. «Jedenfalls nicht offiziell.»

«Abgemacht», sagte er und gluckste. «Dann eben inoffiziell.»

Langsam hatte er Mühe, mit meinem Schritt mitzuhalten. Er zupfte mich am Ärmel und blieb stehen.

«Wenn Sie mir die Frage erlauben – wohin gehen wir eigentlich?»

«Ich gehe in mein Büro», antwortete ich. «Wollen Sie mitkommen?»

«Wie weit ist es noch?»

«Nur einen Block.»

Er schien erleichtert. «Hätten Sie ein paar Minuten Zeit für mich?»

«Sie meinen inoffiziell?»

«Wenn es anders nicht geht.»

Als wir ins Büro traten, stand Helen barfuß auf einem Stuhl und hängte ein gerahmtes Bild an die Wand neben ihrem Schreibtisch. Es war ein Gemälde von Monet, eine Laserreproduktion, die angeblich jeden Pinselstrich des Originals perfekt wiedergab. Verlegen sprang sie herunter und schlüpfte in die Schuhe. Ich machte sie mit Bryce bekannt, und sie ordnete ihn sofort richtig ein.

«Harper Bryce, Reporter und Kolumnist», sagte sie, während ihre Hand in seiner fleischigen Pranke verschwand.

Bryce besaß einen gewissen ritterlichen Charme, und in Anwesenheit von Frauen erwartete man fast, dass er seine sorgfältig gewählten Worte mit der schleppenden Eleganz eines Südstaatlers aussprach. Sofort legte Helen ihren üblichen Zynismus ab und fing an, sich nützlich zu machen. Sie brachte uns zwei Tassen frischen Kaffee und schloss dann die Tür zu meinem Büro.

Ich versuchte ihre Zuvorkommenheit zu erklären. «Sie sind einer der wenigen Menschen in meiner Umgebung, die keines Verbrechens angeklagt sind.»

«Dann muss ich wohl noch eine Woche warten, bevor ich meinen Redakteur umbringe», sagte er und nippte an seinem Kaffee.

Wir unterhielten uns mehr als eine Stunde, und am nächsten Tag, als ich die Zeitung aufschlug, fand ich, was ich gebraucht hatte. Der Artikel über die Anklage gegen Marshall Goodwin wegen des Mordkomplotts an seiner Frau war jetzt fast das Vorwort zu der Enthüllung, dass aus «verlässlichen Kreisen der Ermittler» verlautet sei, der stellvertretende Staatsanwalt habe nicht allein gehandelt. «Gegen eine zweite Person, deren Identität noch nicht preisgegeben wurde, wird mit hoher Wahrscheinlichkeit ebenfalls Anklage im Zusammenhang mit dem Mord an Marshall Goodwins Frau erhoben. Joseph Antonelli, der zum Sonderankläger in diesem Verfahren bestellt wurde, wollte diese Berichte weder bestätigen noch dementieren.»

Nachdem ich gelesen hatte, was Bryce geschrieben hatte, war ich nicht überrascht, einen Anruf von Gwendolyn Gilliland-O'Rourke zu erhalten. Sie wollte mich sprechen. Als ich das Vorzimmer betrat, führte mich die Sekretärin sofort in ihr Büro.

Seit Horace Woolner gekündigt hatte, um Richter am Circuit Court zu werden, hatte ich das Büro des Staatsanwalts nicht mehr betreten. Das Zimmer war völlig verändert. Aus einer geradezu manischen Angst vor Unordnung heraus hatte Horace stets dafür gesorgt, dass nichts herumlag. Die Jacke, die Gilliland-O'Rourke über die Lehne des Sofas geworfen hatte, hätte bei ihm unweigerlich auf dem Kleiderständer an der Tür gehangen. Horace bearbeitete bis heute immer nur eine Akte auf einmal, alle anderen lagen ordentlich auf seinem Schreibtisch aufgestapelt. Auf Gilliland-O'Rourkes blitzblank poliertem antikem Schreibtisch dagegen lagen alle möglichen Unterlagen herum; teilweise mit Blüten aus der daneben stehenden Vase bedeckt.

Die augenfälligste Veränderung waren allerdings die persönlichen Erinnerungsstücke. Horace hatte ein Foto seiner

Frau auf dem Schreibtisch stehen gehabt. In der Sammlung von Fotos, die nun die Wände schmückten, fand ich kein einziges von Arthur O'Rourke. Sämtliche Bilder zeigten Gwendolyn mit irgendeinem Begleiter, einem Gouverneur, einem Senator, einem Angehörigen der Regierung, dem letzten bei der Wahl unterlegenen Bewerber für das Amt des Bürgermeisters, allen, die je ein Amt bekleidet hatten oder sich um eines bewarben.

Sie stand vor ihrem Schreibtisch, streckte mir die Hand entgegen und deutete dann auf einen mit Brokat bezogenen Stuhl auf der anderen Seite.

«Gratuliere», verkündete sie und setzte sich. «Statt die Schuldigen zu verteidigen, klagst du nun die Unschuldigen an. Nicht viele Anwälte bringen es so weit.»

Abgesehen von dem Empfang zugunsten des Balletts, wo ich beobachtet hatte, wie sie von Tisch zu Tisch gegangen war, um die Leute zu begrüßen, hatte ich sie seit dem Tag, als die Geschworenen im Prozess gegen Leopold Rifkin das Urteil verkündet hatten, nicht mehr persönlich gesehen. Sie beobachtete, wie ich mich im Sessel zurücklehnte, und ihre Augen, die normalerweise einladend und beinahe kokett waren, strahlten eine eisige Wut aus. Sie griff nach der Zeitung, die zusammengefaltet auf dem Schreibtisch lag, und schleuderte sie mir entgegen.

«Was glaubst du eigentlich, was du da tust?», fragte sie. «Du willst also außer Marshall noch jemanden anklagen?»

Ich ignorierte sie und ließ meinen Blick durch den Raum schweifen, bis er an einem der vielen Fotos an der Wand rechts von mir hängen blieb. Es zeigte Gwendolyn in schwarzer Richterrobe mit erhobener Hand. Nur wenige Jahre nach Abschluss des Jurastudiums hatte sie den Amtseid als jüngste Bezirksrichterin des Bundesstaates geleistet. Auf dem Foto sah sie aus, als könnte sie es kaum erwarten, loszulegen.

Mein Blick kehrte zu ihr zurück.

«Das ist lange her», sagte sie knapp. «Du hast meine Frage nicht beantwortet. Hast du vor, noch jemanden anzuklagen?»

«Da es lange her ist, wäre es dir lieber, wir würden so tun, als sei nie etwas zwischen uns gewesen?»

Ihre grünen Augen blitzten. «Ich bin der Staatsanwalt hier. Horace Woolner hatte nicht das Recht, das zu tun, was er getan hat, und du hast nicht das Recht, mich im Dunkeln tappen zu lassen. Du könntest es noch bereuen.»

Ich hob das Kinn und sah ihr in die Augen. «Würdest du dich bitte etwas deutlicher ausdrücken?»

«Ich glaube kaum, dass das nötig ist. Wir beide wissen, was du im Prozess gegen Rifkin getan hast.»

«Ich habe dafür gesorgt, dass ein Mann freigesprochen wurde, von dem wir beide wissen, dass er unschuldig war.»

«Du hast dafür gesorgt, dass ein kleiner Ganove behauptete, er habe einen Mord beobachtet, den er gar nicht gesehen hatte», erklärte sie herausfordernd.

«Hättest du das beweisen können, hättest du es auch getan», entgegnete ich.

«Tut mir Leid», sagte sie etwas ruhiger, aber immer noch nicht wirklich freundlich. «Das hätte ich nicht sagen sollen.»

«Du hättest ihn niemals vor Gericht stellen dürfen», sagte ich selbst etwas sanfter. «Er war unschuldig. Das hättest du wissen müssen.»

Sie wandte den Blick ab; ihre Mundwinkel zuckten. Doch eine Sekunde später sah sie mir wieder in die Augen.

«Glaubst du im Ernst, dass du mehr Beweise gegen Marshall Goodwin in der Hand hast, als ich gegen Leopold Rifkin hatte?»

«Ich wusste, dass Leopold unschuldig war. Bist du davon überzeugt, dass Goodwin unschuldig ist?»

«Bist du davon überzeugt, dass er schuldig ist?» Als ich nicht antwortete, fuhr sie fort. «Marshall steht kurz vor seiner Ernennung zum Staatsanwalt. Warum sollte er das aufs Spiel setzen?»

Ihr ganzes Leben hatte sie damit verbracht, ihren eigenen Vorteil auszuloten, und sie ging davon aus, dass die anderen dasselbe taten. Sogar bei einem Mord ging es nur darum, den Nutzen gegen die Kosten aufzurechnen.

«Ich stelle fest, dass du nicht sagst, er ist unschuldig, weil du ihm so was nicht zutraust.»

«So oder so», sagte sie und zuckte die Achseln.

Ich legte den Arm auf die Stuhllehne und beugte mich vor.

«So oder so. Wenn du davon ausgehst, dass er unschuldig ist, warum hast du ihn dann verhaften lassen?»

Mit ihrer Antwort plapperte sie nur nach, was Goodwin bereits gesagt hatte. «Die Staatsanwaltschaft kann es sich nicht leisten, den Eindruck zu erwecken, parteiisch zu sein.»

Sie wandte den Blick ab und fuhr fort, als sei es nur für uns beide bestimmt: «Es ist schon schlimm genug, dass der Eindruck entstanden ist, der stellvertretende Staatsanwalt sei ein Mörder und wir hätten nichts gewusst.»

Sie setzte sich gerade und holte tief Luft, als wappnete sie sich gegen weitere schlechte Nachrichten.

«Nun sag schon, wer hängt deiner Meinung noch mit drin?»

Es gab keinen Grund, es ihr zu sagen, und außerdem wäre es eine gewisse Genugtuung gewesen, ihr eine Information vorzuenthalten, die sie unbedingt haben wollte. Sie sah mich an und wartete, wobei sie die Lippen zusammenpresste, um sich nicht anmerken zu lassen, was in ihr vorging.

«Wir ziehen die Möglichkeit in Betracht, dass Kristin Maxfield etwas damit zu tun haben könnte.»

«Verstehe», antwortete sie, stand auf und brachte mich zur Tür. «Ich denke, wir sollten uns damit befassen, wenn es so weit ist.»

Hinter mir schnappte die Tür ins Schloss. Gilliland-O'Rourke wusste genauso wenig wie ich, ob Marshall Goodwin schuldig war und, wenn ja, ob Kristin Maxfield ebenfalls etwas damit zu tun hatte oder nicht. Und ich hatte das komische Gefühl, dass es ihr auch völlig egal war.

9

Es gab eine Möglichkeit, die Daumenschrauben noch etwas anzuziehen. Ich bat die Detectives, die mit den Ermittlungen betraut waren, Kristin Maxfield vorzuladen. Sie war alles andere als erfreut.

«Möchten Sie Ihren Anwalt dabeihaben?», fragten die beiden.

«Ich bin selbst Anwältin», erklärte sie.

Sie saß an einem kleinen rechteckigen Tisch in einem Zimmer, das für Vernehmungen bestimmt war, ihr gegenüber die beiden Detectives. Der eine, Rudy McLaughlin, stand kurz vor der Pensionierung; sein Partner, Mark Haskell, war gut zehn Jahre jünger. Ich stand hinter einem durchlässigen Spiegel im Nebenzimmer und beobachtete das Geschehen, während die beiden Kristin eine Reihe von Fragen stellten, die ihr weismachen sollten, dass wir mehr wussten, als es tatsächlich der Fall war.

McLaughlin machte den Anfang. «Sie haben vor der Grand Jury ausgesagt, Sie hätten Travis Quentin am Tag seiner Haftentlassung nichts übergeben.»

Sie hörte sich die Frage scheinbar unbeteiligt an und sah dabei auf ihre Hände hinab, die sie im Schoß gefaltet hatte. Als er fertig war, blickte sie kurz zu ihm auf, ehe sie sich im Spiegel betrachtete.

«Ja», antwortete sie schließlich und sah dann den Detective an.

Haskell, der jüngere Beamte, mischte sich ein. «Travis Quentin behauptet es aber.»

«Ich würde Travis Quentin nicht mal erkennen, wenn er jetzt hier reinkäme.» Ihre Augen wanderten wieder zum Spiegel.

Jetzt war McLaughlin dran. «Wir wissen, dass Sie beide unter einer Decke stecken. Wir wissen nur nicht, warum.»

«Warum?», fragte sie und hob die sanften schwarzen Wimpern. «Das ist eine gute Frage. Warum hätte ich so was tun sollen?»

Unbeeindruckt fuhr McLaughlin fort. «Wir wissen, dass Ihr Mann es wegen des Geldes getan hat, das er im Fall einer Scheidung verloren hätte. Aber wir wissen nicht, warum Sie ihm dabei geholfen haben.»

Noch ehe sie antworten konnte, fügte Haskell hinzu: «Vielleicht war Ihnen ja auch gar nicht bewusst, dass Sie ihm halfen. Vielleicht glaubten Sie, dass Sie Quentin irgendwelche Unterlagen übergaben oder so was. Vielleicht dachten Sie, es hätte etwas mit seiner Zeugenaussage in diesem Drogenverfahren zu tun.»

Sie stritt alles ab und verlor keinen Augenblick die Fassung.

Schließlich fragte sie: «Stehe ich unter Arrest? Falls nicht, habe ich wohl alle Fragen beantwortet, die ich beantworten wollte.»

«Nein, Sie stehen nicht unter Arrest», erklärte Haskell. «Sagen Sie mal», setzte er hinzu, als sie aufstand, um zu gehen. «Glauben Sie wirklich, dass Ihr Mann unschuldig ist und nichts mit dem Mord an seiner Frau zu tun hat?»

Sie blieb vor dem durchlässigen Spiegel stehen und begutachtete ihr Make-up.

«Fragen, die meinen Mann betreffen, stellen Sie besser seinem Anwalt.»

Ich ging in mein Büro zurück und wartete auf ihren Anruf.

«Hat Ihnen die kleine Show heute Nachmittag gefallen?», fragte Kristin Maxfield.

Sie setzte sich gelassen auf den Stuhl vor meinem Schreibtisch, sah mir in die Augen und schlug die Beine übereinander. Sie trug dasselbe wie während des Verhörs, aber die Bluse war nicht mehr ganz zugeknöpft, und die Jacke stand offen.

Ich ging nicht auf ihre Frage ein.

«Vielleicht können Sie mir erklären, warum man mich dorthin geschleift hat?»

«Ich hatte den Eindruck, dass Sie freiwillig gekommen sind.»

«Lassen wir die Haarspaltereien. Mir wurde gesagt, dass die Polizei mir ein paar Fragen stellen wollte. Haben Sie denn geglaubt, ich würde mich weigern? Warum sagen Sie mir nicht einfach, was Sie bezwecken?» Sie hielt inne und fuhr mit der Zunge über die Lippen. «Dann könnte ich Ihnen vielleicht helfen. Und vielleicht erkennen Sie dann, dass Sie auf dem Holzweg sind.»

«Auf dem Holzweg? Ich glaube nicht, dass ich auf dem Holzweg bin. Ich glaube, dass Ihr Mann Travis Quentin beauftragt hat, seine Frau umzubringen.» Ich wartete einen Augenblick und fuhr dann fort: «Und ich glaube, dass Sie ihm dabei geholfen haben.»

Sie ließ mich nicht aus den Augen, und ihr Gesichtsausdruck blieb unbewegt. Kühl und sachlich fragte sie: «Wissentlich?»

Das war eine Frage, wie sie nur ein Staatsanwalt oder ein Strafverteidiger stellt. Alle anderen hätten einfach geleugnet, irgendetwas Unrechtes getan zu haben. Sie jedoch machte bereits einen Unterschied zwischen Dingen, die strafbar, und solchen, die nicht strafbar sind.

Ich lehnte mich bequem zurück.

«Weiß Ihr Mann, dass Sie hier sind?»

Sie öffnete ihre Handtasche und kramte darin. «Haben Sie etwas dagegen, wenn ich rauche?», fragte sie und zog ein goldenes Zigarettenetui heraus.

Ich sah mich nach etwas um, das man als Aschenbecher benutzen konnte. Eine halb mit Heftklammern gefüllte Dose aus Metall war das Einzige, womit ich dienen konnte. Ich schüttete die Klammern in die mittlere Schublade und schob ihr die Dose über den Schreibtisch zu. Sie zündete sich eine Zigarette an, zog daran und schnippte die Asche hinein.

«Nein, Marshall weiß nicht, dass ich hier bin.» Sie führte die Zigarette wieder zum Mund, nahm einen Zug, drückte sie aus. «Und er wird es auch nicht erfahren», fügte sie hinzu, während sie mich mit ihren großen, aufrichtigen Augen ansah.

Ich verschränkte die Hände hinter dem Kopf und wippte in meinem großen ledernen Drehsessel auf und ab. «Was möchten Sie mir also sagen?»

«Was wollen Sie wissen?»

Ich schüttelte den Kopf. «Ich weiß alles.»

«Nein, Sie wissen nichts», erwiderte sie und schüttelte den Kopf. «Vielleicht glauben Sie, dass Sie etwas wissen, aber in Wirklichkeit wissen Sie gar nichts.»

Ich hörte auf zu wippen. «Ich weiß, dass Sie Travis

Quentin am Tag seiner Entlassung einen Umschlag überbracht haben.»

«Nehmen wir an, es stimmt – nur so, zum Spaß. Ich könnte trotzdem völlig unschuldig sein.»

Ich nahm die Hände herunter und legte sie auf die Armlehnen. «War es so?»

«Nochmal – angenommen, es wäre so gewesen, und angenommen, ich wusste nicht, worum es sich handelte – es wäre trotzdem ein ausschlaggebendes Indiz in Ihrem Fall, nicht wahr? Tatsache ist, dass es sogar nur dann ein ausschlaggebendes Indiz in Ihrem Fall wäre, wenn es keine wissentliche Tathandlung war. Richtig?»

Als wir uns so im schwindenden Licht des Abends betrachteten, wusste ich, was sie tat und warum sie hier war. Ich stützte den Ellbogen auf die Armlehne und rieb mir das Kinn. Dann nahm ich den Faden wieder auf.

«Wenn es nämlich keine wissentliche Tathandlung war, wären Sie Mittäterin, und niemand darf allein aufgrund der Aussage eines Mittäters verurteilt werden.»

«Nehmen wir – rein hypothetisch – an, dass es tatsächlich so war.»

Ihre Stimme schien von weit her zu kommen. Dann signalisierte eine leichte Bewegung des Kopfes eine andere Stimmung.

«Erinnern Sie sich an das erste Mal, dass wir uns begegnet sind?», fragte sie mit einem leicht aufreizenden Funkeln in den Augen.

«Es war, gleich nachdem Sie angefangen hatten, nicht wahr? Sie kümmerten sich um kleinere Vergehen am Bezirksgericht.»

Ihre Augen lachten mich aus und ignorierten meinen

schwachen Versuch, davon abzulenken, was in mir vorging, als sie die gewöhnlichen Umstände erwähnte, unter denen wir uns kennen gelernt hatten.

«Ich habe mich gefragt, warum Sie mich nie eingeladen haben, mit Ihnen auszugehen.» Ihre Augen blitzten auf, verdunkelten sich und blitzten erneut auf. «Ich hätte ja gesagt.» Sie wartete einen Augenblick, um mir Gelegenheit zu geben, über die Chance, die ich verpasst hatte, nachzudenken, bevor sie fortfuhr: «Oder war das der Grund, warum Sie es nicht taten?»

«Ich war der Meinung, dass Sie etwas zu jung für mich waren», log ich.

Es war, als hätte sie gewusst, was ich antworten würde, noch ehe ich es gesagt hatte. Ihr Lächeln veränderte sich nicht, keinen Deut, doch lag jetzt ein Hauch von Zynismus darin, ein stummer Spott über meinen schlecht verborgenen Schwindel.

«Ich war älter als Alexandra.»

«Was wissen Sie schon von Alexandra?»

«Nur, was man sich so erzählt.»

«Und was erzählt man sich so?», fragte ich ruhig, entschlossen, den Blick nicht abzuwenden.

«Dass Sie in sie verliebt waren, und sie Sie sitzen gelassen hat.»

Es war weder eine Spur von Sympathie noch von Verständnis in ihrer Stimme. Sie beschrieb etwas, das ihr niemals widerfahren würde.

«Und was ist mit Ihnen? Sie waren mit einem Mann verlobt und haben die Verlobung aufgelöst, um einen anderen zu heiraten. Er muss in Sie verliebt gewesen sein, und Sie haben ihn sitzen lassen.»

Zum ersten Mal lachte sie laut auf. «Oh, ich glaube nicht, dass er wirklich in mich verliebt war, nicht so wie Sie in Alexandra jedenfalls. Nein.» Ihr Lachen erstarb. «Ich glaube nicht, dass mich jemals jemand so geliebt hat, wie Sie Alexandra geliebt haben. Kein Mann, den ich verlassen habe, ist in ein Kloster gegangen.»

«Ich bitte Sie. Es war höchste Zeit, sich mit anderen Dingen zu befassen. Ich habe die Kanzlei aufgegeben und ein Jahr all die Bücher gelesen, für die ich sonst nie Zeit gehabt hätte. Das ist nichts Ungewöhnliches. Viele Menschen nehmen sich eine Auszeit, wenn sie ein gewisses Alter erreicht haben, und versuchen, das Leben von einem anderen Standpunkt aus zu betrachten.»

Ich riss mich zusammen. Es war lange her, dass ich mit einer Frau zusammen gewesen war, die mich so ansah, als sei das, was ich ihr über mich erzählte, das Einzige, was sie interessierte.

«Ich habe mir ein Jahr frei genommen, und jetzt bin ich wieder da.»

«Als Ankläger.»

«Ja, genau», sagte ich abrupt und setzte mich auf. «Und das ist natürlich auch der Grund, warum Sie hier sind.» In der Stille des Zimmers kamen meine Worte als Echo zu mir zurück und verhöhnten den großspurigen Klang meiner verlegenen Förmlichkeit.

«Ja, natürlich», stimmte sie mir zu und lächelte rätselhaft.

Sie senkte den Blick, und als sie ihn wieder hob, war das Lächeln immer noch da, aber schwächer als vorher.

«Wissen Sie, was mir an Marshall am meisten imponiert hat? Sein Ehrgeiz. Ich meine nicht seinen Hunger nach Erfolg. Ich meine seine bemerkenswerte Besessenheit, seinen grenzenlosen Egoismus.»

«Na, dann verstellt er sich aber sehr gut», bemerkte ich und beobachtete, wie sie ihren Kopf jedes Mal leicht abwandte, wenn sie eine Pause machte, um zu atmen.

«Marshall tut nur so, als sei er jedermanns bester Freund. Es ist ein Spiel, weil er bewundert werden will», erklärte sie mit einem spöttischen Lächeln. «Und er will bewundert werden, weil er meint, er sei der bewundernswerteste Mensch, der ihm je über den Weg gelaufen ist. Ich kann Ihnen versichern, Joseph Antonelli, dass Marshall am liebsten über sich selbst spricht. Es gibt kaum ein anderes Gesprächsthema für ihn.»

Sie merkte, dass ich nicht ganz überzeugt war.

«Als ich zum ersten Mal mit ihm zu Abend aß – wir kannten uns nur flüchtig –, erzählte er mir, dass er Gouverneur werden wolle. Ich glaube, er erwähnte es, noch ehe wir etwas bestellt hatten. Und er sagte es so, als sei dies etwas, das ich nicht im Geringsten erstaunlich finden konnte.»

«Wusste Gilliland-O'Rourke, dass ihr Stellvertreter dasselbe im Sinn hatte wie sie?»

«Das wäre ihm völlig egal gewesen. Genau das gefiel mir so an ihm. Alles war ihm egal, außer seiner eigenen Person. Die anderen waren nur da, um benutzt zu werden.»

Ich beobachtete sie und versuchte herauszufinden, worauf sie eigentlich hinauswollte.

«Wundert Sie das, Antonelli? Dass ich das an ihm mochte? Dass er nur seine Ziele im Auge hatte und es ihm egal war, ob andere dabei auf der Strecke blieben?»

Sie sah mich an und wartete auf eine Antwort oder darauf, dass ich es wagte, mich auf ihr Terrain zu begeben, wo es keinerlei Konventionen gab und man sich seine Regeln selbst machte.

«Als wir uns zum ersten Mal trafen, dachte ich, Sie wären auch so», sagte sie, und ihr Blick wurde weicher. «Das glaube ich übrigens immer noch.»

Ich griff nach meinem Füller, hielt ihn an beiden Enden fest und rollte ihn hin und her. «Sie meinen, ich sei wie Ihr Mann?»

Ihre Augen blitzten missbilligend auf. «So habe ich das nicht gesagt.»

Ich beobachtete, wie sich die Kappe des Füllers hin und her drehte.

«Ich habe gehört, was Sie gesagt haben. Vielleicht liegen Sie richtig, was mich angeht, oder besser gesagt, lagen Sie richtig mit dem, wie ich früher war. Vielleicht liegen Sie auch heute richtig», fügte ich hinzu und zuckte die Achseln. «Aber spielt das eine Rolle?»

«Vielleicht», antwortete sie geheimnisvoll. «Es kommt darauf an, was Sie wollen, nicht wahr?»

Ich legte den Füller weg und sah sie an. «Nein, es kommt darauf an, was Sie wollen. Vielleicht sollten Sie mir endlich verraten, was es ist. Was wollen Sie, Kristin?»

«Ich möchte nicht für etwas angeklagt werden, das nichts mit mir zu tun hat», sagte sie eindringlich.

Ich lehnte mich zurück und legte den Finger an den Mund. «Na schön, abgemacht.»

«Abgemacht?»

«Ja. Sie sagen mir alles, was Sie wissen, und alles, was Sie getan haben, und ich werde Sie nicht anklagen. Sie könnten damit anfangen, indem Sie zugeben, dass Sie Travis den Umschlag gegeben haben.»

«Na schön. Es stimmt, ich habe ihm den Umschlag gegeben. Marshall hat mir erzählt, Quentin habe sich bereit erklärt, in einem Drogenfall auszupacken. Der Umschlag enthielt angeblich eine Kopie des Polizeiberichts, in dem Leute aufgelistet waren, über die Quentin etwas wusste.»

«Warum hat er Sie damit beauftragt, statt jemanden aus dem Polizeirevier?»

«Er sagte, je weniger Leute davon wüssten, dass Quentin aussagen würde, desto besser. Bitte bedenken Sie, dass ich Marshalls Assistentin war. Wenn jemand einen Polizeibericht abholen oder mit einem Zeugen sprechen oder eine Vorladung verschicken musste, dann war ich es. Es war nichts Ungewöhnliches, dass er mich damit beauftragte.»

«Wenn das so ist, warum haben Sie dann vor der Grand Jury gelogen?»

Sie kramte in ihrer Tasche nach dem Zigarettenetui. Nachdenklich nahm sie eine Zigarette heraus und klopfte sie gegen das Etui. Während sie sie anzündete, steckte sie das Etui wieder in die Handtasche.

«Ich konnte meinen Mann nicht belasten», erklärte sie und verfolgte mit den Augen den Rauch, der sich von der Zigarette emporkräuselte. Sie zog kräftig daran und drückte sie dann mit einer raschen Handbewegung aus.

«Damals hatten Sie doch nichts miteinander, oder?»

Sie sah von den ausgedrückten Stummeln auf, die wie zwei zerbrochene Körper nebeneinander lagen.

«Nein», sagte sie entschieden. «Er wollte es, aber damals war ich mit einem anderen liiert.»

Sie hatte gelogen, um ihren Mann zu schützen, und sie hatte nicht mit einem Mann schlafen wollen, weil sie mit einem anderen zusammen war. Einen Augenblick lang saßen wir da und teilten die Einsamkeit zweier Menschen, die die Wahrheit verstanden, die hinter Kristins Lüge lauerte.

«Wann hat es begonnen, das mit Ihnen und Marshall?»

«In dieser Nacht», sagte sie und sah mich mit einer seltsamen Intensität an. «In der Nacht, als seine Frau verreiste. In der Nacht, in der sie ermordet wurde.»

Sie hatte der Grand Jury zweimal die Unwahrheit gesagt.

Ich stand auf und ging an ihr vorbei zum Fenster. Auf der Straße drängten sich wildfremde Menschen in der willkürlichen Ordnung der Umstände aneinander vorbei und eilten nach Hause. Ich spürte, wie sie sich im Stuhl umwandte und mich beobachtete. Die Augen immer noch auf die Straße gerichtet, sagte ich leise: «Als Sie immer noch mit jemand anderem verlobt waren.»

Ihre Worte kamen langsam und füllten den Raum zwischen uns. «Ja, aber damals wusste ich bereits, dass es vorbei war. Das mit Marshall hatte nichts damit zu tun.»

Sie war darauf trainiert worden, Unterschiede zu machen und sie zu ihrem Vorteil einzusetzen.

«Und warum haben Sie die Grand Jury belogen?»

Als sie nicht antwortete, warf ich einen Blick über die Schulter. Sie saß seitlich auf den Stuhlrand, die Beine übereinander geschlagen, und der Saum ihres Rockes war weit nach oben verrutscht.

«Ich habe nicht gelogen», sagte sie einfach. «Ich habe die Nacht nicht mit ihm verbracht.»

«Sie haben aber doch eben gesagt, dass Sie die Nacht mit ...» Ich kannte die Antwort, ehe ich die Frage zu Ende gestellt hatte. «Ich verstehe. Sie waren mit Marshall zusammen, und dann haben Sie die Nacht bei Ihrem Verlobten verbracht.»

Ich drehte mich wieder um und beobachtete die Menschenmenge unten auf der Straße, die allmählich abnahm.

«Wo?», fragte ich nach einer Weile.

«Spielt das eine Rolle?» Sie lachte leise.

«Möglicherweise.»

«Auf dem Parkplatz. Auf dem Rücksitz seines Wagens.» Das Licht schwand mehr und mehr, und die Passanten dort unten warfen jetzt lange Schatten.

«Während seine Frau von Travis Quentin vergewaltigt wurde, vergnügte sich Marshall Goodwin also auf dem Rücksitz seines Wagens mit Ihnen.» Ich drehte mich um und sah ihr in die Augen. «Sagen Sie, glauben Sie wirklich, dass das ein Zufall war?»

Ihre Augen ließen mich nicht los. «Wie soll ich das wissen?»

«Nun, es könnte zum Beispiel sein, dass Sie ganz sicher sind, dass Ihr Mann nichts mit dem Mord zu tun hat. Wenn er unschuldig ist, hätte er keine Ahnung gehabt, was seiner Frau ein paar hundert Meilen entfernt in einem Motelzimmer passierte, während er sich mit Ihnen die Zeit vertrieb, oder?»

Ich löste mich vom Fenster und blieb vor ihr stehen.

«Glauben Sie nicht an die Unschuld Ihres Mannes?»

Sie legte den Kopf in den Nacken und sah mich an. «Er behauptet, er sei es nicht gewesen», antwortete sie ruhig.

«Glauben Sie ihm?»

«Ich bin seine Frau», antwortete sie ohne jede Regung.

«Das war Nancy Goodwin auch», gab ich zurück. Ich ging an meinen Schreibtisch und warf einen Blick auf die Uhr, die dort stand. «Es ist spät. Sie müssen vermutlich gehen.»

«Nein», sagte sie und schüttelte den Kopf. «Muss ich nicht. Ich kann so lange bleiben, wie Sie wollen. Wir könnten zusammen zu Abend essen, wenn Sie Lust haben.»

«Das ist keine besonders gute Idee», erklärte ich. «Es gibt nur noch ein paar Dinge, die ich gern wissen würde. Warum ausgerechnet in dieser Nacht? Bislang war nichts zwischen Ihnen beiden vorgefallen. Was war geschehen? Oder waren Sie schon lange vorher in ihn verliebt?»

«Verliebt? Ich habe Ihnen ja gesagt, was mich an ihm anzog. Es gefiel mir, wie er sich nahm, was er wollte. Und in dieser Nacht hat er mir gesagt, dass er mich wollte.»

«Hat es Ihnen nichts ausgemacht, dass er verheiratet war?»

Sie lachte. «Sollte es das?»

Schön und kalt, sinnlich und undefinierbar. Den größten Teil meines Lebens hatte ich Frauen wie sie faszinierend und unwiderstehlich gefunden.

«Wie haben Sie sich gefühlt? Als Sie erfuhren, dass Sie mit ihm geschlafen hatten, während seine Frau ermordet wurde?»

«Ich habe nie wirklich darüber nachgedacht», antwortete sie in einem Ton, der eine gewisse Ungeduld verriet. «Ich sehe nicht, was das eine mit dem anderen zu tun haben soll. Ich habe zugegeben, dass ich mit ihm geschlafen habe.»

«Ja, obwohl sie noch verlobt waren. Wie hieß er noch – Ihr Verlobter?»

«Conrad Atkinson.»

«Haben Sie ihn geliebt?»

«Conrad war charmant. Intelligent. Und er sah sehr gut aus», sagte sie.

«Sie haben meine Frage nicht beantwortet», erinnerte ich sie und folgte der Bewegung meines Füllers, mit dem ich wieder zu spielen begonnen hatte. «Haben Sie ihn geliebt?»

Draußen war es jetzt fast dunkel, und der Schein der Lampe schien alles zusammenzupressen, bis nur noch der Schreibtisch, der Stuhl und der blaue Perserteppich zu sehen waren.

Ihre Stimme war weich. «Ob ich Conrad Atkinson – oder sonst jemanden – geliebt habe, geht Sie ehrlich gesagt gar nichts an.»

Ich hörte auf, mit dem Füller zu spielen und sah auf. Alles an ihr war aus einem Guss: ihre herausfordernde Unabhängigkeit, das kämpferische Lächeln, ihre spöttische Selbstsicherheit in Bezug auf das, was sie tun und lassen würde.

Ich schob meinen Sessel vom Tisch zurück und warf ihr einen strengen Blick zu. «Geht mich gar nichts an? Sie haben die Grand Jury belogen. Sie standen unter Eid und haben trotzdem gelogen. Sie kommen her und erklären mir, Sie wollen nicht für etwas angeklagt werden, das Sie nicht getan haben. Und wenn ich Sie frage, ob Sie den Mann liebten, mit dem Sie verlobt waren, erklären Sie mir, das gehe mich nichts an?»

«Es hat nichts mit dem zu tun, was Sie wissen müssen», erwiderte sie.

«Was ich wissen muss, darüber entscheide immer noch ich! Ich weiß, was passiert ist. Ich will nur wissen, warum. Ich will wissen, warum Nancy Goodwin getötet wurde! Ich will wissen, warum Ihr Mann sie ermorden ließ!»

«Mehr, als ich Ihnen gesagt habe, weiß ich auch nicht», antwortete sie ruhig. «Ich habe Travis Quentin einen Umschlag gegeben, als er aus dem Gefängnis entlassen wurde, aber ich hatte keine Ahnung, was er enthielt. Ich begann eine sexuelle Beziehung mit Marshall in der Nacht, als seine Frau umgebracht wurde, aber ich erfuhr von ihrem Tod erst am nächsten Tag, als man ihm die Nachricht überbrachte. Wir waren im Gericht.»

Sie wusste mehr, als sie zugab. Ich sprang auf. «Und wann war das nächste Mal?»

«Das nächste Mal?»

«Ja, wann waren Sie das nächste Mal mit ihm zusammen? Wie lange hat es gedauert, nachdem sie tot war?»

Darauf hatte sie keine Antwort. Ihr Mund öffnete sich und schloss sich wieder. Sie sah mich ausdruckslos an und wartete, dass ich sie etwas anderes fragte.

Ich beugte mich, so weit es ging, vor, und stützte mich auf den Schreibtisch. «War es in der nächsten Nacht? Oder der danach?»

Was immer in ihr vorgegangen sein mochte, sie sprach, als sei nichts Besonderes dabei.

«Er hat gesagt, dass er nicht allein sein wollte.»

Ich wartete auf den Rest, aber das war alles, was sie mir sagte.

«Wann hat er Ihnen das gesagt?»

Ihre Augen ließen die meinen nicht los. «Am Tag der Beerdigung. An dem Tag, an dem sie seine Frau begraben haben. In dieser Nacht.»

Ich ließ den Kopf hängen und starrte auf die dunkle leere Oberfläche des Tisches, während ich Nancy Goodwin bedauerte, mehr als irgendjemanden in meinem Leben zuvor. Eine Welle der Erschöpfung überkam mich; ich fiel in meinen Sessel zurück und rieb mir die Nasenwurzel.

«Ich dachte, er sei einsam», hörte ich sie sagen.

Es war komisch. Der Gedanke daran, das sich Marshall Goodwin mit einer anderen Frau vergnügt hatte, während seine Frau von jemandem umgebracht wurde, den er dafür bezahlt hatte, machte mir nicht so viel aus wie das Wissen, dass er es am Tag ihrer Beerdigung erneut getan hatte. War es deswegen, weil das, was er auf dem Rücksitz seines Wagens gemacht hatte, irgendwie zu der Brutalität eines Mordes gehörte, während das zweite Mal wie eine überflüssige Obszönität erschien? Immerhin gab es einen Unterschied zwischen Mord und Schändung.

«Sie dachten, er sei einsam», wiederholte ich und schlug die Augen auf. «Glauben Sie im Ernst, dass die Geschworenen Ihnen das abnehmen werden? Oder fürchten Sie nicht auch, dass sie der Meinung sein werden, jemand, den der Mord an seiner Frau so kalt lässt, wird mit hoher Wahrscheinlichkeit in den Fall verwickelt sein?»

10

Sie schwirrte von einem Gast zum anderen, schlängelte sich durch das überfüllte Wohnzimmer und ließ die Augen immer auf demjenigen ruhen, mit dem sie gerade ein paar Worte, ein Lächeln oder Lachen wechselte. Schließlich stand Alma auch vor mir. Sie sagte etwas, das ich nicht verstand. Lachend wiederholte sie es, doch erneut gingen ihre Worte im Lärm um uns herum unter. Sie stellte sich auf die Zehenspitzen, legte ihren schlanken Arm um meinen Hals und küsste mich auf die Wange.

«In der Küche!», rief sie mir ins Ohr.

Ihre Hand legte sich auf meine Schulter, während sie meinen Blick suchte, um zu sehen, ob ich sie diesmal verstanden hatte. Als ich hilflos nickte, trat sie einen Schritt zurück, und ihre Finger glitten an meinem Ärmel hinab, bis sie meine Hand erreichten. Sie drückte sie, ließ dann los und verschwand wieder in der Menschenmenge.

Am anderen Ende des Esszimmers, aus dem alle Möbel bis auf den Tisch an der Wand ausgeräumt worden waren, zwängte sich eine Frau mit einem Tablett voller dampfender Schüsseln durch die Schwingtür. Sie stellte alles ab, arrangierte die verschiedenen Platten und ging zurück, um noch mehr zu holen.

Horace beugte sich über den riesigen Gasherd mit der Abzugshaube aus rostfreiem Stahl, die fast bis zur Decke reichte. Stöhnend kratzte er eine neue Ladung Hähnchenteile aus dem Grill und übergab das Backblech mit einem warnenden Blick der Frau, die ich schon gesehen hatte.

Als er mich sah, legte er die Eisenzange weg und reichte mir die Hand. Der Schweiß, der ihm vom Kopf in den Nacken lief, hatte seinen Hemdkragen durchnässt. Er lachte, nahm die Enden der weißen Schürze und wischte sich damit die Augen.

«Ich hatte keine Ahnung, dass Sie kochen können, Horace», sagte ich, als er nach einer halb vollen Bierflasche griff, die auf der Arbeitsplatte neben dem Herd stand.

Seine Augen ließen mich nicht los, während er trank. Dann stellte er die Flasche mit einem lauten Seufzer ab.

«Kochen, nähen, ich bin ein richtiger Hausmann», verkündete er und grinste sarkastisch. Mit dem Kopf deutete er auf die Spülmaschine, die bereits lief. «Ich hab schon vor langer Zeit gelernt, den anderen immer einen Schritt voraus zu sein», erklärte er.

Die Küchentür flog auf, und die Hilfe stand mit dem leeren Tablett vor uns.

«So, das müsste vorerst reichen, Gloria», sagte Horace. «Nur noch dieser letzte Schwung», fügte er hinzu und ließ den Blick über die Hähnchenteile schweifen, die noch vor sich hin brutzelten.

«Der Salat, Mr. Woolner», erinnerte sie ihn.

Horace rollte die Augen und schüttelte den Kopf. «Ich würde noch meine Beine vergessen, wenn sie nicht angeschraubt wären.»

Wortlos folgte sie ihm zu dem zweitürigen, rostfreien Kühlschrank und hielt ihm das Tablett entgegen. Er stellte zwei große Tonschüsseln darauf und hielt eine dritte zögernd in der Hand.

«Ich schaffe das schon», versicherte sie ihm.

Er stand mit offenem Mund und gerunzelter Stirn da.

«Wirklich.» Sie lachte und gab sich Mühe, die beiden Schüsseln auf dem Tablett im Gleichgewicht zu halten.

Horace blickte über ihren Kopf hinweg und sah mich an. Ich stellte meinen Drink auf den Tisch. Horace zog die Schüssel, die er ihr nicht geben wollte, wieder an sich.

«Mr. Antonelli ist ein Bücherwurm, er kann etwas Bewegung gut gebrauchen», erklärte er, während er ihr die Hände sanft auf die Schulter legte und sie in Richtung Tür schob.

Sie ging voran. Horace reichte mir zwei Schüsseln aus dem Kühlschrank und nahm die beiden letzten selbst.

Es war eine ungleiche Prozession, eine untersetzte weiße Frau und ein relativ großer weißer Mann im dunklen Anzug, die angesichts des baumlangen schwarzen Riesen hinter ihnen wie Zwerge wirkten. Die Schar der Gäste schien noch größer und dichter geworden zu sein, und alle sprachen durcheinander. Wir hätten genauso gut splitterfasernackt hereinkommen können, es wäre niemandem aufgefallen.

Sobald ich einen Platz auf dem Tisch gefunden hatte, um meine Sachen abzustellen, zupfte Horace mich am Hemd und zog mich weg. Ich folgte ihm in die Küche zurück.

«Was habe ich gesagt?», erklärte er, während er die weiße Schürze abnahm, sie zusammenknüllte und, ohne hinzusehen, in die Speisekammer warf. «Almas Vorstellung von einer gemütlichen Dinnerparty. Sehen Sie sich das an!», rief er und führte mich zum Küchenfenster.

Das Apartment der Woolners befand sich in einem Hochhaus am südlichen Stadtrand, weniger als sechs Häuserblocks vom Gerichtsgebäude entfernt, mit Blick auf die Innenstadt von Portland und den Fluss, der früher die

Stadtgrenze gebildet hatte und sie nun in zwei Hälften teilte.

«Was sehen Sie da unten? Sehen Sie Menschen? Natürlich nicht. Jeder in dieser gottverdammten Stadt ist heute hier. Offenes Haus bei den Woolners. Vor einer Stunde sind drei Penner aufgetaucht. Ich habe sie hochkantig rausgeworfen. Irgendwo muss Schluss sein.»

Er griff in den Kühlschrank, holte eine weitere Bierflasche heraus und machte sie auf. Dann nahm er einen kräftigen Schluck und begann sich zu entspannen.

«Eine Mordsparty, finden Sie nicht?», fragte er eifrig. «Alma steht auf so was», fügte er hinzu, während seine Stimme in ein heiseres Flüstern überging.

Langsam kam er zur Ruhe. Sein Atem wurde leiser, regelmäßiger. Hinter mir und der Küchentür ging das Getöse weiter.

«Machen wir, dass wir hier wegkommen», schlug Horace vor. «Ich könnte etwas frische Luft gebrauchen. Und dann erzählen Sie mir über Ihr neues Leben als Ankläger.»

Wir fuhren mit dem Aufzug in die Lobby. Der Portier sprang auf und öffnete uns die Glastür. Horace nickte ihm zu, als wir an ihm vorbeigingen.

Auf der zum Fluss gewandten Seite des Gebäudes stand eine eiserne Bank vor einem kleinen Springbrunnen auf einem mit Blumen bepflanzten Erdhügel. Wir setzten uns hin und blickten auf den großen Fluss hinunter, der sich unter den Stahlbrücken nach Norden hindurchschlängelte, bis er sich mit dem Columbia vereinte und ins Meer mündete. Im Mondlicht schimmerte die Silhouette des Mount Hood. Nichts war zu hören, nur das ferne Summen des Highways am anderen Flussufer.

Mein Blick wanderte vom Fluss zum Berg und wieder zurück. Ich erinnerte mich an die Nacht, als ich Alexandra zu Leopold Rifkin mitgenommen hatte. Es war dieselbe Nacht, in der wir auf der Flusspromenade spazieren gegangen waren, gar nicht weit weg von der Stelle, wo ich nun saß, die Nacht, in der mir klar wurde, dass ich mich in sie verliebt hatte, und ihr einen Heiratsantrag machte.

«Wollen Sie wissen, welcher Richter den Vorsitz übernehmen wird?»

Ich brauchte eine Weile, bis mir bewusst wurde, dass Horace etwas gesagt hatte. «Wie bitte?», fragte ich und wandte mich von dem Fluss ab und allem, was er hinter sich gelassen hatte.

Wie üblich konnte Horace meine Gedanken lesen.

«Sie denken immer noch an sie, nicht wahr?»

«Nicht mehr so oft wie früher», antwortete ich achselzuckend.

Er tat so, als glaubte er mir. «Irgendwann wird eine andere auftauchen.» Er verstummte und lachte kurz und traurig auf. «Ach, Unsinn. Wenn Alma etwas zustoßen würde … ich weiß nicht. Ich glaube nicht, dass eine andere ihren Platz einnehmen könnte. Nein, bestimmt nicht. Für mich gibt es keine andere. Ohne sie …» Seine Stimme erstarb und der Gedanke wurde von der Stille aufgesogen.

«Sie sagten etwas von einem Richter?»

Seine Augen weiteten sich und er gluckste vor sich hin. «Sie sind ein Glückspilz, Counselor! Sie bekommen eine schwarze Richterin, Irma Holloway aus Eugene. Wissen Sie, wie viele Schwarze es in diesem Staat gibt?»

«Nein.»

«Dann will ich es Ihnen sagen.» Er runzelte die Stirn

und fing an, sie an den Fingern der linken Hand abzuzählen. «Mal schauen. Da gibt es mich, Irma, und dann gibt es – verdammt, wie heißt der Kerl noch?» Er sah an mir vorbei. «Sie wissen schon, der, der immer im Fernsehen ist, der obligatorische schwarze Wortführer? Irma muss ihn gewählt haben, denn ich war es nicht. Tja, und wen noch?»

«Was ist mit Alma?»

Er zog die Lippen nach innen und kniff die Augen zusammen. «Nicht ganz eindeutig. Nur zur Hälfte. Ihr Vater war weiß. Nun, was ich sagen will, ist, dass es hier so gut wie keine schwarze Bevölkerung gibt, trotzdem aber die schwarzen Richter. Können Sie sich vorstellen, wie es in Mississippi oder Alabama wäre? Da sitzt eine rein weiße Jury, und dann geht die Tür auf, und ein schwarzer Richter betritt den Saal? Zwölf Herzanfälle! Aber nicht hier. Die meisten Jurys, mit denen ich es zu tun habe, sind weiß, und da regt sich niemand auf. Zumindest habe ich den Eindruck. Haben Sie schon mal mit ihr zu tun gehabt?»

«Nein, ich glaube nicht.»

Seine Brauen hoben sich. «Sie würden sich bestimmt an sie erinnern. Wenn Sie sie auch nur einmal schief ansehen, steigt sie von der Richterbank und haut Ihnen eine runter. Ganz schön zickig. Hager und knochig mit großen bösen Augen, die einen ansehen, als hätte man etwas verbrochen, aber was, das weiß nur sie. Ich kann mir gut vorstellen, wie sie sich auf die Zehenspitzen stellt und einem Lausebengel die Ohren lang zieht oder ihm eine Tracht Prügel verpasst. Sie erinnert mich an meine Mutter», sagte er und lachte. «Sie ist genauso.»

«Ist sie gut?»

Wieder zog er die Brauen hoch und sah mich nachdenklich an. «Sie werden Ihren Spaß haben. Bei Richard Lee Jones weiß ich nicht so recht.» Er grinste über das ganze Gesicht. «Der ist ein harter Brocken, was?»

Er streckte die Beine aus, beugte sich vor und stützte die Arme auf die künstlichen Knie. Dann griff er nach unten und hob ein Steinchen auf, das er mit einer raschen Handbewegung in die Dunkelheit schleuderte. Ein zweites flog über den Springbrunnen. Schließlich lehnte er sich zurück, breitete die Arme über die Rückenlehne der Bank und starrte in die Nacht.

«Kommen Sie zurecht?», wollte er wissen. «Können Sie tagsüber arbeiten und am Abend Ihre Studien fortsetzen?»

«Na ja, sagen wir, Aristoteles war schon schwer genug, als ich nichts anderes zu tun hatte», antwortete ich und lachte kläglich.

Er grinste. «Erzählen Sie mal, was haben Sie von Aristoteles gelernt, was Ihnen bei diesem Fall helfen könnte?»

Ich dachte einen Augenblick nach.

«Von Aristoteles nichts, zumindest nichts Unmittelbares, aber von Hobbes. Kennen Sie die berühmte Passage über das Leben im Naturzustand, ‹einsam, arm, hässlich, brutal und kurz›? Wo jeder nur ans eigene Überleben denkt – an die Selbsterhaltung –, weil, wenn man sich nicht um sich selbst kümmert, es niemand anders tut. Daran erinnert mich Goodwins Frau Kristin. Sie hat mich im Büro aufgesucht und denkt nur daran, wie sie selbst den Kopf aus der Schlinge ziehen kann. Sie hat übrigens zugegeben, dass sie die Grand Jury belogen hat. Sie hat Quentin den Umschlag doch gegeben.»

Ich erzählte Horace alles. Als ich fertig war, stand er auf und legte sich die Hände ins Kreuz.

«Jetzt haben Sie keine Zweifel mehr, was Goodwin angeht, oder?»

«Nach dem, was sie mir erzählt hat, haben sich alle Zweifel in Luft aufgelöst.»

«Hat sie Ihnen gesagt, dass Gilliland-O'Rourke sie vom Dienst suspendiert hat?»

«Nein. Gwendolyn geht aber auch wirklich kein Risiko ein, was?»

Er starrte zu Boden und schob mit dem Fuß ein paar Kieselsteine hin und her. «Glauben Sie ja nicht, dass sie auf ihre Rache verzichten wird. Wir haben sie blamiert, und das vergisst sie nie.»

Er warf mir einen besorgten Blick zu. «Aber vergessen wir Gwendolyn. Irgendwas ist faul an der Sache.» Er straffte die Schultern und warf über meinen Kopf hinweg einen Blick auf sein Apartment im zwölften Stock, wo die Party in vollem Gange war. «Kristin lügt. Sie führt was im Schilde, das habe ich im Blut. Sie hatte keinerlei Veranlassung, Ihnen zu erzählen, dass sie in der Mordnacht mit ihm geschlafen hat. Auch nicht, dass es in der Nacht nach der Beerdigung wieder geschah.» Sein Blick kehrte zu mir zurück. «Warum hat sie das getan, was glauben Sie?»

Ich konnte ihm die Antwort an den Augen ablesen; es war genau das, was auch ich vage ahnte.

«Weil Sex etwas Intimes ist. Indem sie mir davon erzählt, baut sie ein Vertrauensverhältnis zwischen sich und mir auf.»

«Genau, aber vergessen Sie eins nicht. Man kann niemanden betrügen, der einem von Anfang an nicht traut, oder?»

Ich stand auf und wir gingen auf die Lobby zu.

«Haben Sie schon mit ihrem früheren Verlobten gesprochen?»

«Noch nicht.»

«Tun Sie es. Vielleicht kann er etwas Interessantes über sie erzählen. Ich frage mich, ob er wusste, dass sie ihn nicht liebte.»

«Sie hat noch nie jemanden geliebt», bemerkte ich, als wir uns dem mit Markisen überdachten Bürgersteig näherten.

Im Foyer stand der Portier neben dem Empfangsschalter und spielte gedankenverloren mit der silbernen Kette seines Schlüsselbundes. Horace schlug mit der Hand auf die Glastür und brüllte vor Lachen, als er sein erschrockenes Gesicht sah.

«Da gibt es noch eine Zeile bei Hobbes», sagte ich im Aufzug, «aber ich weiß nicht so recht, ob sie eher auf Kristin Maxfield oder auf Gilliland-O'Rourke zutrifft.»

Horace sah mich an und wartete.

«‹... dass alle Menschen ihr ganzes Leben hindurch beständig und unausgesetzt eine Art der Macht nach der anderen sich zu verschaffen bemüht sind›.»

«Sich zu verschaffen bemüht sind!» Horace lachte laut.

«Na ja», sagte ich, als sich die Tür des Aufzugs öffnete. «Im siebzehnten Jahrhundert hat man sich etwas umständlich ausgedrückt.»

Als Horace die Wohnungstür aufschloss, schlug uns ein Schwall von Stimmen entgegen. Es war jetzt noch lauter als zuvor, viel lauter. Musik dröhnte aus den Lautsprecherboxen. In der Mitte des Wohnzimmers war irgendwas los, und die Menge war zurückgewichen, um Platz zu schaffen. Mit flatterndem Haar tanzte Alma mit einem der jungen Männer aus der Balletttruppe. Barfüßig drehte sie eine Pirouette nach der anderen, wobei ihre Hand kaum die seine streifte. Es sah aus, als würde sie nicht mal den Boden berühren.

Sie kam ihm nah und driftete dann mit einem flüchtigen, sinnlichen Blick wieder von ihm fort, bevor sie sich mit einer einzigen mühelosen Bewegung über seine Schultern rollen ließ und genau dort aufkam, wo sie angesetzt hatte.

Horace applaudierte mit den anderen und sah zu, wie Alma die Arme auf den Rücken legte und sich wie eine echte Ballerina verbeugte. Die Musik war zu Ende. Als der Beifall verstummte, entdeckte ich einen abwesenden Blick in seinen Augen. Ich kannte diesen Blick, ich hatte ihn in den Gesichtern von Männern bemerkt, wenn sie zusahen, wie ihre Töchter das College verließen oder heirateten. Es war der Blick eines Menschen, der wusste, dass ihm jetzt nur noch die Erinnerung an Dinge blieb, die bereits Vergangenheit waren. Ich hatte diesen Blick bei Dutzenden von Vätern beobachtet, konnte mich aber nicht erinnern, ihn je im Gesicht eines Ehemannes entdeckt zu haben.

Jemand drehte die Musik leiser, und die Menge strömte wieder in die Mitte des Raumes. Horace griff nach meinem Arm und hielt ihn fest.

«Sie dürfen noch nicht gehen. Sie müssen bis zum Ende bleiben. Okay?», bat er mich und ließ meinen Arm erst los, als ich zugestimmt hatte.

Ich sehnte mich nach einem Drink, doch die Bar war am anderen Ende des Zimmers neben dem Kamin. Es war einfacher, sich etwas aus dem Kühlschrank zu holen.

An die Arbeitsfläche in der Küche gelehnt stand ein Mann, der mir vage vertraut vorkam. Er lächelte in sein Glas, das er mit beiden Händen festhielt, während er höflich dem Redeschwall einer angetrunkenen jungen Frau lauschte, die neben ihm stand. Als er hörte, wie die Schwingtür zufiel, drehte er sich um, dankbar für die Unterbrechung.

«Joseph Antonelli, nicht wahr?», fragte er liebenswürdig. Er streckte mir die Hand entgegen und trat einen Schritt auf mich zu. Die junge Frau, die sich auf ihn gestützt hatte, verlor um ein Haar das Gleichgewicht.

«Russell Gray», erinnerte er mich, als wir uns die Hand gaben. Die seine war weich und geschmeidig, wie Glacéhandschuhe, die noch nie getragen worden sind. «Wir haben uns auf dem Wohltätigkeitsdinner kennen gelernt.»

«Ja, natürlich», entschuldigte ich mich. «Wir haben uns über den Unterschied zwischen Anwälten und Künstlern unterhalten.»

«Tatsächlich? Ich kann mich nicht erinnern. Nun, das macht nichts. Ich bin sicher, dass Sie den Sieg davongetragen haben.»

Einen Augenblick standen wir so da und keiner von uns sagte ein Wort.

«Oh, tut mir Leid», sagte er und lachte verlegen. «Darf ich Sie miteinander bekannt machen?» Er sah die junge Frau an und wartete, dass sie ihm half.

Jetzt war ich an der Reihe. «Joseph Antonelli», sagte ich.

«Ich bin Susan», antwortete sie und verließ den Raum.

«Kennen Sie sie?», fragte ich Gray.

«Habe sie noch nie im Leben gesehen.»

Auf der Arbeitsplatte neben der Spüle stand eine offene Weinflasche. Ich suchte im Schrank nach einem Glas, schenkte es halb voll und nahm einen Schluck.

Gray starrte auf sein Glas und schüttelte mit einer leichten Handbewegung das Eis darin.

«Es ist schon komisch, dass wir uns nicht vorher getroffen haben. Portland ist doch ein Dorf.»

«Wahrscheinlich verkehren wir in unterschiedlichen Kreisen», antwortete ich.

Der Kreis meiner Bekannten war geschrumpft, bis kaum noch einer übrig geblieben war. Ich wusste so gut wie nichts über die Welt des alten Geldes, in der, so glaubte ich, jeder tat, was er wollte, ohne sich darüber Gedanken zu machen, was es kosten könnte.

Er akzeptierte den Unterschied zwischen uns als etwas völlig Normales. «Ja, aber wir haben gemeinsame Bekannte, Alma und auch Horace – und beide sprechen in höchsten Tönen von Ihnen.»

Bis vor ein paar Wochen hatte ich noch nie von Russell Gray gehört. Horace hatte ihn nie erwähnt, bis zu diesem Abendessen, als wir am selben Tisch saßen.

«Auf alle Fälle», sagte Gray und wechselte das Thema, «scheinen Sie, seit wir uns das letzte Mal gesehen haben, in eine kleine, höchst interessante Affäre verwickelt zu sein – ich meine natürlich den Fall Marshall Goodwin.»

«Ja, ich vertrete die Anklage», begann ich zu erklären, doch Gray hörte nicht zu.

«Wirklich kaum zu glauben», erklärte er, «dass Kristin Conrad wegen eines Mannes verlassen hat, der seine Frau umgebracht hat!»

«Sie kennen Kristin?», fragte ich.

«Sie war mit einem meiner besten Freunde verlobt. Ich kenne Conrad seit einer Ewigkeit. Alle waren schockiert, als sie sich von ihm trennte.»

«Kennen Sie den Grund?»

Er seufzte. «Ich bin nicht sicher. Ich glaube, sie hat ihm

einfach gesagt, dass sie sich in einen anderen verliebt hätte.»

«Und wie hat er reagiert?»

«Conrad? Oh, es hat ihn ziemlich mitgenommen. Das ist ganz natürlich. Aber er hat es überwunden.» Er kam wieder auf den Fall zu sprechen. «Hat denn Goodwin seine Frau wirklich ermorden lassen? Unglaublich. Ich verstehe so was nicht. Ich bin zwei Mal verheiratet und zwei Mal geschieden. Das passiert eben. Man tötet jemanden doch nicht, bloß weil man nicht mehr mit ihm zusammen sein will oder umgekehrt. Nichts hält ewig.»

Er sah zu mir auf.

«Es klingt schrecklich, ich weiß. Aber als Kristin die Verlobung mit Conrad löste, war ich für beide froh. Ich hatte vermutet, dass Kristin nur hinter seinem Geld her war. Und als sie Goodwin heiratete, schien es der Beweis dafür zu sein, dass es ihr doch nicht nur um Geld gegangen war.»

«Und worum war es ihr gegangen?»

«Na, um die Liebe natürlich. Worum sonst?»

«Ja», sagte ich. «Genau. Worum sonst?»

Die Tür schwang auf und die Hilfe kam mit einem Tablett voll schmutzigen Geschirrs herein. Ich schüttete den Rest der Weinflasche in mein Glas, und als ich mich umdrehte, war Gray verschwunden. Später, kurz bevor er wegging, sah ich ihn am Eingang, wie er sich von Alma verabschiedete. Sie küsste ihn auf die Wange, so wie sie mich geküsst hatte. Dann blieb sie noch einen Moment stehen und sah ihm nach.

Eine halbe Stunde später waren fast alle Gäste gegangen. Ich half Horace, den Esstisch wieder an seinen Platz zu rücken, und nach getaner Arbeit setzten wir uns hin und machten uns über die Flaschen her, die die Gäste übrig gelassen hatten. Während wir noch dabei waren, kam Alma herein. Sie wirkte müde. «Das war eine wunderschöne Party», sagte sie, stellte sich neben Horace und legte die Arme um seine Schultern.

Als ich nach Hause kam, war es fast vier Uhr morgens. Ich hatte viel zu viel getrunken, um schlafen zu können. Also zog ich mich aus, nahm eine lange heiße Dusche, machte mir im Bademantel eine Tasse Kaffee und ging in die Bibliothek. Dort saß ich am Schreibtisch und dachte darüber nach, was Russell Gray gesagt hatte, seine spontane Bemerkung, dass nichts ewig hält, und wie leicht es ist, sich dieser banalen Sichtweise anzuschließen. Direkt vor mir lag das Werk von Aristoteles, durch das ich mich seit Monaten hindurchquälte, langsam und mühsam. Es war der Versuch, so gut ich konnte, Worte zu verstehen, die vor mehr als zweitausend Jahren geschrieben worden waren. Manche Dinge halten länger als andere.

11

Unter den vielen Büchern, die mir Leopold Rifkin in seiner Bibliothek hinterlassen hatte, befanden sich auch zahlreiche Bände von Diodorus Siculus, einem römischen Bürger, der im ersten Jahrhundert vor Christus in Sizilien geboren wurde und dreißig Jahre seines Lebens damit verbrachte, eine universelle Geschichte der Welt zu verfassen. Irgendwo am Anfang erwähnt er, dass nur die alten Ägypter wussten, wie man das Gesetz vor dem skandalösen Benehmen der Anwälte schützt. Sämtliche Verhandlungen wurden in vollkommenem Schweigen durchgeführt und schriftlich niedergelegt. Am Ende, wenn alle Schriftstücke studiert worden waren, legte der Richter ein geschnitztes Symbol für die Wahrheit auf eine der beiden Streitschriften, ohne auch nur ein einziges Wort dazu zu sagen. Laut Diodorus glaubten die Ägypter, dass «durch die Reden der Sachwalter die Rechtsverhältnisse nur verdunkelt werden; die Kunstgriffe der Redner, der Zauber des Gebärdenspiels, die Tränen der Bedrohten manchen Richtern die Strenge der Gesetze und den wahren Stand der Sache ganz aus den Augen rücken». In Ägypten wurde Meineid wie Mord mit dem Tod geahndet.

An einem herrlichen Sommertag saß ich im sechsten Stock eines kleinen Gerichtssaals am Anwaltstisch und wartete, dass die Verteidigung die vereidigte Befragung des ersten Geschworenen beendete. Ich fragte mich, was die Ägypter von alldem gehalten hätten. Richard Lee Jones, der wahrscheinlich niemals von Diodorus Siculus gehört hatte, gab sein Bestes, um eine ältere Frau, die er nie zuvor gesehen hatte, davon zu überzeugen, dass er der freundlichste und vertrauenswürdigste Mensch war, den sie je kennen lernen würde. Ich hatte fünfundzwanzig Jahre meines Lebens damit verbracht, genau dasselbe zu tun, und konnte nur hoffen, dass es anderen nicht genauso hinterhältig und verlogen vorgekommen war wie mir jetzt.

Jones saß an dem der Geschworenenbank zugewandten Ende des Anwaltstisches, doch nicht einmal das war ihm nah genug. Er zog den Stuhl vom Tisch zurück, legte die Ellbogen auf die Knie und beugte sich so weit vor wie nur möglich. Das glänzende schwarze Haar, das er links gescheitelt trug, fiel ihm wie üblich in die Stirn.

«Sie wissen, dass es sich hier um ein Strafverfahren handelt und der Angeklagte so lange als unschuldig zu gelten hat, bis seine Schuld einwandfrei bewiesen ist?»

Laut Jury-Fragebogen war Mildred Willis eine vierundsiebzigjährige Witwe, die drei Kinder und sieben Enkel hatte. Sie war schon als Kind nach Oregon gekommen und hatte später als Telefonistin gearbeitet. Nach ihrer Heirat hatte sie ihren Beruf aufgegeben. Sie war schrecklich hager, hatte weißes Haar und freundliche blaue Augen und war die einzige Frau unter den Geschworenen, die einen Rock trug. Sie ließ sich immer eine Menge Zeit, wenn sie eine Frage beantwortete.

«Ja, ich verstehe.»

«Und es ist Ihnen bewusst, dass die Unschuldsvermutung» – Jones machte eine Pause, richtete sich auf und warf einen Blick auf seinen Mandanten – «während des gesamten Verfahrens gegen den Angeklagten Marshall Goodwin gilt, nicht wahr? Nicht nur für einen Teil, sondern für das ganze Verfahren. Bis Sie sich in die Geschworenenkammer zurückziehen und Ihre Beratungen aufnehmen. Das verstehen Sie doch, nicht wahr?»

Sie dachte einen Augenblick nach. «Ja», antwortete sie. «Das verstehe ich.»

Die Geschworenenbank befand sich genau gegenüber der Richterbank, wo sich die aufbrausende Irma Holloway auf jedes Wort konzentrierte. Das war ungewöhnlich. In den meisten Gerichtssälen befindet sich die Geschworenenbank seitlich vom Richter, und die Anwaltstische gegenüber der Richterbank. Hier war es fast unmöglich, die Geschworenen im Auge zu behalten, wenn man vor dem Richter ein Argument vorbrachte oder einen Zeugen verhörte.

Zum ersten Mal im Leben saß ich allein am Anwaltstisch. Ich musste mich um niemanden kümmern und war für nichts verantwortlich, abgesehen von einer Frau, die seit über zwei Jahren tot war, und der Überzeugung, dass das Böse niemals ungestraft davonkommen soll.

Jones zog die Sache in die Länge, fragte die alte Dame nach ihren Kindern und Enkeln, nach den Sendungen, die sie sich im Fernsehen ansah, und den Büchern und Illustrierten, die sie gern las. Es war, als würde ich in einem Hohlspiegel mein eigenes verzerrtes Abbild betrachten. Schließlich erhob ich mich.

«Mr. Antonelli?», fragte Richterin Holloway in ihrem üblichen scharfen Ton. «Sind Sie aufgestanden, um Einspruch einzulegen?»

Ich gab mich überrascht. «Nein, Euer Ehren, ich wollte nur meinen Kreislauf wieder ankurbeln.»

Während die Zuschauer und Journalisten lachten und ein paar Geschworene grinsten, sprang Richard Lee Jones auf und protestierte lauthals.

«Ich habe die Staatsanwaltschaft nicht unterbrochen, als sie die Zeugen befragte, Euer Ehren. Ich denke, gleiches Recht für alle müsste den Vorrang haben ...»

«Nicht vor einem körperlichen Bedürfnis», wandte ich ganz leise ein.

Richterin Holloway nickte energisch und erhob sich. «Das Gericht zieht sich zur Beratung zurück!»

Das war leichter gesagt als getan. Der Richter hatte einen Privateingang durch eine Tür direkt hinter dem großen ledernen Sessel an seiner Richterbank. Wir aber mussten an acht Reihen von Zuschauerbänken vorbei zu einer Tür am hinteren Ende des Saals, dann durch einen mit grauem Linoleum bedeckten Flur am Büro des Gerichtsdieners und der Gerichtsbibliothek vorbei bis zu der Tür, die schließlich zu den Amtsräumen von Richter Robert M. Beloit führte.

Geschwätzig und schmierig, wie er war, hatte Beloit sich seiner schlecht gehenden Kanzlei entledigt, indem er den Gouverneur, einen ehemaligen Kumpel aus seiner studentischen Verbindung, überredet hatte, ihm einen freien Posten am Circuit Court zuzuschanzen. Als langjähriges Mitglied der National Rifle Association war er ständig auf der Suche nach irgendeiner Beute, die er abschießen konnte, und in seinem Büro hingen nun einige der vielen Trophäen, die er über die Jahre hinweg erlegt hatte. Ein Elch, ein Dickhornschaf und ein Puma starrten uns an, als seien sie soeben durch die Wand gebrochen und noch einen Augenblick betäubt. Wir hielten eine nichtöffentliche Sitzung ab, um eine Verfahrensfrage in einem Mordprozess zu erörtern, und wurden von den stolzen, gefühlvollen Augen einer toten Menagerie bewacht.

Irma Holloway saß kerzengerade auf dem Rand ihres Sessels. Hinter ihren hohen, spitzen Wangenknochen, den großen Augen und dem verkniffenen Mund verbarg sich ein nervöses Energiebündel, das jeden Augenblick in die Luft gehen konnte.

Sie musterte uns, während wir auf den zwei hölzernen Windsorstühlen vor ihrem Schreibtisch Platz nahmen. Dann wanderte ihr Blick zu den Augen der toten Tiere an der gegenüberliegenden Wand. Sie lehnte sich zurück und schüttelte langsam den Kopf.

«Jagen Sie, Mr. Jones?», fragte sie mit einem dünnen, höflichen Lächeln.

«Ja, Euer Ehren. Da, wo ich herkomme, sind fast alle Jäger.»

Sie wandte sich mir zu. «Und Sie, Mr. Antonelli?»

«Nein», antwortete ich. «Dafür konnte ich mich noch nie begeistern.»

Jones verzog das Gesicht zu einem verächtlichen Grinsen, was der Richterin nicht entging.

«Haben Sie was dagegen, Mr. Jones?»

«Oh, nein, Euer Ehren, darüber zu urteilen steht mir nicht zu», antwortete er und zuckte die Achseln. Er streckte die Beine aus und legte dann einen Fuß über den anderen. «Es interessiert mich nicht, dass Mr. Antonelli kein begeisterter Jäger ist, aber den herablassenden Ton hätte er sich sparen können. Von mir aus kann Antonelli tun und lassen, was er will. Schließlich leben wir in einem freien Land. Obwohl ich glaube, dass er nicht das Recht hat, mir dazwischenzufunken, wenn ich einen Geschworenen unter Eid befrage. Ich will damit nur sagen», setzte er hinzu und warf mir einen Blick durch die halb geschlossenen Augen zu, «dass so was besser nicht nochmal vorkommt.»

«Und *ich* will Ihnen sagen, Mr. Jones», erwiderte sie und fixierte ihn mit einem eisigen Blick, «dass Sie mir besser nie vorschreiben, was ich zu tun habe, oder Sie enden wie eines dieser Viecher!»

«Ich habe nicht ...»

«Sie werden nicht hier reinkommen – egal, was für ein Irrer normalerweise in dieser Richterkammer residiert – und mir vorschreiben, was Ihr Gegenspieler zu tun oder zu lassen hat. Haben Sie das verstanden, Mr. Jones? Ich habe Sie nicht herbestellt, damit Sie mir sagen, was Sie denken. Ich habe Sie gerufen, damit Sie beide wissen, dass in meinem Gerichtssaal nur ich die Regeln bestimme. Sie haben sich danach zu richten, und wehe dem Schwachkopf, der sich nicht daran hält! Verstanden?» Sie warf mir einen scharfen Blick zu.

Jones sah sie an und antwortete mit einem widerwilligen Lächeln.

«Haben Sie mich beide verstanden?», wiederholte sie, während sie mich anstarrte.

Ich nickte.

«Eins wollen wir von Anfang an klarstellen.» Sie beugte sich vor und erhob warnend den Finger. «Wir sind hier in einem Gerichtssaal und nicht im Theater. Die Lach-Einlagen können Sie sich sparen.»

Jones lehnte sich zurück.

«Und damit meine ich nicht nur Antonelli. Es ist das letzte Mal, dass er aufsteht und so eine Show abzieht.» Sie beugte sich noch weiter vor. «Aber Sie, Jones, lassen sich gesagt sein, es ist auch das letzte Mal, dass Sie aus der Befragung eines zukünftigen Geschworenen eine Fortsetzungsserie über sein Privatleben machen.»

«Ich habe das Recht, möglichen Anhaltspunkten für die Befangenheit eines Zeugen nachzugehen, Euer Ehren. Wir haben es hier nicht mit einem Prozess wegen Trunkenheit am Steuer zu tun.»

«Wenn Sie über diesen Punkt debattieren wollen, dann heben Sie ihn für das Berufungsgericht auf, Mr. Jones. Ich begrenze die Befragung der Geschworenen auf zehn Minuten, und das gilt für Sie beide.»

Jones war außer sich. «Zehn Minuten? Unmöglich.»

«Wenn Sie es in der gegebenen Zeit nicht schaffen, dann übernehme ich es für Sie, Mr. Jones. Das Gericht hat das Recht, die Befragung der Geschworenen selbst in die Hand zu nehmen, wenn die Anwälte es nicht schaffen, sie anständig durchzuführen.»

Schaudernd warf sie einen letzten entsetzten Blick auf die Köpfe an der Wand. «Den Kerl sollte man abschießen», murmelte sie vor sich hin. Dann sah sie uns an. «Na schön, zurück an die Arbeit.»

Im Gang hielt mich Jones an. Er baute sich in voller Größe vor mir auf, sodass ich gegen die Wand zurückweichen musste.

«Ich werde es Ihnen zeigen, Antonelli. Sie können mir nicht das Wasser reichen.»

Ich ging dicht an der Wand weiter. Als ich an ihm vorbei war, blieb ich stehen und legte die Hand auf seine Schulter. «Hören Sie, wenn es Sie beruhigt, will ich Ihnen geradeheraus sagen, das ich nie geglaubt habe, Ihnen das Wasser reichen zu können.»

Dann ging ich auf den Gerichtssaal zu.

«Seien wir ehrlich», sagte ich, als ich die Tür aufmachte und ihm den Vortritt überließ. «Wenn Sie nur halb so gut wären, wie Sie jedermann einzureden versuchen, wären Sie immer noch viel besser als jeder andere.»

Er lief rot an und biss sich auf die Lippen. Wir standen im Gerichtssaal; alle Augen waren auf uns gerichtet. Wir gingen durch den schmalen Gang zwischen den Zuschauerbänken und der Wand, Jones einen Schritt vor mir. Als er die hölzerne Absperrung erreichte, hielt er mir das Tor auf und nickte höflich, als seien wir zivilisierte Gegner.

Er stellte Mildred Willis noch ein paar belanglose Fragen und schloss dann die Befragung ab. Jetzt war die Anklage dran, den nächsten Geschworenen, der in den Zeugenstand gerufen wurde, unter die Lupe zu nehmen.

Zufrieden und erschöpft saß Dolores Lightner, Mutter von zwei kleinen Kindern, vor uns, die Arme über dem dicken Bauch gefaltet, und erwartete geduldig das dritte. Ich beschloss, sie abzulehnen, entweder aus dem instinktiven Gefühl, dass sie zu nett war, oder weil ich fürchtete, dass eine werdende Mutter Mühe haben würde, jemanden zum Tode zu verurteilen.

«Dem Fragebogen, den Sie ausgefüllt haben, entnehme ich, dass Sie zwei Kinder haben?»

Ihr Lächeln triefte nur so von mütterlichen Instinkten. «Ja», antwortete sie. «Ein dreijähriges Mädchen und einen anderthalbjährigen Jungen.»

Von meinem Platz am Ende des Anwaltstisches aus erwiderte ich ihr Lächeln. «Und wann erwarten Sie Ihr drittes Kind?»

«In acht Wochen», antwortete sie schüchtern.

Ich stand auf. «Angesichts der Umstände, in denen sich Mrs. Lightner befindet, sollten wir sie lieber aus ihrer Pflicht entlassen, Euer Ehren.»

Jones sprang auf. Doch ehe er etwas sagen konnte, hatte Holloway schon die Hand erhoben.

«Mrs. Lightner», sagte die Richterin mit ruhiger, mitfühlender Stimme, «glauben Sie, dass Sie Ihre Pflicht erfüllen können? Wie ich vor der Geschworenenbefragung erwähnt habe, wird der Angeklagte des Mordes verdächtigt. Und ich fürchte, dass einige der Beweismittel sehr anschaulich und ziemlich unangenehm sein werden. Als ich schwanger war», fügte sie hinzu, «wäre es etwas gewesen, das ich nicht gern getan hätte.»

Die schwangere Frau und Mutter von zwei Kindern schüttelte energisch den Kopf und bestand darauf, dass sie sehr wohl in der Lage und auch bereit sei, ihre Pflicht zu tun.

«Ich möchte nicht, dass meine Kinder in einer Welt aufwachsen, wo man mit einem Mord davonkommt», sagte sie ernst. «Auge um Auge, Zahn um Zahn!»

«Wollten Sie etwas sagen, Mr. Jones?», fragte Holloway ausdruckslos.

Er machte das Beste aus der Situation. «Nein, Euer Ehren. Ich wollte nur sicherstellen, dass sie selbst entscheiden kann, ob sie in der Lage ist, als Geschworene zu dienen.»

«Das Gericht ist Ihnen für Ihre Besorgnis dankbar», bemerkte Holloway trocken. «Mr. Antonelli, Sie können mit Ihrer Befragung fortfahren.»

Nach Mrs. Lightner kamen die nächsten Geschworenen dran, und wir wiederholten uns fortwährend. Nachdem wir mit allen zwölf fertig waren, begannen wir mit den Einreden. Wir ersetzten einen Geschworenen nach dem anderen und unterwarfen sie derselben Frageprozedur wie die anderen zuvor.

Niemand kann sich die Geschworenen einer Jury aussuchen. Man beginnt mit den zwölf, die durch ein Zufallsverfahren aus zwei Dutzend ausgewählt und in den Gerichtssaal geführt wurden, und fährt dann fort. Jeder Anwalt hat seine eigene Theorie darüber, welche Jury man sich wünschen und welcher man lieber aus dem Weg gehen soll, aber die Wahl hat man nie. Es ist wie beim Poker: Wenn man zwei Karten eintauscht, bekommt man nicht unbedingt die beiden, die man gern hätte. Die Verteidigung lehnte Dolores Lightner ab, und an ihrer Stelle bekamen wir einen übergewichtigen fünfunddreißigjährigen Motorradmechaniker mit einer Harley-Davidson-Tätowierung auf dem Arm.

Wir waren schon mehrere Tage mit der Auswahl der Geschworenen beschäftigt, und ich hatte allmählich die Nase voll. Ich wartete, bis er sich auf den Stuhl gezwängt hatte.

«Möchten Sie der Jury angehören, Mr. Armstrong?»

«Klar.» Er zuckte die Achseln. «Warum nicht?»

«Meinen Sie, dass Sie ein fairer und unparteiischer Geschworener sein können?»

«Ich schätze schon.»

Ich lehnte mich zurück und hob gleichgültig die Hand. «Lassen Sie ihn in die Liste der Geschworenen aufnehmen, Euer Ehren.»

Endlich hatten wir die Jury beisammen. Die Richterin beauftragte die Gerichtsdienerin, die Geschworenen zu vereidigen. Ich beobachtete, wie die acht Frauen und vier Männer lauschten, als die Gerichtsdienerin den Eid verlas, und fragte mich, ob ich Richard Lee Jones' Fähigkeiten, sich beliebt zu machen, vielleicht unterschätzt hatte. Er übte mit seiner Stimme eine Art Magie aus. Er hatte langsam und geduldig auf jeden Einzelnen eingeredet, als seien es Kinder, die nur Dinge verstanden, die ihnen mit einfachsten Worten erklärt wurden. Ich hatte es für eine Bevormundung gehalten, aber sie schienen zufrieden zu sein, statt es ihm zu verübeln. Die Frage, ob Marshall Goodwin tatsächlich schuldig war, machte mir keine Sorgen mehr. Jetzt, da der Prozess begonnen hatte, war die einzige Angst, die ich noch hatte, die, dass ich ihn verlieren könnte. Es spielte keine Rolle mehr, auf wessen Seite ich war. Immer wenn ich den Gerichtssaal betrat, wollte ich nur noch gewinnen.

Als ich mir am nächsten Morgen einen Weg durch die Menschenmenge bahnte, die sich im Gang vor dem Gerichtssaal versammelt hatte, hörte ich eine vertraute Stimme. Es war Harper Bryce, in einem zerknitterten Sommeranzug. Er fasste mich am Ellbogen.

«Ich habe eine Wette laufen, dass Jones' Eröffnungsplädoyer länger sein wird als Ihres, egal wie viel Mühe Sie sich geben.»

«So lange Sie nicht darauf wetten, dass er mehr zu sagen hat als ich.»

Die Fernsehteams bauten gerade auf. Eine junge Frau mit viel Gel im Haar und einem Mikro in der Hand ging auf und ab und übte ihre zwölfsekundige Ansage. Mehrere Reporter lehnten an der Wand und tranken Kaffee aus Plastikbechern, während sie in den Morgenzeitungen die Storys nachlasen, die sie selbst letzte Nacht verfasst hatten.

«Meinen Sie, wir könnten irgendwann unsere Unterhaltung von neulich fortsetzen?», fragte Bryce beiläufig, als wir zur Tür kamen.

«Wann immer Sie wollen.»

«Wie wäre es mit heute nach der Sitzung?»

«Heute passt es mir nicht», sagte ich, «aber in den nächsten Tagen. Unter den gleichen Bedingungen wie letztes Mal.»

Er nickte und hielt mir die Tür auf.

«Es ist mir immer eine Freude, Mr. Antonelli», sagte er.

Wir waren zwanzig Minuten zu früh dran, aber der Gerichtssaal war schon fast voll. Niemand wollte die beiden Eröffnungsplädoyers verpassen, in denen jede Partei vorbringen würde, was sie glaubte, beweisen oder mit Sicherheit widerlegen zu können. Ich nahm allein am Anwaltstisch Platz und zog den gelben Notizblock, auf dem ich mir meine Notizen gemacht hatte, aus der Aktentasche.

Jones und sein Mandant waren auch schon da und saßen am anderen Ende des Anwaltstisches. Die Protokollführerin legte ein neues Band in die Stenographiermaschine. Ich nahm einen Schriftsatz aus dem Ordner in meiner Aktentasche und reichte ihn dem Verteidiger.

Goodwin warf einen kurzen Blick auf das Papier. Eben noch hatte er sich angeregt mit seinem Anwalt unterhalten, doch kaum sah er mich, war es mit seiner Fröhlichkeit zu Ende. Er wandte sich Richard Lee Jones zu, und dann hörte ich erneut seine ungeduldige, abweisende Stimme.

Die pausbäckige Gerichtsdienerin stolperte herein, wie jemand, der nicht recht weiß, ob er da ist, wo er hingehört. Sie hatte fragende Augen und ein bestürztes Gesicht. Fast entschuldigend verkündete sie: «Bitte erheben Sie sich!»

Mit einem knappen Nicken nahm Irma Holloway unsere Anwesenheit zur Kenntnis und setzte sich auf die Richterbank.

«Führen Sie die Geschworenen herein», befahl sie mit einer gebieterischen Handbewegung und sah auf die Gerichtsakte hinab.

«Ich möchte einen Antrag stellen, Euer Ehren», verkündete Jones.

Die Gerichtsdienerin erstarrte, sah zur Richterbank auf und wartete auf Anweisung.

Die Richterin faltete die Hände, legte sie auf die Akte und sah Jones erwartungsvoll an. «Ja?»

«Euer Ehren, der Staatsanwalt hat uns soeben eine erweiterte Zeugenliste überreicht. Die Erweiterung besteht aus einem einzigen zusätzlichen Namen, dem der Ehefrau meines Mandanten.» Er sprach in langsamen, schwungvollen Sätzen. «Die Verteidigung möchte einen formellen Antrag gegen die Zulassung der Zeugenaussage des Ehepartners stellen und verlangt eine mündliche Erörterung des Antrags.»

Ich stand auf und wartete, dass er fertig wurde.

Holloway wandte sich zu mir: «Mr. Antonelli?»

«Die Entscheidung, Kristin Maxfield, die Ehefrau des Angeklagten, als Zeugin der Anklage aufzurufen, wurde erst gestern getroffen. Es ist nicht zu vermuten, dass sie unter Strafandrohung vorgeladen worden ist. Wenn Mr. Jones auf das Recht der Ehefrau anspielt, die Aussage zu verweigern, so kann ich versichern, dass die von der Staatsanwaltschaft bezweckte Aussage dieses Recht in keiner Weise verletzen wird. Und ich will hinzufügen, dass die Vorladung der Ehefrau des Angeklagten für die Verteidigung keine Überraschung sein dürfte. Gewiss ist die Verteidigung davon unterrichtet, dass Mrs. Goodwin nicht nur von der Polizei vernommen wurde, sondern auch vor der Grand Jury ausgesagt hat, die die Anklageerhebung in diesem Fall zuließ.»

«Nun, ich bin trotzdem überrascht», rief Jones aus.

Gereizt fuhr Holloway ihn an: «Mr. Jones, in diesem Saal melden Sie sich zu Wort, wenn ich Ihnen das Wort erteile, und keinen Augenblick eher. Also, was haben Sie zu sagen?»

Er machte weiter, als hätte er sie gar nicht gehört.

«Ich bin überrascht, dass Mr. Antonelli so darauf erpicht ist, den Fall zu gewinnen, dass er jeden Respekt vor der Privatsphäre einer verheirateten Frau über Bord wirft. Mal abgesehen von der Frage, ob Mrs. Goodwins Aussage das Aussageverweigerungsrecht für Ehegatten berührt oder nicht, gibt es immerhin noch so was wie Anstand. Ich kann mich an keinen Staatsanwalt erinnern, der die Frau eines Angeklagten gebeten hätte, ihm dabei behilflich zu sein, ihren Mann zu verurteilen. Es ist mir unvorstellbar, Euer Ehren, und deshalb beantragen wir eine formelle Anhörung, um sicherzustellen, dass das auch hier nicht der Fall sein wird.»

Holloway warf ihm einen vernichtenden Blick zu. «Sparen Sie sich das für Ihr Plädoyer auf, Counselor. Ihr Antrag ist abgelehnt. Wenn die Zeugin befragt wird, können Sie natürlich Einspruch erheben, falls Sie es für nötig halten.» Sie hielt inne und hob die dünnen Brauen. «Das heißt, wenn Ihr Einspruch juristisch fundiert ist.»

Sie wandte sich ab und sah die Gerichtsdienerin an, die immer noch auf Anweisung wartete.

«Sie können die Geschworenen jetzt hereinführen.»

Kurz darauf kehrte die Gerichtsdienerin mit einer Prozession von zwölf Männern und Frauen im Schlepptau zurück, die für die heikle Aufgabe auserwählt worden waren, anonym darüber zu entscheiden, ob Marshall Goodwin seine Frau ermordet hatte oder nicht. Als sie auf der Geschworenenbank Platz nahmen, tauschten Mildred Willis und ihr Nachbar, der Motorradmechaniker, ein Lächeln. Sie schienen sich zu mögen.

12

Irma Holloway war die Pingeligkeit in Person. «Meine Damen und Herren», erklärte sie ruhig, «wir beginnen mit den Eröffnungsplädoyers der beiden Anwälte. Der Staatsanwalt macht den Anfang, und die Verteidigung folgt. Die Eröffnungsplädoyers dienen dazu, Ihnen einen Überblick über die Beweismittel zu verschaffen, die beide Seiten im Verlauf der Verhandlung vorlegen wollen.»

Mit ernstem Blick fuhr sie fort.

«Wir unterscheiden zwei Arten von Beweismitteln. Einmal diejenigen, die aus Zeugenaussagen stammen, und zwar von Zeugen, die unter Eid standen. Und dann jene, die aus Gegenständen bestehen, Gegenständen, die häufig als so genannte Beweisstücke dienen. Einfache Beispiele wären etwa eine Waffe, die bei der Ausübung eines Verbrechens benutzt wurde, Blutspuren oder Fingerabdrücke.»

Sie hielt inne und ließ den Blick von einem Ende der Geschworenenbank zum anderen schweifen.

«Die Eröffnungsplädoyers der Anwälte gehören nicht zur Beweisaufnahme. Ich möchte, dass Sie sich darüber im Klaren sind. Sie sind nicht hier, um sich von den Plädoyers der Anwälte beeinflussen zu lassen, Sie sind hier, um zu entscheiden, ob die in diesem Fall vorliegenden Indizien – und nur sie – über jeden vernünftigen Zweifel hinaus beweisen, dass der Angeklagte getan hat, was ihm die Anklage vorwirft.»

Mit einem energischen Nicken, das an den entscheidenden Hammerschlag auf einen Nagel erinnerte, faltete sie die

Hände, blickte geradeaus ins Leere und forderte mich auf, zu beginnen.

«Mr. Antonelli.»

Ich trat an die Geschworenenbank und betrachtete jedes Gesicht einzeln, bis ich mir alle eingeprägt hatte.

«Es handelt sich um eine schreckliche Tat. Sie werden sich wünschen, woanders zu sein, wenn Sie einige der Dinge hören, die in diesem Gerichtssaal zur Sprache kommen werden, oder Fotos der Ereignisse sehen, die sich vor zwei Jahren abgespielt haben, als Nancy Goodwin in einem hundert Meilen entfernten Motelzimmer vergewaltigt und ermordet wurde. Ich werde Sie nicht bitten, sich vorzustellen, wie es für sie gewesen sein muss – was sie möglicherweise gefühlt oder gedacht hat –, als ihr der Mund mit Leukoplast zugeklebt wurde, als sie das Messer sah und spürte, wie eine Hand sie am Haar packte und den Kopf nach hinten zerrte, oder als sie ihren Mörder sagen hörte, ihr Mann, Marshall Goodwin, habe ihn dafür bezahlt, sie umzubringen, bevor er ihr die Kehle durchschnitt. Kein Mensch kann sich auch nur annähernd vorstellen, was für ein Gefühl das ist. Aber das muss auch nicht sein. Die Tat an sich ist grausam genug.»

Ich fing noch einmal von vorn an. Sachlich und präzise beschrieb ich die Reihenfolge der Ereignisse, die von der Entdeckung von Nancy Goodwins Leiche bis zum freiwilligen Geständnis des Mannes geführt hatten, der sie ermordet hatte.

«Das Gesetz besteht darauf, und zwar mit Recht, dass niemand allein aufgrund der Aussage eines Mittäters verurteilt werden darf. Das Gesetz fordert zusätzliche Indizien: erstens, dass die Tat tatsächlich verübt wurde, und zweitens, dass der Angeklagte daran beteiligt war. Das Gesetz fordert nicht, dass diese zusätzlichen Beweise in der Aussage eines Augenzeugen bestehen müssen oder in Beweisen, die aus sich heraus für eine Verurteilung ausreichen würden. Wir werden alle Beweismittel vorlegen, die notwendig sind, um die Aussage des Mörders, Travis Quentins, zu untermauern. Wir werden über jeden berechtigten Zweifel hinaus nachweisen, dass der Angeklagte Marshall Goodwin eine Privatunterhaltung mit Quentin führte, dass er die schweren Beschuldigungen, die gegen diesen anhängig waren, fallen ließ, dass er ihm präzise Hinweise gab, wann und wo seine Frau allein war, und dass er Quentin darüber hinaus zehntausend Dollar in bar für den Mord bezahlte.»

Mein Plädoyer dauerte weniger als dreißig Minuten. Richard Lee Jones sprach mehr als eine Stunde. Statt der blaugrauen Schlangenlederstiefel, mit denen er während des Anklageprüfungsverfahrens geglänzt hatte, trug er jetzt schlichte braune Stiefel. Seine Verachtung und sein Bedauern über die Inkompetenz der Polizei und das Fehlverhalten der Öffentlichkeit brachte er mit einer derart ernsthaften Überzeugung vor, dass er am Ende seines Vortrags wahrscheinlich selbst daran glaubte.

Die Prämisse war ganz einfach, und wenn man sie einmal akzeptiert hatte, schien auch alles andere einen Sinn zu ergeben. Während Jones langsam vor den Geschworenen auf und ab ging und nur hin und wieder stehen blieb, um sie mit einstudierter Aufrichtigkeit zu mustern, erklärte er, die Polizei habe die Ermittlungen behindert, als sie versäumte, den Tatort so abzusperren, dass die vom Mörder zurückgelassenen Spuren gesichert werden konnten.

«Stellen Sie sich vor, wie man sich fühlen muss, wenn man

feststellt, dass die Frau des wichtigsten stellvertretenden Staatsanwalts im größten County unseres Landes ermordet wurde und man jede mögliche Chance, ihren Mörder zu finden, verspielt hat! Und dann stellen Sie sich vor, was es für ein Gefühl sein muss, wenn einem jemand diese Peinlichkeit erspart, indem er nicht nur das Verbrechen gesteht, sondern auch noch behauptet, dass sich hinter der ganzen Angelegenheit, sozusagen als Drahtzieher, niemand anders verberge als ein genialer Bösewicht, der stellvertretende Staatsanwalt persönlich! Stellen Sie sich vor, wie sehr sie daran interessiert waren», sagte er und straffte die Schultern, während er sein Hin und Her vor der Geschworenenbank wieder aufnahm, «die örtliche Polizei, die Bundespolizei – einfach alle –, die Sache hinter sich zu bringen. Glauben Sie etwa, dass sie auch nur eine Minute an dem zweifelten, was der geständige Mörder ihnen erzählte? Sie waren viel zu sehr damit beschäftigt, alles aufzuschreiben, als dass Sie sich darüber Gedanken machen konnten, ob man den Anschuldigungen eines Mannes gegenüber, der versucht, sich vor der Gaskammer zu retten, nicht lieber einen leisen Zweifel oder einen Funken Misstrauen walten lassen sollte.»

Plötzlich blieb er stehen und warf mir einen Blick über die Schulter hinweg zu.

«Mr. Antonelli hat vergessen, darauf hinzuweisen, nicht wahr?», sagte er, wieder an die Jury gewandt. «Er erwähnte nur eine inoffizielle Absprache. Schöne Absprache! Sein Kronzeuge – sein einziger Zeuge – hat nämlich erst gestanden, Nancy Goodwin ermordet zu haben, nachdem er in Kalifornien wegen Mordes an mehreren weiteren Personen festgenommen worden war. Der Handel, auf den er einging, lautete lebenslänglich statt Todesstrafe – ein Deal, den jeder in seiner Situation angenommen hätte –, wenn er als Gegenleistung nicht nur den Mord zugab, sondern auch ausplauderte, wer ihn dafür bezahlt hatte. Und er versprach ihnen einen dicken Fisch – darauf können Sie Gift nehmen –, jemanden, der bekannt ist, sehr bekannt, jemanden, über den Leute wie Sie und ich in der Zeitung lesen.»

Er blieb stehen und musterte sie mit einem verschlagenen Blick.

«Das tun wir doch alle, oder? Ich tue es selbst. Wenn wir jemanden sehen, der es weit bringt, der etwas erreicht, was wir nie geschafft haben und auch nie schaffen werden, glauben wir dem ersten üblen Gerücht, das wir über ihn hören. Und wenn dann so jemand zur Strecke gebracht wird, jemand, der berühmt ist, jemand, den wir vielleicht sogar ein bisschen arrogant finden, applaudieren wir im Innersten – ganz gleich, was wir in der Öffentlichkeit sagen und laut denken, nicht wahr?»

Er hatte sie. Alle zwölf Geschworenen zappelten in seinem Netz. Sie folgten ihm mit ihren Blicken, gefesselt durch dieses Eingeständnis menschlicher Schwäche.

«Darum geht es in diesem Fall», versicherte er ihnen. «Travis Quentin will sein Leben retten, also erfindet er eine Geschichte. Die Polizei will ihren guten Ruf retten, also beschließt sie, die Geschichte zu glauben. Jeder will beim großen Gemetzel dabei sein. Die Leute stehen geradezu Schlange für die Chance, jemanden fertig zu machen.»

Jetzt stand er am anderen Ende der Geschworenenbank, legte die Hand auf die Balustrade und starrte zu Boden. Dann blickte er langsam auf und suchte quer durch den Raum meinen Blick.

«Dieser Fall ist ein Politikum», warnte er. «Jeder weiß,

dass Marshall Goodwin Staatsanwalt werden sollte. Und jetzt hat man die Chance, das zu verhindern.»

Ich war aufgesprungen und wollte Einspruch erheben, doch Richterin Holloway kam mir zuvor. «Noch eine aus der Luft gegriffene Anschuldigung wie diese, Mr. Jones, und Sie werden wegen Missachtung des Gerichts verurteilt.»

Ohne ein Wort wandte Jones ihr den Rücken zu und betrachtete die Geschworenen. So konnte sie den sarkastischen Ausdruck nicht sehen, mit dem er jedermann kundtat, dass seiner Meinung nach ihre heftige Reaktion die Richtigkeit seiner Anschuldigung nur bestätigte.

«Marshall Goodwin musste also nicht nur mit dem Schmerz fertig werden, die Frau, die er liebte, durch ein abscheuliches Verbrechen zu verlieren. Jetzt muss er sich auch noch die Demütigung gefallen lassen, für ihren Tod zur Verantwortung gezogen zu werden. Niemand kann ihm Nancy Goodwin zurückgeben, aber wenigstens sollte er am Ende dieser Verhandlung den Gerichtssaal in der Gewissheit verlassen, dass niemand mehr ernsthaft glauben kann, er hätte etwas mit diesem Tod zu tun.»

Immer noch wütend sah Richterin Holloway mit uns anderen zu, wie Richard Lee Jones zu seinem Platz am Anwaltstisch zurückstolzierte.

Alles musste bewiesen werden, sogar die Tatsache, dass Nancy Goodwin tot war. Eine lange Liste von Zeugen trat auf, die ihren Teil der Geschichte erzählten: das Zimmermädchen, das sie gefunden hatte, die Polizeibeamten, die am Tatort ermittelt hatten, der Coroner, der die Autopsie durchgeführt hatte. Fotos, die aus jedem Winkel des Hotelzimmers aufgenommen worden waren, und gruselige Aufnahmen, die man später von Nancy Goodwins Leiche gemacht hatte, wanderten durch die zögernden Hände der Geschworenen und wurden im Protokoll zu uneingeschränkten Beweisstücken erklärt. Dieses notwendige Vorspiel zur Hauptverhandlung nahm fast eine Woche in Anspruch. Dann kam der Tag, an dem der Mann aussagen sollte, der sie vergewaltigt und getötet hatte.

Bei mehr als einer Gelegenheit hatte ich einen Angeklagten verteidigt, der eines Gewaltverbrechens beschuldigt wurde, und wusste daher aus erster Hand, dass es kaum etwas gab, das eine Jury mehr zu Vorurteilen bewegen kann als ein Sträfling, der an Armen und Beinen gefesselt in den Gerichtssaal geführt wird. Es wäre mir nicht im Traum eingefallen, Quentin anders auftreten zu lassen. Ich wollte, dass die Jury selbst sah, wie gefährlich er war und wie überaus verkommen jemand sein musste, wenn er Travis Quentin anheuerte, um seine Frau umzubringen.

Als ich seinen Namen als nächsten Zeugen der Anklage aufrief, öffnete sich die Tür im hinteren Teil des Saals, und zwei stämmige uniformierte Wärter eskortierten Quentin. Die Knie waren mit einer schweren Eisenkette aneinander gefesselt, die mehrmals um die Beine gewickelt und dann um den Hals und quer über die Brust bis zur Hüfte geführt und dort mit einem Vorhängeschloss befestigt worden war. Obwohl er die Kette straffte, so weit es ging, konnte er kaum die Hand bis zur Schulter heben, als er vor der Zeugenbank stand und sich vom Protokollführer vereidigen ließ. Anschließend nahm er mit Hilfe seiner Wärter Platz. Die beiden Enden der Kette lagen schwer in seinem Schoß.

Obgleich er mein Zeuge war, griff ich ihn an.

«Wie viele Menschen haben Sie ermordet, Mr. Quentin?»

Er legte den Kopf leicht auf die Seite und musterte mich von Kopf bis Fuß, ohne zu antworten.

Ich trat um den Anwaltstisch herum und ging hinüber zur Geschworenenbank. Dort legte ich die Hand auf die Balustrade und wiederholte meine Frage.

«Machen wir es etwas einfacher. Wie viele in den letzten beiden Jahren?»

Er schnaubte verächtlich. «Drei, schätze ich. Die beiden in Kalifornien und die Frau hier oben.»

«Drei, schätzen Sie. Mit der Frau hier oben meinen Sie Nancy Goodwin, richtig?»

«Ja, ich glaube, so hieß sie.»

«Sie haben sie in einem Motelzimmer in Corvallis umgebracht, richtig?»

Seine Augen ließen die meinen nicht los. «Ja, das ist richtig.»

«Sie haben ihr die Kehle durchgeschnitten?»

Jones sprang auf. «Aus irgendeinem Grund stellt Mr. Antonelli seinem eigenen Zeugen Suggestivfragen, Euer Ehren.» Dann wandte er sich an die Jury und setzte hinzu: «Vielleicht hat er vergessen, dass er der Anklagevertreter in diesem Fall ist.»

Gedämpftes Lachen erhob sich aus den Reihen der Geschworenen, sodass Irma Holloway sich genötigt sah, sie mit einem Schlag des Hammers zur Ordnung zu rufen.

Ohne Eile kehrte Jones an seinen Platz zurück. Richterin Holloway wartete auf ihn.

«Die Fragen, die Mr. Antonelli dem Zeugen stellt, sind zwar ein wenig unorthodox, stellen jedoch in Anbetracht der Umstände, die mit dem Auftritt des Zeugen einhergehen, eine durchaus akzeptable Abweichung von der gewöhnlichen Form einer direkten Befragung dar. Andererseits gibt es keinen zwingenden Grund, eine Ausnahme von der vorgeschriebenen Form, Einspruch zu erheben, zuzulassen. Wenn Sie nicht wissen, wie diese Form aussieht, wird der Gerichtsdiener Ihnen während der nächsten Pause gern den Weg zur Gerichtsbibliothek zeigen. Haben wir uns verstanden, Counselor?»

Sie wartete seine Antwort gar nicht erst ab. «Fahren Sie bitte fort, Mr. Antonelli», sagte sie, an mich gewandt.

Langsam und bedächtig wiederholte ich meine Frage. «Sie haben ihr mit einem Messer die Kehle durchgeschnitten, nicht wahr?»

Quentin hatte keinen Sinn für Abstraktion. Der kurze Wortwechsel zwischen Verteidiger und Richterin ging völlig an ihm vorbei. Er saß mit gesenktem Blick da, schob seinen Daumen durch die einzelnen Glieder der Kette und zog ihn dann wieder heraus. Als er meine Stimme hörte, hob er den stumpfen Blick.

«Ja, so war es», murmelte er.

«Sie haben vor der Polizei ein volles Geständnis abgelegt, nicht wahr?»

«Ja.»

«Ich möchte, dass Sie uns ganz ehrlich antworten, Mr. Quentin. Sie haben den Mord an Nancy Goodwin nur aus einem einzigen Grund gestanden, nämlich, weil Sie ansonsten mit der Möglichkeit der Gaskammer für die Morde in Kalifornien rechnen mussten, richtig?»

Er schob eine Schulter vor und versuchte, seinen Hals von der Kette zu befreien.

«Es war Teil eines Deals. Ich habe alles erzählt, was ich über den Mord in Corvallis wusste, und wurde zu lebenslänglich verurteilt.»

«Ohne die Möglichkeit einer vorzeitigen Haftentlassung, richtig?»

«Ja.» Er öffnete den Mund und bleckte die schiefen gelben Zähne. «Ich komme nicht raus.»

«Und Sie haben sich auch in Oregon im Mordfall Nancy Goodwin schuldig bekannt, nicht wahr?»

«Ja. Ist schon ein paar Monate her.»

«Wie steht es mit der Verurteilung?»

«Spielt doch keine große Rolle, oder? Ich werde den Rest meines Lebens in einem kalifornischen Gefängnis absitzen.»

«Wir wissen beide, dass es durchaus eine Rolle spielt, Mr. Quentin. Wenn Sie in diesem Fall nicht die Wahrheit sagen, müssen Sie mit der Todesstrafe rechnen, nicht wahr?»

Seine Lippen bewegten sich kaum, als er zustimmend antwortete.

«Mit anderen Worten, Sie sind hier, um die Wahrheit darüber zu sagen, was vor zwei Jahren geschah, Mr. Quentin, denn wenn Sie es nicht tun, könnte es Sie das Leben kosten?»

Er fing an zu nicken und hielt dann inne, als sei ihm gerade etwas eingefallen.

«Allerdings ist es nicht ganz so gut, wie die behauptet haben», sagte er und grinste blöd. «Es ist nicht so, dass ich rauskomme, wenn ich die Wahrheit sage.»

Ich löste die Hand von der Balustrade der Geschworenenbank und trat auf den Zeugenstand zu.

«Beginnen wir nun noch einmal ganz von vorn. Ich

möchte, dass Sie den Geschworenen genau schildern, was passiert ist, von dem Tag an, als Sie zum ersten Mal im Büro des stellvertretenden Staatsanwalts waren, bis zu dem Augenblick, als Sie Nancy Goodwin ermordeten.»

Unterbrochen von gelegentlichen Fragen erzählte Travis Quentin seine Geschichte. Er war dabei so gleichgültig, als berührte ihn nicht im Mindesten, was er angerichtet hatte. Als er fertig war, stellte ich nur noch eine einzige Frage.

«Hat irgendjemand Ihnen gesagt, dass Nancy Goodwin im vierten Monat schwanger war, als Sie sie töteten?»

Er schüttelte den Kopf. «Nein.»

Ich stand am anderen Ende des Anwaltstisches, genau gegenüber dem Angeklagten und seinem Verteidiger.

«Marshall Goodwin hat sich nicht die Mühe gemacht, es zu erwähnen?»

«Ich habe es nicht gewusst», sagte er und zerrte an der Kette, die ihm in die Schulter schnitt. «Bis sie es mir sagte.»

«Bis sie es Ihnen sagte?», wiederholte ich hilflos.

«Ja», antwortete er. «Aber die Leute sagen alles Mögliche, wenn sie glauben, dass sie sterben müssen.»

Richard Lee Jones stellte die erste Frage seines Kreuzverhörs, noch bevor er sich ganz erhoben hatte. «Wenn ich es richtig verstehe, Mr. Quentin, läuft alles, was Sie gesagt haben, letztlich auf eine ziemlich einfache Rechnung hinaus, nicht wahr?»

Weder Quentin noch sonst jemand im Saal hatte eine Ahnung, worauf er hinauswollte.

«Was ich meine, Mr. Quentin, ist Folgendes», sagte er und stolzierte an der Balustrade der Geschworenenbank vorbei. «Sie ermorden diese Frau – Nancy Goodwin – in Corvallis.» Er hielt inne und starrte ihn an. «Richtig?»

«Ja.»

Jones marschierte weiter auf und ab. «Dann ermorden Sie zwei weitere Menschen in Los Angeles.» Er blieb erneut stehen. «Stimmt's?»

Er wartete die Antwort nicht ab, sondern ging mit großen, unbeholfenen Schritten weiter vor der Jury auf und ab. «Das macht drei Menschen, die Sie getötet haben.» Er hielt inne und warf einen raschen Blick zu den Geschworenen. «Stimmt's?»

Er drehte sich um, bis er Quentin genau vor sich hatte, und richtete sich zu voller Größe auf.

«Aber dann rechnen Sie sich aus, dass Sie in der Gaskammer landen, wenn Sie drei Menschen umbringen, dass Sie aber Ihren Kopf retten können, wenn Sie nur noch einen mehr töten. Verhält es sich so, Mr. Quentin?», fauchte Jones. «Die Wahrheit ist, Sie haben sich die ganze Story ausgedacht, von A bis Z, nicht wahr?»

Quentin legte den Kopf auf die Seite und wartete. Sein Blick ließ nichts Gutes ahnen.

«Sie haben drei Menschen getötet – in letzter Zeit. Ich glaube, so ähnlich hat es Ihr Anwalt ausgedrückt.»

«Euer Ehren», protestierte ich und sprang auf.

«Ich warne Sie, Mr. Jones», sagte Richterin Holloway.

«So wie die Anklage es ausgedrückt hat», fuhr Jones fort, als hätte er kein Wort gehört, «töten Sie zwei Menschen in Kalifornien und wissen, dass Sie in der Gaskammer landen, also gestehen Sie einen dritten Mord, hier in Oregon, und weil Ihnen das allein nichts bringt, töten Sie erneut – oder besser gesagt, Sie versuchen es, nicht wahr? Sie erzählen der Polizei, dass Sie bezahlt wurden, um diese Frau zu töten – und dass der Mann, der Sie bezahlt hat, ihr

Mann war. Das meine ich, wenn ich sage, Sie versuchen, mit drei Morden durchzukommen, indem Sie einen vierten begehen. Denn genau das versuchen Sie doch, nicht wahr? Marshall Goodwin zu ermorden, genauso wie Sie seine Frau ermordet haben.»

«Sollte es irgendwo in dieser Rede eine Frage geben, Euer Ehren», wandte ich ein, «wäre ich dankbar, sie zu hören.»

Jones war zu schnell. «Tut mir Leid, Euer Ehren», sagte er und lächelte so verlegen, wie er nur konnte. «Ich habe ein wenig die Beherrschung verloren.»

Er wandte sich wieder dem Zeugen zu.

«Sie haben ausgesagt, dass Sie einen Umschlag mit Anweisungen erhalten haben, richtig?»

«Ja», grunzte Quentin.

«Enthielt er den Namen des Motels, wo Nancy Goodwin sich aufhalten würde?»

«Ja.»

«Und wann sie da sein würde?»

«Ja.»

«Nun, Mr. Quentin – wo ist er? Wo ist dieser Umschlag mit den peinlich genauen Anweisungen, die Ihnen sagten, wann Sie sich wo einfinden sollten? Wo steckt er?»

Quentin zuckte die Achseln. «Ich hab ihn verbrannt.»

Jones stellte einen Fuß auf die Stufe, die zum Zeugenstand führte und legte die Hand auf die Ecke der Richterbank. «Haben Sie das Geld auch verbrannt?», fragte er und schob sein Gesicht so nah an Quentin heran, dass sich ihre Nasen fast berührt hätten.

Das erschien wie ein Fehler. Quentin stieß, so heftig er konnte, den Kopf vor und versuchte, ihn zu treffen. Doch Jones fuhr zurück und wich dem Stoß aus. Mit triumphierendem Blick kehrte er an seinen Platz am Anwaltstisch zurück.

«Sie haben weiter ausgesagt, dass Marshall Goodwin, der stellvertretende Staatsanwalt, Sie in sein Büro geholt und Ihnen erklärt hat, dass er alle Anklagen gegen Sie fallen lassen würde – nicht, weil Sie sich einverstanden erklärt hatten, als Zeuge in einem Drogenfall auszusagen, sondern weil er zu einem späteren Zeitpunkt eine kleine Gefälligkeit als Gegenleistung erwartete. Ist das so ungefähr alles, Mr. Quentin?»

«Nein, das ist nicht alles! Er hat mich angeheuert, um seine Frau zu ermorden. Dafür hat er mir zehntausend Dollar bezahlt!», rief Quentin wütend. «Und wenn Sie mir nicht glauben, fragen Sie seine Frau, und zwar die, mit der er jetzt verheiratet ist. Fragen Sie sie! Sie hat mir den Umschlag gegeben, an dem Tag, an dem ich aus dem Gefängnis entlassen wurde!»

Einen Augenblick lang starrte Jones ihn an, bevor er sich mit gezwungenem Lächeln den Geschworenen zuwandte. «Das ist eine sehr gute Idee», sagte er.

Dann drehte er sich erneut zu dem Zeugen um, schüttelte den Kopf und wandte den Blick ab.

«Keine weiteren Fragen, Euer Ehren», sagte er und nahm wieder Platz.

Die Befragung von Travis Quentin hatte fast den ganzen Tag in Anspruch genommen, aber es gab noch genügend Zeit, um den Geschworenen zu zeigen, dass Richard Lee Jones bluffte. Kaum hatten die Wärter Quentin aus dem Gerichtssaal geführt, rief ich die nächste Zeugin der Anklage auf.

Sie trug eine runde Brille, hatte ihr Haar streng nach hinten gekämmt und im Nacken zu einem großen Knoten geschlungen und sah aus wie eine Bibliothekarin, die ein Leben in strenger Knechtschaft führte.

«Würden Sie dem Protokollführer bitte Ihren Namen nennen?»

Mit hoch erhobenem Kopf erklärte sie klar und deutlich: «Kristin Maxfield Goodwin.»

Dann schlug sie die Beine übereinander. Der Saum des beigefarbenen Leinenrocks fiel ihr dieses Mal züchtig über die Knie.

Ich führte sie rasch durch die vorgeschriebenen Präliminarien. Sie beantwortete alle Fragen direkt, locker und vollkommen beherrscht.

«Und haben Sie, Ms. Maxfield, Travis Quentin am Tag seiner Entlassung aus dem Bezirksgefängnis einen verschlossenen Umschlag übergeben?»

Sie zögerte keine Sekunde.

«Nein, habe ich nicht.»

13

Im flammenden Glanz des Abendhimmels versuchte Harper Bryce Schritt zu halten, als er mir vom Gerichtssaal zu meinem Büro folgte. Dort fiel er in den Sessel vor meinem Schreibtisch, knöpfte sein Jackett auf und ließ erschöpft beide Arme herabhängen.

«Wie wär's mit einer schönen Tasse Kaffee?», fragte ich und warf mein Jackett über einen Stuhl.

Er umfasste die Armlehne, zog sich halb hoch und murmelte: «Nein, aber trotzdem danke.»

Helen war bereits weg. Ich ging ins Vorzimmer und holte ihm eine Limonade aus dem kleinen Kühlschrank. Ich selbst nahm Kaffee.

Er hob den Blick, dankbar und zum Teil wohl auch als Zeichen dafür, dass er mir verziehen hatte, und hielt die Dose einen Augenblick mit beiden Händen fest, bevor er sie öffnete. «Das war einer der unterhaltsamsten Tage, die ich je im Gericht von Multnomah County verbracht habe», sagte er schließlich.

Ich legte die Akte auf den Schreibtisch und stellte die Tasche auf den Boden. «Schön, dass es Ihnen gefallen hat.»

Dann lehnte ich mich zurück und streckte die Beine über eine Ecke des Schreibtischs. Ich holte tief Luft und stieß sie langsam wieder aus, während ich versuchte, sämtliche Fetzen von Bildern und misstönenden Geräuschen zu löschen, die mir im Kopf herumtobten – jene uneindämmbaren Erinnerungen an einen Verhandlungstag, der mir vorkam, als hätte er eine ganze Woche gedauert.

Bryce glaubte, zu wissen, was ich dachte.

«Sie hat Sie überrascht, wie?»

Bei seiner Frage hörte ich auf, ins Leere zu starren, und betrachtete die abgestoßenen Spitzen meiner schwarzen Budapester. «Wie kommen Sie darauf?», sagte ich, hob den Kopf und sah ihn über den Schreibtisch hinweg an. «Glauben Sie im Ernst, ich würde eine Zeugin aufrufen, wenn ich nicht sicher wäre, was sie aussagen wird?»

«Sie rufen die Frau des Angeklagten auf, um die Aussage des Hauptbelastungszeugen gegen ihren Mann zu unterstützen. Wie sicher können Sie sein?»

«Wollen Sie die Wahrheit wissen?»

«Nicht wenn Sie eine phantasievollere Lüge erfinden können.»

Er zog sein Notizbuch aus der Jackentasche und blätterte, bis er eine leere Seite zum Schreiben fand. «Sie wollten mir erzählen, wie überrascht Sie waren», sagte er und blickte auf.

«War ich gar nicht», antwortete ich und nippte an meinem Kaffee. «Helfen Sie mir auf die Sprünge. Wie kommen Sie auf die Idee, ich könnte überrascht gewesen sein?»

Bryce machte sich Notizen wie ein Protokollführer bei Gericht. Er blätterte durch die eselsohrigen Seiten und fand die Stelle, die er gesucht hatte.

«Okay», murmelte er vor sich hin. «Die Personalien können wir überspringen ... aha, hier ist es!» Seine kleinen, von schweren Lidern überschatteten Augen waren hellwach.

«Frage: Und haben Sie, Ms. Maxfield, Travis Quentin am Tag seiner Entlassung aus dem Bezirksgefängnis einen verschlos-

senen Umschlag übergeben? Antwort: Nein, habe ich nicht.» Er warf mir einen Blick zu. Sein Gesicht war misstrauisch. «Diese Antwort hat Sie nicht überrascht?»

Ich schwieg und er starrte auf seine Notizen.

«Frage: Haben Sie das auch vor der Grand Jury erklärt? Antwort: Ja. Frage: Entspricht es der Wahrheit? Antwort: Ja.»

Bryce blätterte um.

«Frage: Wann hat Ihre Liebesbeziehung mit Marshall Goodwin begonnen? Antwort: Das geht Sie überhaupt nichts an.»

Bryce warf mir einen Blick zu und zog fragend die Brauen hoch. «Geht Sie nichts an? Soweit ich mich erinnere, äußerte sie das mit einigem Unmut – um nicht zu sagen, aufrichtiger Empörung. Und wenn ich mich nicht irre, reagierten Sie selbst ein wenig verärgert.»

«Frage: Haben Sie in der Nacht, als seine Frau ermordet wurde, mit dem Angeklagten geschlafen? Antwort: Nein, natürlich nicht.»

Ich hob die Hand. «Das reicht. Ich war dabei. Ich kann mich erinnern, was gesagt wurde.»

«Ich will nur wissen – inoffiziell –, Sie glaubten doch, dass sie etwas anderes aussagen würde, oder?»

Die Wahrheit war, ich wusste nicht, was sie sagen würde, aber es war nicht allzu schwierig, zu verstehen, warum sie weiter gelogen hatte, trotz allem, was sie mir erzählt hatte.

«Nehmen wir mal an, Sie und ich beschließen, ein Verbrechen zu begehen, einen Mord. Sagen wir mal, wir nehmen uns vor, Ihren Redakteur umzubringen.»

«Das wäre kein Verbrechen, sondern ein Dienst an der Menschheit», warf er ein.

«Wir wollen es nicht selbst tun, also heuern wir jemanden an. Nennen wir ihn *Mr. Smith*», fuhr ich fort.

«Jones wäre ja auch zu offensichtlich.» Das konnte er sich nicht verkneifen.

«Das Dumme ist bloß, Smith wird erwischt, und um seinen Kopf zu retten, gesteht er alles.» Ich schwang die Füße zu Boden und beugte mich über den Schreibtisch. «Smith weiß, dass ich ihn angeheuert habe. Über Sie weiß er nur, dass Sie ihm den Umschlag gegeben haben, der ihm verriet, wo er den Mord begehen und wohin er sich wegen des Geldes wenden sollte. Er erklärt also der Polizei, dass ich ihn angeheuert habe, und ich werde wegen Mordes angeklagt.» Ich suchte seinen Blick. «Jetzt geben Sie mir einen Rat: Was soll ich tun?»

«Sie meinen, was soll ich tun, wenn ich als Zeuge aufgerufen werde?»

«Wenn Sie als Zeuge der Anklage aufgerufen und gefragt werden, ob Sie den Umschlag überreicht haben.»

«Warum sage ich nicht einfach die Wahrheit und gebe es zu? Das ist alles, was die Anklage über mein Engagement weiß.» Er dachte an etwas anderes. «Und wenn ich Kristin Maxfield bin, sage ich, dass es Teil meines Jobs war. Ich hatte keine Ahnung, was der Umschlag enthielt.»

Er wartete auf meine Antwort.

«Warum, glauben Sie, würde ich deswegen lügen? Warum, glauben Sie, hat sie gelogen? Denn das glauben Sie doch, oder?»

Ich beugte mich noch weiter vor. «Wen müssen Sie fürchten? Wer ist die Person – die einzige – die Ihnen schaden kann?»

«Sie. Wenn ich der Anklage helfe, Sie zu überführen, werden Sie ihr helfen, mich zu schnappen.»

«Und noch etwas. Wenn Sie abstreiten, dass Sie den Umschlag übergeben haben, widersprechen Sie direkt der Aussage des Mörders. Sie tun alles, was Sie können, um mir zu helfen. Sollte ich trotzdem verurteilt werden, so werde ich zumindest nicht vergessen, was Sie für mich versucht haben, nicht wahr? Mit Ihrer Aussage habe ich allerdings eine ziemlich gute Chance, da rauszukommen, und wenn sie mich schon nicht schuldig sprechen können, was glauben Sie, wie groß dann die Möglichkeit ist, dass sie je hinter Ihnen her sein werden?»

Bryce zog ein weißes Leinentaschentuch aus der Brusttasche und wischte sich die letzten Schweißperlen von der Stirn.

«Das ist alles sehr interessant, aber Sie haben mir mit dieser kleinen Parabel nicht gerade die Wahrheit gesagt, oder? Sie haben nicht gesagt, warum die Anklage so dumm wäre, mich überhaupt als Zeugen aufzurufen.»

Ich hob beide Hände. «Jeder macht mal einen Fehler.»

«Darf ich das zitieren?», fragte er mit gespieltem Sarkasmus. «Also, was ist der eigentliche Grund? Warum haben Sie sie aufgerufen? Sie hat der Polizei und im Anklageprüfungsverfahren bereits dieselbe Geschichte erzählt. Was hat Sie zu der Annahme bewogen, dass sie im Zeugenstand etwas anderes aussagen würde?»

«Wenn der Prozess vorbei ist», sagte ich und stand auf, «reden wir weiter.»

Bryce erhob sich unbeholfen aus dem Sessel und hielt sich an der Schreibtischkante fest, um sein Gleichgewicht zu finden.

«Sie spielen da ein interessantes Spiel mit ihr – oder sie mit Ihnen. Wer ist als nächster am Zug?»

Ich legte ihm die Hand auf die Schulter und führte ihn

durchs Vorzimmer zur Tür. «Wissen Sie, was ich von meiner Arbeit bei Gericht am meisten vermisst habe? Die ständigen Überraschungen. Ganz gleich, wie sehr Sie sich in den Fall reinknien und wie lange Sie darüber nachdenken, nichts läuft genau so, wie Sie es sich vorgestellt haben. Manchmal ist das Beste, was man tun kann, einfach zuzusehen, wie sich die Dinge entwickeln. Abzuwarten und zu beobachten, was der andere tut, und dann entscheiden, was man selbst tun wird.»

Als wir uns die Hand drückten, sah er mich an. «Und haben Sie schon entschieden, was Sie tun werden?»

«Wir sehen uns morgen.»

«Das möchte ich keinesfalls verpassen!», antwortete er munter.

Ich hatte Bryce nichts von Kristin Maxfields heimlichem Besuch bei mir und ihrem kalkulierten Geständnis über das, was sie getan und was zwischen Marshall Goodwin und ihr passiert war, erzählt. Ich hatte auch keine Anspielung auf unsere Unterhaltung gemacht, als ich sie im Zeugenstand verhörte. Nur Horace Woolner wusste, was an dem Tag geschehen war, als sie mich aufsuchte, und er konnte nicht verstehen, warum ich es nicht benutzt hatte.

«Instinkt», antwortete ich.

Es war kurz nach neun Uhr abends. Wir saßen in meiner Bibliothek.

«Instinkt?» Er grunzte. «Was soll das heißen, Instinkt?» Er spreizte die Beine und stützte die Ellbogen darauf. Dann rührte er mit dem Zeigefinger das Eis in seinem Glas um.

«Haben Sie je Schach gespielt?»

Er warf mir einen Blick von der Seite zu. «Ja, ein bisschen. Aber nicht lange.»

«Ich war verdammt schlecht», erklärte ich und nahm einen Schluck Scotch. «Aber ich habe viele Bücher über die großen Schachmeister gelesen und wie sie Dutzende von Zügen vorhersagen können. Ich habe mich bemüht, das auch zu lernen, habe sämtliche Figuren auf dem Brett betrachtet und versucht, mir jeden nur denkbaren Zug vorzustellen. Aber ich konnte nichts sehen, gar nichts, nicht einen Zug. Ich sah, was auf dem Brett stand, mehr nicht.»

Ich deutete auf die Bücher, die uns auf allen Seiten umgaben.

«Dann las ich einen Satz von Napoleon. Es war der Rat an einen General, der ihm eine lange Liste mit Plänen geschickt hatte, über die er nachdachte. Napoleon antwortete: ‹Wenn Sie Wien einnehmen wollen, nehmen Sie Wien ein!› Ich habe versucht, Bryce zu erklären, dass man nicht jeden Zufall voraussehen kann. Wenn man einmal anfängt, beeinflusst dieser Zug alles andere. Das hat Napoleon gemeint.»

Horace dachte an etwas anderes. «Bryce? Harper Bryce? Jedes Mal wenn ich ihn sehe, kriege ich Lust, Peter Lorre nachzumachen.»

Ich musste lachen. «Peter Lorre? Warum zum Teufel ausgerechnet ihn?»

«*Der Malteserfalke*. Sydney Greenstreet. Bryce und er haben ungefähr dieselbe Größe. Sie sehen sich sogar ein wenig ähnlich, besonders im Sitzen. Jedes Mal wenn ich ihn sehe, muss ich daran denken und höre Peter Lorres verrückte Quäkstimme, wie er Humphrey Bogart auffordert, ihnen zu verraten, wo dieser gottverdammte Falke ist. Er ist übrigens ein unglaublicher Kartenspieler.»

«Ich habe einen Mordprozess am Hals, und Sie wollen über Peter Lorre reden?»

«Sie haben einen Mordprozess am Hals und wollen über Napoleon reden?», gab er zurück. «Instinkt», sagte er dann, um mich an unser eigentliches Thema zu erinnern.

«Ich hatte keine Zeit, darüber nachzudenken, aber kaum hatte sie es abgestritten, wusste ich, was sie tat und warum. Also ließ ich sie reden.»

«Aber Sie haben mir noch nicht gesagt, warum Sie sie nicht nach dem gefragt haben, was sie Ihnen erzählt hatte.»

«Um ein Haar hätte ich es getan. Um ein Haar hätte ich gesagt: ‹Haben Sie mir nicht erst vor wenigen Wochen persönlich erzählt, dass Sie Travis Quentin tatsächlich den Umschlag überbracht und im Anklageprüfungsverfahren gelogen haben, Ms. Maxfield?›»

Horace nickte heftig. «Warum haben Sie's nicht getan? Sie hätte es abgestritten, aber das hätte sie in direkten Widerspruch nicht nur zu Quentins Aussage, sondern auch zu Ihnen gebracht. Dann hätte die Jury zwischen Kristins und Ihrer Glaubwürdigkeit entscheiden müssen, nicht nur zwischen ihrer und der des Mörders.»

«Vielleicht hätte ich das tun sollen», gab ich zu, «aber ich beschloss, Goodwin glauben zu lassen, dass er sich immer noch auf sie verlassen kann. Ich glaube nicht, dass er von ihrem Besuch bei mir weiß, und selbst wenn, bin ich ziemlich sicher, dass er keine Ahnung hat, was sie mir erzählt hat.»

Horace ließ sich in den großen Polstersessel zurückfallen, hob sein Whiskyglas in Augenhöhe und sah zu, wie sich die Flüssigkeit bewegte, wenn er das Eis schüttelte. Seine Brauen hoben sich, und ein skeptisches Lächeln huschte über sein Gesicht.

«Sie meinen, was den Sex angeht», bemerkte er dann und hob das Glas noch ein wenig höher. «Sehen Sie, wie sich diese verschiedenen Farbschattierungen bilden und hin und her bewegen wie Fäden? Es gab Zeiten, da hat ein Mann, wenn er mit einer Frau zusammen gewesen war, die er nicht besonders gut kannte, zu Hause als Erstes in ein Glas gepinkelt und es ins Licht gehalten – ungefähr so –, um zu sehen, ob sich so was wie diese Fäden bildete. Es war das erste Anzeichen für Tripper.»

«Vielen Dank, dass Sie mir das verraten haben, Horace», sagte ich und stand auf. «Gut möglich, dass ich jetzt nie wieder Scotch trinke.»

Er hörte auf zu lachen, aber nur, um den Rest des Glases auszutrinken. «Warum nicht? Sie haben doch nicht reingepinkelt, oder?»

Es war Zeit, das Thema zu wechseln. «Möchten Sie noch einen?»

«Nein, einer reicht, danke.» Er stellte das leere Glas auf den Tisch neben meins. «Sie haben also vor, abzuwarten, wie sich alles entwickelt, und sie dann noch einmal als Zeugin aufzurufen?»

«Vielleicht», sagte ich und ging um den Schreibtisch herum. Ich stellte mich hinter den Sessel und stützte mich auf die Lehne. «Aber vielleicht wird das gar nicht nötig sein. Vielleicht ruft Jones sie vor mir auf.»

Leise in sich hinein glucksend sagte Horace: «Erzählen Sie! Was halten Sie von dem großen Richard Lee Jones?»

«Er ist ein Blender, aber er ist gut. Er behandelt die Geschworenen, als wären sie wirklich wichtig. Er sucht Kontakt zu jedem Einzelnen und verleiht ihm das Gefühl, einzigartig zu sein.»

Ich schob den Sessel zurück, stützte mich auf den Schreibtisch und blickte hinüber zu Horace, der am anderen Ende des Raums im gedämpften Schein einer Lampe saß.

«Er vermittelt ihnen den Eindruck, auf ihrer Seite zu sein. Als er sein Eröffnungsplädoyer hielt, benutzte er niemals das Wort ‹Sie›, wenn er darüber sprach, was sie im Verlauf des Falles sehen und hören würden. Er drückte es immer so aus, dass es als ‹wir› rüberkam. Es hieß nicht: ‹Sie werden vom Zeugen der Anklage hören, dass …›, sondern ‹Die Anklage wird versuchen, uns zu erklären …›»

«Ich habe noch nie einen Fall gegen ihn verhandelt», bemerkte Horace, «aber ich habe ihn beobachtet. Ich stimme mit Ihnen überein, aber er übertreibt. Er versucht, das Ganze zu einem ‹wir gegen sie› zu machen, und kommt damit durch, weil alle Angst vor ihm haben. Die Wahrheit ist, dass die meisten Richter das Gesetz nicht gut genug kennen, um sich zu behaupten, wenn sie herausgefordert werden, und sie werden nur deshalb nicht viel öfter herausgefordert, weil die meisten Anwälte nicht den Mumm haben, sich gegen einen Richter aufzulehnen.»

Mühsam zog Horace seine Beine zurück und schaffte es, aufzustehen.

«Vielleicht nehme ich doch noch einen Drink. Aber nur einen kleinen», korrigierte er sich. Er schenkte sich selbst nach und fuhr dann fort: «In Wirklichkeit geht es um einen Haufen von saftlosen Anwälten und nachgiebigen Richtern. Sie haben so viel Angst vor dem, was sie alles nicht wissen, dass sie vergessen, was sie machen sollen, wenn jemand so tut, als wüsste er Bescheid.»

Diese Formulierung schien ihm zu gefallen; er unterstrich sie mit einem energischen Vorschieben des Kinns, als wollte er sagen: Jawohl!

Ich setzte mich hinter den Schreibtisch und streckte die Beine aus, so weit es ging. «Ich glaube nicht, dass ich ein Wort wie ‹nachgiebig› auf Ihre Freundin Irma Holloway anwenden würde.»

Die künstliche Strenge in seinem ausdrucksvollen Gesicht verflog. Er beugte sich über den Schreibtisch und rief triumphierend: «Hab ich's Ihnen nicht gesagt? Können Sie sich vorstellen, was es heißen muss, sie als Klassenlehrerin zu haben?» Mit sichtbarem Schaudern fuhr er fort: «Am Ende des Schuljahrs könnten Sie keinen Bleistift mehr halten. Sie hätte Ihnen die Knöchel grün und blau geschlagen, und Ihre Hand wäre steif wie ein Brett.»

Er schien es beinahe zu bedauern, diese Erfahrung verpasst zu haben.

Als er über sie sprach, belebten sich seine Züge, und seine Stimme hob sich um mehrere Oktaven. «Was für eine böse alte Hexe!»

Dann plumpste er glücklich wieder in den Sessel, den er mit einer Hand an den Schreibtisch herangezogen hatte. Seine Augen glänzten vor Erregung.

«Weiße vergessen das meistens», erklärte er. «Sie reden immer von Kriminalität unter der schwarzen Bevölkerung, Sozialhilfe für die Schwarzen und ledigen schwarzen Müttern im Teenageralter. Ich will Ihnen was sagen. Genau diese schwarzen Mütter verlangen Respekt, und eins können Sie mir glauben: Sie kriegen ihn. Sind Ihnen schon mal die schwarzen Kids aufgefallen und ihre Blicke, die sprichwörtlich töten können? Tja, aber dann müssten Sie so einen Bengel mal mit seiner Mutter zusammen erleben. ‹Ja,

Momma, nein, Momma!› Zeigen Sie mir eine weiße Frau, die so respektiert wird.»

Horace redete weiter, immer weiter, über schwarze Kinder und weiße Kinder und alles mögliche andere, was ihm einfiel. Als er mit seinem Drink fertig war, bot ich ihm noch einen an, und als er auch den vertilgt hatte, bediente er sich selbst.

«Was ist mit dem Prozess?», fragte er schließlich und unterbrach seinen Monolog.

Ich erinnerte mich an etwas, das er gesagt hatte, als ich mich bereit erklärt hatte, den Fall als Ankläger zu vertreten. «Es ist wie ein Krieg. Wenn er erst einmal begonnen hat, denkt man nur noch darüber nach, wie man gewinnen kann. Und Sie haben Recht, Horace, wenn man das eine Weile nicht mitgemacht hat, fängt man an, es zu vermissen.»

«Dann glauben Sie also, dass er es getan hat?», fragte er schließlich.

Ich hatte schon vergessen, dass das je eine Frage gewesen war. «Er ist schuldig, Horace. Ich weiß es.»

Irgendwo in der Sommernacht zirpte eine einsame Grille ihr trauriges Lied, das nur aus zwei Noten bestand. Eine leichte Brise war aufgekommen und erfüllte die Luft mit Raunen.

Als Horace zur offenen Verandatür trat, hallten seine Absätze auf dem schimmernden Parkettboden wider. Er starrte in die Nacht hinaus und schüttelte den Kopf wie jemand, der sich mit den Dingen abgefunden hat, die er nicht ändern kann.

«Alma wird wahrscheinlich nicht vor Mitternacht zu Hause sein», sagte er und wandte halb den Kopf, um mich anzusehen. «Von jetzt bis zum Ende des Sommers. Fast jeden verdammten Abend hat sie im Ballett zu tun.» Er warf einen Blick auf seine Uhr. «Oh, so spät schon! Ich mache mich jetzt lieber auf den Weg. Sie haben ja sicher noch eine Menge zu tun.»

«Setzen Sie sich. Gehen Sie noch nicht. Ich habe gar nichts mehr zu tun. Für morgen ist schon alles erledigt.»

Er sah mich an und kratzte sich im Nacken. «Ein paar Minuten noch», sagte er ruhig.

Er setzte sich wieder in den Sessel beim Schreibtisch.

«Wenn Sie wissen, dass er schuldig ist», sagte er plötzlich, «wissen Sie dann auch, warum er es getan hat?»

Ich schlug ein Bein über das andere und stieß mit dem Absatz gegen die Kante des vergoldeten Papierkorbs.

«Können Sie sich noch daran erinnern, wie Kristin ihn beschrieben hat?»

Horace sah mich mit gerunzelter Stirn an. «Sie meinen, dass er sich nahm, was er wollte, und sich nicht darum scherte, wem er damit Schaden zufügte?»

«Ja. Und genau das gefiel ihr an ihm. Sehr sogar.»

Ich dachte daran, wie sie ausgesehen hatte, als sie mir davon erzählte – als spürte sie in jenem Augenblick noch den Schauer, der sie damals durchfahren hatte.

«Nur das zählte – was er wollte. Er wollte sie, und ich vermute, sie beide wollten alles: Geld, Macht, Ruhm. Um das zu erreichen, tat er, was er tun musste oder wozu er Gelegenheit hatte. Und genau wie Travis Quentin konnte er es, als es dann passiert war, einfach vergessen.»

In seinen Augen glomm ein Funke von Skepsis, ein unaufdringlicher Zweifel.

«Ich glaube, so war es, Horace. Ich glaube, er hat es einfach aus seinem Bewusstsein verdrängt, als hätte er nichts Ernsteres getan, als sich scheiden zu lassen.»

Ich zuckte die Achseln und schüttelte den Kopf; ein stummer Kommentar über den allgemeinen Niedergang, der die Welt um uns herum ergriffen hatte. Dann fuhr ich fort.

«Wir haben kein Problem damit, wenn jemand wie Travis Quentin mordet und vergewaltigt. Er hat kein Gewissen. Er tut, was er will und wann er es will, und denkt nie über die Konsequenzen nach. Es ist nicht so, dass er den Unterschied zwischen richtig und falsch nicht *versteht*, er *glaubt* bloß nicht an diesen Unterschied. Er glaubt an gar nichts. Wir wollen es einfach nicht für möglich halten, dass ein intelligenter, gebildeter Mann wie Marshall Goodwin mit einem guten Job und einer verheißungsvollen Karriere in einen Mord verwickelt sein könnte. Aber wenn man das alles beiseite lässt, ist er genauso wie Quentin. Er glaubt auch an nichts, außer daran, dass es wichtig ist, alles zu kriegen, was man haben will. Und ich vermute, genauso ist es bei Kristin.» Ich zögerte und setzte dann hinzu: «Aber sie sind nicht allein, wie?»

Ich deutete auf die Reihen von Büchern in den Regalen und versuchte zu erklären, was ich meinte.

«Nietzsche hat einmal geschrieben: ‹Die Morgenzeitung hat das Morgengebet ersetzt.› Früher glaubten die Leute an Gott, an einen moralischen Kodex, der sich nie veränderte. Heute glaubt man an nichts mehr, außer dass alles sich ständig verändert und es weder falsch noch richtig gibt.»

Horace starrte zu Boden. «Goodwin hat letztes Jahr beim Dinner der Anwaltskammer eine Rede gehalten. Er sprach darüber, dass man es Gewaltverbrechern erschweren sollte, vorzeitig aus der Haft entlassen zu werden. Dann beschrieb er, was mit seiner Frau passiert war. Es schnürte ihm die Kehle zusammen. Keiner brachte ein Wort heraus. Es war eine der ergreifendsten Reden, die ich je gehört habe, und selbst heute glaube ich nicht, dass sie von A bis Z geheuchelt war. Es ist schlimmer als das. Ich glaube, er hat die beiden Dinge getrennt, hat seine Rolle bei ihrem Tod vollkommen aus seinem Bewusstsein gelöscht. Alles, was übrig war, das Einzige, woran er sich noch erinnern konnte, war, dass jemand seine Frau ermordet hatte. Vielleicht haben Sie Recht. Vielleicht hat er sie umgebracht, weil das der leichteste Weg war, einen neuen Anfang mit einer neuen Frau und dem Geld aus der Lebensversicherung zu machen.»

Er nickte und rieb sich das Kinn.

«Aber es stimmt nicht, dass man an nichts mehr glaubt. Manche Leute glauben an Dinge wie Ehre und Pflicht und daran, die Wahrheit zu sagen.»

Ein paar Minuten nach Mitternacht stand ich auf der Vorderveranda und winkte ihm zum Abschied nach. Unter dem wolkenlosen Himmel streiften die Scheinwerfer über den Rasen, als sein Wagen die Einfahrt hinunterglitt. Das eiserne Tor schloss sich hinter ihm, und das schwache Echo des Motors hallte durch die klare Einsamkeit der Nacht.

Ich schloss die Vordertür und war gerade wieder in die Bibliothek zurückgekehrt, als das Telefon klingelte. Es war Alma.

«Tut mir Leid, dass ich so spät noch störe, Joe, aber ich bin ein bisschen beunruhigt.» Es folgte eine kleine Pause, als wechselte sie die Position oder versuchte, die richtigen

Worte zu finden. «Horace sagte, er wollte bei Ihnen vorbeischauen. Ist er noch da?»

«Er ist gerade losgefahren. In ein paar Minuten müsste er zu Hause sein.»

Sie klang erleichtert. «Das ist gut», sagte sie leise.

«Er meinte, vor Mitternacht sei nicht mit Ihnen zu rechnen. Das Ballett und alles», setzte ich hinzu.

«Nun, es tut mir Leid, dass ich Sie so spät gestört habe», wiederholte sie mit ihrem gewohnten zarten Lachen. «Vermutlich komme ich Ihnen vor wie eine besorgte Ehefrau auf der Suche nach ihrem Mann.»

Alma liebte ihre Arbeit, und Horace liebte sie zu sehr, um sie daran zu hindern, doch ohne sie schien er nie so recht zu wissen, was er mit sich anstellen sollte. Er tat mir ein wenig Leid. Manchmal ist Liebe die einsamste Sache der Welt.

14

Mit einem flüchtigen Nicken in Richtung Jury nahm Irma Holloway auf der Kante des hohen Ledersessels Platz, stützte das Kinn auf die Hände und forderte mich auf, den nächsten Zeugen aufzurufen.

«Die Anklage ruft Bernard Quimby auf.»

Quimby hatte schütteres Haar, ein volles rundes Gesicht und die merkwürdige Angewohnheit, nervös zu blinzeln, während er einer Frage lauschte, aber mit aufgerissenen Augen starr vor sich hin zu sehen, wenn er sie beantwortete. Er arbeitete für die Versicherungsgesellschaft, die den Anspruch aus Nancy Goodwins Lebensversicherung bezahlt hatte.

Ich stand am Anwaltstisch und führte ihn durch die Befragung, um festzustellen, wie hoch die finanzielle Belohnung für einen Mord sein kann.

«Wie hoch war Nancy Goodwins Leben versichert?»

Quimby starrte die Geschworenen hinter mir an und antwortete: «Eine Million Dollar.»

«Und wer war der Begünstigte aus dem Versicherungsvertrag?» Seine Wimpern flatterten so heftig wie die Flügel eines Kolibris. «Sind Sie nervös?», fragte ich mitfühlend, noch ehe er antworten konnte.

«Nein», antwortete er und schüttelte angespannt den Kopf. «Nun ja, doch, ein bisschen schon», räumte er ein.

«Na gut», wiederholte ich. «Also, wer war der Begünstigte?»

Das Flattern hörte zwar nicht auf, ließ aber nach.

«Nun, um genau zu sein, das ist etwas kompliziert.» Er fing an, mit seinen Daumen zu spielen. «Sehen Sie, die Police war auf das Leben von Mrs. Goodwin und ihrem Mann ausgestellt.» Er zögerte und warf einen kurzen Blick in Richtung des Angeklagten: «Begünstigt war das Kind, das sie erwarteten», fuhr er dann fort.

Ich versuchte, ihm auf die Sprünge zu helfen. «Mit anderen Worten, sie haben die Police zusammen abgeschlossen, damit das Kind versichert wäre, falls ihnen beiden etwas zustoßen sollte?»

Er sah auf. «Ja», sagte er. «Das ist richtig. Aber verstehen Sie, es waren verschiedene Möglichkeiten denkbar. Was passiert, falls beide starben, falls einer von beiden starb, falls beide und das Kind starben.» Er fuhr fort und stürzte sich in einen endlosen Vortrag über die vielfältigen Möglichkeiten nicht versicherbarer Unglücksfälle.

«Ich glaube, das haben wir verstanden. Aber erklären Sie uns Folgendes. Wer sollte in dem Fall, der dann tatsächlich eingetreten ist – dass Nancy Goodwin und ihr ungeborenes Kind sterben –, das Geld bekommen?»

«Ihr Mann», antwortete er.

«Sie meinen den Angeklagten in diesem Prozess, Marshall Goodwin?»

Er nickte. «Ja.»

«Und wurde diese Summe – eine Million Dollar – an Marshall Goodwin ausbezahlt?», fragte ich und wandte mich den Geschworenen zu.

«Unsere Gesellschaft ist stolz darauf, ihren Verpflichtungen umgehend nachzukommen.»

«Wie umgehend haben Sie in diesem Fall gezahlt?», hakte ich nach.

«Ich glaube, innerhalb von dreißig Tagen nach ihrem Tod.»

Die Aussage von Bernard Quimby war der Beginn eines langen Marschs durch finanzielle Einzelheiten, die, alle zusammengenommen, ein mögliches Motiv für den Mord lieferten und dazu beitrugen, die Aussage des bezahlten Mörders zu unterstützen. Bankauszüge, Kreditkartenabrechnungen und Depot-Informationen wurden erklärt, beglaubigt und ins Protokoll aufgenommen. Es war eine lückenlose Aufstellung von den Ausgaben der letzten zwei Jahre, die zu Anfang verschwenderisch erschienen, am Ende jedoch alltägliche Routine geworden waren. Zwei Wochen nach dem Tod seiner Frau hatte Goodwin ihre beiden Wagen, einen acht Jahre alten Chevrolet und einen drei Jahre alten Ford, gegen einen brandneuen Jaguar eingetauscht. Als Nächstes verkaufte er ihr Eigenheim mit drei Schlafzimmern und zwei Bädern im Stil einer Ranch in einem neu erschlossenen Wohngebiet am Stadtrand, wo das Ehepaar die letzten fünf Jahre verbracht hatte, und mietete eine Stadtwohnung auf einem Hügel im Westen der Stadt. So hat jeder seine eigene Art, mit Trauer umzugehen.

Goodwin und Kristin hatten fast ein Jahr gewartet, bis sie heirateten, trotzdem aber sofort angefangen, Pläne für ihr gemeinsames Leben zu schmieden. Als Erstes kauften sie ein abgelegenes Stück Land mit felsigen Hügeln, altem Tannenbestand und einem weiten Blick über die nächtlichen Lichter der Stadt. Drei Monate nach dem Mord hatte der Architekt das Grundstück zum ersten Mal besucht. Er erinnerte sich noch, dass sie so aufgeregt waren wie ein jung verheiratetes Paar und ihn mit Fragen bedrängten, wie lange es dauern würde, ihr Haus zu bauen.

Der Entwurf für das Haus sah vielfältige Veränderungsmöglichkeiten vor. Es war ein Meisterwerk an innovativer zeitgenössischer Architektur. Riesige Glaswände ließen das wechselnde Licht herein, und mit Hilfe verstellbarer Trennwände konnte man die Räume im Innern nach Bedarf vergrößern, verkleinern oder ganz verschwinden lassen.

Verschiedene Wohltätigkeitsvereine hatten Kopien von Quittungen aufgehoben, die sie Goodwin für Kleiderstiftungen ausgestellt hatten, als er seine Garderobe komplett gegen eine umfangreichere austauschte. Der Wandschrank in seinem neuen Schlafzimmer war fast so groß wie das Schlafzimmer, das er mit seiner ersten Frau in dem alten Haus geteilt hatte.

Diese Enthüllungen von Marshall Goodwins maßlosen Ansprüchen wurden von seinem Anwalt mit scheinbarer Gleichgültigkeit aufgenommen. Jedes seiner Kreuzverhöre entwickelte sich zur Variation eines einzigen Themas. Richard Lee Jones breitete die Arme aus, kniff die Augen zusammen und schüttelte grenzenlos verblüfft den Kopf.

«Sie behaupten also», fragte er den Architekten, einen untersetzten Mann mit hoher Stirn, gerader, schmaler Nase und intelligenten blauen Augen, «dass Mr. Goodwin Sie beauftragt hat, ein neues Haus zu entwerfen. Ist das richtig?»

«Ja, das stimmt», antwortete der Architekt. In seinen Augen regte sich ein Funke von Unsicherheit. Offenbar verstand er nicht, worauf die Frage hinauslief.

Jones stand auf, schob mit einem Bein den Stuhl zurück und hieb die Faust durch die Luft. Diese unerwartete und merkwürdige Bewegung erinnerte an jemanden, der versucht, eine Fliege zu fangen, ohne zu glauben, dass es ihm gelingen wird. Er schlenderte zum Zeugenstand hinüber und musterte den Zeugen misstrauisch.

«Sagen Sie, Mr. Dietrich, haben Sie eigentlich eine besondere Klientel?»

«Ich glaube, ich weiß nicht genau, was Sie meinen.»

«Ich meine, entwerfen Sie Häuser nur für Mörder, Mr. Dietrich? Falls nicht, verstehe ich nämlich nicht, warum Sie aufgefordert wurden, hier auszusagen», sagte er verächtlich und warf einen Blick auf die Jury.

Dasselbe machte er auf andere Weise mit dem Autohändler, der Goodwin den Jaguar verkauft hatte. «Was würden Sie vermuten», begann er und sah den Zeugen an, als suchte er in seinem Gesicht nach dem ersten Zeichen von Schuldbewusstsein, «wie viele Menschen, denen Sie im letzten Jahr einen Wagen verkauft haben, hatten zuvor jemanden umgebracht, um ihn bezahlen zu können?»

«Keiner», platzte der Zeuge heraus, bevor ich Einspruch erheben konnte.

Der exklusive Herrenausstatter, bei dem Goodwin fast so viel Geld ausgegeben hatte, wie er im Jahr zuvor verdient hatte, kam glimpflicher davon.

«Sie verkaufen Herrenmode, nicht wahr?»

«Ja.»

«An Männer?», fragte er noch einmal nach, als wollte er auch ganz sicher sein.

«Ja.»

«Gut für Sie», sagte Jones überschwänglich. «Einen Moment lang war mir nicht klar, ob Sie in irgendwelche illegale Machenschaften verwickelt sind, so wie Mr. Antonelli seine Fragen gestellt hat.»

Er begann jedes Kreuzverhör damit, den Zeugen anzusehen, und beendete es damit, dass er sich den Geschworenen zuwandte. Und sie erwiderten seinen Blick, folgten ihm mit den Augen, wohin er auch ging, und hörten auf das, was er sagte und wie er es sagte.

Nach mehreren Tagen war ich bei den letzten beiden Zeugen der Anklage angekommen.

Rebecca Easton war Leiterin einer kleinen Filiale der Bundesbank, bei der Marshall und Nancy Goodwin ihr Konto geführt hatten. Sie war Mitte vierzig, hatte schwarzes Haar mit einem gerade geschnittenen Pony und trug einen roten Blazer, eine weiße Bluse und einen schwarzen Faltenrock. Die großen runden Brillengläser verliehen ihren dunklen Augen einen leicht erstaunten Ausdruck.

Als Antwort auf meine Frage förderte sie zunächst einen Einzahlungsbeleg und dann einen eingelösten Scheck zutage. Der Einzahlungsbeleg lautete auf dreitausendfünfhundert Dollar. Dieses Geld, so ihre Aussage, war von einem kleinen Sparkonto bei der gleichen Bank transferiert worden. Damit wies das Girokonto der Goodwins einen Betrag von etwas mehr als elftausend Dollar auf.

«Und am gleichen Tag hat Mr. Goodwin bei Ihrer Bank einen Scheck eingelöst?»

«Ja, über zehntausend Dollar.»

«Und wurde dieser Scheck von seinem eigenen Konto eingelöst – besser gesagt, von dem Konto, das er mit seiner Frau teilte?»

«Ja, es war ein gemeinsames Konto. Marshall und Nancy Goodwin. Beide konnten einzahlen oder Geld abheben.»

Ich stand vor dem Anwaltstisch, in unmittelbarer Nähe des Zeugenstands.

«Das bedeutet, dass jeder der Kontoinhaber einen Scheck auf ein solches Konto ausschreiben kann, selbst wenn zum Beispiel das ganze Geld von der anderen Person einbezahlt worden ist?», fragte ich, für den Fall, dass diese Tatsache nicht allgemein bekannt war.

«Ja, genau. Beide Parteien haben gleichen Zugang zu dem Konto.»

Ich starrte zu Boden, als sei es immer noch nicht ganz so klar, wie es sein müsste. Dann schaute ich verwirrt auf.

«Dann wäre es also theoretisch möglich, wenn zwei Menschen ein gemeinsames Konto haben, dass der eine jemanden anheuert, um den anderen umzubringen, und dafür dessen eigenes Geld benutzt?»

Sie bekam gar nicht erst die Gelegenheit, diese Frage zu beantworten. Richterin Holloway, ließ mit blitzenden Augen ihren Hammer niedersausen und drohte mir gleichzeitig mit dem Finger.

«Wollen Sie wegen Missachtung des Gerichts verurteilt werden?», warnte sie.

Ich richtete mich kerzengerade auf und sagte mit fester Stimme: «Ich entschuldige mich beim hohen Gericht für alles, was ich möglicherweise gesagt habe. Es lag ganz sicher nicht in meiner Absicht, die Grenzen des Erlaubten zu überschreiten.»

Es war nichts weiter als eine formale Entschuldigung, die keinerlei Fehlverhalten eingestand.

«Das war bewusst polemisch, Euer Ehren», protestierte Jones, während sich sein kantiges Gesicht verfinsterte.

Sie warf ihm einen scharfen Blick zu. «Im Gegensatz zu *Ihren* rein zufälligen Versuchen, die Geschworenen zu beeinflussen, nehme ich an?»

Jones' Gesicht verdüsterte sich noch mehr. Eine Locke seines ungebändigten Haars fiel ihm ins Auge. Er blinzelte zu ihr auf und wollte offenbar etwas sagen, besann sich dann jedoch eines Besseren und schüttelte bloß sorgenvoll und verächtlich den Kopf.

Es entging ihr nicht. «Vorsicht, Mr. Jones», warnte sie. «Das ist kein Gericht in einem abgelegenen Wüstenkaff.»

Er wandte den Blick nicht ab und sie hielt ihm stand.

«Die Anwälte bitte zur Richterbank», sagte sie schließlich streng.

Schulter an Schulter standen wir vor ihrer Bank und beugten uns vor, sodass niemand hörte, was gesagt wurde.

Sie musterte mich scharf und zischte: «Sie haben sich hier zum letzten Mal so aufgeführt, Mr. Antonelli. Wenn Sie unbedingt selbst aussagen wollen, können Sie sich ja unter Strafandrohung vorladen.»

Dann wandte sie sich an Jones.

«Und jetzt zu Ihnen, Mr. Richard Lee Jones. Wenn Sie mich je wieder so ansehen, werden Sie allen Grund haben, es zu bedauern. Und jetzt kehren Sie beide an Ihre Plätze zurück und benehmen sich wie Gentlemen.»

Wie gemaßregelte Kinder nahmen wir unsere Plätze wieder ein und trösteten uns mit der heimlichen Schadenfreude, die wir bei der Verwarnung des anderen empfunden hatten.

Rebecca Easton hatte die Hände im Schoß gefaltet und geduldig im Zeugenstand gewartet, wobei sie sich alle Mühe gab, den zornigen Wortwechsel auf der anderen Seite der Richterbank zu überhören.

Ich machte weiter, als sei nichts geschehen.

«Mrs. Easton, meine Frage war, ob die Kontoinhaber

eines gemeinsamen Kontos Vollmacht haben, Geld von diesem Konto abzuheben, unabhängig davon, wer von beiden es eingezahlt hat?»

«Ja, natürlich.»

«Nun möchte ich noch einmal auf diese spezielle Transaktion zurückkommen. Wie lautet das Datum auf dem eingelösten Barscheck, mit dem Marshall Goodwin zehntausend Dollar von dem gemeinsamen Konto abgehoben hat?»

Der Scheck war zwei Tage vor dem Tag ausgestellt worden, an dem Travis Quentin aus dem Bezirksgefängnis entlassen worden war.

Mit gesenktem Kopf und vor der Brust verschränkten Armen trat ich an die Geschworenenbank.

«Und können Sie sich noch daran erinnern, auf welche Art die zehntausend Dollar an Mr. Goodwin übergeben wurden?», fragte ich, blieb vor der Balustrade stehen und hob den Blick.

«Es tut mir Leid», antwortete sie, «das habe ich nicht verstanden.»

Ich wandte mich so weit um, dass ich sie ansehen konnte, und sagte: «In welchen Banknoten wurde der Betrag ausgezahlt?»

Jetzt verstand sie. «In Hundertdollarscheinen.»

Ich wandte mich wieder ab und ließ den Blick von einem Geschworenen zum anderen schweifen, bis ich mit allen einen kurzen Blickkontakt gehabt hatte. Travis Quentin hatte ausgesagt, dass er sowohl das Geld in dem Umschlag als auch das, was er später aus dem Schließfach einer Busstation abgeholt hatte, in Hundertdollarscheinen erhalten hatte.

«Keine weiteren Fragen, Euer Ehren.»

«Kreuzverhör, Mr. Jones?»

Da er keine Fragen hatte, die ihm hätten nützen können, versuchte Jones, die Aussage der Bankdirektorin abzutun, indem er kurzerhand ihre Bedeutung herunterspielte. Er zuckte die Achseln, schüttelte ablehnend den Kopf, erhob sich halb von seinem Stuhl, als wolle er nicht mehr Zeit damit vertun, und wedelte mit der Hand wie jemand, der versucht, die Dinge zu beschleunigen. «Nein, Euer Ehren», seufzte er und sank zurück auf seinen Stuhl.

Ich hatte nur noch einen Zeugen. «Die Anklage ruft Conrad Atkinson auf», erklärte ich knapp. Aus dem Augenwinkel sah ich, wie Jones Goodwin etwas ins Ohr flüsterte.

Atkinson machte einen schlanken und eleganten Eindruck, als er den Gang heraufkam. Er strahlte die lässige Selbstsicherheit eines Mannes aus, der weder an seiner eigenen Bedeutung zweifelt noch glaubt, dass sie einer Erwähnung bedarf. Sein leicht tailliertes graues Nadelstreifenjackett saß wie angegossen.

Er nahm auf der Kante des Zeugenstuhls Platz, schlug ein Bein über das andere und stützte die Ellbogen auf die Armlehne.

Ich hatte nur wenige Fragen an ihn, und er antwortete offen, ohne eine Spur von Verlegenheit.

«Sie waren einmal mit Kristin Maxfield, heute Kristin Goodwin, verlobt, Mr. Atkinson?»

«Ja, das stimmt.»

«Haben Sie sie geliebt?»

«Ja.»

«Und hat sie Sie auch geliebt?»

«Nein, ich glaube nicht.» Das sagte er genauso, als hegte er Zweifel, dass die Börse immer nur steigt.

«Sie war mit Ihnen verlobt, und Sie glauben nicht, dass sie Sie geliebt hat?»

Ein nachsichtiger Ausdruck huschte über sein gebräuntes Gesicht.

«Kristin war – wie soll ich das ausdrücken – ein wenig flatterhaft. Bei Kristin hatte man immer das Gefühl, dass sie für einen da sein würde, solange man nicht in Schwierigkeiten geriet oder» – und hier senkte er die Stimme – «sie keinen Besseren fand.»

Jones schoss von seinem Platz auf und ruderte mit den langen Armen. «Ich weiß wirklich nicht, wohin das Ganze führen soll, Euer Ehren», tobte er.

Irma Holloway wusste es auch nicht. «Werden wir damit irgendwo ankommen, Mr. Antonelli?»

«Ja, Euer Ehren.»

Sie durchbohrte mich mit einem stechenden Blick. «Könnten wir uns dann ein wenig beeilen?»

Ich wandte mich sofort der Nacht von Nancy Goodwins Tod zu. «Waren Sie mit Kristin Maxfield verlobt, als das passierte?»

«Ja, das war ich.»

«Lebten Sie zusammen?»

«Ja. Sie hatte ihre eigene Wohnung behalten, aber wir lebten schon seit etwa sechs Monaten in meiner Wohnung.»

«Hat sie diese Nacht mit Ihnen verbracht?»

«Ich nehme an, das kommt darauf an, wie man *Nacht* definiert», erwiderte er versonnen.

Ich stand vor ihm, einen Meter von meinem Ende des

Anwaltstisches entfernt. Ich legte den Kopf auf die Seite und wartete.

«Sie hatte gerade sehr intensiv mit einem Prozess zu tun. Als Goodwins Mitarbeiterin.» Er nickte kurz in Richtung des Angeklagten. «Ich wusste, dass sie wahrscheinlich sehr lange arbeiten würde. Sie hatte mir sogar gesagt, dass sie kaum vor elf nach Hause kommen würde.»

«Und wann kam sie?»

«Es war nach vier Uhr morgens. Eher fünf. Sie kam nicht mal ins Bett. Sie nahm eine Dusche, zog sich um und sagte, sie müsse gleich wieder zurück ins Büro. Kurz darauf war sie verschwunden.»

«Wie lange haben Sie beide danach noch zusammengelebt?», fragte ich, während ich mich abwandte und vor dem Anwaltstisch auf und ab ging.

«Nicht lange. Ich hatte schon eine ganze Weile den Eindruck, dass sie sich mit jemand anderem traf, und diese Nacht überzeugte mich endgültig.»

Ich blieb direkt vor Goodwin stehen und sah über seinen Kopf hinweg auf die Zuschauer, die eng aneinander gedrängt in den Bänken des Gerichtssaals saßen. In der letzten Reihe folgte Kristin Maxfield dem Geschehen.

«Vielen Dank, Mr. Atkinson», sagte ich und lächelte knapp. «Keine weiteren Fragen, Euer Ehren.»

Richard Lee Jones rappelte sich auf und trat zum Zeugenstand.

«Sie hatten also den *Eindruck*, dass sich Ihre Verlobte mit einem anderen Mann traf, Mr. Atkinson?»

Atkinson richtete sich auf und starrte Jones direkt ins Gesicht.

«Ja, das ist richtig.»

«Und um diesen Verdacht zu bestätigen, heuerten Sie einen Privatdetektiv an?»

«Nein, natürlich nicht.»

Jones machte auf dem Absatz kehrt, wandte sich der Jury zu und rief: «Sie glauben, dass Ihre Verlobte mit einem anderen Mann liiert ist, und versuchen nicht, herauszufinden, ob es wahr ist oder ob Ihnen Ihre Phantasie und Ihre eigene Unsicherheit einen Streich spielen?» Er wandte sich erneut dem Zeugen zu. «Wie kommt das, Mr. Atkinson? Jemand mit Ihren finanziellen Mitteln könnte es sich doch sicher leisten, Nachforschungen anzustellen?»

«Es ist nicht schwer, zu merken, wenn die Frau, mit der man zusammen ist, an jemand anderen denkt.»

«Das muss eine ziemlich unangenehme Erfahrung gewesen sein. Sicher waren Sie eifersüchtig.»

«Da haben Sie Recht. Es war nicht angenehm.»

Jones' Stimme senkte sich zu einem Flüstern. «Ganz und gar nicht angenehm. Und jetzt haben Sie die Chance, sich zu rächen, nicht wahr?»

«Indem ich die Wahrheit sage?», gab Atkinson belustigt zurück.

Jones richtete sich auf und fragte scharf: «In Wahrheit wissen Sie doch gar nicht, ob sie sich mit einem anderen Mann traf oder nicht, stimmt's?»

«Nein, vermutlich nicht. Jedenfalls nicht in dem Sinn, den Sie meinen.»

«Und die Wahrheit ist, selbst wenn sie sich mit jemandem getroffen hätte, wüssten Sie nicht, wer dieser Jemand war, oder?»

«Nein, aber –»

«In Wahrheit ist das Einzige, was Sie sicher wissen, Mr.

Atkinson, dass Sie – wie Sie es vor ein paar Minuten Mr. Antonelli erzählt haben – eine Frau liebten, die Sie nicht liebte. Eine Frau», fuhr er fort, indem er den Kopf senkte, «die die Verlobung mit Ihnen aufgelöst hat. Ist das richtig, Mr. Atkinson?»

«Ich habe ihr gesagt, es sei besser, wenn wir uns eine Weile nicht sehen», erklärte er.

«Und sie hat Ihnen gesagt, es sei besser, wenn Sie sich überhaupt nicht mehr sehen. Oder irre ich mich?», konterte Jones rasch.

«Haben Sie noch weitere Fragen an den Zeugen?», fragte Richterin Holloway an mich gewandt, als Jones selbstgefällig grinsend wieder Platz nahm.

«Können Sie sich zufällig noch an die Beerdigung von Nancy Goodwin erinnern, Mr. Atkinson?» Ich warf einen verstohlenen Blick auf Kristin Maxfield, die mit ausdruckslosem Gesicht ganz hinten im Gerichtssaal saß.

«Ja, ich weiß noch, dass Kristin sagte, sie fühle sich verpflichtet hinzugehen. Ich glaube, alle aus ihrem Büro sind hingegangen.»

«Ja, natürlich», sagte ich mitfühlend. «Damals lebten Sie noch zusammen, nicht wahr?»

«Ja.»

«Wurden Sie eingeladen mitzukommen?»

«Nein.»

«Können Sie sich erinnern, wann sie nach Hause kam?»

«Nein, ich fürchte nicht. Irgendwann sehr früh am nächsten Morgen.»

«Sie meinen kurz nach Mitternacht?», fragte ich obenhin, als sei ich mir ganz sicher über die Uhrzeit.

«Nein, Mr. Antonelli, ich meine irgendwann nach Sonnenaufgang. Ich weiß noch, dass ich bereits geduscht und mich angezogen hatte, als ich ihren Wagen in der Einfahrt hörte.»

«Wie hat sie ihr Wegbleiben über Nacht erklärt?»

Er verzog das Gesicht. «Ich glaube, es ist ihr gar nicht eingefallen, irgendetwas zu erklären.»

Eine verächtliche Handbewegung war Jones' einzige Reaktion, als er gefragt wurde, ob er sein Kreuzverhör fortsetzen wolle.

Conrad Atkinson verließ den Zeugenstand. Jeder sah, wie er kurz zögerte, bevor er die Tür zum Gang aufstieß. Langsam wandte er den Kopf und ließ den Blick über die Gesichter in der letzten Reihe schweifen, bis er dasjenige fand, nach dem er suchte. Kristin Maxfield erwiderte seinen Blick nicht, und dann fiel die Tür hinter ihm ins Schloss. Einen kurzen quälenden Augenblick lang hatte jeder, der Zeuge dieser Szene war, das Gefühl, mehr über diese beiden Fremden zu wissen als über die meisten seiner Freunde.

«Mr. Antonelli?», drängte Richterin Holloway. «Sind Sie bereit, Ihren nächsten Zeugen aufzurufen?»

Es gibt gewisse Formalitäten, mit denen wir die wichtigen Begebenheiten unseres Lebens markieren. Geburten, Hochzeiten – selbst der Tod –, sie alle haben ihre eigene Zeremonie, Rituale, mit denen wir versuchen, die Erinnerung an Dinge, die wir nicht vergessen wollen, stärker zu bewahren, weil sie die Art unseres Seins auf ewig verändern. Das Gesetz hat seine eigene Form. Ich hatte keine Zeugen mehr, die ich aufrufen wollte, und es gab nur eine einzige Möglichkeit, kundzutun, dass für mich die Beweisaufnahme gegen den Angeklagten abgeschlossen war.

«Keine weiteren Zeugen, Euer Ehren», erklärte ich feierlich.

Die Richterin reagierte mit einem raschen, kaum erkennbaren Nicken, bevor sie ihre Aufmerksamkeit der anderen Seite zuwandte. «Mr. Jones? Ist die Verteidigung bereit fortzufahren?»

Jones hatte eine merkwürdige Körpersprache. Manchmal flog sein Kopf hoch, ein andermal schoss eine Hand in die Luft, und gelegentlich, so wie jetzt, schien eine Schulter den Weg frei zu räumen, als er sich unbeholfen von seinem Stuhl erhob.

«Nun, Euer Ehren», sagte er schleppend, «es wird allmählich spät, und mit Erlaubnis des hohen Gerichts würde ich lieber erst morgen früh beginnen.» Er hielt inne und sah sich in dem voll besetzten Gerichtssaal um. «Ich werde Marshall Goodwin aufrufen», erklärte er, als hätte er soeben eine Herausforderung angenommen, «und seine Aussage wird sicherlich mehr Zeit in Anspruch nehmen, als uns heute zur Verfügung steht.»

Nachdem er allen Gelegenheit gegeben hatte, die Bedeutung seiner Worte zu erfassen, setzte er hinzu: «Und da wäre noch etwas, Euer Ehren.»

Es war beinahe vier Uhr nachmittags. Mit den üblichen Ermahnungen an die Geschworenen, Stillschweigen über den Fall zu bewahren, schickte Holloway sie nach Hause. Vor zwölf leeren Stühlen und einem Gerichtssaal, der vor Zuschauern und Reportern aus allen Nähten platzte, stellte Jones den Antrag, den Fall gegen seinen Mandanten einzustellen.

Auch dafür gibt es eine Formel, die in jedem Strafverfahren, in das ich je verwickelt war, wiederholt worden war. Es war das erste Mal, dass ich sie nicht selbst runterrasselte.

«Die Verteidigung stellt einen Antrag auf Freispruch aus rechtlichen und tatsächlichen Gründen, weil aufgrund der von der Anklage vorgelegten Beweismittel eine Beweiswürdigung gegen den Angeklagten mit der erforderlichen, über jeden vernünftigen Zweifel erhabenen Gewissheit nicht möglich ist.»

Mit anderen Worten: Die Jury müsste verrückt sein, wenn sie seinen Mandanten verurteilte. Jeder Strafverteidiger stellt diesen Antrag am Ende der Beweisaufnahme durch den Ankläger. Er muss ihn stellen. Es ist der einzige Weg, für das Rechtsmittelverfahren die Möglichkeit festzuhalten, dass die Anklage juristisch nicht haltbar ist. Es gibt sogar Augenblicke, da glaubt man das tatsächlich selbst. Jones schien es zu glauben.

«Niemand darf allein aufgrund der Aussage eines Mittäters verurteilt werden, Euer Ehren!», rief er. «Die Aussage von Travis Quentin an sich hat überhaupt kein Gewicht. Selbst wenn er nie im Leben ein anderes Verbrechen begangen hätte – selbst wenn er kein brutaler Mörder wäre, der aus reiner Lust tötete –, könnte diese Aussage nicht dazu verwendet werden, den Angeklagten zu verurteilen. Es muss einen unabhängigen Beweis dafür geben, dass das fragliche Verbrechen geschehen ist und dass der Angeklagte das Verbrechen begangen hat. Und was die Anklage über die Aussage von Travis Quentin hinaus vorgelegt hat, war nicht mehr als eine völlig sinnlose Übung. Sie hat keinen einzigen Zeugen aufgerufen, der verifizieren könnte, was Quentin gesagt hat. Nicht einen. Es gibt keinerlei Beweise. Es gibt keinen Fall. Es gibt nichts, worüber die Jury entscheiden könnte.»

Richard Lee Jones sah mit erhitztem, schweißbedecktem Gesicht zur Richterbank auf.

«Das hohe Gericht hat gar keine andere Wahl, als dem Antrag stattzugeben und den Angeklagten freizusprechen», erklärte er der Richterin.

Irma Holloway presste die Lippen zusammen. Die Haut über ihren Wangenknochen spannte sich und verlieh ihr einen Ausdruck von Unvoreingenommenheit und Strenge. Als Jones fertig war und sie zu mir herübersah, verbarg ihr kühler distanzierter Blick, was in ihrem Kopf vorging. Ich glaubte schon, ich könnte verlieren.

«Euer Ehren», begann ich und räusperte mich. «Mr. Jones hat Recht. Niemand darf auf die unbewiesene Aussage eines Mittäters hin verurteilt werden. Die Aussage von Travis Quentin jedoch ist bestätigt worden, nicht nur einmal, sondern in verschiedenen bedeutsamen Einzelheiten. Quentin hat ausgesagt, dass ihm die zehntausend Dollar in Hundertdollarscheinen ausgezahlt wurden. Die Filialleiterin der Bank, bei der der Angeklagte sein Konto hatte, hat ausgesagt, dass Mr. Goodwin genau diesen Betrag in Hundertdollarscheinen abgehoben hat, und zwar nur wenige Tage bevor Quentin das Geld erhielt. Nun könnte der Angeklagte möglicherweise nachweisen, dass er das Geld für einen völlig anderen Zweck gebraucht hat, einen harmlosen Zweck, und dass dies alles nur ein unglücklicher Zufall ist. Die Frage im Augenblick ist jedoch, ob die Beweise der Anklage, wenn sie unwidersprochen bleiben, genügen, um der Jury vorgelegt zu werden. Die Anklage glaubt, dass dies der Fall ist.»

Mit einem raschen Blick vergewisserte sich Holloway, ob einer von uns noch etwas dazu zu sagen hatte.

«Die Anklage hat ihre Aufgabe erfüllt, glaubhafte Beweise vorzulegen», verkündete sie. «Der Antrag wird abgelehnt. Morgen früh geht es weiter.»

Sie erhob sich vom Richterstuhl, blickte einen Augenblick starr auf die gesichtslose Menge im Gerichtssaal hinab und verschwand durch die Tür.

15

Während ich auf der Straßenseite meinem Büro gegenüber stand und wartete, dass die Ampel umsprang, schaufelten drei Männer mit nackten Oberkörpern heißen Teer in ein Schlagloch vor dem Bordstein und trieben sich gegenseitig zur Eile an. Der Juli war in den August übergegangen, und selbst jetzt, am Spätnachmittag, lag der Bürgersteig in glühender Hitze unter dem grellen Schein der Sonne.

Als ich das klimatisierte Innere des Gebäudes erreicht hatte, kühlte sich der Schweiß auf meinem Gesicht ab und hinterließ einen dünnen, trockenen Film auf der Haut. Helen sah mich an und warf dann einen Blick auf die offene Tür zu meinem Büro.

«Ich wusste nicht, was ich mit ihr machen sollte», flüsterte sie, «deshalb habe ich sie dort reingesetzt.»

Ich stellte die voll gepackte Aktentasche auf ihrem Schreibtisch ab und steuerte in Richtung Toilette. «Falls sie fragt, sagen Sie, ich bin gleich zurück.»

Ich warf mir ein paar Hand voll kaltes Wasser in Gesicht und Nacken, öffnete die Hose und strich die Hemdschöße wieder glatt. Dann kämmte ich mir das feuchte Haar, zog die Krawatte enger und klopfte mir über den Anzug. Am Schluss fuhr ich mir mit den Handballen über Augen und Schläfen und versuchte, die Müdigkeit aus dem Gesicht zu vertreiben.

Im Schatten der heruntergelassenen Jalousien folgte mir ihr Blick, als ich das Büro betrat und am Schreibtisch Platz nahm. Ich sah sie ruhig an und sagte nichts. Dann presste ich die Fingerspitzen gegeneinander und fing an, langsam im Sessel auf und ab zu wippen.

«Sind Sie böse auf mich?», fragte sie.

«Sollte ich?»

«Ich könnte es verstehen.»

Sie zog den Saum ihres Rockes unmerklich höher, als sie auf dem Stuhl hin und her rutschte. Dann streckte sie den Arm über die Rückenlehne und warf den Kopf nach hinten.

«Ihre Aussage hat keinen Schaden angerichtet», bemerkte ich achselzuckend, als würde irgendwie nichts von dem, was sie sagte, eine Rolle spielen.

«Sie hat aber auch nichts genutzt», beharrte sie. Sie hatte einen Ausdruck, den ich kannte. Er erinnerte mich an die erste Frau, die man geliebt hatte, wenn sie einem erklärt, dass man sich lieber nicht mehr sehen sollte. Es war ein Ausdruck, der einem klarmachte, dass sie versuchte, einen nicht zu verletzen, dass es ihr aber mehr oder weniger egal war, wenn sie es doch tat.

«Sie hat keinem von uns beiden genutzt», sagte ich scharf.

Sie betrachtete ihren Arm, bis der Blick an ihrer Hand hängen blieb, wo sie einen Augenblick lang ihre Nägel inspizierte. «Glauben Sie, das hätte ich nicht bedacht?»

Sie legte die Hand auf die Armlehne.

«Sie wussten, dass es nicht so einfach war», fuhr sie fort und suchte meinen Blick. «Sie wussten, dass ich ihn nicht belasten konnte.»

«Vielleicht bin ich davon ausgegangen, dass Sie unter Eid die Wahrheit sagen würden.»

«Ich habe gesagt, dass ich *Ihnen* die Wahrheit sagen

würde, und das habe ich getan. Sie haben nie davon gesprochen, dass ich sie auch bei der Verhandlung sagen sollte.»

Ich saß vollkommen still. «Diese Art von Unterscheidung kann nur von einem Anwalt kommen.»

«Es ist die Art von Unterscheidung, die Sie und ich verstehen.»

«Es ist keine, über die irgendwer groß nachdenken wird, falls es zu einem Prozess wegen Meineids kommen sollte.»

«Sie glauben, dass er verurteilt wird, nicht wahr?», fragte sie.

In ihrer Stimme war eine Spur von Unsicherheit, ein leichtes Zögern, das nichts mit dem zu tun hatte, was möglicherweise ihrem Mann bevorstand.

Ich hob den Blick und sagte zuversichtlich: «Daran habe ich nicht den geringsten Zweifel.»

«Sie haben mich überrascht, als Sie meine Antworten einfach so durchgehen ließen. Warum haben Sie nicht nach dem gefragt, was ich Ihnen erzählt hatte, hier in diesem Büro, als wir uns das erste Mal unterhielten?»

«Vielleicht weil ich begriffen habe, dass Sie nie die Wahrheit sagen würden, solange Sie glaubten, es gäbe noch eine Chance, dass Marshall davonkommt.»

«Ich habe es Ihnen ja schon erklärt, ich konnte ihn nicht belasten.»

Ich stand auf. «Na schön, jetzt, da Sie sich erklärt haben, werden Sie mich bitte entschuldigen», sagte ich ziemlich ungeduldig. «Ich habe noch eine Menge zu tun.»

Sie versuchte ihre Überraschung zu verbergen. «Ich dachte, Sie wollten vielleicht besprechen, wie es weitergeht», sagte sie.

«Es gibt nichts zu besprechen», versicherte ich ihr, während ich um den Schreibtisch herumging und ihr aus dem Sessel half. «Sie waren dabei. Die Verteidigung beginnt morgen damit, ihren Fall darzulegen. Ich bin mit meinem Beweisvortrag fertig.»

Helen war dabei, meine Akte zu ordnen, so wie sie es immer tat. Ich öffnete die Tür zum Korridor und begleitete Kristin bis zum Aufzug.

«Erklären Sie mir eins», sagte ich, als sich die Aufzugstür öffnete. Die Kabine war leer und Kristin trat hinein. «Hatten Sie irgendwas mit dem Tod seiner Frau zu tun?»

Sie stritt es ab. «Und bis zu der Verhandlung», setzte sie hinzu, ohne meinen Blick loszulassen, «hätte ich geschworen, Marshall auch nicht. Ich glaubte, der Umschlag, den ich Quentin übergab, hätte Unterlagen über das Drogenverfahren enthalten.»

Ich gab die Lichtschranke frei und trat zurück, während die beiden Messingtüren aufeinander zuglitten.

«Wenn Sie bei der Verhandlung die Wahrheit gesagt hätten», sagte ich, bevor sie sich schlossen, «hätte ich Ihnen jetzt glauben können.»

Am späten Abend, als eine kühle Brise durch die offene Verandatür hereinstrich, schob ich die umfangreiche Akte beiseite und ließ den Blick über die Bücherregale schweifen. Ich fragte mich, wo inmitten all dieser Werke ich etwas so Faszinierendes finden könnte wie die subtile Doppelzüngigkeit einer Frau, die sich Sorgen darüber macht, ob sie die beste Chance, ihren Mann zu betrügen, verspielt haben könnte. Es war Zeit, einen neuen Mann ins Spiel zu bringen. Ich griff nach dem Telefon und rief das Hotel an, wo Richard Lee Jones abgestiegen war. Wir vereinbarten ein Treffen für den nächsten Morgen, eine halbe Stunde bevor das Gericht zusammentrat.

Zwei Stockwerke unter dem Gerichtssaal, in dem unser Fall verhandelt wurde, in einem winzigen Sitzungsraum, wo uns die Presse niemals finden würde, hörte sich Jones mein Angebot an.

«Wir reduzieren die Anklage auf Totschlag. Er rettet sein Leben und, wichtiger noch, er kann eines Tages vorzeitige Haftentlassung beantragen.»

Er interpretierte es als Zeichen von Schwäche, beugte sich über den kleinen Tisch und versuchte, es auf eine Kraftprobe mit mir ankommen zu lassen. «Wenn die Geschworenen ihre Entscheidung getroffen haben, wird er als freier Mann den Saal verlassen.»

«Hören Sie», antwortete ich. «Ich meine es ernst. Ich mache dieses Angebot nur aus dem Grund, weil er nicht der Einzige ist, auf den ich es abgesehen habe. Ich will auch sie. Ihr Mandant willigt ein, gegen sie auszusagen ...»

«Gegen seine Frau?»

«Was glauben Sie, von wem ich rede?»

Jones stand auf und starrte mich finster an. «Sie haben gerade erst Ihr Plädoyer gehalten, und jetzt machen Sie ein Angebot? Mit einem Mal wollen Sie verhindern, dass dieser Fall vor die Jury kommt?» Er konnte sich einfach nicht beherrschen. «Dabei kamen Sie doch bei den Geschworenen immer so gut an! Was ist los, haben Sie Ihren Mumm verloren?» Er wandte sich zum Gehen.

«Bitte übermitteln Sie mein Angebot Ihrem Mandanten», sagte ich, als sei die Sache nicht besonders wichtig. «Und damit wir uns nicht missverstehen, dieses Angebot bleibt so lange bestehen, bis Sie Ihre Beweisaufnahme abgeschlossen haben.» Seine Hand lag schon auf der Türklinke. «Es sei denn, ich mache zuerst einen Deal mit seiner Frau. Sollte es dazu kommen, gibt es kein Angebot mehr.»

Die Tür stand offen.

«Sie war bereits zweimal bei mir», setzte ich ungerührt hinzu. «Aber vielleicht wissen Sie das auch schon.» Und damit verließ ich vor ihm den Raum.

Sollte ich auf irgendeine Art und Weise Jones' Zuversicht erschüttert haben, so ließ er sich nichts anmerken, als er vom Anwaltstisch aufstand, die Geschworenen ansah und Marshall Goodwin in den Zeugenstand rief.

Goodwin trat ans Ende des Anwaltstischs, lächelte den Geschworenen unbeschwert zu und ging dann durch den vorderen Teil des Gerichtssaals rasch zum Zeugenstand. Mit offenem, fast fröhlichem Gesicht und erhobener Hand hörte er zu, als die Gerichtsdienerin den Eid herunterrasselte.

Goodwin trug eine dunkle Krawatte, einen konservativen Anzug, glänzende schwarze Schuhe und ein weißes Hemd mit hohem Kragen. Er war der Inbegriff diskreter Ehrbarkeit und ein eifriger, selbstbewusster Zeuge. Auf alles wusste er eine Antwort.

Jones begann mit der einzig bedeutsamen Frage.

«Mr. Goodwin, waren Sie in irgendeiner Form – welcher Art auch immer – am Tod Ihrer Frau Nancy vor zwei Jahren beteiligt?»

Goodwin beugte sich leicht vor, sah quer durch den Raum auf die Geschworenen und sagte mit fester, klarer Stimme: «Nein, das war ich nicht.»

Ich weiß nicht, ob sie ihm in diesem Moment schon glaubten, doch als ich ihre Augen beobachtete, wusste ich, dass sie ihm gern glauben wollten. Goodwin besaß die Art von jungenhaftem, blauäugigem Charme, der in den Leuten das Bedürfnis weckte, ihm Glauben zu schenken. Das war seine Stärke als Anwalt gewesen und vielleicht seine Schwäche als Mensch. Denn da ihm immer alles in den Schoß gefallen war, hatte er nach einiger Zeit die Überzeugung gewonnen, alles erreichen zu können, was er wollte.

Richard Lee Jones' Stimme schien mit jeder Frage, die er stellte, mitfühlender und verständnisvoller zu werden. Sein Blick ruhte in schweigender Zustimmung auf seinem Mandanten, wenn dieser antwortete.

Stunde um Stunde skizzierte Goodwin nun mit ruhiger, klarsichtiger Aufrichtigkeit die Autobiographie eines Mannes, der zu Unrecht angeklagt wurde. Fast zwei volle Tage lang lotste Jones ihn durch seine Lebensgeschichte, seine Ehe und die tragischen Konsequenzen, die Nancy Goodwins Tod mit sich gebracht hatten. Als er gefragt wurde, wie er auf die Nachricht vom Mord an seiner Frau reagiert habe, brach er zusammen und schluchzte.

«Jetzt haben Sie hier sitzen und sich anhören müssen, wie die Anklage uns zu überzeugen versuchte, bestimmte Rückschlüsse aus Ihrem Verhalten zu ziehen», erklärte Jones mit einem Seitenblick auf mich. «Lassen Sie uns die Atmosphäre in dieser Hinsicht ein für alle Mal klären. Erzählen Sie uns einfach, wann Sie zum ersten Mal mit Ihrer jetzigen Frau Kristin Maxfield geschlafen haben.»

Ungeschminkt und lüstern, verblüffend in ihrer nackten Schlichtheit, fesselte diese Frage die Aufmerksamkeit des ganzen Gerichtssaals. Sogar die Protokollführerin ließ die

Hände auf die Tastatur sinken und drehte den Kopf, um den Angeklagten anzusehen.

«Drei Monate bevor wir geheiratet haben», antwortete Goodwin und betrachtete ruhig die Geschworenen.

«Und Sie haben gut ein Jahr nach dem Mord an Ihrer ersten Frau geheiratet?», fragte Jones ernsthaft.

«Ja», seufzte Goodwin. «Das ist richtig.»

Jones wechselte von Sex zu Geld. «Streiten Sie ab, dass Sie zehntausend Dollar von Ihrem Bankkonto abgehoben haben?»

Goodwin behandelte die Frage, als sei es das Letzte, was er je hätte vorhaben können. «Nein, natürlich nicht.»

«Aber warum haben Sie das getan, wenn Sie offenbar zuerst Geld von Ihrem Sparkonto – ich glaube, es handelte sich um etwa dreitausendfünfhundert Dollar – übertragen mussten, um eine Abhebung dieser Größenordnung zu ermöglichen?»

«Nancy und ich hatten beschlossen, in einen Investmentfonds zu investieren. Wir fingen an, darüber nachzudenken, als sie erfuhr, dass sie schwanger war.» Mit abwesendem Blick fuhr er fort: «Es war uns beiden klar, dass wir alles tun mussten, was in unserer Macht stand, um Geld zu sparen, statt es auszugeben.»

Scheinbar verwirrt fragte Jones weiter: «Warum haben Sie nicht einfach einen Scheck ausgestellt?»

«Ich konnte mich nicht mehr an den Namen der Maklerfirma erinnern», antwortete Goodwin verlegen. «Sie hatte ihren Sitz downtown, in der Nähe meines Büros, und ich hatte an diesem Tag einen Termin dort.»

«Und haben Sie das Geld an diesem Tag investiert?»

«Nein. Irgendwas ist dazwischengekommen, und ich

musste ins Gericht. Also habe ich das Geld im Safe meines Büros deponiert.»

«Haben Sie es später investiert?»

«Dazu war keine Zeit mehr. Am nächsten Tag begann ich mit einem Mordprozess. Das Geld war sicher. Ich machte mir keine Gedanken deswegen. Und dann … Nun, nachdem meine Frau ermordet worden war, hatte ich natürlich Ausgaben.» Er sprach leise und starrte zu Boden.

«Eine letzte Frage noch. Haben Sie darum gebeten, dass Ihnen das Geld, das Sie abheben wollten, in Hundertdollarscheinen ausgezahlt wird?»

«Nein», antwortete Goodwin und sah auf. «Der Kassierer hat es mir so ausgehändigt. Es ist so leichter zu zählen und leichter zu handhaben.»

Es war kurz nach vier, als Jones endlich zum Ende kam. Richterin Holloway fragte, ob ich bis zum nächsten Morgen warten wolle, bevor ich mit dem Kreuzverhör begann. Hinter mir hörte ich die Unruhe der Zuschauer, die sich darauf vorbereiteten, nach Hause zu gehen.

«Nein, Euer Ehren», sagte ich mit einem Blick auf die Uhr. «Ich habe nur wenige Fragen an diesen Zeugen. Es wird nicht lange dauern.»

Mit den Fingerspitzen der linken Hand stützte ich mich auf den Tisch. Die andere Hand schob ich in die Hosentasche und legte den Kopf auf die Seite.

«Beantworten Sie mir eine Frage, Mr. Goodwin. Wenn Ihre gegenwärtige Frau bis drei Monate vor Ihrer Hochzeit nicht mit Ihnen geschlafen hat, mit wem hat sie es dann getan?»

Noch ehe Jones aufspringen konnte, brachte Richterin Holloway den Gerichtssaal mit ihrem Hammer wieder unter Kontrolle und fragte, ob mir eigentlich bewusst sei, was ich da machte. Ich hatte keine Lust, mich zu entschuldigen.

«Ich beginne mein Verhör des Zeugen mit Fragen zu Äußerungen, die er während der direkten Befragung durch seinen Anwalt gemacht hat», sagte ich entschieden und erwiderte ihren Blick.

Sie sah mich noch einen Augenblick an, überzeugte sich davon, dass ich es ernst meinte, nickte dann nachdenklich und erlaubte mir fortzufahren.

Ich hob das Kinn und musterte Goodwin scharf.

«Sie haben ausgesagt, dass Sie drei Monate vor Ihrer Hochzeit zum ersten Mal mit Kristin Maxfield geschlafen haben. Ist das korrekt?», fragte ich schnell.

Goodwin stützte sich mit einer Hand auf die Armlehne und rutschte vor, als sei er geradezu erpicht darauf, jede Herausforderung anzunehmen, die ihm entgegengeschleudert wurde.

«Ja, das ist korrekt», gab er ebenso rasch zurück, wie ich gefragt hatte.

«Sie haben Conrad Atkinsons Aussage gehört, dass sie wenige Tage nach dem Tod Ihrer Frau aus seinem Haus ausgezogen ist, nicht wahr?»

«Ja.»

«Sie haben Conrad Atkinsons Aussage gehört, dass sie in der Nacht, in der Ihre Frau ermordet wurde, der Nacht also, in der Sie mit Kristin Maxfield im Sitzungsraum der Staatsanwaltschaft gearbeitet haben, nur nach Hause kam, um zu duschen und sich umzuziehen, bevor sie wieder zur Arbeit fuhr. Ist das richtig?»

«Ja.»

«Sie haben Conrad Atkinsons Aussage gehört, dass er

schon seit einiger Zeit zuvor den Verdacht gehegt hatte, dass sich seine Verlobte, Kristin Maxfield, mit jemand anderem traf, richtig?»

«Ja.»

Ich trat vor den Anwaltstisch, setzte mich halb darauf und ließ ein Bein ein paar Zentimeter über dem Boden baumeln.

«Dieser andere waren nicht Sie?»

«Sie gehen davon aus, dass Mr. Atkinson Recht hatte.»

«Ich gehe von gar nichts aus. Ich frage nur, ob Sie eine Liebesbeziehung mit Ihrer zweiten Frau hatten, während Sie noch mit Ihrer ersten Frau verheiratet waren. Das ist eine ganz simple Frage. Warum antworten Sie nicht einfach darauf?»

«Ich hatte keine sexuelle Beziehung mit ihr, obwohl ich nicht leugnen kann, dass ich sie sehr attraktiv fand.»

Ich stand auf und begann, vor der Geschworenenbank auf und ab zu gehen, wobei ich mir den Kopf kratzte.

«Sie hatten keine sexuelle Beziehung mit ihr?», fragte ich und blieb stehen. «Haben Sie das gesagt?»

«Ja.»

«Aber ich habe gar nicht gefragt, ob Sie eine sexuelle Beziehung mit ihr hatten, als Ihre Frau noch lebte. Ich habe Sie gefragt, ob Sie eine Liebesbeziehung mit ihr hatten. Möchten Sie, dass die Protokollführerin es noch einmal vorliest?»

Er schüttelte den Kopf. «Nein. Ich dachte nur, Sie hätten es so gemeint.»

«Ich verstehe. Sie dachten, Liebesbeziehung bedeutet sexuelle Beziehung. Verstehe. Na schön. Sie hatten also nach Ihrer Definition bis drei Monate vor Ihrer Hochzeit keine ‹Liebesbeziehung› mit Kristin Maxfield?»

Ein Ausdruck von Unsicherheit flog über sein Gesicht.

«Nun, nein, so würde ich es nicht unbedingt ausdrücken. Wir hatten angefangen, miteinander auszugehen, und verbrachten viel Zeit miteinander. Ich glaube, dass ich mich wahrscheinlich schon einige Zeit vorher in sie verliebt habe.»

«Haben Sie sich in der Nacht verliebt, als Sie zusammen in dem Sitzungsraum arbeiteten, in der Nacht also, als Ihre Frau hundert Meilen entfernt ermordet wurde?»

«Nein, natürlich nicht. Das habe ich Ihnen schon erklärt.»

Ich wandte ihm den Rücken zu und sah die Geschworenen an. «Sagen Sie, Mr. Goodwin, um welche Zeit haben Sie Ihr Büro in jener Nacht, als Ihre Frau ermordet wurde, verlassen?»

«Irgendwann nach elf, glaube ich.»

«Waren Sie allein?»

«Ja.»

Ich warf ihm über die Schulter einen Blick zu und fragte überrascht: «Sie sind nicht mit Kristin zusammen gegangen oder haben sie zum Wagen gebracht?»

«Doch, tut mir Leid», sagte er hastig. «Ich glaubte, Sie meinen –»

«Ich weiß, was Sie glaubten.» Ich zog die Brauen hoch und lächelte mitfühlend. «Eine Liebesbeziehung», wiederholte ich und wartete, bis das Wort im erwartungsvollen Schweigen des Gerichtssaals verhallt war.

«In dieser Nacht ist zwischen Ihnen beiden nichts vorgefallen?»

«Nein», beharrte er.

«Also waren Sie nach elf, halb zwölf, nicht mehr mit ihr zusammen?»

«Ja, das stimmt.»

«Sie haben sie nach elf, halb zwölf nicht mehr getroffen, bis Sie sie am nächsten Morgen bei der Arbeit wieder sahen?»

«Richtig.»

«Und hat Ihre jetzige Frau Ihnen je erzählt, wo oder mit wem sie die Nacht verbracht hat?»

Jones schoss von seinem Platz auf. «Er stellt Fragen zu Gesprächen zwischen Ehepartnern. Hier geht es um ein verbürgtes Recht, Euer Ehren, und ich verlange, dass das Gericht etwas dagegen unternimmt.»

Irma Holloway hob drohend den Finger. «Wenn Sie Einspruch erheben wollen, erheben Sie Einspruch; wenn Sie eine Rede halten wollen, stellen Sie sich auf die Treppe vor dem Gerichtsgebäude.» Dann fuhr sie ohne Pause fort. «Gespräche zwischen Ehepartnern unterliegen dem Schutz des Grundgesetzes, Mr. Antonelli.»

«Wobei zu fragen wäre, ob der Angeklagte sich auf dieses Recht beruft, Euer Ehren», sagte ich und hielt gerade lange genug inne, um Jones' höhnische Grimasse mit einem spöttischen Grinsen zu erwidern. «Ich beschränke die Frage auf Unterhaltungen, die vor der Heirat des Angeklagten mit Kristin Maxfield stattfanden.»

«Na gut.» Sie sah auf den Zeugenstand hinab, wo Goodwin scheinbar ungerührt wartete. «Sie können die Frage beantworten.»

«Könnten Sie die Frage bitte wiederholen?», sagte er.

«Hat sie Ihnen je erzählt, wo sie diese Nacht verbracht hat?»

Jones war schon wieder aufgesprungen. «Einspruch, Euer Ehren», sagte er mit einer leichten Verbeugung, als wolle er sich über die Formalitäten, die sie erwartete, lustig machen. «Das ist Hörensagen.»

«Ich werde die Frage neu formulieren», sagte ich, bevor sie etwas anordnen konnte. «Gab es zwischen Ihnen und Kristin Maxfield vor dem Zeitpunkt Ihrer Heirat je eine Unterhaltung darüber, wo sie die Nacht verbracht hat?»

«Nein, das kam nie zur Sprache.»

«Kam nie zur Sprache», wiederholte ich, als schämten sich die Worte selbst, gehört zu werden.

«Welche Art von Wagen fuhren Sie damals, in der Nacht, als Ihre Frau ermordet wurde. Einen zweitürigen oder einen viertürigen?»

«Einen zweitürigen.»

«Aber er hatte einen Rücksitz, richtig?»

«Ja.»

«Sie hatten ihn in der besagten Nacht im Parkhaus gegenüber von Ihrem Büro geparkt?»

«Ich habe ihn immer in diesem Parkhaus geparkt.»

«Und in dieser Nacht haben Sie auf dem Rücksitz dieses Wagens mit Kristin Maxfield geschlafen, oder etwa nicht?» Ich sah ihm direkt in die Augen und verspottete ihn mit der Tatsache, dass ich wusste, was sie getan hatten und wo sie es getan hatten – etwas, das ich nur von Kristin hatte erfahren können. Seine Augen wurden ausdruckslos. «Und ich vermute, Sie haben auch nicht zum zweiten Mal an dem Tag mit ihr geschlafen, als Ihre erste Frau beerdigt wurde?»

«Nein, das habe ich Ihnen schon gesagt», beharrte er. «So etwas ist nie passiert.»

«Ihre erste Frau, Nancy Goodwin, war doch intelligent, nicht wahr?»

Die Frage überrumpelte ihn. «Ja, das war sie», antwortete er plötzlich gedämpft. «Sehr sogar.»

«Und Sie haben bereits ausgesagt, dass es ihre Idee war, die Versicherung abzuschließen, nicht wahr?»

«Ja», sagte er und beobachtete mich, als wollte er herauskriegen, worauf ich hinauswollte.

«Sie war damit einverstanden, dass Sie das Geld von Ihrem Girokonto bei der Bank in einen Investmentfonds transferieren. Das haben Sie doch ausgesagt, oder nicht?»

«Ja.»

«Könnte man gerechterweise behaupten, dass sie eine gleichwertige Partnerin bei allen größeren finanziellen Entscheidungen war, die Sie im Verlauf Ihrer Ehe getroffen haben?»

Er zögerte keinen Augenblick. «Ja. Absolut. Wahrscheinlich verstand sie mehr von solchen Dingen als ich.»

Ich senkte den Blick und ging langsam auf die Geschworenenbank zu. Vor dem letzten Geschworenen in der ersten Reihe blieb ich stehen und umfasste die Balustrade.

«Das ist doch ziemlich merkwürdig, finden Sie nicht?», fragte ich und sah ihn an.

Er hatte keine Ahnung, was ich meinte. «Merkwürdig?»

«Ja, merkwürdig, dass Sie, als es Ihnen nicht möglich war, die zehntausend Dollar an die Maklerfirma zu übergeben, beschlossen haben, die Summe im Safe Ihres Büros zu deponieren – während Sie einen Mordprozess begannen, der sich über Wochen hinziehen konnte –, statt das Geld und den Auftrag einfach Ihrer Frau zu überlassen.»

Er wollte antworten, doch ich schnitt ihm mit einer Handbewegung das Wort ab.

«Keine weiteren Fragen, Euer Ehren.»

16

Das Morgenlicht strömte durch das holzgerahmte Fenster und fiel auf die beiden gebundenen Schriftsätze. Horace Woolner trank Kaffee aus einem braunen Plastikbecher und musterte sie feindselig.

«Das sind Anträge zur Aufhebung von Entscheidungen über Anträge zur Aufhebung von Entscheidungen über Anträge zur Aufhebung. Das Ganze geht schon so lange, dass niemand sich mehr daran erinnern kann, wie es anfing, und ich glaube nicht, dass irgendwer im Ernst erwartet, je das Ende zu erleben. Es ist wie der Fall in *Bleakhaus*, Jarndyce gegen Jarndyce. Dickens. Erinnern Sie sich?» Er lachte. «Da geht es jahrelang so. Jahrelang! Und irgendwann ist es zu Ende, und nichts ist übrig. Nicht ein Cent. Das ganze Geld, um das sie prozessiert haben, ist für die Anwälte draufgegangen.»

Die schwarze Amtsrobe, die ihm über die Schultern fiel, stand vorn offen und war unter den Beinen zerknautscht, weil er sich hingesetzt hatte, ohne sie glatt zu streichen.

«Wir mussten *Bleakhaus* im Sommer vor dem ersten Semester an der juristischen Fakultät lesen», sagte er und hob eine Braue, wie immer, wenn er dabei war, eine besonders übertriebene Bemerkung zu machen. «Das verdammte Ding hat mindestens drei Millionen Seiten, wissen Sie. Wahrscheinlich hat sich Dickens nach Worten bezahlen lassen.»

Es war Viertel vor acht. Seit Beginn des Prozesses war es zu einer mehr oder weniger festen Gewohnheit geworden, dass wir den Tag mit einem Kaffee in seinem Amtszimmer einläuteten. Horace begann seinen Tag früher als jeder andere Richter im Haus. Er setzte mündliche Anhörungen in komplizierten Zivilrechtsangelegenheiten gern auf acht Uhr morgens fest, denn nach seiner Theorie redeten Juristen umso mehr, je länger sie wach waren. Ein Phänomen, das auf ihn selbst offensichtlich nicht zutraf.

Er deutete auf die zwei Schriftsätze, die nebeneinander vor ihm lagen, und fragte: «Soll ich Ihnen sagen, worum es hier geht? Zwei Brüder prozessieren um das Erbe, das ihr Vater ihnen hinterlassen hat. Das Geschäft existiert wohlgemerkt gar nicht mehr. Es ging bereits vor Jahren zum Teufel, aber alle beide sind überzeugt, dass es die Schuld des anderen war. Und einer von beiden muss am Ende zahlen, nicht wahr? Was den Anwälten natürlich nur recht ist, da sie ihre Welt nach gebührenpflichtigen Stunden zu bemessen pflegen. Manchmal sehne ich mich danach zurück, Staatsanwalt zu sein», sagte er und stand auf. «Das Strafrecht zieht wenigstens klare Grenzen.» Er schenkte sich Kaffee nach. «Wollen Sie auch noch einen?»

Ich wartete, bis er sich gesetzt hatte.

«Alles in Ordnung, Horace?»

Er warf mir einen überraschten Blick zu. «Ja, sicher, wieso nicht?»

«Weil es noch nicht mal acht ist, und Sie sind schon so aufgedreht.»

«Ich bin immer so», protestierte er. «Ich wache eben früh auf.»

«Sie gehen spät schlafen.»

«Ja, und ich wache früh auf», beharrte er. «Ich habe noch nie viel geschlafen.»

Es klang ein bisschen zu glatt, eine Spur zu ausweichend.

«Bedrückt Sie irgendwas?», fragte ich und suchte seinen Blick.

Eine kleine Pause folgte, ein kurzes Zögern, als gäbe es etwas, das er sagen wollte, und als wüsste er, schon während er darüber nachdachte, dass er es doch nicht tun würde.

«Das Einzige, was mich bedrückt, ist, ob Sie es schaffen werden, dass Marshall Goodwin verurteilt wird», sagte er schließlich. «Wie ich höre, hat er sich in den letzten beiden Tagen ganz gut geschlagen.»

Er umfasste seinen Becher mit beiden Händen und hob ihn zum Mund, trank aber nicht.

«Jedenfalls bis Sie ihn in die Mangel genommen haben.» In seinen Augen erschien ein schlaues Funkeln. «Erst erzählen Sie Jones, dass Kristin schon zweimal bei Ihnen aufgetaucht ist, und dann erkundigen Sie sich bei Goodwin nach dem Rücksitz in seinem Wagen. Ich frage mich, worüber sich die beiden gestern Abend wohl unterhalten haben?»

«Oder worüber sie heute Morgen jeder für sich nachdenken», setzte ich hinzu.

Ich trank den letzten Schluck und stellte meinen Becher auf die Schreibtischkante.

«Was glauben Sie, was sie machen wird?», fragte ich. Doch bevor er antworten konnte, überlegte ich es mir anders. «Was glauben Sie, was sie machen *sollte*?»

«Sie meinen, ob sie lügen sollte, um ihren Mann zu retten?» Er wandte den Blick ab und schüttelte langsam den Kopf. «Wenn sie ihn wirklich liebte, wäre das doch keine Frage, oder?»

Horace griff nach den beiden sauber gebundenen Schriftsätzen und schloss den Kragen seiner Robe.

«Ich muss in den Gerichtssaal», sagte er mit einem Blick auf die Uhr.

Dann war er verschwunden. Horace kam niemals zu spät.

Genau wie Irma Holloway. Mit einem knappen Blick auf die Geschworenen nahm sie auf der Kante des schwarzen Ledersessels Platz, streckte die dünnen Arme aus und verschränkte die Finger.

«Sie können Ihren nächsten Zeugen aufrufen», erklärte sie dem Verteidiger.

Den ganzen Morgen und den halben Nachmittag rief die Verteidigung einen Zeugen nach dem anderen auf, und alle sagten aus, dass Marshall Goodwin unmöglich etwas mit dem Mord an seiner Frau zu tun haben konnte. Dann, anderthalb Stunden nachdem wir vom Mittagessen zurückgekehrt waren, erhob sich Richard Lee Jones und erklärte, dass er seinen letzten Zeugen aufgerufen habe. Goodwin, der direkt neben ihm saß, sah sich unruhig um und rutschte nervös auf seinem Stuhl hin und her.

Holloway fragte, ob die Anklage noch Zeugen habe, die sie zum Gegenbeweis aufrufen wolle.

«Ja, Euer Ehren», antwortete ich, und Goodwin hob rasch den Kopf. «Die Anklage ruft Kristin Maxfield zurück in den Zeugenstand.»

Sie sah aus wie eine Frau, die unter Tränen eingeschlafen war. Ich gab mir nicht mal den Anschein, nett zu sein.

«Die Aussage, die Sie zuvor gemacht haben, entsprach nicht in allen Punkten der Wahrheit, nicht wahr, Ms. Maxfield?»

Unnachgiebig stand ich am Anwaltstisch und wartete.

Ihr Blick schweifte zum anderen Ende des Tisches, wo ihr Mann ebenfalls wartete, was sie zu sagen hatte.

«Ms. Maxfield?»

Ihr Blick kehrte zurück, begegnete einen Augenblick dem meinen und senkte sich dann. Langsam, als fände sie sich mit einer Entscheidung ab, von der sie wusste, dass sie unausweichlich war, hob sie den Kopf.

«Nein. Ich war nicht ganz ehrlich.»

«Sie bekommen jetzt noch eine Chance, Ms. Maxfield. Haben Sie Travis Quentin am Tag seiner Entlassung aus der Haftanstalt einen versiegelten Umschlag übergeben?»

Sie holte tief Luft. «Ja, das habe ich getan.»

«Und stammte der Umschlag von dem Angeklagten?»

Sie warf einen Blick auf ihren Mann und sagte dann, als wolle sie der ganzen Welt zeigen, wie entsetzlich unglücklich sie war, weil sie nicht länger für ihn lügen konnte: «Es tut mir Leid.»

«Ms. Maxfield?»

Sie vergrub die Fingernägel in der Armlehne des Stuhls und nickte. «Ja», flüsterte sie mit gesenktem Blick.

«Ich habe Sie nicht ganz verstanden», sagte ich scharf.

«Ja», erwiderte sie und hob den Kopf.

«Haben Sie in der Nacht, als Nancy Goodwin ermordet wurde und Sie mit Marshall Goodwin arbeiteten, mit ihm geschlafen?»

Sie biss sich auf die Lippen und nickte.

«Es tut mir Leid, aber Sie müssen laut antworten.»

«Ja.»

«Bitte beschreiben Sie der Jury, wo Sie mit Marshall Goodwin geschlafen haben.»

Nichts, kein Wort, sie zuckte nicht mal mit der Wimper.

«War es in Marshall Goodwins Wagen, auf dem Rücksitz seines Wagens?»

Immer noch nichts.

«Ms. Maxfield?»

Sie sah mich ausdruckslos an.

«Ja», sagte sie schließlich.

«Und wann haben Sie zum zweiten Mal mit Marshall Goodwin geschlafen?»

Einen Augenblick zögerte sie. Ihr Mund öffnete sich, als hoffte sie, ich würde meine Meinung ändern und sie etwas anderes fragen.

«Er hat gesagt, dass er nicht allein sein wollte.»

«Es war an dem Tag, als Nancy Goodwin beerdigt wurde, nicht wahr?», drängte ich. «Am Abend nach dem Begräbnis?»

«Ja», gestand sie.

Ich starrte sie an. Dann verschränkte ich die Arme, senkte den Blick und ging zur Geschworenenbank.

«Dieselben Fragen wurden Ihnen von der Grand Jury gestellt, nicht wahr?», fragte ich und drehte mich rasch wieder zu ihr herum.

«Ja.»

«Und Sie haben die Grand Jury belogen, stimmt's?»

«Ich habe versucht, meinen Mann zu schützen.»

«Sie haben gelogen», beharrte ich.

«Ja.»

«Und als Sie Ihre Zeugenaussage in diesem Saal, vor dieser Jury machten», fuhr ich fort und deutete auf die zwölf Männer und Frauen, die zu meiner Rechten saßen und sie aufmerksam beobachteten, «da haben Sie auch gelogen, nicht wahr?»

«Ich habe versucht, meinen Mann zu schützen.»

«Sagen Sie jetzt die Wahrheit?»

«Ja», sagte sie leise, und ihr Blick schien zerknirscht.

Ich musterte sie streng. «Sie halten nicht irgendetwas zurück? Alles, was Sie hier sagen, entspricht der Wahrheit?»

«Ja», versprach sie.

«Gut», sagte ich und nickte anerkennend.

Ich trat zurück zum Anwaltstisch, als sei ich fertig. Doch nachdem ich Platz genommen hatte, zögerte ich – und stand dann noch einmal auf.

«Aber Sie haben uns nicht die ganze Wahrheit gesagt, Ms. Maxfield, stimmt's?»

Sie blinzelte. «Doch, das habe ich.»

«Sie haben uns nicht gesagt, dass Sie wussten, was der Umschlag enthielt, als Sie ihn Travis Quentin übergaben. Sie wussten, dass Sie ihm die Instruktionen für den Mord an Marshall Goodwins Frau überreichten, weil Sie von Anfang an daran beteiligt waren, oder etwa nicht?»

«Nein», protestierte sie. «War ich nicht. Ich hatte nichts damit zu tun. Ich wusste nicht einmal, dass er etwas damit zu tun hatte, bis …»

«Bis was?», fragte ich, stützte beide Hände auf den Tisch und beugte mich vor, um sie wütend anzustarren. «Bis was?»

«Einspruch!», rief Jones und sprang auf.

«Bis was?», drängte ich. «Bis er Ihnen erzählte, dass er sie hatte umbringen lassen?»

Sie war bereit, sich an alles zu klammern, was einen Ausweg verhieß. «Ja! Er hat es mir gesagt!»

«Einspruch, Euer Ehren!», rief Jones erneut und schlug mit der bloßen Hand auf den Tisch.

Richterin Holloway ließ ihren Hammer so heftig niedersausen, dass die darauf einsetzende Stille wie ein physischer Schock war.

Mit dem Hammer in der Hand beugte sie sich vor und funkelte erst Jones und dann mich an. «Mr. Antonelli –»

Ehe sie fortfahren konnte, hob ich die Hand. «Keine weiteren Fragen, Euer Ehren.»

Jones stand mit zuckenden Mundwinkeln da. «Ich beantrage die Streichung der Zeugenaussage, Euer Ehren. Die Anklage hat sie weiter mit Fragen bombardiert, obwohl ich bereits Einspruch erhoben hatte.»

«Abgelehnt», entschied Richterin Holloway, ohne zu zögern. «Haben Sie noch Fragen an die Zeugin?», fragte sie mit gespielter Gleichgültigkeit.

Jones murmelte leise vor sich hin.

«Wie war das, Counselor?», fragte Holloway scharf.

«Ja, habe ich.»

Er sah Kristin Maxfield an, die zusammengekauert im Zeugenstand saß, und täuschte mit ruhiger, gleichmäßiger Stimme vor, Partei für sie zu ergreifen.

«Es war eine schwierige Zeit für Sie, Kristin –»

Richterin Holloway unterbrach ihn. «Ein Zeuge wird niemals mit Vornamen angesprochen.»

«Nicht wahr, Ms. Maxfield?», fragte er, ohne den Blick von ihr abzuwenden.

«Ja, es war sehr schwierig», räumte sie ein.

«Wahrscheinlich ist es etwas unheimlich, wenn man weiß, dass der eigene Mann einer so schrecklichen Tat beschuldigt wird und man selbst ebenfalls unter einem gewissen Verdacht steht?»

Sie ließ die Schultern fallen. «Ja.» Sie seufzte. «Unheimlich ist das richtige Wort.»

«Sie standen unter einem ungeheuren Druck, nicht nur wegen allem, was Ihr Mann hat durchmachen müssen, sondern auch weil die Anklage Ihnen klargemacht hat, dass sie versuchen würde, auch Sie dieses Verbrechens anzuklagen, wenn Sie Ihre Zeugenaussage nicht ändern. Ist das richtig?»

«Ja», sagte sie und ließ seinen Blick nicht mehr los.

«Tatsache ist, dass Sie sich zweimal mit Mr. Antonelli getroffen haben, wobei all das zur Sprache kam, richtig?»

«Ja, aber –»

Jones hob eine Hand, ohne sein Lächeln aufzugeben. «Nein, das reicht. Keine weiteren Fragen», setzte er hinzu, wobei er die Richterbank nicht eines Blickes würdigte.

Bei der Wiederaufnahme der Vernehmung fragte ich nur: «Entsprach Ihre Aussage heute der Wahrheit?»

«Ja», sagte sie und sah starr zu Boden. «Das ist die Wahrheit.»

«Keine weiteren Fragen», erklärte ich müde mit einer knappen, abschätzigen Handbewegung.

Jones schüttelte nur den Kopf, als er gefragt wurde, ob er noch etwas zu sagen habe.

Als sie den Zeugenstand verließ, versuchte Kristin Maxfield, den Blick ihres Mannes zu erhaschen, doch er weigerte sich, sie anzusehen. Einen Augenblick ruhte ihr Blick auf ihm, wie ein letzter Abschiedskuss, dann wandte sie sich ab und verließ den Gerichtssaal, so rasch sie konnte.

Es war Zeit für die Schlussplädoyers. Die Anklage macht stets den Anfang. Weil ihr die Beweislast zufällt, bekommt sie, wenn die Verteidigung ihr Plädoyer abgeschlossen hat, noch eine zweite Chance, die Jury zu überzeugen, dass sie die Schuld des Angeklagten über jeden vernünftigen Zweifel hinaus bewiesen hat. In weniger als dreißig Minuten hatte ich das von uns vorgelegte Beweismaterial umrissen. Dann setzte ich mich hin und wartete ab, wie Richard Lee Jones versuchen würde, die Jury zu überzeugen, dass sein Mandant fälschlicherweise beschuldigt worden war. Zu den ungeprüften Behauptungen, die gedankenlos von einer Anwaltsgeneration an die nächste weitergegeben werden, gehört auch der Ratschlag, das *Gesetz* geltend zu machen, wenn die Fakten gegen einen sprechen, und sich auf die *Fakten* zu berufen, wenn das Gesetz gegen einen spricht. Das Schlussplädoyer von Richard Lee Jones vor der Jury dauerte knapp drei Stunden, doch weder das eine noch das andere kam übermäßig häufig vor. Stattdessen redete er von Vertrauen und mahnte die Geschworenen zur Vorsicht. Er beschrieb die Vergewaltigung und Ermordung Nancy Goodwins bis ins kleinste Detail und erinnerte sie dann an das Gesicht des Mannes, der die Tat verübt hatte.

«Haben Sie irgendwelche Gewissensbisse gesehen? Oder Bedauern? Hat Travis Quentin irgendeinen Eindruck hinterlassen, außer der Gewissheit, dass er alles noch einmal ganz genauso machen würde, falls er je die Chance bekäme?»

Anschließend führte er ihnen vor Augen, was sie im Gesicht des Mannes gesehen hatten, der beschuldigt wurde, den Killer angeheuert zu haben.

«Die Anklage behauptet, Marshall Goodwin habe Travis Quentin in sein Büro bringen lassen und dort eine Stunde mit ihm verbracht. Er habe alles über ihn gewusst; auch seine Vergangenheit als Gewaltverbrecher und Mörder sei ihm bekannt gewesen. Das Strafregister des Mannes habe keinen Zweifel daran gelassen, dass er menschlichem Leben gegenüber vollkommen gleichgültig sei, und schließlich habe Goodwin ihn im vollen Wissen um all diese Tatsachen angeheuert, um seine Frau zu töten.»

Er umfasste die Balustrade vor der Geschworenenbank mit beiden Händen und forderte die Jury auf, ihm zu glauben. «Sie haben sie beide gesehen: Travis Quentin und Marshall Goodwin. Glauben Sie wirklich, ein Ehemann könne so etwas tun? Sie haben sie beide gesehen», wiederholte er. «Travis Quentin und Marshall Goodwin. Wem von beiden würden Sie Glauben schenken, wenn es um etwas ginge, das für Sie persönlich große Bedeutung hat?»

Er trat einen Schritt von den Geschworenen weg und warf den Kopf in den Nacken.

«Die Anklage behauptet, sie habe ihr Beweismaterial untermauert. Die Anklage möchte uns glauben machen, dass wir dem Wort eines Vergewaltigers und Mörders vertrauen können, nur weil Marshall Goodwin zehntausend Dollar von seinem Bankkonto abgehoben hat.»

Er hielt gerade lange genug inne, um einen vorwurfsvollen Blick in meine Richtung zu werfen, dann wandte er sich wieder der Jury zu.

«Nun – woher aber wissen wir, dass Travis Quentin wirklich zehntausend Dollar bezahlt wurden, damit er die Frau des Angeklagten ermordete? Nun ja, Travis Quentin hat es uns so erzählt. Und dann muss es wohl stimmen, denn es passt perfekt, bis hin zu den Hundertdollarscheinen, die, so heißt es übereinstimmend, der Angeklagte bar in seinem Büro deponiert hatte. Travis Quentin konnte sich das schließlich nicht einfach ausdenken, oder? Schließlich hat er unmöglich wissen können, dass der Angeklagte genau diesen Betrag in genau diesen Nennwerten von seinem Konto abgehoben hat, es sei denn, jemand hätte es ihm verraten, stimmt's? Aber wir wollen natürlich nicht unterstellen, dass die Polizei oder der Staatsanwalt diese kleine Information bei einer ihrer längeren Unterhaltungen zufällig hat einfließen lassen können, nicht wahr?»

Ich dachte kurz an Einspruch, machte mir jedoch nur eine Notiz, lehnte mich zurück und beobachtete den Rest der Vorstellung.

Seine Worte trieften vor Herablassung. Jones machte sich über unsere Beweise lustig und beharrte darauf, dass dem Angeklagten nur deshalb der Prozess gemacht wurde, weil die Anklagebehörde böswillig und inkompetent war. Die schärfste Kritik sparte er sich bis zum Schluss auf, als er versuchte, die Zeugenaussage der Ehefrau wegzuerklären.

Mehr noch als der Beschuldigte selbst war Kristin Maxfield zum Opfer einer «übereifrigen Strafverfolgung» geworden, «angefangen bei der Polizei, der es peinlich war, dass sie den Mörder nicht geschnappt hatte, bis hin zu den mächtigen politischen Gegnern eines anständigen Mannes, von dem sie wussten, dass er anders nicht zu schlagen war».

Eine Locke seines schwarzen Haars klebte auf der feuchten Stirn, so sehr war er ins Schwitzen geraten.

«Sie kam in diesen Gerichtssaal und sagte die Wahrheit, doch das gefiel der Anklage nicht, deshalb bedrohte sie die Zeugin mit Gefängnis, bis sie schließlich erneut erschien und uns eine Lüge vorsetzte. Die Frage ist, ob wir sie damit durchkommen lassen wollen!»

Als er fertig war, herrschte Totenstille, als seien die Anwesenden, nachdem nun alle Gefühle verbraucht waren, so erschöpft, dass sie nicht mal mehr Atem holen konnten.

Ich wandte mich von der Jury ab und klopfte mit dem Fingerknöchel gegen die Tischkante, eine fast greifbare Erinnerung daran, dass noch etwas kommen würde.

Richterin Holloway spähte von ihrer Bank herunter und forderte mich auf, mit dem zweiten Schlussplädoyer zu beginnen.

«Mr. Antonelli?»

Ich ignorierte sie und klopfte weiter gegen die harte Holzkante, als sei ich verzaubert von dem Klang.

«Mr. Antonelli?», wiederholte sie etwas lauter.

Ich hob ruckartig den Kopf und sah sie erstaunt an.

Alle beobachteten uns und konzentrierten sich auf das, was sich vor ihren Augen abspielte. Richard Lee Jones' aufwieglerische Worte verblassten bereits in ihrem Bewusstsein.

«Die Anklage ist zu zwei Schlussplädoyers berechtigt. Oder haben Sie beschlossen, sich mit einem zu begnügen?»

Ich stand vor den Geschworenen und wollte etwas sagen, doch dann schüttelte ich nur den Kopf und starrte zu Boden.

«Eigentlich wollte ich noch einmal alles Beweismaterial zusammenfassen, das in diesem Fall vorgelegt wurde», sagte ich und sah auf. «Doch das habe ich bereits getan. Sie haben die Beweise gehört, Sie haben die Zeugen gesehen, und Sie wissen selbst, wer die Wahrheit gesagt hat und wer nicht. Nein, ich werde Ihnen nicht noch einmal die Beweise aufzählen», fuhr ich fort und kehrte zum Anwaltstisch zurück. «Die Wahrheit ist, dass ich mich beinahe schäme, erneut das Wort zu ergreifen nach allem, was wir gerade von Mr. Jones gehört haben. Es scheint irgendwie unfair. Eigentlich sollte ich nicht zweimal die Geschworenen ansprechen dürfen.» Ich sprach mit vollem Ernst. «Eigentlich müsste er diese Gelegenheit bekommen. Ich bin gar nicht der Ankläger in diesem Fall – er ist es. Er verteidigt keinen Mandanten, dem man Mord an seiner Frau vorwirft, sondern er beschuldigt sämtliche in diesen Fall verwickelten Personen einer Verschwörung mit dem Ziel, seinen Mandanten zu ‹ermorden›.»

Mein Blick ruhte noch einen Augenblick auf Richard Lee Jones, dann wandte ich mich ab und ging vor den Geschworenen auf und ab.

Ich nahm seine Vorwürfe auf und widerlegte einen nach dem anderen mit dem immer gleichen unfehlbaren Argument: Es gab nichts, was seine Behauptungen hätte stützen können.

«Aber natürlich zeigt das nur, dass er Recht hat, nicht wahr?», erinnerte ich sie mit einem Seitenblick auf Jones. «Was für eine bessere Demonstration für die angebliche Verschwörung dieser mächtigen politischen Gegner könnte es geben als die simple Tatsache, dass es keinerlei Beweis für ihre Existenz gibt?»

Ich ließ meinen Blick über die Gesichter der Geschworenen schweifen. «Nur ist das nicht ganz richtig, oder? Mr. Jones hat keine anonymen politischen Gegner beschuldigt, sondern auch die Anklage. Und er hat mehr getan, als mich nur beim Namen zu nennen, er hat Ihnen erzählt, was ich alles getan habe, um mitzuhelfen, das Ziel dieser Verschwörung zu erreichen. Er hat Ihnen gesagt, ich hätte einer Zeugin mit Gefängnis gedroht, falls sie ihre Aussage nicht widerriefe und so veränderte, dass sie der Anklage helfen und der Verteidigung schaden würde.»

Ich hielt inne, drehte mich halb um und sah Richard Lee Jones ins Gesicht.

«Ich sage es nur ein einziges Mal. Kristin Maxfield wurde in keiner Weise bedroht, und das Einzige, worum ich sie je gebeten habe, war, die Wahrheit zu sagen.»

Dann wandte ich mich wieder der Jury zu.

«Worauf läuft also letzten Endes alles hinaus? Die Verteidigung beharrt darauf, dass die Zeugin gelogen hat, als sie Ihnen erzählte, sie habe Travis Quentin den versiegelten Umschlag übergeben; gelogen, als sie Ihnen erklärte, sie habe zum ersten Mal in der Nacht, als seine Frau ermordet wurde, und dann wieder am Tag ihrer Beerdigung mit Marshall Goodwin geschlafen; gelogen, als sie einräumte, er habe ihr den bezahlten Mord an Nancy Goodwin gestanden. Und wie lautet der nächstliegende Grund, der dem Verteidiger als Erklärung für ihre Lügen eingefallen ist? Dass ich ihr mit einer Gefängnisstrafe gedroht habe. Wozu? Wenn nichts von alledem passiert wäre, wie hätte ich sie dann ins Gefängnis bringen können?»

Ich entfernte mich ein paar Schritte von der Geschworenenbank, blieb dann stehen und drehte mich um.

«Mr. Jones hat Ihnen in seinem Schlussplädoyer erklärt, dass Sie in diesem Fall eigentlich nur darüber entscheiden müssen, ob Sie jemandem wie Travis Quentin oder jemandem wie Marshall Goodwin glauben wollen.»

Ich sah einen nach dem anderen an. Zwölf ganz gewöhnliche Männer und Frauen, die aufgerufen waren, über Leben und Tod eines Menschen zu entscheiden.

«Es gibt eigentlich keinen großen Unterschied zwischen

ihnen, oder? Beide waren bereit, zu töten, um zu erreichen, was sie wollten. Travis Quentin bekam seine Freiheit und zehntausend Dollar. Marshall Goodwin bekam Kristin Maxfield und eine Million Dollar. Und ich wette, nicht mal Richard Lee Jones würde versuchen, Ihnen weiszumachen, dass es das wert war.»

17

Am späten Vormittag des nächsten Tages zogen sich die Geschworenen zurück, um über den Fall zu beraten. Da ich nichts anders tun konnte, als zu warten, nahm ich den Aufzug, fuhr zwei Stockwerke tiefer und stahl mich, so leise ich konnte, in die letzte Reihe von Horace Woolners Gerichtssaal. Ich war der einzige Zuschauer in einer Routineverhandlung, in der es scheinbar um die Forderung nach Begleichung von Anwaltskosten ging.

«Der Vertrag hält unmissverständlich fest, dass im Falle eines Streits zwischen den Parteien die unterlegene Seite die angemessenen Rechtsanwaltskosten der anderen Seite übernehmen muss, Euer Ehren», erklärte ein junger, blasser Anwalt.

Horace drehte den Kopf, um den anderen Anwalt anzusehen, und wartete.

Es war ein dickbäuchiger Mann mit runden Schultern. Die glänzenden Ellbogen an den Ärmeln seines stramm sitzenden dunkelblauen Jacketts verrieten die trostlose Karriere eines Einzelkämpfers, der gezwungen war, jeden Fall zu übernehmen, den er kriegen konnte.

«Das ist genau der Punkt, Euer Ehren», antwortete er. «Es heißt *angemessene* Rechtsanwaltskosten.»

Horace sah von einem zum anderen.

«Dies *sind* angemessene Rechtsanwaltskosten», beharrte der jüngere, teuer gekleidete Anwalt. «Eine vollständige Kostenaufstellung für den Zeitaufwand in diesem Fall ist dem Gericht vorgelegt worden.»

Horace kniff die Augen zusammen, stützte die Ellbogen auf die Richterbank und machte ein finsteres Gesicht. «Der Fall wurde außergerichtlich entschieden, nicht wahr?»

«Ja, Euer Ehren», antwortete er stolz.

Horace fuhr mit dem Daumen über die raue Kante der umfangreichen Prozessakte. «Das Ding ist dick genug, um ein Lehrbuch über Zivilrecht draus zu machen.»

«Ich habe versucht, gründlich zu sein, Euer Ehren», sagte er.

Horace schlug die Akte auf und entnahm ihr ein zweiseitiges Dokument, das ganz oben lag. «Trotzdem fing alles hiermit an, mit einem schlichten anderthalbseitigen Schriftsatz, in dem Mr. Barkley» – er nickte in Richtung des älteren Anwalts – «im Namen seines Mandanten Klage wegen Vertragsbruchs erhoben hat.»

Horace legte das erste Blatt über das zweite und fuhr fort: «Ich möchte darauf hinweisen, dass am Ende des Prozesses der Kläger Schadenersatz in Höhe von siebentausendzweihundertfünfzig Dollar verlangt hat.»

«Ja, aber –»

«Und Sie reagieren», fuhr Horace fort und nahm ein weiteres Dokument aus der Akte, «indem Sie eine Gegenforderung stellen, mit der *Ihr* Mandant Schäden in Höhe von einhunderttausend Dollar geltend macht. Anschließend stellen Sie einen Antrag nach dem anderen, so lange, bis der Kläger es sich schließlich nicht mehr leisten kann, mitzuhalten. Statt seine gerichtliche Klärung zu bekommen, bieten Sie ihm die Chance, sich von weiteren Kosten freizukaufen. Und *jetzt* kommen Sie her und legen eine Rechnung über Rechtsanwaltskosten in Höhe von sechsunddreißigtausendvierhundertfünfzig Dollar vor!»

Horace war so wütend, wie ich ihn noch nie gesehen hatte. «Nun, Sie sollen Ihre Anwaltskosten haben. Einhundert Dollar! Diesen Betrag halte ich für angemessen. Und noch eins will ich Ihnen sagen. Haben Sie vor, das Gesetz wie eine Art Spiel zu praktizieren, bei dem die Seite mit dem meisten Geld gewinnt? Wenn Sie das noch einmal versuchen, werde ich dafür sorgen, dass Ihnen die Kosten aufgebrummt werden. Und jetzt scheren Sie sich raus!» Horace erhob sich mühsam und marschierte aus dem Gerichtssaal.

Ich ging außen herum und betrat unangemeldet sein Amtszimmer. Er stand vor dem Kleiderständer und zerrte an der Schnalle, die seine Robe zusammenhielt. Da sie sich nicht öffnen wollte, umfasste er sie mit seinen dicken Fingern und zog sie mit einem heftigen Ruck ab, wobei er ein Loch riss. Dann griff er nach dem erstbesten Buch im Regal und schleuderte es quer durch den Raum. Es prallte von der Schreibtischplatte ab, traf die Wand und fiel dann mit geknickten Seiten zu Boden.

«Was haben Sie hier zu suchen?», fragte er.

«Horace, was zum Teufel ist los mit Ihnen?», fragte ich besorgt.

«Diese gottverdammten Anwälte.»

Die Stapel von Akten und Dokumenten, die normalerweise so streng angeordnet waren, wie es seinem Bedürfnis nach perfekter Ordnung entsprach, lagen über den Schreibtisch und am Boden verstreut. Er schien es gar nicht zu bemerken, und falls doch, so war es ihm offensichtlich egal.

Er machte Anstalten, sich hinzusetzen, überlegte es sich jedoch anders und ließ die rechte Hand schwer auf die Rückenlehne des Sessels fallen.

«Glauben Sie etwa, Sie können hier einfach reinmarschieren, wann immer Ihnen danach ist?», fauchte er.

«Mein Fehler. Es wird nicht wieder vorkommen.» Ich machte auf dem Absatz kehrt und ging in Richtung Tür.

«Gehen Sie nicht. Ich hab's nicht so gemeint», rief er mir nach.

Ich ließ die Klinke los und drehte mich um. Horace war in seinen Sessel gesunken.

«Es ist ein mieser Tag», sagte er wie zur Entschuldigung.

Vorsichtig setzte ich mich hin, die Aktentasche auf dem Schoß.

«Tut mir Leid, Joe», sagte er sanft.

«Ich habe gesehen, was Sie da drin gemacht haben», sagte ich. «Was ist los, Horace?»

«Er hat verdient, was er bekommen hat. Typen wie er haben noch nie im Leben irgendwas getan. Sie gehen zum College, sie absolvieren ihr Jurastudium, und dann treten sie in irgendeine Downtown-Kanzlei ein, damit sie einen neuen Wagen leasen und ein neues Haus kaufen können. Sie leben ihr mickriges Leben und machen sich nicht die geringsten Gedanken, es sei denn, wie sie in diesem Jahr mehr Geld scheffeln können als im letzten. Zur Hölle mit ihnen», flüsterte er. «Sollen sie alle zur Hölle fahren.»

Plötzlich stemmte er sich hoch und marschierte zielstrebig quer durch den Raum zum Kleiderständer. Er bückte sich, hob die zerknüllte schwarze Robe auf, schüttelte sie mit einer Hand und drapierte sie über einen der Messinghaken. Dann nahm er sein Jackett von dem Haken daneben und schlüpfte hinein.

«Kommen Sie mit raus?», sagte er. «Ich habe noch einen Termin.»

Wir gingen schweigend den Gang entlang und fuhren mit dem überfüllten Aufzug ins Erdgeschoss. Keiner von uns sprach ein Wort. Vor dem Gerichtsgebäude verabschiedeten wir uns knapp.

Horace hatte jedes Detail des Mordprozesses gegen Marshall Goodwin verfolgt. Er wusste, dass die Jury an diesem Vormittag über den Fall beriet, und trotzdem hatte er keine einzige Frage dazu gestellt.

Was Horace nicht gefragt hatte, konnte Helen gar nicht schnell genug beantworten.

«Die Jury wird noch vor drei zurück sein», sagte sie, als ich die Bürotür hinter mir schloss. Sie sagte es so, wie sie die meisten Dinge sagte, mit absoluter Überzeugung, als verfügte sie über ein inneres Wissen.

Sie flatterte um mich herum, als ich mir eine Cola aus dem kleinen Kühlschrank nahm und durch die offene Tür zum Schreibtisch ging. Als ich anfing, mein Jackett auszuziehen, nahm sie es an der Schulter und half mir aus dem zweiten Ärmel. Ich fiel in den Sessel und sah zu ihr auf.

Sie faltete das Jackett sorgfältig zusammen, legte es über die Lehne eines der beiden Stühle vor dem Schreibtisch und setzte sich auf den anderen.

«Ich habe es bisher noch nicht erwähnt», fing sie an und sah mich durch die langen schwarz getuschten Wimpern an. «Aber das war ein ziemlicher Aufwand dafür, dass Sie nur diesen einzigen Fall übernommen haben.» Mit einer Handbewegung deutete sie auf alles, was sie unternommen hatte, um eine leer stehende Wohnung in ein funktionierendes Büro zu verwandeln.

«Was ist los? Fürchten Sie, dass Sie Ihren alten Job in der Kanzlei nicht wiederkriegen?», fragte ich.

Sie legte den Kopf auf die Seite.

«Vielen Dank, aber wenn ich mich umbringen wollte, wüsste ich eine bessere Methode.»

«Glauben Sie im Ernst, ich hätte Sie gebeten, Ihren Job aufzugeben, wenn ich nicht sicher gewesen wäre, dass ich weitermachen will?»

Sie schlug ein wenig verlegen die Augen nieder. «Das war mir schon klar», antwortete sie und rutschte auf dem Stuhl hin und her. «Ich wollte mich nur vergewissern.» Sie sah wieder auf. «Und wo sind Ihre Mandanten?»

«Was für welche sollten wir Ihrer Meinung nach annehmen? Ich dachte an etwas Aufregenderes als Strafrecht. Was halten Sie von Scheidungsfällen?» Ich versuchte, ernst zu bleiben.

«Warum machen Sie nicht beides? Verteidigen Sie doch die Leute, die Scheidungsanwälte ermorden!» Bei ihr klang es fast wie eine akzeptable Form von Mord.

Kurz vor drei klingelte das Telefon. «Hab ich es nicht gesagt?», sagte Helen, ohne aufzublicken, als ich auf dem Weg hinaus an ihrem Schreibtisch vorbeikam.

Sie waren zu einem Urteil gelangt. Innerhalb der nächsten Stunde würde ich wissen, ob die Jury entschieden hatte, dass Marshall Goodwin schuldig war, oder ob ich meinen Fall nicht überzeugend genug vertreten hatte und er das Gerichtsgebäude als freier Mann verlassen würde.

Die drückende Hitze war verflogen. Die Passanten spazierten zwanglos durch den klaren sonnigen Tag und sogen die erste melancholische Ahnung vom Herbst auf.

Ich nahm am Anwaltstisch Platz und wartete. Im gesamten Gerichtssaal gab es keinen freien Sitzplatz mehr. Dann tat sich die Tür hinter der Richterbank auf und Richterin Holloway erschien. Sie ließ sich in dem hohen Ledersessel nieder, legte die Arme auf die Bank und faltete die Hände.

«Führen Sie bitte die Jury herein», sagte sie entschlossen und blickte geradeaus.

Als könne er selbst jetzt noch Einfluss auf sie ausüben, richtete sich Richard Lee Jones kerzengerade auf und sah den Geschworenen, die nacheinander hereinkamen, aufmerksam ins Gesicht.

Sie hatten den Motorradmechaniker zu ihrem Sprecher ernannt. Er hielt das Urteil in der Hand.

Einer altehrwürdigen Überlieferung folgend, fragte Richterin Holloway: «Sind die Geschworenen zu einem Urteil gelangt?»

«Ja, das sind wir, Euer Ehren.»

Die Gerichtsdienerin ging durch den vorderen Teil des Gerichtssaals.

«Bitte händigen Sie der Gerichtsdienerin das Urteil aus.»

Darauf wurde das Papier der Richterin vorgelegt, die es so unbeteiligt las, als hätte sie einen x-beliebigen Zeitungsartikel vor sich. Anschließend reichte sie es der Gerichtsdienerin zurück.

«Bitte verlesen Sie das Urteil.»

Aus dem Augenwinkel beobachtete ich die Reaktion von Marshall Goodwin, wie er die letzten zermürbenden Sekunden überstand, bevor die Gerichtsdienerin sich räusperte und anfing vorzulesen. Er hatte einen verlorenen Ausdruck in den Augen, jenen Ausdruck, den man bekommt, wenn man alle Hoffnung aufgegeben hat. So ähnlich musste sich in meiner Vorstellung Nancy Goodwin gefühlt haben, als sie auf das Messer wartete. Ich wandte den Blick ab und beobachtete den Mund der Gerichtsdienerin, während sie die letzten Worte des Urteils verlas.

Gleichmäßig und unbewegt wanderte ihr Blick von links nach rechts und wieder zurück. Sie las das Wort *schuldig* und trat einen halben Schritt zurück.

Irma Holloway ließ den Hammer niedersausen, um die Menge zu beruhigen. «Die Urteilsverkündung findet in dreißig Tagen statt», erklärte sie.

Es war vorbei. Es gab nichts mehr für mich zu tun, als meine Sachen einzusammeln und den Spießrutenlauf durch die Reporter zu überstehen, die draußen warteten. Als ich mich endlich zum Gehen wandte, befanden sich nur noch ein paar versprengte Zuschauer im Saal.

«Mr. Antonelli?» Ein eleganter Herr Anfang sechzig stand neben dem Holzgatter in der Gerichtsschranke und wartete auf mich.

«Ja?»

Er streckte mir die Hand entgegen. «Ich wollte mich bei Ihnen bedanken. Ich bin Thomas Redfield, Nancys Vater.»

«Es freut mich, Sie kennen zu lernen, Mr. Redfield. Ich wünschte nur, es wäre unter anderen Umständen geschehen.»

Sein Händedruck war stark und fest. Dann legte er die andere Hand auf meine Schulter.

«Ohne Sie wäre er damit durchgekommen. Falls ich etwas für Sie tun kann …» Seine Hand glitt von meiner Schulter. Ohne ein weiteres Wort wandte er sich ab.

Irgendwo in einem von Platons Dialogen, von denen Leopold Rifkin mir zum ersten Mal erzählte, wird die Behauptung aufgestellt, es sei besser, Unrecht zu erleiden, als es zu begehen. Als ich jetzt Nancy Goodwins Vater den Gerichtssaal verlassen sah, hatte ich Schwierigkeiten mit der Vorstellung, dass man Menschen vor eine solche Wahl stellen kann.

Im Gang stellte ich mich unter den Scheinwerfern der Fernsehkameras einer Meute von Reportern.

«Wie fühlt man sich, wenn man Richard Lee Jones geschlagen hat?», rief jemand von hinten.

«Niemand, der das Glück hatte, Mr. Jones als Anwalt zu haben, kann sich darüber beklagen, keinen fairen Prozess bekommen zu haben. Er ist einer der besten Strafanwälte, die ich je gesehen habe.»

Harper Bryce erwartete mich an der Treppe vor dem Gerichtsgebäude. «Das war verdammt schlau, Antonelli», begrüßte er mich.

Ich ging weiter. «Der Fall ist beendet, Harper. Es gibt nichts mehr dazu zu sagen, weder offiziell noch inoffiziell.»

An kühlen Tagen hatte er keine Schwierigkeiten, mit mir Schritt zu halten. «Zwei Sätze, und Sie bringen Jones in Erklärungszwang. Jetzt muss er sich was einfallen lassen, wenn er weiterhin behaupten will, dass sein Mandant keinen fairen Prozess hatte. Und dann dieses zweifelhafte Kompliment von wegen ‹einer der besten›. Es wird ihn umbringen, wenn er das hört.»

«Finden Sie denn nicht, dass er einer der Besten ist?»

«Darum geht es nicht.»

«Worum geht es denn, Harper?», fragte ich und beschleunigte meinen Schritt.

«Sie wissen verdammt gut, worum es geht. Jones hält sich nicht für *einen* der Besten. Er glaubt, er *ist* der Beste.»

«Vielleicht hat er Recht, Harper. Er ist verdammt gut.»

«Er hat verloren.»

Ich blieb stehen und sah ihn an. «Diesen Fehler machen die meisten Leute. Das Urteil entscheidet nicht darüber, wie gut jemand seinen Job gemacht hat. Hätten wir die Seiten gewechselt – wäre also ich der Verteidiger und er der Anwalt gewesen –, glauben Sie, dass das Urteil dann anders ausgefallen wäre?»

Einen Augenblick sagte er nichts, und die schlaffe Haut um seine Augen bildete viele kleine Fältchen, als er mich musterte. Dann nickte er langsam und sagte leise: «Ja, das glaube ich allerdings.»

Ich nahm meinen Gang wieder auf und Bryce ließ sich nicht abschütteln.

«Ich würde Sie gern etwas fragen. Haben Sie ein paar Minuten Zeit?»

Helen sprang auf, sobald sie den Zeitungsreporter hinter mir sah. «Hallo, Mr. Bryce», sagte sie und schenkte ihm ein beinah mädchenhaftes Lächeln.

«Wollen Sie gar nicht wissen, wie das Urteil ausgefallen ist?», erkundigte ich mich, als sie uns aus eigenem Antrieb Kaffee hinstellte.

«Schuldig», sagte sie lässig, als sie hinausging und die Tür hinter sich schloss.

Bryce umfasste den Becher mit seinen weichen Wurstfingern und fragte: «Woher weiß sie das?»

«Keine Ahnung!» Ich zuckte die Achseln. «Sie weiß es, sobald sie mich ansieht ... Was wollten Sie fragen?»

«Kristin Maxfield. Was werden Sie ihretwegen unternehmen?»

Ich grinste zurück. «Glauben Sie denn, ich muss etwas unternehmen?»

«Sie haben es vielleicht vergessen, aber als wir uns das erste Mal unterhielten – damals, bei dem ersten inoffiziellen Gespräch –, sagten Sie, und ich erinnere mich sehr deutlich daran, dass Marshall Goodwin nicht allein gehandelt hätte. Ich erinnere mich sogar daran, dass ich in meinem Artikel etwas in der Richtung angedeutet habe.» Er beugte sich vor. «Ich hoffe, Sie haben mich nicht einfach nur benutzt.»

«Wie können Sie bloß so etwas annehmen?»

«Was werden Sie tun?»

«Nichts.»

Er stellte seinen Becher ab. «Nichts? Sie glauben also nicht, dass sie von Anfang an beteiligt war? Dass sie wusste, was in dem Umschlag war, als sie ihn Quentin übergab?»

«Ich werde Ihnen was sagen – inoffiziell», erklärte ich ihm ernst. «Ich weiß nicht, ob sie wusste, was in dem Umschlag war, oder nicht, und ich weiß erst recht nicht, ob sie an der Planung des Mordes beteiligt war. Vielleicht hat sie die Wahrheit gesagt. Vielleicht hat sie nichts davon gewusst. Ich weiß nur, dass Goodwin ohne ihre Aussage niemals hätte überführt werden können, und ich werde ihm die Chance geben, mit ihr abzurechnen. Ich werde ihm dasselbe Angebot machen, wie Quentin es bekommen hat. Er sagt uns alles, was er über Kristin weiß, und kriegt lebenslänglich statt der Todesstrafe.»

Langsam stand Bryce auf. «Was auch geschieht, das ist jedenfalls ein großer Tag für den Journalismus. Ein Mord ist aufgeklärt und ein zweiter passiert.»

Er schien überrascht, dass ich nichts davon gehört hatte. «Und alles andere als ein gewöhnlicher Mord. Einer der prominentesten Bürger der Stadt. Sie haben bestimmt schon mal von ihm gehört. Es war die Schlagzeile in den Morgenausgaben. Russell Gray.»

Eine vage Vorahnung hatte mich gepackt, die, lange nachdem Bryce gegangen war, nicht weichen wollte. Sie nagte noch an mir, als ich am selben Abend in der Bibliothek saß und Aristoteles an der Stelle aufschlug, wo ich am Abend zuvor aufgehört hatte. Erst nach dem dritten Versuch, den Absatz zu begreifen, bekam ich allmählich wieder einen klaren Kopf.

Ich ging in die Küche, schaltete den kleinen Fernseher auf der Anrichte an und kochte mir einen Tee. Der Wetterbericht sagte Schauer für den Rest der Woche voraus. Der Kessel hatte gerade angefangen zu pfeifen, als das Telefon klingelte. Harper Bryce entschuldigte sich für die späte Störung.

«Ich wollte nur ganz sicher sein, was diese Geschichte betrifft. Ich nehme an, Sie werden sie vertreten, nicht wahr?»

Ich klemmte den Hörer zwischen Ohr und Schulter, schaltete den Herd aus und goss Wasser über den Teebeutel in der Tasse.

«Ich weiß nicht, wovon Sie reden, Harper. Ich vertrete niemanden.»

Ein unbehagliches Schweigen folgte am anderen Ende.

«Wen soll ich denn vertreten?»

Harper räusperte sich. «Alma Woolner. Sie ist des Mordes an Russell Gray angeklagt.»

18

Die Jalousien waren geschlossen, das Fenster nicht mehr als ein Schattenriss von schmalen Lichtstreifen.

«Warum haben Sie mich nicht angerufen?»

Horace starrte mich an und sagte nichts.

«Ich habe gestern Abend mehr als eine Stunde lang versucht, Sie zu erreichen, bis weit nach Mitternacht, aber Sie haben nicht abgenommen.»

Immer noch nichts.

«Heute früh bin ich als Erstes hierher gefahren und habe draußen gewartet, bis Sie kamen.» Ich beugte mich vor, bis meine Hand die Schreibtischkante berührte. «Ich weiß, wie schrecklich das für Sie ist, aber Sie müssen mit mir reden.»

«Es gibt nichts, was Sie tun können», sagte er schließlich.

«Natürlich kann ich das», antwortete ich ungeduldig. «Alma braucht einen Anwalt.»

Er nickte. «Ich suche ihr einen.»

«Sie wollen nicht, dass ich ihr helfe?»

«Ich kann mich um Alma kümmern», sagte er entschieden.

«Sie können sie nicht verteidigen», gab ich zurück und starrte ihn finster an. «Und wenn Sie niemanden finden, der besser ist als ich, kann genauso gut ich es tun.»

Er musterte die runzlige schwarze Haut seiner dicken Knöchel. «Darum muss ich mich allein kümmern», murmelte er. «Ich kann Sie nicht bitten, sich zu engagieren; Sie stehen uns zu nahe.»

«Ich kann Alma genauso behandeln wie jeden anderen, der bei mir anklopft.»

Das war eine nützliche Lüge, und wir wussten es beide. Mit eingezogenen Schultern saß Horace vor mir und zog die Brauen zusammen.

«Ich habe immer geglaubt, dass wir unter anderem deshalb Freunde geworden sind, weil Sie mich nie nach persönlichen Dingen fragen, es sei denn, ich bringe sie selbst zur Sprache», sagte er. «Wie viel wissen Sie denn wirklich von Alma und mir? Vielleicht entdecken Sie Dinge, die ganz anders sind, als Sie glaubten.»

Horace hatte Recht. Keiner von uns sprach gern über Dinge, die wir getan hatten, oder über Gefühle. Das war eine andere Generation, eine jüngere, die alles teilen wollte und doch gar keine Geheimnisse besaß, die sie verbergen musste. Aber keines der möglichen Details in Horaces Vergangenheit oder in seinem täglichen Leben konnte zwei entscheidende Fakten verändern, die es bei jedem Menschen zu wissen lohnt: Ich wusste, dass ich ihm vertrauen konnte, und ich wusste, dass weder er noch Alma etwas Falsches tun konnten. In dieser Hinsicht war ich mir über ihn sicherer als über mich selbst.

«Solange Sie mir nicht in die Augen sehen und sagen können, dass Sie glauben, Alma wäre mit einem anderen Anwalt besser bedient, übernehme ich den Fall», sagte ich und stand auf.

Horace saß auf der anderen Seite des Lichtstrahls, der von der Leselampe ausging, und je länger ich ihn ansah, umso weiter weg erschien er mir. Ich fragte mich, was Horace, Alma und mich am Ende dieses Albtraums erwartete, der bereits jetzt die Art, wie wir voneinander dachten, veränderte.

Von Horace Woolners Amtszimmer aus ging ich direkt zum Büro der Staatsanwaltschaft. Ich erklärte der Empfangsdame, dass ich Alma Woolner vertrat, und bat darum, den zuständigen Staatsanwalt sprechen zu können. Wenige Minuten später stand Gilliland-O'Rourke vor mir.

«Ich dachte mir schon, dass ich heute von dir hören würde», begrüßte sie mich. Sie trug ein schwarzes Nadelstreifenkostüm mit weißer Bluse. Jeder Zoll Karrierefrau, stieß sie die Tür zu ihrem Büro auf und ließ mir den Vortritt.

«Wirst du selbst die Anklage vertreten?»

«Tu nicht so überrascht!»

«Ich bin nicht überrascht», sagte ich, «nur enttäuscht.»

Sie rauschte an mir vorbei und ließ sich in ihrem gepolsterten Sessel mit der hohen Rückenlehne hinter dem Schreibtisch nieder.

«Wie kann jemand deines Schlages meinetwegen enttäuscht sein?», wollte sie wissen.

«Es ist das zweite Mal. Erst Leopold, jetzt Horace.»

«Horace wird nichts vorgeworfen. Es ist seine Frau.» Sie musterte mich mit starrem Blick. «Es steht dir nicht an, mir so etwas ins Gesicht zu sagen. Ich weiß, dass ihr befreundet seid, deshalb lasse ich es durchgehen, aber ich warne dich. Allmählich habe ich die Nase voll.»

Ich zwang mich, höflich zu bleiben. «Du kennst Alma. Du hast sie gesehen. Wenn es jemanden gibt, der niemals imstande wäre, einen Mord zu begehen, dann sie.»

«Ich dachte, dass auch Marshall Goodwin nicht imstande wäre, einen Mord zu begehen», warf sie ein.

«Nein, falsch, du dachtest, dass er kein solches Risiko eingehen würde», erinnerte ich sie. «Alma könnte keiner Fliege etwas zuleide tun.»

«Interessiert es dich, warum sie verhaftet wurde?», fragte sie mit aufreizender Gleichgültigkeit. «Oder möchtest du lieber weiter davon ausgehen, dass ich mir das Ganze zurechtgesponnen habe?»

Sie fuhr mit einem polierten Fingernagel über die harte glänzende Oberfläche des Schreibtischs.

«Du hättest niemals einwilligen sollen, den Fall gegen Marshall zu vertreten.»

«Hältst du ihn für unschuldig?», schoss ich zurück.

«Das ist nicht der Punkt. Der Punkt ist, dass du es nicht wusstest. Ich habe mir den Prozess teilweise angesehen. Du hast nichts von deinen Fähigkeiten verloren. Du bist immer noch der beste Anwalt, den ich je gesehen habe, der beste, wenn es ums Gewinnen geht. Aber das ist zugleich deine Schwäche. In der Politik würdest du keinen Tag überleben. Du kannst immer nur eine Seite der Medaille sehen.»

«Genau das wird von mir erwartet.»

«Du konntest nichts anderes sehen, als dass die Indizien beweisen, was du wolltest», fuhr sie fort, ohne auf meine Worte zu achten. «Marshall sollte schuldig sein, und alles andere ergab sich daraus, nicht wahr?»

Ich legte die Hand auf die Armlehne und richtete mich auf.

«*Sollte* schuldig sein?»

Sie hob das Kinn und sah mich einen Augenblick an. Ihre Hände lagen im Schoß.

«Hast du je an die Möglichkeit gedacht, dass Kristin wusste, was in dem Umschlag war, den sie Quentin übergeben hat?»

«Natürlich.»

Sie reckte das Kinn noch ein wenig höher.

«Hast du je an die Möglichkeit gedacht, dass sie es wusste, weil sie es selbst hineingesteckt hatte?»

Die Frage traf mich wie die Nachricht meines unmittelbar bevorstehenden Todes. Ich brachte keinen Ton heraus. All meine erbärmlichen Gewissensprüfungen hatten nicht mehr gezählt, als ich den Gerichtssaal betrat und den Prozess begann. Ich hatte gewinnen müssen, und das hieß, dass Marshall Goodwin schuldig sein musste. Selbst jetzt, nachdem es vorbei war, wollte ich nicht zugeben, dass ich möglicherweise Unrecht gehabt hatte.

«Willst du andeuten, dass Goodwin nichts davon wusste? Dass sie allein handelte?», fragte ich. «Er war derjenige, der sich mit Quentin unterhalten hat. Er war derjenige, der die Klage gegen ihn fallen ließ», fuhr ich fort und gab mir Mühe, überzeugender zu klingen, als ich mich tatsächlich fühlte.

Sie lachte mich aus. «Vielleicht hat die Durchsuchung nichts gebracht. Vielleicht hatte Marshall beschlossen, sich ein bisschen mit ihm zu vergnügen, bevor er die Klage fallen ließ. Marshall ist so. Vielleicht hat er aber auch wirklich mit ihm gesprochen, um zu sehen, ob er ihn als Zeugen in diesem Drogenfall benutzen konnte. Er hat sich mit vielen Leuten darüber unterhalten.»

Sie sprach immer weiter und wedelte dabei mit der Hand. «Marshall redet mit Vorliebe über sich selbst, und Kristin, praktisch seine Stellvertreterin, war stets bereit zuzuhören.» Ihre Augen funkelten boshaft. «Er hat ihr bestimmt die ganze Geschichte erzählt, vor allem den Teil, wo Quentin fragt, wen er dafür umbringen soll.»

Ich fühlte mich wie bei einer Verhandlung, wo ein Zeuge dabei ist, das einzige Alibi zu zerstören, das er hat.

«Was ist mit dem Geld?», fragte ich und zwang mich, ihrem Blick standzuhalten.

«Vielleicht war es genau so, wie er sagte. Vielleicht hat er es abgehoben, um es zu investieren. Kristin hätte ohne Probleme denselben Betrag aufbringen können.»

Mir fiel nichts anderes ein, als den Ball zurückzugeben. «Glaubst du, dass es so war?»

Sie schüttelte den Kopf. «Das weiß ich nicht. Der Punkt ist, dass es so gewesen sein *könnte*.»

Zum ersten Mal in meinem Leben war ich mit der Frage konfrontiert, die jedermann stellen und keiner wirklich beantworten will: Was ist es für ein Gefühl, einen unschuldigen Menschen zu verurteilen?

Gwendolyn hob die Brauen und musterte mich geringschätzig. «Du hast den Fall gewonnen. Ist das nicht alles, was du wolltest?»

Sie beugte sich mit geradem Rücken vor.

«Und nun zu Alma Woolner. Russell Gray ist ermordet worden, und die Waffe ist voll mit ihren Fingerabdrücken. Bei dieser Beweislage müssen wir Klage erheben, das weißt du.»

Ich versuchte, mir den Anschein von Gleichgültigkeit zu geben. «Na schön, ihre Fingerabdrücke sind auf der Waffe gefunden worden. Es wäre hilfreich, wenn es auch ein Motiv gäbe.»

«Sie hatte eine Affäre mit ihm», antwortete Gwendolyn.

«Das ist nicht wahr», erwiderte ich mechanisch.

«Warum?», sagte sie mit blitzenden Augen. «Weil Alma Woolner dazu nicht imstande wäre?»

Die Frage verebbte unbeantwortet, eine stumme Mahnung an die langen Nachmittage, die Gwendolyn und ich, als wir beide noch sehr viel jünger waren, in einsam gelegenen Motels miteinander verbracht hatten.

«Selbst wenn sie tatsächlich eine Affäre hatten», sagte ich schließlich, «das ist noch kein Motiv.»

«Es ist eins, wenn er die Sache beenden wollte und sie nicht.»

«Sie war es nicht», beharrte ich und stand auf.

Statt zu antworten, griff Gwendolyn nach dem Telefon. «Wann wird sie dem Haftrichter vorgeführt?» Sie legte die Hand auf die Muschel. «Kannst du um eins im Gericht sein?»

«Natürlich.»

«Das geht», sagte sie in den Hörer und legte auf. «Horace zuliebe werde ich alles tun, um die Presse da rauszuhalten.»

Für Gwendolyn zählte ein Gefallen nur dann, wenn man dafür auch Anerkennung bekam.

«Wir sehen uns um eins vor Gericht.»

Auf das Wort der Staatsanwältin konnte man sich verlassen. Sämtliche Reporter und Nachrichtenmedien, die anriefen, um herauszukriegen, wann Horace Woolners Frau zum Mord an Russell Gray vernommen werden sollte, bekamen die gleiche Antwort: Haftprüfungstermine werden vom Gericht festgesetzt. Niemand machte sich die Mühe, zu fragen, ob bereits einer anberaumt worden war. Stattdessen legten die Anrufer auf und riefen bei Gericht an, aber es gab viele Gerichtssäle und viele Gerichtsdiener, und selbst wenn sie ihren Lunch am Schreibtisch einnahmen, ging zwischen zwölf und eins niemand ans Telefon.

Harper Bryce machte sich gar nicht erst die Mühe,

irgendwen anzurufen. Er trug einen anderen Anzug, aber dieselbe Krawatte wie am Tag zuvor und wartete am Eingang des Gerichtsgebäudes. Als er mich kommen sah, hielt er mir die Tür auf.

«Was wissen Sie über Russell Gray?», fragte ich, als wir zusammen in Richtung Aufzug steuerten. Ich ging extra langsam, um mich seinem normalen Schritt anzupassen.

«Sie meinen inoffiziell?»

Wir standen da und warteten auf den Aufzug. Um Viertel vor eins lagen die Gänge größtenteils verlassen da.

«Ehrlich gesagt weiß ich eine ganze Menge über den bedauernswerten Russell Gray», sagte er, als wir den Aufzug betreten hatten. «Was wissen Sie über Alma Woolner?»

Ich warf ihm einen warnenden Blick zu. «Nicht mal inoffiziell.»

«Sie ist Ihre Mandantin, ich verstehe. Das ist nur fair.» Er sah starr geradeaus, auf die Aufzugstür. «Russell Gray liebte Frauen. Sehr sogar.» Ohne die Schultern zu bewegen, wandte er den Kopf und sah mich an. «Wundern Sie sich nicht, wenn eine dieser Frauen Ihre Mandantin war.»

«Wissen Sie das genau?»

«Sagen wir, Russell Gray gehörte nicht zu der Sorte Mann, dem ich meine Frau anvertrauen würde, wenn ich eine hätte. Oder meinen Mann, falls ich einer von den Kerlen wäre, die auf so was stehen.»

«Er interessierte sich auch für Männer?», fragte ich, nicht besonders überrascht.

Der Aufzug hielt und die Tür glitt auf.

Bryce zuckte die Achseln. «Russell Gray war ein Mann, der ans Vergnügen glaubte. Nach allem, was mir zu Ohren gekommen ist, ging er seinem Vergnügen nach, wo immer er es fand. Manchmal mit Frauen, manchmal mit jungen Männern.» Er warf mir einen ominösen Blick zu und setzte hinzu: «Sehr jungen Männern.»

«Wie jung?», fragte ich, als wir auf den Gerichtssaal von Richter William West zugingen.

Bryce verdrehte die Augen. «Wie gesagt, was immer er kriegen konnte.»

Vor dem Eingang zum Gerichtssaal blieben wir stehen. Bryce sah sich in dem leeren Gang um. «Ich frage mich, warum ich der Einzige hier bin.»

«Die andern sind sicher noch beim Lunch.»

Das Innere war menschenleer, und ich setzte mich allein an den kleinen hellen Holztisch hinter der Gerichtsschranke. Ich dachte darüber nach, was Harper mir gesagt hatte und was das letzten Endes für den Fall bedeuten konnte. Dann lehnte ich mich zurück, schlug ein Bein über das andere und zog die Socke hoch. Ich warf einen Blick auf die Uhr. Drei Minuten vor eins. Wenn man sich anstrengte, konnte man das einzige Geräusch im Raum hören, ein schwaches fernes Surren des Luftfiltersystems irgendwo an der Decke. Mein Magen knurrte leise, und mir fiel ein, dass ich seit letztem Abend nichts gegessen hatte. Nichts gegessen und kaum geschlafen. Ich hatte aus dem Schlafzimmerfenster gestarrt und geglaubt, verrückt zu werden, als ich mit aller Macht versuchte, den Gedanken, was ich Marshall Goodwin möglicherweise angetan hatte, von dem zu trennen, was ich für Alma Woolner tun musste. Gwendolyn Gilliland-O'Rourkes Worte waren mir durch den Kopf gegeistert, bis ich Angst hatte, sie nie wieder abschütteln zu können.

Um eins stürzte die Gerichtsdienerin in einen der größten Gerichtssäle des Gebäudes. Ein paar Meter hinter ihr folgte elegant und sportlich William West, der mit raschem Schritt seinen Platz an der Richterbank einnahm. Gwendolyn Gilliland-O'Rourke erschien neben mir am Anwaltstisch und ich rappelte mich auf.

Die dunklen ausdrucksvollen Augen und das hagere Gesicht verliehen West das nachdenkliche Äußere eines Dichters. Er sah Gilliland-O'Rourke an.

«Sind wir so weit?»

«In einer Sekunde», sagte sie und warf einen Blick in die dünne Akte, die sie vor sich auf den Tisch gelegt hatte.

«Schön, Sie zu sehen, Mr. Antonelli», sagte er mit ruhiger, entspannter Stimme.

«Euer Ehren», grüßte ich zurück.

Ich sah mich um und entdeckte Harper ruhig in der letzten Reihe sitzen. Auf dem Knie balancierte er sein aufgeschlagenes Notizbuch.

In der dunkelblauen Baumwolluniform der Haftanstalt sah Alma aus wie ein kleines Mädchen, das die Kleider seiner Mutter anprobiert hat. Der V-Ausschnitt des Oberteils war seitlich über eine Schulter gerutscht. Obgleich sie den Gummizug der weiten Hose so fest wie möglich zugezogen hatte, schleiften die Beine über den Boden. Der Gefängniswärter hielt die Handschellen, die sie eigentlich hätte tragen müssen, in der Hand.

Nachdem sie zum Anwaltstisch geführt worden war, wartete sie, bis der Wärter sich entfernt hatte. Dann griff sie nach meinem Arm und stellte sich auf die Zehenspitzen, bis ihr Mund an meinem Ohr war. «Wo ist Horace?»

«Ich werde Sie vertreten», sagte ich.

«Er hat gesagt, er würde kommen», flüsterte sie und verstärkte den Druck auf meinen Arm.

Bevor ich antworten konnte, begann Gilliland-O'Rourke die formelle Vernehmung zur Anklage. Sie war bereit gewesen, die Presse hinters Licht zu führen, aber das war das einzige Zugeständnis, das wir von ihr erwarten konnten. Alma Woolner war Angeklagte in einem Mordprozess und wurde genauso behandelt wie jeder andere, der eines Schwerverbrechens beschuldigt wurde. Die Anklage lehnte eine bedingte Haftentlassung ab.

Ich zählte auf, was offensichtlich war: Alma war ein geachtetes Mitglied der Gesellschaft, stellte kein Fluchtrisiko dar und ganz sicher keine Gefahr für ihre Umwelt.

Alma stand so nah neben mir, dass ich ihre Schulter am Arm spürte, und starrte verwirrt auf den Tisch vor uns, als würde ihr gerade erst bewusst, dass sie in einer ernsten Klemme steckte. West nickte vor sich hin und verkündete seine Entscheidung.

«Die Kaution wird auf einhunderttausend Dollar festgesetzt.»

Weder Gilliland-O'Rourke noch ich hatten etwas vorzubringen. West erhob sich, zögerte, sah Alma an, als wollte er etwas sagen, und entschied sich dann dagegen. Schließlich lächelte er ihr aufmunternd zu und verließ rasch den Gerichtssaal.

Ich erhaschte einen Blick auf Horace neben der Doppeltür, die in den Gang hinausführte. Er hatte die Arme vor der Brust verschränkt und ließ den Kopf hängen. Er sah mich direkt an, war jedoch mit seinen Gedanken ganz offensichtlich woanders.

«Da ist Horace», sagte ich.

Alma blickte auf. «Wo?»

Doch da war er bereits verschwunden, und als einziges

Zeichen, dass er da gewesen war, bebte die Tür noch leise nach, als sie ins Schloss fiel.

Draußen im Gang trabten uns ein halbes Dutzend Reporter und ein Kameramann entgegen. Ich überließ es Gilliland-O'Rourke, mit ihnen fertig zu werden, und eilte in die andere Richtung, in der Hoffnung, Horace einzuholen.

Ich fand ihn in seinem Amtszimmer, neben dem Kleiderständer, wo er dabei war, sein Jackett auszuziehen und die Robe anzulegen.

«Die Kaution ist auf einhunderttausend Dollar festgesetzt», sagte ich außer Atem. «In ein paar Stunden können Sie sie rausholen.»

«Kann ich nicht», sagte er. Seine Augen wirkten angespannt, erwartungsvoll.

«Was soll das heißen, können Sie nicht?»

«Ich habe keine hunderttausend Dollar», erklärte er.

«Na, wenn Sie sie nicht haben, dann gehen Sie los und holen Sie sie, Horace», sagte ich. «Gehen Sie zu Ihrer gottverdammten Bank, besorgen Sie sich einen Kredit, nehmen Sie eine zweite Hypothek auf, tun Sie alles, was Sie tun müssen, zum Teufel. Aber besorgen Sie das Geld!»

Er schüttelte den Kopf. «Das kann ich nicht.»

«Können Sie nicht oder wollen Sie nicht?»

«Kann ich nicht. Meine Hypothekenschulden stehen mir bis zum Hals. Ich könnte keine zehn Cents aufnehmen, nicht mal, wenn mein Leben davon abhinge.»

«Tut mir Leid, Horace», sagte ich. «Das habe ich nicht gewusst. Schon gut, ich kümmere mich darum. Heute Abend ist sie wieder zu Hause.»

«Ich werd schon allein damit fertig», beharrte er. «Es wird nur ein paar Tage dauern, das ist alles.»

«Sie können es mir wiedergeben, sobald Sie es zusammenhaben.»

Etwas Unheilvolles blitzte in seinen Augen auf. «Ich weiß Ihr Angebot zu schätzen», sagte er langsam, als müsste er sich zwingen, die Worte auszusprechen. «In ein paar Tagen kann ich sie rausholen.» Er legte die Hand auf die Türklinke, um zu seinem Termin vor Gericht zu gehen.

«Machen Sie sich keine Sorgen, Horace», sagte ich in dem Versuch, ihn zu beruhigen. Alles würde gut werden. «Heute Abend habe ich sie draußen.»

«Hören Sie», fauchte er. «Sie hat sich das selbst eingebrockt. Lassen wir sie ein paar Tage im Gefängnis schmoren und darüber nachdenken.»

Die Tür knallte hinter ihm zu. Ich stand allein in dem schwach erleuchteten Raum und fragte mich, ob er seiner Frau tatsächlich einen Mord zutraute.

19

Gegen Abend wurde Alma Woolner aus der Untersuchungshaft entlassen. Horace hatte eine Möglichkeit gefunden, die Kaution aufzubringen.

«Sie war's nicht, Joe. Sie hat nichts getan», sagte er, als wäre es das erste Mal, dass wir darüber sprachen.

«Ich muss mit ihr sprechen, Horace. So bald wie möglich.»

«Ist morgen früh genug? Ich habe ihr eine Schlaftablette gegeben und sie ins Bett gesteckt.»

«Können Sie sie zu mir ins Büro bringen?»

Er zögerte. «Ich glaube, es wäre nicht schlecht für uns, mal hier rauszukommen. Ich dachte an einen Ausflug zur Schlucht. Kommen Sie doch mit. Dann haben Sie jede Menge Zeit zum Reden.»

Am nächsten Morgen verließen wir mit Alma am Steuer die Stadt und folgten dem Fluss in Richtung Osten, wo er sich allmählich verbreiterte und nach und nach das ganze Land zwischen den dunkel bewaldeten hohen Felswänden rechts und links der Columbia Gorge ausfüllte. Auf der anderen Seite der Kaskaden rauschte der Fluss durch die hoch gelegene Wüste. Es war eine Gegend, wo man den Eindruck hatte, Gott müsse sich bei der Erschaffung der Welt gelangweilt haben. Als hätte er angefangen, sich zu wiederholen, nur um die Sache hinter sich zu bringen.

Wir fuhren über eine schnurgerade Straße, die parallel zu den schmalen Eisenbahngleisen verlief, tief in die Schlucht hinein. Oberhalb von uns ergoss sich der flache Strom über eine Klippe und fiel wie ein silbernes Band mehr als hundert Meter tief in einen See.

Horace saß hinten, das eine lange Bein steif über den Sitz gestreckt, und Alma richtete ihre Aufmerksamkeit auf die Straße. Die knappen Wortwechsel waren nur unbehagliche, verlegene Unterbrechungen des Schweigens.

Schließlich bogen wir in den Parkplatz am Wasserfall ein, fuhren an einer langen Schlange von Touristenbussen vorbei und gingen dann zu Fuß zum Besucherzentrum und die rauen Steinstufen hinab bis zur Absperrung, die den See am Fuß des Wasserfalls säumte. Die Gischt erfüllte die Luft um uns herum und bedeckte die Gesichter mit feinem Dunst.

Wir kauften Kaffee am Kiosk und setzten uns an einen leeren Tisch mit Blick auf den Wasserfall. In den Zweigen einer Tanne dicht über uns verharrte ein Kolibri mit schwirrenden Flügeln reglos in der Luft und schoss dann urplötzlich davon.

«Wir sind lange nicht mehr hier gewesen», sagte Horace und nahm einen Schluck Kaffee aus dem Pappbecher.

«Es ist komisch, wie so etwas passiert», antwortete ich, obwohl die Bemerkung nicht an mich gerichtet war. «Man lebt irgendwo und verbringt seine Zeit eigentlich nie damit, sich umzusehen. Ich war seit meiner Kindheit nicht mehr in der Hütte auf dem Mount Hood.»

Alma warf mir einen neugierigen Blick zu. «Warum nicht?»

Immer wenn sie mir eine Frage stellte, verspürte ich den Drang, etwas Interessantes zu sagen, etwas, das sie noch nicht gehört hatte.

«Vielleicht weil es Dinge gibt, die man nur aus der

Ferne sehen soll. Vielleicht ist es bloß eine Frage der Perspektive.»

Ihr stets mitfühlender Blick ruhte noch auf mir. «Ist das der Grund, warum Sie nie geheiratet haben? Weil das Fehlen von Distanz die Wirkung verderben könnte?»

Ich sah Horace an, doch sein Blick ruhte auf dem Wasserfall.

«Nein», sagte ich und wandte mich wieder Alma zu. «Ich habe nur nicht die richtige Frau gefunden.»

Ihr Blick ließ mich nicht los. «Doch, das haben Sie», widersprach sie.

«Die Alexandra, die ich kannte, hat nie existiert. Sie hat vorgetäuscht, jemand zu sein, der sie nicht war.»

«Das tun wir doch alle, oder nicht? Vortäuschen, etwas zu sein. Ist das nicht eigentlich derjenige, der wir in Wirklichkeit sind? Der, den wir vortäuschen?»

Ein Schatten fiel über den Tisch zwischen uns, bevor ich merkte, dass Horace aufgestanden war.

«Ihr beide habt etwas zu besprechen», erklärte er.

Als er hinter seiner Frau vorbeiging, legte er kurz seine Hand auf ihre Schulter und ließ sie dann wieder los. Ich sah ihm nach, als er die Stufen hinabging, sich am Eisengeländer festhielt und sorgfältig einen Fuß auf den Boden setzte, bevor er den anderen hob. Dann schob er die Hände in die Hosentaschen und gesellte sich zu der Menge an der Absperrung, gebannt vom Zauber des Wassers, das hier seit Tausenden von Jahren herabstürzte.

«Früher sind wir oft hierher gekommen», sagte Alma, als sie bemerkte, wie ich Horace beobachtete. «Horace hat es sehr genossen. Es war wie eine Therapie für ihn. Es hat ihm geholfen zu vergessen.»

Unter uns stützte Horace die Arme auf das Geländer, spreizte die Beine und starrte in den flachen See, dessen Grund aus Felsen bestand.

«Vergessen?», fragte ich und konzentrierte mich wieder auf sie.

«Nicht wirklich vergessen», versuchte sie zu erklären. «Es half ihm, zu erkennen, wie schön das Leben ist. Damals war er noch sehr bitter wegen des Krieges und was ihm passiert war.»

Sie sah mich so an, dass ich das Gefühl hatte, jünger zu sein als sie.

«Er wurde eine Woche nach seinem Jura-Examen eingezogen. Was glauben Sie, wie viele Fünfundzwanzigjährige damals eingezogen wurden?», fragte sie, und die Schärfe in ihrer Stimme entging mir nicht. «Und glauben Sie etwa, sie hätten ihn in irgendeine Schreibstube gesteckt? Nein, sie schickten ihn zur Infanterie.»

Sie wandte den Blick ab und suchte Horace, als müsse sie sich vergewissern, dass er in Sicherheit war.

«Nachdem man ihm die Beine weggeschossen hatte», fuhr sie fort und sah mich wieder an, «erklärten sie ihn zum Helden und verliehen ihm einen Orden, und alle waren stolz – weniger auf Horace, sie kannten ihn nicht mal, als auf sich selbst. Es machte sie stolz auf das großartige Land, in dem sie lebten. Horace hat alles bewiesen, was sie von sich glauben wollten. Er hat bewiesen, dass Amerika kein rassistisches Land ist, denn warum hätte er sonst diese weißen Jungs gerettet, obwohl er wusste, dass er dabei sein Leben riskierte?»

«Warum hat er es denn getan?», fragte ich.

«Horace spricht nicht darüber», sagte sie und wandte

den Blick ab. «Sie waren irgendwo mitten im Dschungel, als sie spätabends angegriffen und umzingelt wurden. Horaces Truppe konnte sich zwar befreien, aber viele seiner Kameraden schafften es nicht. Horace wollte zurück, um die Verwundeten zu bergen, und niemand außer ihm hat sich getraut. Man hatte ihm in die Schulter geschossen, als er den ersten zurückbrachte, und dann in den Arm, als er mit dem zweiten kam. Die anderen waren immer noch zu feige, um ihm zu helfen, also ging er ein drittes Mal zurück und holte noch einen raus. Beim letzten Mal erwischte ihn eine Granate. Selbst da ist keiner gekommen, um ihm zu helfen. Sie haben ihn einfach liegen lassen, keine hundert Meter entfernt, und sich eingeredet, er sei bereits tot.»

Sie holte tief Luft. «Wollen Sie wissen, warum er es getan hat? Weil er schwarz ist und beweisen wollte, dass er besser war als sie.»

«Das glaube ich nicht, Alma», sagte ich ruhig. «Ich glaube, Horace war tatsächlich besser als sie.»

Irgendwas flackerte in ihren Augen auf, doch ich hätte nicht sagen können, ob es der Widerschein einer tief verborgenen Wut darüber war, was ihr Mann hatte durchmachen müssen, oder das erste Anzeichen von Grauen angesichts ihrer eigenen, bevorstehenden Prüfung. Ich streckte die Hand über den Tisch und griff nach ihrem Arm.

«Wir müssen nicht heute darüber sprechen», sagte ich in dem Versuch, sie vorsichtig auf das Thema zu bringen, um das es eigentlich ging. «Aber wenn Sie das Gefühl haben, dass Sie es können, erzählen Sie mir einfach, was Sie über die ganze Sache wissen. Wir müssen rauskriegen, wie die Fingerabdrücke auf den Revolver kamen.»

Sie presste die Lippen aufeinander, als überlegte sie.

Einen Augenblick später erschien ein versonnenes, fast wehmütiges Lächeln auf ihrem Mund.

«Horace meint, ich soll Ihnen die Wahrheit sagen.»

Bis zu diesem Augenblick hatte ich ihr gar nichts anderes zugetraut.

«Ich war in der Nacht, als Russell ermordet wurde, bei ihm.»

«Sie waren bei ihm?», sagte ich und fragte mich, ob ich richtig gehört hatte. «Aber Horace hat mir erzählt, Sie seien an diesem Abend mit ihm zu Hause gewesen.»

«Es war das Erstbeste, was ihm einfiel. Er wollte mich schützen.»

Es wurde allmählich heiß. Ich zog meine Windjacke aus und legte sie über die Bank. Unten stand Horace, gegen die Absperrung gelehnt, mit dem Rücken zum Wasserfall und streckte das Gesicht der späten Vormittagssonne entgegen.

«Fangen Sie ganz von vorn an», sagte ich zu Alma. «Was haben Sie an diesem Abend in Russell Grays Haus gemacht?»

«Wir hatten eine Ausschusssitzung für die Balletttruppe. Nicht der ganze Ausschuss, nur der Vorstand. Wir waren zu siebt, Russell und ich mitgezählt.»

«Wann fing sie an?»

«Um acht. Bis alle da waren, war es wahrscheinlich Viertel nach acht.»

«Warum haben Sie sich bei ihm getroffen?»

«Russell war Vorstandsvorsitzender und hat es immer angeboten», erklärte sie. «Er hatte ein sehr schönes Haus, oben in den Hügeln im Westen, mit einem herrlichen Blick auf die Stadt und den Mount Hood. Sie haben selbst dort gewohnt, Sie wissen ja, wie es ist.»

«Wann war die Sitzung zu Ende?», fragte ich weiter.

Ich war nicht sicher, ob sie mich gehört hatte. Ihr Blick schweifte ab, erst zu den Bäumen, die den Hang bedeckten, und dann höher, zu den weichen weißen Wolken, die am Himmel verstreut waren.

Ruhig wiederholte ich meine Frage. Sie sah mich an und blinzelte, als versuchte sie, sich zu erinnern, worüber wir gesprochen hatten.

«Zwischen halb elf und elf», sagte sie. «Aber ich bin länger geblieben. Es gab noch etwas, das wir zu besprechen hatten.»

«Was passierte, nachdem die anderen gegangen waren?»

«Ich blieb noch ungefähr eine Stunde. Ich wollte gerade gehen. Es muss kurz vor Mitternacht gewesen sein. Ich war im Bad, als ich es hörte.»

«Den Schuss?» Ich beobachtete sie, während sie starr vor sich hin sah und im Geist alles noch einmal durchlebte.

«Mir ist schleierhaft, *wie* ich ihn überhaupt hören konnte», sagte sie seltsam distanziert. «Das Badezimmer ist riesig. Die Tür ist mindestens fünf Zentimeter dick.»

«Sind Sie sicher, dass Sie ihn gehört haben?», fragte ich und versuchte, ihre Aufmerksamkeit auf das zu konzentrieren, was wir zu besprechen hatten.

«Das frage ich mich selbst auch. Vielleicht habe ich es nur gespürt, aber irgendwie wusste ich es. Na, jedenfalls fand ich ihn im Wohnzimmer, wo ich ihn verlassen hatte. Er lag auf dem Perserteppich, bäuchlings, das Gesicht zur Seite gedreht. Die Augen standen offen. Ich sah Blut unter ihm. Dann entdeckte ich den Revolver, ein paar Meter entfernt, auf dem Boden. Alles war so still. Ich konnte meinen eigenen Atem hören, als ich neben ihm kniete. Ich wartete die ganze Zeit, dass er sich bewegte oder irgendwas sagte.»

Sie brauchte mir nicht zu erzählen, was sie als Nächstes getan hatte. «Warum haben Sie den verdammten Revolver angerührt?», fragte ich. Plötzlich war ich wütend, dass sie so dämlich hatte sein können.

Ihr Blick war von verwirrender Intensität. «Das weiß ich nicht. Ich hasse Waffen. Vielleicht war das der Grund. Ich hatte noch nie Gelegenheit gehabt, eine anzufassen. Und da lag er, der Revolver. Er hatte gerade jemanden getötet, den ich kannte und der mir etwas bedeutete.» Sie senkte den Blick. «Warum, weiß ich selbst nicht, aber ich habe ihn in die Hand genommen und angeschaut.»

Während sie jetzt den fast leeren Pappbecher umklammerte, schauderte sie. Sie hob den Blick und sah mich an.

«Als mir aufging, was ich da tat, ließ ich ihn fallen und rannte raus, so schnell ich konnte. Es war Panik. Ich hätte die Polizei rufen sollen, aber ich dachte nur daran, dass ich so weit wie möglich von dort wegkommen musste.»

Was sie getan hatte, schien sie bis jetzt zu verfolgen. Ihre Augen ließen mich nicht los, und doch sah sie durch mich hindurch.

«Wohin sind Sie gegangen?»

«Wann?», fragte sie verständnislos.

«Als Sie den Revolver fallen ließen und aus dem Haus gerannt sind.»

«Nach Hause.»

«Direkt nach Hause? Haben Sie noch irgendwo angehalten?»

«Nein», sagte sie fast ärgerlich. «Ich habe nirgends angehalten.»

«Als Sie dort ankamen, war Horace noch wach?»

«Horace war gar nicht da. Einmal im Monat geht er mit ein paar Kollegen essen.»

Mich interessierte etwas anderes. «Kehren wir noch einmal zu dem Schuss zurück. Versuchen Sie sich zu erinnern. Haben Sie ihn gehört oder nicht?»

Sie legte den Kopf auf die Seite. «Ich muss ihn gehört haben.»

«Haben Sie im Bad gewartet, bis Sie glaubten, es sei sicher, oder sind Sie gleich hinausgerannt, um zu sehen, was passiert war?»

Sie zögerte. «Ich weiß es nicht mehr genau. Ich glaube, ich habe die Tür einen Spalt geöffnet und gehorcht.»

«Und was haben Sie gehört?»

«Nichts. Also bin ich aus dem Badezimmer ins Wohnzimmer gegangen.»

«Nichts?», fragte ich und beobachtete sie aufmerksam. «Sie haben überhaupt nichts gehört? Sie hören einen Schuss, Sie öffnen die Tür, und da ist nichts?»

«Nein.»

«Sie hörten keine Schritte, die sich entfernten, eine Tür, die zufiel, irgendein Geräusch, wie man es macht, wenn man hastig abhaut?»

Sie streckte die Hand aus und ergriff mein Handgelenk. «Joe, ich bin es, Alma. Alles, was passiert ist, geht mir im Kopf herum. Ich bin durcheinander. Ich kann mich nicht daran erinnern, etwas gehört zu haben. Ich bin nicht mal absolut sicher, dass ich den Schuss gehört habe. Aber ich muss ihn gehört haben. Ich glaube, ich habe ihn gehört.»

Ihre Finger schlossen sich um mein Handgelenk.

«Ich war es nicht, Joe», sagte sie. «Ich sage Ihnen die Wahrheit. Sie glauben mir doch, oder?»

Ich befreite mein Handgelenk von ihrem Griff und setzte mich rittlings auf die harte Bank. Dann starrte ich auf den steilen Berghang und beobachtete, wie das Licht den Gipfel erklomm, je weiter die Sonne nach Westen wanderte.

«Erzählen Sie mir von Russell Gray. Was war er für ein Mensch?»

«Er war faszinierend.»

Ich klopfte mit den Knöcheln einen dumpfen Rhythmus auf die Bank zwischen meinen Beinen. Die Oberfläche war rau, uneben und brauchte dringend einen Anstrich. Ich erinnerte mich an Russell Gray – charmant, weltmännisch und, so meine Vermutung, gebildet und oberflächlich zugleich.

«Er liebte die Kunst», hörte ich sie sagen, mit dem leisen, fast melancholischen Tonfall einer Bewunderin. «Er fuhr jedes Jahr nach London ins Theater und nach New York zum Ballett.» Jetzt fiel die Sonne auf ihr Gesicht und verlieh ihrer Haut einen leuchtenden Glanz.

«Erzählen Sie mir von seinem Privatleben. Ich habe gehört, dass sein Interesse nicht nur Frauen galt.»

«Sie sind im Grunde Ihres Herzens ein Moralist, was, Joe? Sein ‹Interesse›.» Sie lachte leise. «Sie wollen wissen, ob Russell bisexuell war, nicht wahr? Nun, die Antwort ist, erstens, das weiß ich wirklich nicht, und zweitens, es würde mich nicht im Geringsten erstaunen.» Mit einem spöttischen Blick setzte sie hinzu: «Das ist keineswegs selten, wissen Sie.»

Irgendwas in ihrer Stimme, an der Art, wie sie mich ansah, gefiel mir nicht. Es war herablassend, sie klang wie eine

Frau, die jemandem den Lauf der Welt erklären soll, der nie dazugehören wird.

Über ihre Schulter hinweg erhaschte ich einen Blick auf Horace. Er hatte sich auf eine Bank auf der anderen Seite des Spazierwegs gesetzt. Er saß kerzengerade, mit beiden Beinen auf dem Boden und offenen Augen, als wartete er darauf, was als Nächstes passieren würde.

«Und wie steht es mit Ihnen, Alma? Waren Sie ein Teil von Russell Grays erlesener Welt?»

«Wollen Sie wissen, ob ich mit ihm geschlafen habe? Ob ich eine Affäre mit ihm hatte?»

«Ich muss alles wissen. Wenn irgendetwas – egal was – zwischen Ihnen und Russell Gray gewesen ist, muss ich es wissen», sagte ich.

«Nein», sagte sie. «Es war nichts zwischen uns. Wir waren nur gute Freunde.»

Sie sah den Zweifel in meinen Augen.

«Es gab keine Affäre. Ich habe nie mit Russell Gray geschlafen.»

«Gilliland-O'Rourke behauptet das Gegenteil», gab ich zurück und beobachtete sie aufmerksam.

Sie warf den Kopf zurück. «Die Leute erzählen gern Geschichten. Es ist nichts dran.» Sie sah über die Schulter zu Horace, der immer noch wartete.

«Ich muss es wissen, Alma. Ich kann Ihnen nicht helfen, wenn ich die Wahrheit nicht kenne.»

Ihre Augen leuchteten auf. «Ich weiß», sagte sie fröhlich und sprang auf. «Kommen Sie, wir holen Horace und fahren woandershin. Wir haben noch den ganzen Nachmittag.»

Ich sah ihr nach, als sie anmutig die Stufen hinablief und

ihren Mann am Arm nahm. Sie hatte mich belogen. Und ich fragte mich, ob der Grund dafür ihre Hoffnung war, dass Horace es nie erfahren würde.

20

Der Herbst kam und die Nächte wurden länger. Die Bürgersteige waren mit glitschigen, blassgelben Blättern bedeckt. Im Norden der Stadt kräuselte sich Rauch aus den schwarzen Schornsteinen der Frachter, die auf dem trüben Wasser des Columbia River kreuzten. Der Winter war noch mehr als einen Monat entfernt, und ich träumte bereits vom Frühling.

Harper Bryce träumte von nichts. Er war zu sehr damit beschäftigt, so viele Informationen für seine nächste Story zu sammeln, wie er nur konnte. Er war gerade im Büro aufgetaucht, unangemeldet und uneingeladen, mit einem tropfenden schwarzen Schirm in der Hand und offensichtlich in nachdenklicher Stimmung.

«Es sieht so aus, als hätten wir beide etwas gemeinsam, Sie und ich», sagte er, als er sich in den Sessel fallen ließ. «Abgesehen von Ihrem einmaligen Auftritt als Ankläger vertreten Sie Menschen, die eines Verbrechens beschuldigt werden, und ich berichte, was in solchen Verfahren geschieht. Wir beide erzählen Geschichten über das, was anderen Menschen passiert. Und das macht uns zu Außenseitern, nicht wahr? Fragen Sie sich je, wie es ist, an diesem Anwaltstisch zu sitzen und Ihnen und dem Anwalt der Gegenpartei zuzuhören, wenn sie beschreiben, was geschehen ist, und dabei doch die einzige Person zu sein, die es wirklich weiß? Und wenn Sie da vorne stehen und der Jury klarmachen, dass das Beweismaterial nicht mal ansatzweise beweist, dass der Angeklagte wirklich getan hat, was ihm zur Last gelegt wird, können Sie sich in dem Moment vorstellen, dass Ihr Mandant daneben sitzt und sich ins Fäustchen lacht, weil er weiß, dass er es getan hat? Es ist ein in jeder Hinsicht merkwürdiges Geschäft, nicht wahr? Mandanten belügen ihre Anwälte, und Anwälte denken meistens nicht daran, Reportern die ganze Wahrheit zu sagen.» Seine Nüstern blähten sich, als er tief Luft holte, und seine Brust schien einzufallen, als er sie wieder ausstieß. «Oder?»

«So weit würde ich nicht gehen», erwiderte ich. «Manche Mandanten sagen ihren Anwälten die Wahrheit.»

Er lachte anerkennend. «Das sind wahrscheinlich diejenigen, die sich schuldig bekennen.»

«Nicht jeder ist schuldig, Harper. Und wenn, dann nicht unbedingt des Verbrechens, dessen er angeklagt ist.»

Er verzog das Gesicht und räumte ein, dass wahrscheinlich nur eine relativ große Mehrheit der Angeklagten tatsächlich etwas auf dem Kerbholz hatte. «Manche sind tatsächlich unschuldig.» Er zog eine Braue hoch. «Ich würde sogar behaupten, dass Richter Woolners Frau dazugehört.»

«Worauf Sie sich verlassen können», antwortete ich mit Bestimmtheit.

«Ich bin bloß Reporter», antwortete er vorsichtig. «Ich versuche, mich nicht auf allzu viel zu verlassen, besonders wenn es um Mord geht, und ganz besonders, wenn es sich um ein so genanntes Verbrechen aus Leidenschaft handelt.»

Ich sah ihn ausdruckslos an. «Verbrechen aus Leidenschaft?»

«Es wird allerhand geredet, mein Freund», sagte er und versuchte, meine Reaktion einzuschätzen.

«Es wird immer geredet, wenn es um einen Mordprozess geht, Harper. Das wissen Sie doch.»

«Ich weiß aber auch, dass Gerüchte manchmal ein Körnchen Wahrheit enthalten, und wenn nicht, so können sie doch auf etwas anderes hindeuten, das wahr ist.»

Ich lehnte mich zurück und hob die Hände. «Na schön. Von welchen Gerüchten sprechen Sie?»

«Von dem, dass der verstorbene Russell Gray eine Affäre mit der Angeklagten gehabt haben soll. Wollen Sie dazu etwas sagen?»

«Ich sage nie etwas zu Gerüchten, und ich gebe keine Kommentare zu schwebenden Verfahren ab.»

«Inoffiziell.»

«Inoffiziell oder offiziell, das spielt keine Rolle. Alma Woolner ist unschuldig, absolut unschuldig. Es ist schlimm genug, dass sie des Mordes beschuldigt wird. Muss sie sich jetzt auch noch gegen den Vorwurf des Ehebruchs verteidigen? Wie zum Teufel glauben Sie, wird sich ihr Mann dabei fühlen?», rief ich wütend.

Harper richtete sich auf. «Ich habe es nicht in die Welt gesetzt. Ich habe Sie nur darüber informiert.»

Wieder hob ich entschuldigend die Hand und sah ihn an: «Sie haben Recht.»

Hastig versuchte Harper das Thema zu wechseln. «Sie haben noch zwei Wochen, bevor der Prozess beginnt. Morgen früh findet die Urteilsverkündung gegen Marshall Goodwin statt. Was wird passieren?»

«Was sagen denn die Gerüchte?», gab ich zurück.

«Es gibt keine Gerüchte.» Er hielt inne und warf mir einen schlauen Blick zu. «Und die andere Seite hält sich ebenfalls bedeckt.»

«Richard Lee Jones lehnt es ab, mit der Presse zu sprechen? Das ist ein Novum.»

Harper war belustigt. «Ich habe nicht gesagt, dass er nicht mit der Presse spricht, ich habe nur gesagt, dass er sich bedeckt hält. Im Gegenteil, er hat jede Menge geäußert. Er hat erklärt, Goodwin sei unschuldig und er sei sicher, dass er schließlich bei der Berufung gewinnen werde. Er wollte nur keinen Kommentar dazu abgeben, ob sein Mandant im Austausch für ein geringeres Strafmaß zum Zeugen der Anklage werden würde.»

Er zupfte an seinem Ärmel und bewegte die Finger, offensichtlich, um den Kreislauf anzukurbeln. Es war ein Wunder, dass sein Herz die Last dieses schweren, undisziplinierten Körpers aushielt.

«Ich fürchte, dazu kann ich nichts sagen, Harper.»

Er hatte zu viele Jahre im Gerichtsgebäude verbracht, um nicht zu wissen, was los war.

«Sie haben ihm das Angebot gemacht, und er hat sich nicht entschieden?»

«Was glauben Sie, was passiert ist, Harper? Sie haben das ganze Verfahren miterlebt. Sie stenographieren doch von Anfang bis Ende mit.»

Wieder holte er tief Luft und stieß sie langsam aus. «Erinnern Sie sich an die Zeugenaussage ihres früheren Verlobten? Wie hieß er noch?»

«Atkinson», erinnerte ich ihn. «Conrad Atkinson.»

«Wissen Sie noch, was er gesagt hat? Er hat Kristin Maxfield geliebt, aber sie ihn nicht. Ich glaube, genau das war der Grund, warum er sie liebte, und das ist auch der Grund, warum Goodwin sie liebte», sagte er.

«Na schön», antwortete ich. «Und weiter?»

«Beide wussten – bei einer Frau wie ihr muss man das einfach wissen –, dass sie Kristin nie wirklich haben konnten. Also begehrten sie sie nur noch mehr, und aus diesem Grund waren sie auch bereit, alles Mögliche zu tun, um sie zu kriegen. Man konnte Atkinson am Gesicht fast so was wie Erleichterung ablesen, als er seine Aussage machte, dass er sich aus seiner eigenen Verrücktheit gerettet hatte.» Er hielt inne. «Was ich damit sagen will, ist, ganz egal, ob sie wusste, was sich in dem Umschlag befand, oder nicht, sie ist der Grund, warum Goodwin seine Frau umgebracht hat.»

Ich versuchte es wie eine beiläufige Beobachtung, eine lässige Bemerkung klingen zu lassen. «Was, wenn es anders herum war? Wenn sie wusste, was in dem Umschlag war, weil sie es selbst hineingelegt hatte? Wenn Goodwin keine Ahnung davon hatte?»

Er saß reglos da und starrte mit gerunzelter Stirn zu Boden.

«Haben Sie Angst, dass Sie den Falschen überführt haben?», fragte er und sah auf.

Ich schaute aus dem regenüberströmten Fenster und beobachtete, wie der Verkehr über die stählernen Brücken kroch. In diesem Moment ging die Tür zum vorderen Büro auf. Helen kam vom Lunch zurück.

«Erklären Sie mir eins, Harper», sagte ich und verschränkte die Hände hinter dem Kopf, während ich mich zurücklehnte. «Sie müssen doch irgendwann im Leben mit dem Gedanken gespielt haben, selbst Anwalt zu werden. Warum sind Sie's eigentlich nicht geworden?»

Er schnaubte verächtlich. «Die juristischen Spitzfindigkeiten würden mich umbringen. Außerdem kann man nicht

Jura studieren, wenn man das College nicht abgeschlossen hat.»

«Sie haben das College nicht abgeschlossen?»

«Ich war gar nicht auf dem College.» Er verdrehte die Augen. «Man kommt da nicht hin, wenn man nicht zuerst die High School abgeschlossen hat.» Er zuckte wehmütig die Achseln. «Ich war sechzehn, ein bisschen frühreif für mein Alter. Ich glaubte, alles zu wissen, was sich zu wissen lohnte. Ich bekam einen Job bei einer wöchentlich erscheinenden Kleinstadtzeitung und habe mich von da hochgearbeitet. Heute ginge so was gar nicht mehr. Niemand würde es riskieren, einen so jungen Burschen einzustellen.»

Helen streckte den Kopf zur Tür herein. «Guten Tag, Mr. Bryce», sagte sie und schenkte Harper ein strahlendes Lächeln. «Kann ich Ihnen etwas anbieten?»

Harper schüttelte den Kopf. «Nein danke. Ich muss sowieso gleich los.»

«Es macht überhaupt keine Umstände», versicherte sie.

Zögernd lehnte er ab. Sie wandte sich zum Gehen, warf mir dann, als wäre es ihr gerade erst in den Sinn gekommen, einen Blick zu und sagte: «Vergessen Sie nicht, dass Sie um halb zwei einen Termin haben.»

Mühsam rappelte sich Harper aus dem Sessel hoch.

«Vielen Dank für Ihre Zeit, Counselor», meinte er. «Es ist mir immer ein Vergnügen.»

Kaum war er weg, sagte ich zu Helen: «Ich wusste gar nicht, dass ich einen Termin um halb zwei habe.»

Sie hielt mit einer Hand die Tür auf und stemmte die andere in die Hüfte. «Haben Sie auch nicht. Sie haben einen um zwei am anderen Ende der Stadt. Ich wusste nicht genau, ob Mr. Bryce davon erfahren sollte.»

«Mr. Bryce. Meine Mandanten haben Sie nie Mister genannt.»

«Warum auch? Die waren alle Gauner.» Sie überlegte einen Augenblick. «Richter Rifkin habe ich *Richter Rifkin* genannt. Und ich sage immer *Mrs. Woolner.*»

Das Büro der Investitionsbank von Conrad Atkinson nahm das oberste Stockwerk eines Hochhauses auf der anderen Seite des Flusses ein. Ernste Männer in dunklen Nadelstreifenanzügen bewegten sich in unterschiedlichen Richtungen durch die Empfangshalle mit der hohen Decke und führten intensive Gespräche im Flüsterton. Wahrscheinlich ging es um wichtige Entscheidungen im Bereich der Hochfinanz. Eine schlanke Brünette erhob sich am Empfangsschalter, lächelte knapp und führte mich einen fensterlosen Gang entlang zu einem Büro, dessen Außenwände eine durchgehende Glasfront bildeten.

Es war Mr. Atkinsons Firma, und er kleidete sich so, wie es ihm gefiel. Ich konnte mir gut vorstellen, dass er zu Geschäftstreffen nur im Anzug erschien, doch hier im Büro trug er einen doppelreihigen blauen Blazer mit weißem durchgeknöpftem Oxford-Hemd und blassgelber Seidenkrawatte. Dazu dunkelrote Halbschuhe, nicht die mit Quasten, wie Anwälte sie oft bei Gericht tragen, sondern die altmodische Sorte, flache Slipper, wie man sie früher auf der High School trug oder heute noch bei Männern mittleren Alters sieht, die auf Privatschulen gegangen sind, auf efeuumzäunten Plätzen Tennis spielen und sich anschließend mit einem Gin Tonic in dunklen holzgetäfelten Räumen erfrischen, wo jeder jeden beim

Vornamen nennt und man niemandem die Spielregeln erklären muss.

Atkinson war sonnengebräunt und wirkte so entspannt, als sei er im Urlaub. Als ich ihn darauf ansprach, erklärte er, dass er gerade von einer Woche auf Barbados zurückgekehrt sei.

«Herzlichen Glückwunsch übrigens», sagte er und sah mich über seinen Glasschreibtisch hinweg an. Er saß mit lässig übereinander geschlagenen Beinen da und wippte mit dem Fuß. «Es war gut, dass Sie den Mistkerl von Goodwin abserviert haben. Und noch besser, dass Sie das geschafft haben, obwohl er diesen Lackaffen Richard Lee Jones als Verteidiger hatte.»

«Jones ist gut.»

«Oh, das glaube ich», antwortete Atkinson und wandte den Blick ab.

«Und Sie haben sich gut gegen ihn geschlagen», sagte ich bei der Erinnerung daran, wie Jones versucht hatte, ihn in die Enge zu treiben.

Er nickte und sah mich an. «Was kann ich für Sie tun, Mr. Antonelli?»

«Russell Gray hat mir einmal erzählt, dass Sie beide eng befreundet waren. Was können Sie mir über ihn erzählen?»

Seine dunkelblonden Brauen hoben sich. «Wir kannten uns, das ist richtig, aber ich könnte Ihnen ganz ehrlich nicht sagen, dass wir gute Freunde waren. Zum einen, weil es, wenn man mit Russell zu tun hatte, nicht immer ganz leicht war, zu entscheiden, was der Wahrheit entsprach und was nicht. Er hatte ein bemerkenswertes Talent, Gerüchte über sich in die Welt zu setzen.»

Atkinson lehnte sich in seinem gepolsterten Schreibtischsessel zurück und verschränkte die Hände im Schoß. «Russell war ein Sammler.»

«Ein Sammler?»

«Ja. Von Kunst, unter anderem», setzte er vage hinzu. «Er besaß wahrscheinlich die größte Privatsammlung in der Stadt. Zumindest behauptete er das. Man konnte kein Gespräch mit ihm führen, ohne dass er von seiner neuesten Erwerbung erzählte.»

Er blickte auf seine Hände.

«Aber es gab immer Gerüchte», fuhr er fort und hob den Blick. «Gerüchte, dass einige seiner Stücke bloß sehr gute Fälschungen waren und dass er das auch wusste. Oder dass andere zweifellos echt und ungeheuer wertvoll, dafür aber fast mit Sicherheit gestohlen waren. Russell kannte diese Gerüchte und hat kein einziges je dementiert.»

«Vielleicht konnte er es nicht», warf ich ein.

«Das glaube ich nicht», sagte Atkinson. «Ich glaube, dass keines dieser Gerüchte stimmte, sondern dass sie alle von Russell selbst in die Welt gesetzt worden waren. Ich glaube, er wollte sich mit einem Geheimnis umgeben, verstehen Sie, Mr. Antonelli?»

«Was hat er noch gesammelt außer Kunst?»

«Frauen», antwortete Atkinson.

«Und was war mit Männern?»

Er runzelte die Stirn, nicht weil er die Frage an sich ungehörig fand, sondern weil er sie, wie er sagte, einfach nicht beantworten konnte.

«Das könnte auch so ein Gerücht sein, das von Russell selbst stammte», fuhr er mit gespielter Gleichgültigkeit fort, «aber genauso gut könnte es stimmen.»

«Zurück zu den Frauen. Gab es eine bestimmte?»

«Nein, ich glaube nicht. Bei Russell war alles nur vorübergehend.»

«Hat er je von Alma Woolner gesprochen?», fragte ich.

Seine oberflächliche Liebenswürdigkeit verschwand und er wurde ernst.

«Er hielt sie für einen der begabtesten Menschen, die er je getroffen hatte. Und sie tat ihm Leid.»

«Sie tat ihm Leid? Warum?»

«Was glauben Sie wohl, warum?», fragte er. «Sie ist umwerfend und talentiert und so hellhäutig, dass man sie auf den ersten Blick für eine Inderin, Ägypterin oder was ähnlich Exotisches halten könnte, und dann sehen Sie sich an, wen sie geheiratet hat», erklärte er. Seine Stimme versickerte. Er wollte nicht in Worte fassen, was ich, wie er glaubte, auch so verstand.

«Ja?», drängte ich.

«Sagen wir, einen Mann, der nicht ganz zu der Art von Leuten passt, die jemanden wie sie wirklich zu schätzen wissen.»

«Liegt das daran, dass er Richter ist und weniger Geld im Jahr verdient als die meisten Ihrer Freunde in einer Woche, oder daran, dass er einen komischen Gang hat – wenn einem die Beine weggeschossen wurden, kann das passieren –, oder ist es einfach die Tatsache, dass Horace Woolner so gottverdammt schwarz ist?»

«Das ist nicht meine Sichtweise», versicherte er mir hastig. «Aber es gibt Leute, und Russell Gray war einer davon, die immer noch solche Vorurteile haben.»

«Hatte er eine Affäre mit ihr?», fragte ich ihn rundheraus.

Damit hatte ich ihn überrumpelt. «Das weiß ich nicht»,

sagte er zögernd. «Sie waren viel zusammen. Aber sie leitete die Balletttruppe und er war Vorstandsvorsitzender, also war nichts Ungewöhnliches daran.»

«Aber da ist noch etwas anderes, nicht wahr?»

Seine Hände lagen auf der gläsernen Oberfläche des Schreibtischs, und er starrte auf die beiden aneinander gepressten Daumen. Die Falten auf seiner Stirn vertieften sich.

«Es ist nicht mehr als ein Eindruck. Aber es kam mir vor, als sei sie völlig verzaubert, wenn sie in seiner Nähe war.»

«Glauben Sie, dass Gray in sie verliebt war?»

Er warf mir einen Blick zu, der mir bedeuten sollte, dass ich nichts verstanden hatte. «Wie gesagt, er war ein Sammler. Falls er je in sie verliebt gewesen sein sollte, dann nicht für lange. Aber wie gesagt», setzte er hinzu, «ich weiß nicht, ob je etwas zwischen ihnen war oder nicht. Und selbst wenn, wüsste ich nicht, was das mit seiner Ermordung zu tun haben sollte.»

«Es könnte ein Motiv liefern», erklärte ich.

Er winkte ab. «Ich könnte eher glauben, dass Kristin mit Goodwin zusammen einen Mord plante, als dass Alma Woolner irgendetwas mit dem Tod von Russell Gray zu tun hatte.»

Das erinnerte mich an etwas anderes. «Die Urteilsverkündung gegen Marshall Goodwin findet morgen früh statt.»

«Ja, ich weiß», antwortete er, als sei das eine Angelegenheit ohne jede Bedeutung. «Ich möchte Ihnen etwas über Kristin erzählen. Ich habe die Fragen beantwortet, die Sie mir während der Verhandlung gestellt haben, aber Sie hätten mir auch ganz andere Fragen stellen können. Ich habe Ihnen erzählt, ich glaubte nicht, dass sie mich liebte. Ich habe nicht erzählt, dass mein Anwalt darauf drängte, dass sie eine voreheliche Vereinbarung unterschreibt – und sie es abgelehnt hat.»

Er rieb sich das Kinn und hing einen Augenblick seinen Gedanken nach.

«Aber letzten Endes ist sie nicht schlecht weggekommen», bemerkte er und verzog das Gesicht. «Ich hatte ihr eine Menge Schmuck geschenkt. Den behielt sie natürlich. Sie behielt auch den Mercedes, den ich ihr nicht geschenkt hatte. Sie besaß sogar die Frechheit, Geld zu fordern.»

Als ich aufstand, um mich zu verabschieden, fiel mir noch etwas ein.

«Wenn Sie nicht glauben, dass Alma es getan haben könnte, fällt Ihnen vielleicht sonst jemand ein, der für den Mord infrage käme?»

Mit federndem Schritt trat Atkinson um den Schreibtisch herum und begleitete mich zur Tür. «Nein, eigentlich nicht.» Er griff nach der Türklinke und starrte auf den Teppich, als überlegte er, wie weit er gehen könnte. Schließlich blickte er auf. «Im Gegensatz zu dem, was er Ihnen sagte, waren wir nicht wirklich gut befreundet. Sein bester Freund war Arthur O'Rourke.»

Darauf hätte ich auch schon früher kommen können. Russell Gray, Conrad Atkinson, Arthur O'Rourke: Sie stammten aus denselben Kreisen. Es waren Leute mit Geld, das den Ausschlag dafür gab, ob wichtige Angelegenheiten erledigt wurden oder nicht. Ich sah noch Arthur O'Rourke vor mir, die offenen grauen Augen, seine aristokratische freundliche Art, mit der er mir, als wäre das etwas, das er selbst gern tun würde, gestand, wie sehr er Menschen bewunderte, die im Gerichtssaal etwas ausfochten. Sie alle hatten sie – Russell Gray, Arthur O'Rourke und Conrad Atkinson eben auch –, diese bescheidene Art, mit der sie einen glauben machten, dass das, was man selbst tat, weit interessanter war als alles, was sie getan hatten oder je tun würden. Sie vermittelten einem das Gefühl, dass sie alles über einen wissen wollten, und erst viel später ging einem auf, dass sie nichts über sich selbst preisgegeben hatten.

Vielleicht war es dieses Beharren auf Privatsphäre, was Kristin Maxfield von Conrad Atkinson weg und zu Marshall Goodwin getrieben hatte. Kristin liebte Geld, aber etwas anderes liebte sie noch mehr, und ob es Aufregung oder Macht war, es verlangte eine Art von Öffentlichkeit, die kein Mitglied dieses Zirkels gestattet hätte.

Kristins mittlerweile durchaus berühmter Mann hatte am nächsten Morgen, als ich ihm in einem fensterlosen Besprechungszimmer an einem kleinen Tisch gegenübersaß, Wichtigeres im Kopf. Mürrisch schweigend saß er auf dem einfachen Eisenstuhl zurückgelehnt und beobachtete mich finster, während sein Anwalt ihm beruhigend auf den Arm klopfte.

«Er wird den Deal nicht annehmen», erklärte Richard Lee Jones schroff. «Wir gewinnen bei der Berufung.»

Er schob den Stuhl zurück und stemmte einen Fuß gegen die Tischkante. Er trug seine teuren Schuhe. Wir waren wegen der Urteilsverkündung im Gericht, und die Geschworenenbank würde leer sein.

«Aber nur einer von Ihnen wird in der Todeszelle landen», gab ich zurück.

«Das Risiko gehe ich ein», sagte Goodwin. «Ich habe

wirklich keine andere Chance», setzte er hinzu, als sich unsere Blicke kreuzten.

«Sie könnten einwilligen, auszusagen, dass Kristin wusste, was der Umschlag enthielt», erinnerte ich ihn. «Dann bekommen Sie lebenslänglich und haben irgendwann die Chance, vorzeitig entlassen zu werden.»

Er trug keinen seiner maßgeschneiderten Anzüge und keine Hundert-Dollar-Krawatte, mit denen er als Angeklagter vor Gericht erschienen war, sondern die normale Häftlingsuniform des Bezirksgefängnisses.

«Ich kann Ihnen nichts über Kristin erzählen, denn es gibt nichts zu erzählen», beteuerte er. «Ich habe es nicht getan, ich habe Quentin nicht angeheuert, ich hatte mit dem Mord an meiner Frau nichts zu tun.»

Ich suchte seinen Blick, um herauszufinden, ob das, was er sagte, vielleicht doch die Wahrheit war.

«Wenn Sie Kristin den Umschlag nicht gegeben haben, bedeutet es, dass sie die Tat allein verübt hat.»

Er schüttelte den Kopf. Ich stand auf, stützte die Hände auf die Rückenlehne des Klappstuhls und sah auf ihn hinunter.

«In ein paar Minuten gehen Sie dort hinein», sagte ich und deutete mit dem Kopf auf die Tür zum Gerichtssaal, «und lassen sich zum Tode verurteilen. Und während Sie im Todestrakt sitzen und ein Jahr nach dem anderen warten, während Ihr Anwalt einen Antrag nach dem anderen stellt, bis er sämtliche juristischen Möglichkeiten, Ihr Leben zu retten, ausgeschöpft hat, lebt Kristin in Ihrem Haus, fährt Ihren Wagen und gibt aus, was von der einen Million Dollar übrig ist, die Sie für den Tod Ihrer Frau und Ihres ungeborenen Kindes bekommen haben.» Ich beugte mich zu ihm hinunter und musterte ihn mit kaltem Blick. «Und ich wäre sehr überrascht, wenn sie mehr Zeit damit verbringt, um Sie zu trauern, als Sie um Nancy getrauert haben.»

Goodwin sprang so heftig auf, dass der Stuhl umstürzte. «Sie wissen nicht, wovon Sie reden!»

Jones packte ihn an den Schultern, hielt ihn zurück und bedeutete mir zu gehen. «Mehr gibt es nicht zu besprechen», sagte er.

Eine Menschenmenge wie die, die auf das Urteil der Geschworenen gewartet hatte, fand sich zur Urteilsverkündung nicht ein. Weniger als ein Dutzend Zuschauer hatten sich auf die blank polierten Holzbänke verteilt. Der allgegenwärtige Harper Bryce saß allein und kritzelte in sein tintenbekleckstes Notizbuch. Kristin Maxfield blieb ganz hinten, auf dem gleichen Platz wie während der Verhandlung. Als Goodwin mit Handschellen und Fußfesseln hereingeführt wurde, suchten seine Augen nach ihr, als schöpfe er Mut aus ihrem liebevollen Blick.

Ernst und reserviert sah Irma Holloway von der Richterbank herab.

«Haben Sie noch irgendetwas zu sagen, bevor ich das Urteil verkünde?», fragte sie knapp.

Goodwin hob rasch den Kopf. «Ich schwöre, dass ich nichts mit dem Mord an meiner Frau zu tun habe, Euer Ehren!»

Die Richterin sah ihm in die Augen. «Sollte das wahr sein, Mr. Goodwin, haben wir es mit einem schwerwiegenden Justizirrtum zu tun. Sie wurden jedoch nach einmütigem Urteil der Geschworenen und nach eingehender Prüfung des während der Verhandlung vorgelegten Beweismaterials für schuldig befunden.» Sie zögerte einen Augenblick und kniff die Augen zusammen. «Es ist ein Urteil, das vom Beweismaterial voll unterstützt wird, ein Urteil, zu dem ich, wäre dieser Fall nur vor dem Gericht verhandelt worden, ebenfalls gelangt wäre.»

Goodwin senkte den Blick und starrte zu Boden. Er sah auch nicht auf, als Irma Holloway ihn zum Tode verurteilte.

«Das Einzige, was ich bedaure», sagte sie streng, «ist, dass die Rechtsprechung von Oregon keine Strafe für die Tötung eines ungeborenen Kindes vorsieht. In meinen Augen sind Sie für zwei Morde verantwortlich, nicht nur für einen.» Damit erhob sie sich und verschwand durch die Tür hinter der Richterbank.

Jones wechselte ein paar Worte mit seinem Mandanten, als der Gefängniswärter näher kam.

«Ich war es nicht», beharrte Goodwin und warf mir einen flammenden Blick zu, als der Wärter ihm aufstehen half und ihn hinausführte. Ich wandte mich zum Gehen und sah mich nach Kristin um. Sie war schon verschwunden. Harper Bryce erwartete mich mit dem Notizbuch in der Hand im Flur und fing an, mir eine Frage zu stellen.

«Jetzt nicht, Harper. Heute nicht», sagte ich und ging an ihm vorbei.

Drei Schritte weiter änderte ich meine Meinung.

«Tut mir Leid», sagte ich und blieb stehen, um auf ihn zu warten. «Das war sehr unhöflich von mir.»

Harper zog die Schultern hoch und sah mich mitfühlend an. «Egal, wie sehr der Angeklagte es verdient hat – ich habe noch nie jemanden getroffen, der sich nach einem Todesurteil die Hände gerieben hätte.»

Ich nickte und legte ihm die Hand auf die Schulter, als wir zum Aufzug gingen. «Und ich habe noch nie erlebt, dass jemand zum Tode verurteilt wurde.»

«Das ist einer der Vorzüge, wenn man nur gewinnt: Sie brauchen sich keine Gedanken darüber zu machen, dass aufgrund eines Fehlers Ihrerseits ein Unschuldiger …» Seine Stimme erstarb.

Die Tür des Aufzugs öffnete sich und wir traten ein.

«Ich weiß nicht», sagte ich und rieb mir die Augen. Ich war hundemüde und wollte nur noch nach Hause ins Bett und alles, was geschehen war, vergessen. «Ich habe mir darüber nie Gedanken gemacht, und nun kann ich anscheinend an nichts anderes mehr denken.»

Die Türen des Aufzugs öffneten sich im Erdgeschoss.

«Glauben Sie ihm?», fragte ich plötzlich.

«Sie behaupten immer dasselbe», sagte er. «Dass sie unschuldig sind. Niemand hat die Tat begangen.»

«Er hätte lebenslänglich kriegen können», antwortete ich, selbst nicht überzeugt.

Auf der Treppe des Gerichtsgebäudes blieben wir stehen und sahen hinüber zum Park.

«Denken Sie nicht mehr dran», riet Harper. «Sie haben Ihre Arbeit getan. Mehr kann man nicht machen. Solche Dinge machen einen fertig, wenn man sich zu lange damit beschäftigt. Normalerweise funktioniert das System.»

Ich hörte ihm zu, als er diese abgedroschenen Trostworte sprach, und war ihm dankbar für seine Lüge.

«Denken Sie lieber an den Woolner-Prozess.»

«Ach, da fällt mir was ein», sagte ich, als wir den Bürgersteig entlanggingen. «Was können Sie mir über Gilliland-O'Rourkes Mann erzählen?»

Er blieb stehen und sah mich neugierig an. «Arthur O'Rourke?», fragte er. «Einer der reichsten Männer in der Stadt. Manche Leute sagen, es sei eine Zweckehe gewesen. So was wie ein Zusammenschluss von Geld und Macht, wenn Sie mich fragen.»

«Ja, aber was wissen Sie über ihn?», fragte ich, während wir weitergingen.

«Nicht viel. Warum? Was glauben Sie, was Sie haben?»

«Nichts als Fragen», seufzte ich.

«Fragen haben auch Antworten», sagte er langsam. «Ich kümmere mich darum.»

Wir verabschiedeten uns an der Ecke, und ich fragte mich, wonach ich eigentlich suchte, als ich den restlichen Weg zum Büro allein weiterging. Meine Mandantin wartete auf mich.

21

Alma Woolner saß in einem blauen Ohrensessel vor dem Schreibtisch und erzählte mir dieselbe Geschichte, die ich schon mindestens ein halbes Dutzend Mal zuvor gehört hatte. Zwischen Russell Gray und ihr war nichts gewesen. Sie schwor, dass das die Wahrheit sei.

«Die Anklage hat Ihre Fingerabdrücke auf der Mordwaffe. Jetzt muss sie ein Motiv liefern. Zum Beispiel, dass Sie eine Affäre mit ihm hatten und er versuchte, sie zu beenden und Sie deswegen wütend waren ...», erklärte ich. «Oder dass Sie versucht haben, Schluss zu machen» – das erschien mir eine plausiblere Erklärung –, «und er deswegen wütend war und versucht hat, Sie zu etwas zu zwingen, und Sie ihn in Notwehr erschossen haben.»

«Es war nichts zwischen uns», wiederholte sie.

Als Alma gegangen war, fragte ich mich, ob sie die Wahrheit gesagt hatte. Ich hatte keinen Grund, daran zu zweifeln, abgesehen von einem Gerücht, das mir von Leuten vermittelt worden war, die selbst nicht wussten, ob es mehr war als das. Mir fiel nur ein Mensch ein, der es möglicherweise wissen konnte. Ich bat Helen, bei Arthur O'Rourke anzurufen. Ein paar Minuten später streckte sie den Kopf durch die Tür.

«Ich habe in Mr. O'Rourkes Büro angerufen», sagte sie. «Er ist auf Geschäftsreise und kommt erst nächste Woche wieder. Soll ich mir eine Notiz machen, dass ich es dann noch mal versuche?»

«Ja, das wäre gut», antwortete ich. «Ich muss mit ihm sprechen.»

Am Samstagmorgen, zwei Tage vor Beginn ihres Prozesses, hatte ich meine letzte Sitzung mit Alma. Ich war überrascht, als sie allein hereinkam. Bisher war Horace jedes Mal mitgekommen und hatte im Vorzimmer gewartet, solange wir uns unterhielten. Eine gewisse Distanz hatte sich zwischen uns aufgetan, sein Verhalten war formell geworden, gelegentlich sogar schroff. Er sagte Hallo und Auf Wiedersehen, und das war's. Ich besuchte ihn morgens nicht mehr in seinem Amtszimmer, und ich wurde nicht zu ihnen nach Hause eingeladen. Soweit ich wusste, blieben sie für sich und gingen überhaupt nicht aus.

Ein taubengrauer Pullover hing lose um ihre Schultern. Sie legte den Kopf auf die Seite und beobachtete durch ihre kleine runde Brille, wie ich mich in Hemdsärmeln hinter den Schreibtisch setzte.

«Muss ich wirklich aussagen?»

Ich beugte den Kopf vor und rieb mir den Nacken. «Das habe ich Ihnen doch schon gesagt, jedes Mal, wenn Sie mich gefragt haben. Ja, das müssen Sie. Sie sind die Einzige, die wirklich weiß, was geschehen ist. Die Einzige, die es den Geschworenen sagen kann.»

Alma schien in ihrem Sessel zu schrumpfen. Sie zog die Beine unter sich und schlang den Pullover enger um den Hals.

«Horace sagt, ich muss nicht aussagen.»

Ich setzte mich auf. «Rein technisch gesehen ist das richtig. Sie müssen nicht aussagen. Niemand kann einen Angeklagten in einem Strafprozess zwingen auszusagen. Sie allein müssen diese Entscheidung fällen.» Ich hielt inne und setzte dann, so ermutigend ich konnte, hinzu: «Aber Sie sollten es tun.»

«Horace sagt, ich muss nicht», beharrte sie.

«Horace hat Recht», nickte ich. «Sie müssen nicht, wenn Sie nicht wollen, aber der Jury sollten Sie erklären, warum Sie noch geblieben sind, nachdem alle anderen gegangen waren.» Ich zögerte einen Augenblick. «Warum machen Sie sich so viele Gedanken über Ihre Aussage? Wovor haben Sie Angst?»

«Dass ich einen Fehler mache», sagte sie einfach.

Ich wechselte das Thema. «Was können Sie mir über Arthur O'Rourke erzählen?» Ich war immer noch nicht überzeugt, dass sie mir die Wahrheit sagte.

Falls die Frage sie überraschte oder falls sie sich Sorgen über irgendetwas machte, das er über sie wissen könnte, ließ sie es sich nicht anmerken.

«Er war ein Freund von Russell.»

«Haben Sie ihn oft gesehen?»

«Fast nie. Er hatte mit dem Ballett nichts zu tun.»

Als sie sich verabschiedete, schob sie die Arme durch die Ärmel des Pullovers und warf mir einen mitfühlenden Blick zu.

«Alles wird gut», sagte sie. Das war einer von den Sprüchen, die ein Anwalt seinem Mandanten mit auf den Weg gibt, wenn die Aussichten eher mies sind.

Bis spät in die Nacht hinein und den ganzen Sonntag über ging ich alles noch einmal durch und vergewisserte mich, dass ich nichts übersehen hatte, was in der Verhandlung eine entscheidende Rolle spielen könnte. Jetzt dachte ich wieder wie ein Strafverteidiger. Sie würden die üblichen Geschworenen aufstellen und sie würden ihren Fall verhandeln. Russell Gray war von einer Kugel aus einer Waffe getroffen worden, die mit den Fingerabdrücken der Angeklagten übersät war. Doch wenn sie ihn erschossen hatte, was war ihr Motiv? Das war die Frage, die die Staatsanwaltschaft beantworten musste. Und auch ich hatte meine Frage. Wenn nicht sie ihn erschossen hatte, wer dann?

Am Montag war ich noch vor Sonnenaufgang im Büro und ging alles ein letztes Mal durch. In letzter Minute kam ich im Gerichtsgebäude an. Der Protokollführer beugte sich gerade vor, hielt mit einer Hand seine Krawatte fest und öffnete mit der anderen das vierbeinige Metallregal unter der Stenographiermaschine. Alma saß auf einem Holzstuhl am Anklagetisch und betrachtete die leere Geschworenenbank.

«Alles in Ordnung?», fragte ich, als ich die Aktentasche zwischen uns abstellte.

«Bestens», sagte sie und richtete ihren sanften Blick auf mich.

Am äußeren linken Ende öffnete sich eine Tür, und die Gerichtsdienerin betrat den Saal, gefolgt vom Richter. William West nahm in dem schmalen schwarzen Ledersessel Platz, sah von der Richterbank herab und forderte die Anklage auf, die Verhandlung zu beginnen.

Gilliland-O'Rourke hatte ihr rotes Haar hochgesteckt und stand neben einem Mann von Anfang dreißig, der einen dunklen Anzug und Nickelbrille trug.

Sie begann mit einer formellen Erklärung. «Ich möchte das Gericht und die Verteidigung darüber informieren, dass Mr. Victor Jenkins aus meinem Büro als Mitankläger dienen wird, Euer Ehren.»

Der stellvertretende Staatsanwalt hatte einen durchdringenden Blick, in dem sich ein bewusstes Überlegenheitsgefühl widerspiegelte, seine Stimme jedoch war ein hohes, fast weibliches Lispeln. Ich musste zweimal hinsehen, um mich zu überzeugen, dass es tatsächlich von ihm stammte.

Innerhalb einer Stunde hatten wir mit der Befragung der Geschworenen begonnen, und für den Rest der Woche waren wir nur damit beschäftigt. Als ich Richard Lee Jones dabei zugehört hatte, wie er über vernünftige Zweifel sprach, hatte ich ihn für einen Blender gehalten; wenn ich jetzt mir selbst zuhörte, zweifelte ich keine Sekunde an meiner Ehrlichkeit.

Mit schamloser Freundlichkeit verwickelte ich potenzielle Geschworene in eine sanfte, umfassende Befragung, die nur dazu diente, ihre Neutralität zu prüfen und ihre Vorurteile ans Tageslicht zu bringen. Gilliland-O'Rourke nahm sich weniger Zeit und kam gleich zum Kern. Sie beschränkte ihre Fragen auf das offensichtliche Thema, ob sie bereit seien, dem Buchstaben des Gesetzes zu folgen.

«Ganz gleich, wie sympathisch oder gar bewundernswert Sie die Angeklagte finden könnten», fragte sie einen der Geschworenen, «wären Sie imstande, sie für schuldig zu erklären, wenn die Indizien über alle vernünftigen Zweifel hinaus beweisen, dass sie den Mord begangen hat?»

Ich fragte den gleichen Mann, ob er für nicht schuldig plädieren würde, selbst wenn er glaubte, sie habe den Mord begangen, falls es der Anklage nicht gelinge, ihre Schuld über alle vernünftigen Zweifel hinaus zu beweisen. Er antwortete beide Male mit Ja.

Klar und methodisch, ohne eine Spur ihrer alten Extravaganz, stellte Gilliland-O'Rourke ihre Fragen und lauschte ausdruckslos den Antworten. Manchmal wirkte sie nicht unbedingt gelangweilt oder gleichgültig, sondern eher geistesabwesend.

Am Ende hatten wir eine Jury, die zu gleichen Teilen aus Männern und Frauen bestand. Sie standen in der Geschworenenbank, hoben die rechte Hand und schworen den Eid, den die Gerichtsdienerin ihnen vorsprach. Eine rein weiße Jury würde jetzt darüber entscheiden, ob ein weißer Mann von einer schwarzen Frau ermordet worden war.

Während der Befragung zupfte Alma mich am Ende jedes Tages am Ärmel, um sich zu verabschieden, und ich sah sie erst am nächsten Morgen wieder. Horace bekam ich überhaupt nicht zu Gesicht. Er ging seinen Pflichten nach, als sei alles so wie immer. Alma kam morgens mit ihm im Wagen und fuhr nachmittags mit ihm zurück, aber mehr wusste ich nicht. Er hielt sich von der Verhandlung fern, und er ging auch mir aus dem Weg.

An dem Morgen, als beide Seiten ihre Eröffnungsplädoyers halten sollten, saß ich kurz vor neun neben Alma, während die letzte Geschworene, eine untersetzte Frau, seelenruhig durch das Holzgatter in der Gerichtsschranke zur Geschworenenbank hinüberschlenderte. Am anderen Ende des Anwaltstisches, also am weitesten von der Jury entfernt, konzentrierte sich Victor Jenkins auf einen Stapel Karteikarten mit handgeschriebenen Notizen. Gilliland-O'Rourke war noch nicht da.

Schließlich flog die Seitentür auf, und die Gerichtsdienerin kam herein. Ich wartete darauf, dass Richter West hinter ihr auftauchte. Er kam nicht. Auf halbem Weg zu ihrem Platz neben der Richterbank änderte sie die Richtung und steuerte auf den Anwaltstisch zu.

«Der Richter bittet die Anwälte zur Beratung», sagte sie

und beugte sich dabei so weit herunter, dass niemand mithören konnte.

Mit einem Kaffeebecher in der Hand saß William West neben seinem Schreibtisch und lauschte einem Jazzkonzert im Radio. Er drehte es leise und lud uns mit einer Handbewegung ein, Platz zu nehmen.

«Soweit ich gehört habe, wird die Staatsanwältin heute nicht erscheinen», sagte er und warf Jenkins einen Blick zu. «Sind Sie bereit, sie zu vertreten?»

«Ja, Euer Ehren», antwortete er. «Ich wurde gestern Abend informiert.»

«Ein Krankheitsfall», erklärte West mit einem Blick auf mich.

Dann spitzte er die Lippen und überlegte, was er als Nächstes tun sollte.

«Ich werde der Jury keinen Grund für ihre Abwesenheit nennen, sondern nur darauf hinweisen, dass sie heute nicht anwesend ist und dass Sie das Eröffnungsplädoyer für die Anklage halten werden. Sind Sie damit einverstanden?»

Natürlich war er einverstanden.

«Mr. Antonelli», rief er laut, als ich Jenkins zur Tür hinaus folgte. «Kann ich Sie einen Augenblick sprechen?»

Ich machte kehrt und ließ die Tür hinter mir zufallen. «Gwendolyns Mann hatte einen Herzinfarkt.»

«Wann?», fragte ich. «Wie geht es ihm?»

«Ich weiß nur, dass es irgendwann gestern war und er es überlebt hat. Er liegt auf der Intensivstation.» West runzelte die Stirn. «In seinem Alter muss man vermutlich mit solchen Dingen rechnen. Trotzdem ist es sicher sehr schwer für Gwendolyn.»

Ich hörte kaum hin, als West die Geschworenen darüber

informierte, dass Victor Jenkins das Eröffnungsplädoyer für die Anklage halten würde. Seit zwei Wochen hatten wir versucht, Arthur O'Rourke zu erreichen. Helen hatte erst gestern erneut in seinem Büro angerufen und erfahren, dass er immer noch unterwegs sei und nicht vor Ende der Woche zurück erwartet werde. Dabei war er überhaupt nicht weg gewesen oder aber, falls doch, inzwischen wieder da. Warum gab sich Arthur O'Rourke solche Mühe, meinem Anruf auszuweichen?

Victor Jenkins stand vor den Geschworenen und genoss von Anfang an ihre ungeteilte Aufmerksamkeit. Es war eine seltsam faszinierende Mischung, dieses strenge männliche Äußere und das beinahe weibische Lispeln. Doch was auf den ersten Blick merkwürdig erschien, entpuppte sich als Zeichen seiner Authentizität, denn die Extreme hoben sich gegenseitig auf. Das Lispeln fiel wegen seines Äußeren weniger auf, und seine Gesichtszüge verloren ihre Härte aufgrund seiner Ausdrucksweise. Je länger er sprach, umso sympathischer wirkte er.

Jenkins fasste das Beweismaterial zusammen, das die Anklage vorlegen würde, und machte zwischendurch immer wieder eine Pause. Es war alles Routine, genau das, was am Beginn einer Verhandlung immer gesagt wird. Ich legte den Arm auf den Tisch, betrachtete meine Hände, rieb den Daumen erst gegen den einen, dann gegen den anderen Finger und schob die Nagelhaut zurück. Im Hintergrund sagte Jenkins etwas über die Waffe. Ich hörte nur so lange zu, bis er zu dem Ausdruck *Mordwaffe* kam, dann hing ich meinen eigenen Gedanken nach.

Teilnahmslos schweifte mein Blick von Jenkins zur Jury, von der Jury zum Protokollführer und vom Protokollführer zur Richterbank, wo Richter West einige Dokumente studierte, die in den Gerichtssaal gebracht worden waren. Wir alle hatten unsere Teilzeitrolle in einem immer währenden Stück, das sich endlos wiederholte, und während ich zusah, spürte ich etwas, wie den sanften Hauch eines Flügels, der sich in der Dunkelheit regt, und hatte das unheimliche Gefühl von etwas Undefinierbarem, einem Wissen, das jenseits meines Begriffsvermögens lag, die unerklärliche Gewissheit, dass alles falsch war.

«Mr. Antonelli», hörte ich.

Bevor ich wusste, was ich tat, merkte ich, dass ich aufgestanden war und zur Richterbank hinübersah. «Ja, Euer Ehren?»

«Möchte die Verteidigung jetzt ihr Eröffnungsplädoyer halten?»

Ich hatte mir genau eingeprägt, was ich sagen wollte, doch jetzt änderte ich meine Meinung.

«Nein, Euer Ehren. Die Verteidigung wird ihr Eröffnungsplädoyer verschieben.»

Jetzt musste die Anklage den Fall verhandeln, ohne zuvor gehört zu haben, was die Verteidigung zu tun beabsichtigte.

Am nächsten Morgen erschien Gilliland-O'Rourke vor Gericht, als sei es nie anders gewesen. Sie nahm ihren Platz als leitende Staatsanwältin wieder ein und rief den ersten Zeugen der Anklage auf.

Andre Barbizon setzte sich in die Zeugenbank, presste die dünnen Knie aneinander und faltete die manikürten Hände im Schoß. Dann warf er einen überheblichen Blick auf die voll besetzten Zuschauerbänke und wartete auf die erste Frage.

«Wie lange waren Sie bei Russell Gray beschäftigt?»

Ihre Stimme, ihre Haltung, die Art, wie sie auf den Zeugen zuging und sich dann der Jury zuwandte – nichts davon hatte sich verändert. Was auch immer in ihr vorging oder mit ihrem Mann los war, die Welt würde es nicht erfahren.

«Nächsten Monat drei Jahre», sagte Barbizon. Er schien eine gewisse Befriedigung daraus zu ziehen, dass er so präzise antworten konnte.

«Und worin bestanden Ihre Aufgaben?», fragte sie.

«Ich führte den Haushalt, stellte Leute ein, erledigte die Buchhaltung und sorgte dafür, dass alles seinen geordneten Gang hatte.»

Sie nickte und sah die Geschworenen an. «Wo waren Sie an dem Abend, als Ihr Arbeitgeber, Russell Gray, getötet wurde?»

«An diesem Abend hatte ich frei. Ich war zum Abendessen mit Freunden in der Stadt verabredet.»

«Um welche Zeit etwa sind Sie nach Hause gekommen?»

Barbizon rieb sich die Nase. «Um zehn nach zwölf.»

Gilliland-O'Rourke trat auf ihn zu. «Genau?»

«Es war zehn nach, als ich ins Wohnzimmer kam. Zumindest zeigte die Uhr auf dem Kaminsims diese Zeit an.»

«Was fanden Sie vor, als Sie das Wohnzimmer betraten?»

«Russell. Ich meine, Mr. Gray. Er lag auf dem Boden. Tot. Direkt neben der Leiche lag ein Revolver.»

«Woher wussten Sie, dass er tot war?»

Ein Ausdruck von Ekel flog über sein Gesicht. «Seine

Augen standen offen. Es gab eine Menge Blut. Er atmete nicht mehr. Um ganz sicher zu sein, habe ich ihm den Puls gefühlt», setzte er mit einem leichten Schaudern hinzu.

«Was haben Sie dann getan?»

«Ich habe die Polizei angerufen», antwortete er.

Sie stand mit vor der Brust verschränkten Armen vor ihm. «Was taten Sie, während Sie auf die Polizei warteten?»

Er dachte einen Augenblick nach. «Ich ging in die Küche und goss mir ein Glas Wein ein. Ich brauchte etwas, um mich zu beruhigen. Ich war sehr aufgewühlt.»

«Ihr Zeuge», sagte Gilliland-O'Rourke und kehrte zu ihrem Platz zurück.

Ich stand neben dem Anwaltstisch und sah Barbizon mit zusammengekniffenen Augen an.

«Sie lebten auf Russell Grays Anwesen. Ist das richtig?»

«Ja.»

«Wo genau? Hatten Sie eine separate Wohnung außerhalb des Haupthauses, ein Apartment im Haus, ein Zimmer?»

«Ich habe eine Zweizimmerwohnung im zweiten Stock.»

Ich nickte und ging quer über den Holzfußboden zur Geschworenenbank.

«Es ist ein ziemlich großes steinernes Haus. Drei Stockwerke, glaube ich. Ist das korrekt?»

«Ja», sagte er und beobachtete mich aufmerksam.

«Hohe Decken, solide Fußböden, lange Gänge, die in verschiedene Richtungen verlaufen?»

«Ja», antwortete er mit einer Spur von Ungeduld in der Stimme.

«Ein Haus, in dem es extrem schwierig ist, festzustellen, ob noch jemand anwesend ist oder nicht?»

«Wenn Sie damit meinen, ob es schwierig ist, zu hören, wie Leute sich im Haus bewegen, ja, natürlich.»

«Wenn Sie sich beispielsweise oben in Ihren Räumen aufhielten, konnten Besucher von Mr. Gray im Wohnzimmer Ihre Anwesenheit im Haus nicht unbedingt bemerken, oder?»

«Nein», stimmte er zu. «Es sei denn, Mr. Gray hätte es erwähnt, natürlich.»

Ich sah die Geschworenen an und richtete den Blick dann wieder auf ihn. «Sie erwähnten, dass es zu Ihren Aufgaben gehörte, Personal einzustellen. Lebten noch andere Angestellte von Mr. Gray im Haus?»

«Nein. Die Köchin und das Mädchen waren nur tagsüber da – oder wenn sie gebraucht wurden.»

«Wenn jemand Mr. Gray besuchte oder ihn anrief, haben Sie dann die Tür aufgemacht oder sind ans Telefon gegangen, wenn das Mädchen nicht da war?» Ich trat einen Schritt auf ihn zu und fuhr mit der Hand über die Balustrade der Geschworenenbank.

«Ja, natürlich.»

«So haben Sie also im Lauf der fast drei Jahre, die Sie für Mr. Gray gearbeitet haben, seine Besucher ziemlich gut kennen gelernt, nicht wahr?»

«Ja», antwortete er mit Nachdruck.

«Vielen Dank, Mr. Barbizon. Das wäre alles.»

Ich machte einen Schritt auf meinen Platz zu und warf dann einen Blick zurück. Er sah zum Richter und wartete darauf, dass er gehen konnte.

«Noch eine letzte Frage. Wie konnten Sie in einem so großen Haus sicher sein, dass sich der Mörder nicht noch im Haus aufhielt, nachdem Sie die Leiche gefunden hatten?»

«Das nahm ich einfach an», stammelte er. «Ich sah den Revolver auf dem Boden.»

Ich hob die Hand. «Keine weiteren Fragen.»

Barbizon wurde entlassen, und der Richter erklärte, dass die Sitzung wegen einer anderen Gerichtsverhandlung bis nach der Mittagspause unterbrochen werde. Sobald die Geschworenen gegangen waren, trat ich zu Gilliland-O'Rourke, die gerade ihre Aktentasche schloss.

«Die Sache mit deinem Mann tut mir Leid», sagte ich. «Geht es ihm besser?»

Sie ließ das Schloss einschnappen, bevor sie sich umdrehte und mich ansah.

«Er wird es schaffen», sagte sie knapp.

«In welchem Krankenhaus liegt er?»

«In einer Privatklinik.»

Sie hob die Aktentasche vom Tisch und hielt sie vor der Brust, während sie wartete, dass ich fertig wurde mit dem, was ich zu sagen hatte.

«Freut mich, dass er es schaffen wird», sagte ich und wandte mich zum Gehen.

«Wenn du mit meinem Mann sprechen wolltest, hättest du dich zuerst an mich wenden sollen», erklärte sie mit eisigem Blick.

«Wie bitte?»

«Du hast seit Wochen bei ihm im Büro angerufen.»

«Ja, das stimmt. Ich wollte mit ihm reden.»

«Worüber?», wollte sie wissen.

Ihr Mann lag mit einem Herzinfarkt im Krankenhaus. Ich versuchte, das zu berücksichtigen.

«Hör mal, Gwendolyn», flüsterte ich. «Das ist nicht der Zeitpunkt –»

«Worüber wolltest du mit ihm sprechen? Hat es mit diesem Fall zu tun?»

«Er war Russell Grays bester Freund.»

«Sie kannten sich kaum», sagte sie und warf mir einen abschätzigen Blick zu. «Hättest du mich gefragt, hätte ich es dir sagen können», setzte sie hinzu, als sie auf dem Absatz kehrtmachte.

«Wenn es so einfach ist, warum hat *er* mich dann nicht angerufen, um mir das zu sagen?» Meine Geduld war erschöpft.

Sie zögerte, als wollte sie stehen bleiben und sich umdrehen, doch dann ging sie einfach raus.

22

Andre Barbizon hatte Russell Grays Leiche auf dem Boden des Wohnzimmers gefunden. Der nächste Zeuge, der von der Anklage aufgerufen wurde, erklärte, wie er dorthin gekommen war.

Dr. Reuben Santana ging mit großen, energischen Schritten zum Zeugenstand. Er hatte kurz geschorenes Haar und eine schmale, leicht schiefe Nase.

«Sie führten die Autopsie an dem verstorbenen Russell Gray durch?», fragte Gilliland-O'Rourke. Sie stand am Anwaltstisch und fuhr mit ihren langen lackierten Fingernägeln über die Tischkante.

«Ja», antwortete der Coroner. Sein knappes Nicken passte zu den präzisen Bewegungen seiner Chirurgenhände.

«Ausgehend von der Untersuchung der Leiche, was würden Sie als Todesursache nennen, Dr. Santana?»

Sein Blick schweifte zu den Geschworenen, als er antwortete: «Trauma nach einer Schusswunde. Das Opfer wurde in die Brust getroffen. Das Projektil zerfetzte hauptsächlich die Lungenschlagader. Der Tod trat sofort ein.»

Gilliland-O'Rourke trat zu einer Staffelei und entfernte ein leeres Blatt Papier, das die einfache Zeichnung der Vorderansicht eines menschlichen Körpers verdeckt hatte.

«Konnten Sie das genaue Eintrittsloch der Kugel bestimmen, als Sie Russell Grays Leiche untersuchten?»

Santana verließ den Zeugenstand. Mit einem Filzstift zog er sorgfältig einen kleinen Kreis in der Mitte der Brustgegend. «Das Projektil trat hier ein.»

Er blieb neben der Staffelei stehen und wartete darauf, dass Gilliland-O'Rourke die Zeichnung einer Rückenansicht enthüllte.

«Konnten Sie auch feststellen, wo die Kugel aus dem Körper austrat?»

Santana zeichnete einen Kreis, der halbwegs auf einer imaginären Linie unterhalb der beiden Schulterblätter lag.

«Wenn man berücksichtigt, wo die Kugel in den Körper eintrat und dann wieder austrat, was kann man über die Schussbahn der Kugel folgern, die Russell Gray traf?», fragte sie, nachdem er wieder Platz genommen hatte.

«Die Schussbahn verlief buchstäblich horizontal.»

«Was den Schluss zulässt, dass sich der Schuss zum Beispiel nicht im Verlauf eines Handgemenges gelöst haben kann?»

Das stank nach Mutmaßung, trotzdem beschloss ich, keinen Einspruch zu erheben.

«Ich kann mit Sicherheit nur behaupten, dass es weder einen nach oben noch einen nach unten geneigten Einfallswinkel gab.»

Gilliland-O'Rourke wollte sichergehen, dass alle verstanden. «Also kann er sich nicht während eines Handgemenges gelöst haben, zum Beispiel, wenn man versucht, dem anderen die Waffe zu entreißen, und der Lauf entweder nach oben oder nach unten gerichtet ist?»

«Nein.»

Am nächsten Tag nahm Gilliland-O'Rourke die Befragung ihres nächsten Zeugen genau an diesem Punkt wieder auf.

Krummbeinig und mit hochgezogenen Schultern saß Detective Thaddeus Oliver da, strich mit dem Finger über seinen Schnurrbart und wartete auf eine Gelegenheit zu antworten.

«Gab es irgendwelche Anzeichen für einen Kampf, als Sie den Tatort untersuchten? Umgeworfene Möbel, zerbrochene Gegenstände oder Ähnliches?», fragte sie scharf.

«Nein. Alles war an seinem Platz.»

«Was ist mit der Kleidung des Opfers? Irgendwelche Anzeichen für eine Auseinandersetzung?»

«Das Hemd wies ein Einschussloch auf, da, wo das Opfer getroffen worden war», antwortete Oliver und warf den Geschworenen einen Blick zu, als sollte das ein Witz sein.

«Sonst nichts?», fragte Gilliland-O'Rourke und musterte ihn missbilligend.

«Nein», entgegnete er und sah zu Boden.

Sie trat näher an den Zeugen heran und hob die Hand. «Das ist sehr wichtig, Detective Oliver. Gab es Schmauchspuren oder irgendwelche Hinweise darauf, dass das Opfer aus nächster Nähe erschossen worden war?»

Als alter Hase, der über langjährige Zeugenerfahrung bei Gericht verfügte, sah er direkt die Geschworenen an. «Nein, nichts.»

«Wenn jemand im Kampf um die Waffe getroffen worden wäre, könnte man doch derartige Hinweise erwarten?»

«Ja, mit hoher Wahrscheinlichkeit», antwortete er bestimmt, ohne den Blick von den Geschworenen zu nehmen.

Es war ein Präventivschlag, der Versuch, eine vorsätzliche Tat zu beweisen, indem von vornherein eine Handlung im Affekt oder aus Notwehr ausgeschlossen wurde. Gilliland-O'Rourke war gründlich, trotzdem war das alles unerheblich. Unsere Verteidigung war ganz einfach. Jemand anders hatte Russell Gray ermordet.

Tag um Tag rief die Anklage ihre Zeugen auf und zog ihre Beweiskette gegen Alma Woolner immer enger.

Ballistikexperten und Gerichtsmediziner bezeugten, dass die Kugel, die Russell Gray getötet hatte, aus der Waffe stammte, die neben der Leiche gefunden worden war, und dass die einzigen Fingerabdrücke auf der Waffe von der Angeklagten stammten. Es war fast eine Erleichterung, als eine Zeugin aufgerufen wurde, die nicht den ganzen Tag damit verbrachte, durch ein Mikroskop zu starren.

Die alte Frau stützte sich auf den silbernen Knauf ihres schwarz lackierten Gehstocks und hob widerwillig die rechte Hand, als die Gerichtsdienerin ihr den Eid vorlas. Als Gilliland-O'Rourke sie aufforderte, für das Protokoll ihren vollen Namen zu nennen, warf sie ihr einen Blick zu, als könne sie nicht glauben, dass die jüngere Frau das ernst meinte.

«Roberta Hope Caldwell», erklärte sie schließlich und betonte jede Silbe wie die nächste Note in einem sich steigernden Chor des Unmuts. Ihre altersfleckigen Hände ruhten auf dem Gehstock, als sie jeden Buchstaben ihres Nachnamens einzeln ausspuckte: «C-A-L-D-W-E-L-L.»

Mrs. Caldwell gehörte dem Vorstand der Balletttruppe an und war einst eine der schönsten Frauen Portlands gewesen, auch wenn sich kaum noch jemand daran erinnern konnte.

«Sie sind stellvertretende Vorsitzende, und Russell Gray war der Vorsitzende, ist das richtig?», fragte Gilliland-O'Rourke und wahrte ihren Abstand.

«Ja», antwortete die alte Dame und rümpfte die Nase, als komme ihr irgendetwas faul daran vor.

«Sie haben in der Mordnacht an der Vorstandssitzung teilgenommen?»

«So ist es.» Sie stützte sich in Erwartung der nächsten Frage auf ihren Gehstock.

«Wie viele Leute waren noch dabei?»

Sie hob die buschigen Brauen und überlegte einen Augenblick. «Ich glaube, sechs. Nein, sieben, mit Mrs. Woolner.»

Gilliland-O'Rourke hatte einen Bleistift vom Anwaltstisch in der Hand, mit dem sie bewusst oder unbewusst gegen ihre Finger schlug.

«Um wie viel Uhr war die Sitzung zu Ende?», fragte sie geduldig.

«Ich schätze, gegen zehn oder halb elf. Ich habe nicht auf die Uhr gesehen.»

Nachdenklich sah Gilliland zu Boden. «Haben alle Anwesenden gemeinsam das Haus verlassen?»

«Ich bin noch einen Augenblick länger geblieben. Ich hatte etwas Persönliches mit Mr. Gray zu besprechen.»

Noch immer mit gesenktem Blick nickte Gilliland-O'Rourke und trat einige Schritte auf die Geschworenen zu. Sie verzog den Mund, schlug mit dem Bleistift gegen die Finger und blieb plötzlich stehen.

«Kehrte irgendeiner der Gäste, Alma Woolner eingeschlossen, während der paar Minuten, die Sie noch dort waren, ins Haus zurück?»

«Nein», antwortete Mrs. Caldwell langsam.

«Dann war Russell Gray ganz allein, als Sie gingen?»

«Ja.»

Ich war sicher, dass sie sich irrte. Sobald ich Gelegenheit hatte, die Zeugin zu befragen, versuchte ich, es zu beweisen.

«Mr. Grays Haus ist sehr groß, nicht wahr?», fragte ich, während ich auf sie zuging.

Sie schien anderer Ansicht zu sein. «Nicht größer als meins.»

«Aber doch so groß, dass sich jemand in einem Teil des Hauses aufhalten kann, ohne dass ein anderer etwas davon bemerkt?», fuhr ich beiläufig fort, als sei die Frage völlig unbedeutend.

«Ja, natürlich.»

«Also wäre es durchaus möglich, dass sich Alma Woolner irgendwo im Korridor oder vielleicht im Bad aufgehalten hat, während Sie glaubten, sie sei mit den anderen fortgegangen?»

Sie umklammerte den Gehstock und starrte auf ihre praktischen Schnürschuhe. «Das wäre möglich», räumte sie ein und hob den Blick, «hätte ich mich nicht selbst draußen vor der Tür von ihr verabschiedet und gesehen, wie sie wegfuhr.»

Mit dieser Antwort hatte ich nicht gerechnet, deshalb musste ich mich zwingen, meiner Stimme nichts anmerken zu lassen, als ich die Befragung abschloss.

«Sie sahen also, wie Alma Woolner das Haus verließ. Schön. Keine weiteren Fragen, Euer Ehren.» Ich ging wieder an meinen Platz.

Gilliland-O'Rourke sprang auf. «Nur noch ein oder zwei Fragen, Mrs. Caldwell. Warum wollten Sie mit Mr. Gray unter vier Augen sprechen, bevor Sie gingen?»

«Ich wollte ihn mit einem Gerücht konfrontieren, das ich gehört hatte.»

«Um welches Gerücht handelte es sich?»

Zum ersten Mal schien sie ein Stück ihrer Fassung zu verlieren. Ihr Blick wanderte von Gilliland-O'Rourke zu Alma, die nun jedes Wort aufmerksam verfolgte.

«Dass er ein Verhältnis mit Alma Woolner hatte», sagte sie schließlich. «Mr. Gray war berüchtigt für derlei Dinge», fügte sie hinzu und sah Gilliland-O'Rourke an. «Das ist Ihnen bestimmt bekannt.»

Gilliland-O'Rourke ging nicht darauf ein.

«Was haben Sie Mr. Gray gesagt?», fragte sie, während sie sich den Geschworenen zuwandte.

«Ich erklärte ihm, dass er Mrs. Woolner in Ruhe lassen sollte, dass sie eine verheiratete Frau sei und dass ich dafür sorgen würde, dass er abgesetzt würde, wenn er so weitermachte», antwortete sie und hob das faltige Kinn.

Gilliland-O'Rourke sah sie an. «Abgesetzt?»

«Ja. Als Vorsitzender. Alle hielten ihn für charmant», murmelte sie. «Aber das war er ganz und gar nicht. Er war ein schrecklicher Mensch, der alle anderen ausnützte.»

Es ergab keinen Sinn. Alma hatte mir erzählt, dass sie geblieben sei, und Mrs. Caldwell schwor, dass Alma das Haus verlassen hatte. Und sie war nicht die Einzige. Alle, die an der Sitzung bei Russell Gray teilgenommen hatten, bezeugten dasselbe.

Alma stritt es ab und erging sich in Haarspaltereien. Sie hätte nicht mit den anderen das Haus verlassen, beharrte sie, nicht im eigentlichen Sinne.

«Ich bin mit den anderen zusammen gegangen. Aber dann fiel mir ein, dass ich mit Russell sprechen musste, also bin ich zurückgekommen», erklärte sie.

Am späten Nachmittag, nachdem die Anklage den letzten Zeugen befragt hatte, der gesehen hatte, wie Alma wegfuhr, waren wir in mein Büro gegangen.

«Das ist aber nicht das, was Sie mir gesagt haben», erinnerte ich sie. «Sie haben mir gesagt, dass Sie geblieben seien. Sie haben nie erwähnt, dass Sie zuerst weggefahren waren.»

Dunkle Wolken zogen über den Himmel, und es hatte angefangen zu regnen. So würde es in den kommenden Monaten tagein, tagaus sein, wenn der Wind vom Meer kam. Ich stand mit den Händen in den Hosentaschen am Fenster, holte tief Luft und stieß sie mit einem verzweifelten Seufzer wieder aus.

Dann wandte ich mich so weit um, dass ich sie sehen konnte. Im gelben Schein des gedämpften Lichts glänzte ihre weiche Haut wie poliertes Kupfer.

«Was macht es schon aus?», fragte sie leise. «Ob ich dageblieben oder weggegangen bin und etwas später zurückkam? Ich war da.»

«Man wird behaupten, dass Sie weggingen und, als Sie sicher waren, dass er allein war, mit einer Waffe zurückkamen», antwortete ich, während ich quer durchs Zimmer ging und mich neben sie setzte.

Sie sah mich ausdruckslos an.

«Man wird behaupten, dass Sie eine Affäre mit Russell Gray gehabt hätten, dass Sie in ihn verliebt gewesen seien, er aber nicht in Sie, und als Sie feststellten, dass er mit Ihnen Schluss machen wollte, hätten Sie es nicht verkraftet und ihn umgebracht.»

«Ich habe ihn nicht umgebracht», beharrte sie.

«Aber Sie hatten ein Verhältnis mit ihm.»

Sie stritt es ab, so wie die unzähligen Male zuvor. Ich hob die Hand und schüttelte den Kopf.

«Leugnen nützt Ihnen nicht», warnte ich sie. «Jetzt ist es

zu spät dafür. Es ist Ihnen nicht plötzlich eingefallen, dass Sie noch etwas mit ihm zu besprechen hatten. Sie sind weggefahren, weil Sie nicht wollten, dass die anderen von Ihrer Beziehung wussten. Wenn Sie kein Verhältnis mit ihm gehabt hätten, hätten Sie auch keine Angst gehabt, zu bleiben, als die anderen gingen. Nur wenn man ein schlechtes Gewissen hat, ist man gezwungen, den Schein zu wahren.»

Sie starrte mich an und schwieg.

«Und das ist auch der Grund, warum Sie nicht aussagen wollten, stimmt's? Sie wollten nicht, dass es herauskommt, weil Sie nicht wollen, dass Horace davon erfährt.»

Es gab keine Reaktion, keine Regung, die verriet, wie sie fühlte oder dass sie überhaupt etwas fühlte. Nichts, nur der Blick eines Menschen, der sich irgendwo versteckt hat, wo niemand mehr an ihn herankommt. Ich kannte sie seit Jahren. Doch jetzt wurde mir klar, dass ich sie eigentlich überhaupt nicht kannte.

«Man wird Sie des Mordes schuldig sprechen, Alma, und es gibt nichts, was ich dagegen unternehmen könnte, wenn Sie mir jetzt nicht die Wahrheit sagen. Sie hatten eine Affäre mit Russell Gray, und das müssen Sie eingestehen, egal wie schmerzhaft es ist. Deshalb sind Sie auch zu seinem Haus zurückgekehrt, und das werden Sie aussagen müssen, wenn ich Sie in den Zeugenstand rufe. Ist das klar?»

Sie antwortete nicht. Stattdessen sah sie auf die Uhr.

«Ich muss gehen», verkündete sie und stand auf. «Horace wartet draußen auf mich.»

Sie würde nichts mehr sagen. Widerwillig stand ich auf, nahm ihren Arm und begleitete sie nach draußen.

«Ich habe diese Woche dreimal versucht, Horace anzurufen. Er nimmt meine Anrufe nicht entgegen.»

«Er hat sehr viel zu tun», antwortete sie.

«Ich möchte, dass er vor Gericht erscheint, er soll da sitzen, wo die Geschworenen ihn sehen. Er muss mit seiner Gegenwart bekunden, dass er von Ihrer Unschuld überzeugt ist. Er weiß, wie wichtig das ist.»

Wir fuhren mit dem Aufzug in die Lobby, und ich führte sie über den regennassen Bürgersteig. Horace wartete im Wagen. Mit dem Regenschirm in der Hand öffnete ich die Wagentür und half ihr einsteigen. Als ich Horace begrüßte, blickte er starr geradeaus und nickte wortlos. Dann fuhren sie weg. Ich blieb am Bordstein zurück, beobachtete, wie die Rücklichter im Verkehr verschwanden, und fragte mich, was ich bloß verbrochen hatte.

Ich hatte noch jede Menge zu tun. Als ich durch die Lobby ging und meine Schritte auf dem dunklen Marmorboden widerhallten, überlegte ich, ob ich im Büro bleiben oder die Arbeit mit nach Hause nehmen sollte.

Die Tür zu meiner Kanzlei stand offen, so wie bei meinem Weggehen. Alle anderen Büros in meinem Stockwerk hatten schon Feierabend gemacht. Ich schloss die Tür hinter mir, blieb kurz an Helens Schreibtisch stehen und blätterte durch die Telefonnachrichten, die sich in der letzten Woche aufgestapelt hatten. Die meisten übersprang ich, aber es gab auch einige, die wichtig schienen und die ich studierte, während ich in mein Büro weiterging.

«Ich hatte gehofft, dass Sie noch da sind.»

Erstaunt sah ich auf. Im Schatten der Schreibtischlampe, dort, wo vor ein paar Minuten noch Alma Woolner gesessen hatte, saß eine Frau in Abendkleid und schwarzem Pelzmantel und sah mich an. Sie lachte, als sie meine Überraschung bemerkte.

«Haben Sie mich schon vergessen?»

Ich setzte mich in meinen Sessel und beobachtete, wie sie mich in ihrer eleganten Kleidung spöttisch musterte.

«Was kann ich für Sie tun, Kristin? Oder sind Sie nur zufällig vorbeigekommen?»

«Ich dachte, Sie hätten vielleicht Lust, mich zum Abendessen einzuladen», sagte sie. Das lange glänzende Haar fiel ihr über die Schulter, als sie den Kopf zur Seite neigte. «Ich habe zwar eine Verabredung, aber die könnte ich absagen.»

«Ihr Mann wurde zum Tode verurteilt, und Sie haben eine Verabredung? Sie verlieren wirklich keine Zeit, was?»

«Er wurde bereits vor einem Monat verurteilt.» Aus ihrem Mund klang es, als wäre das eine Ewigkeit. «Außerdem ist es keine richtige Verabredung. Ich wollte mit einem Freund zu Abend essen. Sie kennen ihn. Conrad Atkinson.»

Ich konnte meine Überraschung nicht verbergen.

«Ich weiß, was er vor Gericht ausgesagt hat. Er war sauer auf mich. Er hatte auch allen Grund dazu. Aber Conrad weiß, dass ich nichts mit dem zu tun habe, was Marshall sich eingebrockt hat.»

Sie bemerkte die Skepsis in meinem Gesicht, griff zum Hörer und wählte.

«Es tut mir Leid, aber ich muss für heute Abend absagen», sagte sie in den Hörer. Sie sah mich an und drückte auf den Lautsprecherknopf.

Zweifellos, es war Conrad Atkinsons Stimme.

«Ich melde mich später nochmal», versprach sie ihm, ehe sie auflegte.

Ihre Augen ruhten immer noch auf mir.

«Führen Sie mich zum Abendessen aus, und ich erzähle Ihnen ein paar Dinge über Russell Gray, die Sie interessieren dürften.»

Wir stiegen in ihren schwarzen Mercedes – den Wagen, den sie einfach behalten hatte, nachdem sie sich von Atkinson getrennt hatte – und fuhren zu einem kleinen französischen Restaurant im Nordwesten, fünf Minuten von Downtown entfernt. An einem ruhigen Tisch in einer Ecke, den Pelz über die Stuhllehne geworfen, versuchte Kristin, mich davon zu überzeugen, dass sie zu den wenigen Menschen gehörte, denen ich vertrauen konnte.

«Was möchten Sie über Russell Gray wissen?», fragte sie, während sie an ihrem Rotwein nippte.

«Sie kennen ihn aus der Zeit, als Sie mit Conrad Atkinson verlobt waren, nicht wahr?»

«Ja, aber ich hatte bereits von ihm gehört, als ich in der Staatsanwaltschaft mit kleineren Vergehen zu tun hatte.» Sie strich sich mit dem Mittelfinger über die Unterlippe. «Ein Teenager hatte behauptet, Gray hätte ihn im Wagen mitgenommen und dabei sexuell belästigt. Ich glaubte dem Jungen. Gilliland-O'Rourke wies mich an, die Klage fallen zu lassen. Die Beweise würden nicht ausreichen, sagte sie. Ich hatte Dutzende von Fällen wie diesen. Aber hier war es was anderes, weil es um Russell Gray ging. Russell Gray war einer von ihnen.»

Ich glaubte zu wissen, was sie meinte, aber ich wollte es aus ihrem Mund hören.

«Einer von ihnen?»

Ihre Mundwinkel verzogen sich und sie warf mir einen spöttischen Blick zu.

«Sie verstehen diese Menschen nicht – Russell Gray, Gilliland-O'Rourke, ja sogar Conrad – nicht wahr? Sie sind nicht wie Sie und ich.»

«Weil sie reich sind?» Ich lachte.

«Weil sie tun können, was sie wollen, solange sie einander nicht in die Quere kommen. Sie beschützen sich gegenseitig bis zu einem gewissen Punkt. Wenn dieser Punkt erreicht ist und sie es nicht mehr vertuschen können, lassen sie den anderen fallen wie eine heiße Kartoffel. Sehen Sie sich nur an, was Gwendolyn mit Marshall gemacht hat.»

Ich war mir nicht sicher, was sie meinte.

«Wenn Sie nicht gewesen wären», erklärte sie und fuhr mit dem Finger über den Rand des halb vollen Glases, «wäre er niemals angeklagt worden.»

Der Kellner kam. Nachdem wir bestellt hatten, erinnerte ich sie daran, dass Travis Quentin vor der Polizei gestanden hatte. «Gwendolyn hätte der Polizei gesagt, dass der Fall aussichtslos ist. Quentin war ein Mörder, der seine Haut retten wollte, und alle anderen Beweise bestanden nur aus Indizien. Sie hätte nie etwas getan, was ihr selbst geschadet hätte. Warum, glauben Sie, prozessiert sie gegen Alma Woolner? Weil sie von ihrer Schuld überzeugt ist?»

Sie schüttelte den Kopf.

«Sie kann niemandem trauen. Sie hat Angst vor dem, was ans Licht kommen könnte. Sie haben alle Angst. Russell Gray hatte mit Dingen zu tun, die sie um jeden Preis vertuschen wollen.»

Ich rührte mein Essen kaum an, während Kristin mit gutem Appetit aß.

«Wo ist die Verbindung zu Arthur O'Rourke?»

Sie legte ihre Gabel beiseite und beugte sich über den Tisch. «Hatten Sie wirklich eine Affäre mit Gwendolyn?»

«Nein. Wo haben Sie denn das her?», entgegnete ich, so gleichgültig ich konnte.

«Ich glaube Ihnen nicht», erwiderte sie und lehnte sich zurück. «Aber es spielt keine Rolle. Sie muss jede Menge Affären gehabt haben. Was hätte sie auch sonst machen sollen?» Sie führte die Gabel zum Mund. «Die beiden führen gar keine richtige Ehe», erklärte sie und tupfte sich mit der Serviette über die Lippen. «Sie haben ein Abkommen. Eine der reichsten und eine der politisch mächtigsten Familien im ganzen Land. Jeder musste glauben, dass es der Anfang einer Dynastie war. Wer wäre schon darauf gekommen, dass Arthur O'Rourke schwul ist?»

Plötzlich wurde sie ernst, ja sogar ein wenig nachdenklich. Sie senkte den Blick und zeichnete mit dem Fingernagel auf der Tischdecke.

«Es ist tragisch», sagte sie. «Arthur ist ein sehr netter Mann. Es muss schwer für ihn gewesen sein, in der Gewissheit aufzuwachsen, dass er niemals zeigen durfte, wie er fühlte, wie er wirklich war.»

Sie sah auf, griff nach ihrem Glas und trank, ohne mich aus den Augen zu lassen.

«Armer Arthur. Jeder hat ihn benutzt. Gwendolyn wusste Bescheid, ehe sie ihn geheiratet hat – sie muss es gewusst haben –, aber sie heiratete ihn trotzdem, weil sie scharf auf das Geld war und alles, was dazugehörte. Russell war noch schlimmer.»

Ich saß ihr gegenüber und hörte aufmerksam zu, während sie schilderte, wie Russell Gray seinen Freund ausgebeutet hatte.

«Vor langer Zeit, als beide noch jung waren, hatten sie eine Affäre.»

«Arthur O'Rourke und Russell Gray?»

«Ja. Arthur ist zehn oder fünfzehn Jahre älter, und als Russell jung war, sah er verdammt gut aus: schlank, blond, blaue Augen. Arthur verliebte sich in ihn.»

Sie hielt inne.

«Und Russell?»

«Arthur war immer ein sehr großzügiger Mann, und Russell tat nichts, um ihn oder auch andere davon abzuhalten.»

«Ich habe Russell Gray für einen der wohlhabendsten Männer der Stadt gehalten.»

«Das wollte er alle glauben machen», antwortete sie und warf mir einen durchtriebenen Blick zu. «Seine Familie war reich, aber niemals so reich wie die O'Rourkes. Russell musste zudem sein Erbe mit einem Bruder und einer Schwester teilen. Und dann gab er fast alles aus, was er bekommen hatte. Ich weiß nicht, was er ohne seinen guten Freund Arthur O'Rourke gemacht hätte, vor allem in den letzten beiden Jahren.»

Ehe sie fortfuhr, nahm sie noch einen Schluck.

«Er hatte eine Menge finanzielle Probleme. Er hat sich überall Geld geliehen. Selbst Conrad musste ihm aus der Patsche helfen. Aber natürlich hat er sich am meisten von Arthur O'Rourke geliehen, viel, sehr viel. Sie waren befreundet, doch auch Freundschaften haben ihre Grenzen. Offensichtlich hatte Russell begonnen, ihm zu drohen, indem er andeutete, er hoffe, er könnte seine finanziellen Probleme irgendwie lösen, bevor er sich gezwungen sehe, über gewisse Dinge auszupacken.»

Sie lachte kurz und trocken. «Sogar wenn sie sich gegenseitig erpressen, versuchen sie höflich zu bleiben.»

Mich interessierten ihre Umgangsformen nicht. «Wollen Sie damit sagen, dass Russell Gray von jemandem ermordet wurde, den er erpresste? Etwa Arthur O'Rourke?»

Sie lachte. «Kennen Sie Arthur?»

Als ich ihr von meiner Begegnung mit ihm erzählte, sah sie mich an, als hätte ich meine eigene Frage bereits beantwortet. «Arthur O'Rourke kann keiner Fliege etwas zu Leide tun. Aber Gwendolyn schon», sagte sie. «Und sie wäre nicht die Einzige. Es gibt jede Menge Leute, die einen Skandal um jeden Preis verhindern würden. Aber wenn man darüber nachdenkt», sagte sie und lehnte sich zurück, «hätte Gwendolyn am meisten zu verlieren. Was meinen Sie, was aus ihrer politischen Karriere würde, wenn einer rausgefunden hätte, dass ihr Mann sich mit Typen wie Andre Barbizon eingelassen hatte?»

«Barbizon? Dem Hausverwalter?»

Sie riss die Augen auf. «Na ja, so kann man es auch nennen.» Ihr spöttischer Blick verschwand. «Arthur O'Rourke ist ein netter, einsamer Mann, und sein Freund Russell verschaffte ihm Kontakte zu Leuten, die bereit waren, ihm Trost zu spenden.» Sie hielt einen Augenblick inne und dachte darüber nach, was sie gerade gesagt hatte. «Ja, so könnte man das, was Russell für seine Freunde tat, am wohlwollendsten beschreiben.»

Wir bestellten den Kaffee. Während sie in ihrer Tasse rührte, fragte ich sie nach Russell Gray und Alma.

«Sie hatten eine Affäre», berichtete sie, als sei das eine Tatsache. «Jeder wusste es.»

«Conrad Atkinson hat behauptet, er wisse es nicht genau», entgegnete ich, um zu sehen, wie sie darauf reagierte.

«Sie decken sich gegenseitig», sagte sie und warf mir

einen nachsichtigen Blick zu. «Conrad hat Sie nicht belogen, er hat Ihnen nur nicht die Wahrheit gesagt.»

«Jeder war also im Bilde?»

«Es war kein Geheimnis.»

Die nächste Frage musste ich einfach stellen. «Glauben Sie, dass ihr Mann davon wusste?»

Sie hielt die Tasse mit beiden Händen fest und stützte die Ellbogen auf den Tisch. «Es wäre ein Leichtes gewesen, es vor ihm zu verbergen. Horace Woolner ist der Anstand in Person, falls es so was überhaupt gibt.» Sie stellte die Tasse wieder hin, faltete die Hände und legte das Kinn darauf. «Und wer hätte es ihm sagen sollen? Er bewegt sich nicht gerade in denselben Kreisen, stimmt's?»

Ich legte meine Kreditkarte auf die Rechnung und wartete, dass der Kellner sie mitnahm.

«Und was ist mit Ihnen, Kristin? Warum haben Sie entschieden, dass diese Kreise nichts für Sie sind?»

«Marshall war aufregend», antwortete sie, ohne mit der Wimper zu zucken. «Conrad und seine Freunde sind mir viel zu berechenbar.» Sie lächelte versonnen. «Sie würden auch nicht zu Ihnen passen. Sie würden sich zu Tode langweilen. Unter der Oberfläche ...», sagte sie und brach ab. Dann warf sie den Kopf nach hinten und lachte. «Ach, es gibt kein Unter-der-Oberfläche.»

Sie hakte sich bei mir unter, als wir das Restaurant verließen, und hielt meinen Arm, bis wir zum Wagen gelangten. Als wir durch die Stadt fuhren, fragte ich sie, warum sie mir all das erzählt hatte.

«Ich wollte Ihnen zeigen, dass ich Ihnen vertraue», antwortete sie, während sie die Straße im Auge behielt. «Und weil ich will, dass Sie mir trauen.» Sie warf mir einen Blick zu. «Ich hatte nichts zu tun mit Marshalls Machenschaften. Das müssen Sie mir glauben.»

Sie parkte vor meinem Büro und schaltete den Motor aus. «Verraten Sie mir eins. Hat Marshall Ihnen tatsächlich gestanden, dass er seine Frau hat umbringen lassen?»

Ein kurzes, rätselhaftes Lächeln flog über ihren Mund. «Das wollten Sie doch von mir hören, oder?»

«Ich wollte die Wahrheit hören.»

«Und ich habe geglaubt, Sie wollten nur den Fall gewinnen. Das hat mich immer so an Ihnen fasziniert. Die Art, wie Sie unweigerlich tun, was Sie tun müssen.»

«Ich wollte die Wahrheit», wiederholte ich.

«Die Wahrheit ist, dass Marshall es getan hat und ich nichts damit zu tun hatte. Das ist die einzige Wahrheit, über die es sich zu sprechen lohnt.»

Ich öffnete die Tür und wollte aussteigen.

«Sie waren noch nie bei mir zu Hause, nicht wahr?», flüsterte sie mir zu. «Wir könnten uns noch ein wenig unterhalten. Vielleicht wäre es gut für uns beide.»

Ich sah sie an. «Ich habe noch die halbe Nacht damit zu tun, den Verhandlungstag morgen vorzubereiten. Können Sie sich erinnern, was es heißt, einen Fall vorzubereiten?»

Ich blieb nur kurz im Büro, um alle Unterlagen zusammenzusuchen, und fuhr dann nach Hause. Unterwegs versuchte ich mir einzureden, dass selbst Lügner manchmal die Wahrheit sagen und Marshall Goodwin vielleicht tatsächlich schuldig war.

23

Ich erwischte Andre Barbizon gerade noch rechtzeitig. Als er zur Tür kam, glaubte er, sein Taxi sei da, und deutete auf die Koffer neben der Tür. Dann bemerkte er seinen Irrtum.

«Wollen Sie verreisen?», fragte ich, als ich eintrat.

Er erinnerte sich an mein Gesicht, konnte mich aber nicht richtig einordnen.

«Antonelli», half ich ihm auf die Sprünge.

«Ja», antwortete er, und wieder spielte eine Spur von Ungeduld um seinen Mund. «Was kann ich für Sie tun, Mr. Antonelli?»

«Sie können mir von Ihrer Beziehung zu Arthur O'Rourke erzählen, und dann könnten Sie mir verraten, was Sie noch alles für Russell Gray getan haben.»

Sein Blick flog zu einer Standuhr aus dunklem Mahagoni.

«Ich fürchte, Sie werden Ihre Reisepläne verschieben müssen. Sie kommen mit zurück ins Gericht.»

Er konnte es nicht glauben. «Ich habe meine Aussage bereits gemacht. Ich bin fertig. Der Richter hat mich entlassen.»

Ich überreichte ihm die Vorladung.

«Sie kommen mit, um für die Verteidigung auszusagen.»

Er wollte mir immer noch nicht glauben, riss mir das Formular aus der Hand und überflog es.

«Sie machen einen Fehler», sagte er dann. «Arthur hatte nichts damit zu tun. Er war mit mir aus, als es passierte. Wir haben an diesem Abend zusammen gegessen. Erinnern Sie sich? Ich habe ausgesagt, dass ich mit Freunden in der Stadt zum Essen verabredet war.»

Draußen fuhr ein Wagen vor, und einen Augenblick später klingelte es an der Tür. Es war das Taxi, das Barbizon erwartet hatte. Er gab dem Fahrer ein paar Dollar und erklärte ihm, dass er ihn nun doch nicht mehr brauche.

Ich verbrachte eine Stunde mit Andre Barbizon, und am Ende war ich überzeugt, dass Kristin Recht gehabt hatte. Es gab eine Menge Leute, die Russell Gray den Tod gewünscht hatten, doch Arthur O'Rourke wäre der Letzte gewesen, der ihn hätte ermorden können.

«Russell hat Arthur möglicherweise ausgenutzt», erklärte Barbizon, als wir uns an der Tür verabschiedeten. «Darüber weiß ich nichts. Aber ich mag Arthur gern und mache mir Sorgen um ihn.»

«Ein Herzinfarkt ist eine ernste Sache», antwortete ich. «Aber zumindest ist sein Zustand jetzt stabil.»

«Sie verstehen nicht, Mr. Antonelli. Ich glaube nicht an diesen Herzinfarkt. Das war nur eine Ausflucht, damit er nicht mit Ihnen reden musste. Man wollte verhindern, dass Sie etwas über Russell und ihn herauskriegen.»

Ich wusste nicht, ob ich ihm glauben sollte. Barbizon hatte Angst, und Angst bringt neue Angst hervor. Alle Menschen, die mit Russell Gray zu tun gehabt hatten, waren irgendwann dahinter gekommen, dass sie etwas zu fürchten hatten. Am meisten fürchteten sie sich, vor anderen eingestehen zu müssen, dass sie eine Lüge lebten.

Man kann sein ganzes Leben damit verbringen, andere in die Irre zu führen und sich selbst zu täuschen, doch die meisten von uns glauben immer noch daran, dass es nichts Wichtigeres gibt als die Wahrheit. Ich erkannte es an den Gesichtern der Protokollführerin und des Richters, als sie hintereinander zur Richterbank gingen, der zwölf Männer und Frauen, die in der Geschworenenbank ihre Plätze einnahmen, und der Zuschauer, die darauf warteten, dass die Sitzung begann. Der Gerichtssaal ist der einzige Ort, wo niemand eine Frage beantworten darf, ohne zuerst zu schwören, dass er die Wahrheit sagen wird.

Ernst und präzise erklärte Richter West den Geschworenen die nächste Phase der Verhandlung.

«Sie werden sich erinnern, dass die Anklage am letzten Freitag ihren Beweisvortrag abgeschlossen hat. Nun ist es Sache der Verteidigung, falls sie es wünscht, ihre eigenen Zeugen aufzurufen.» Eindringlich fuhr er fort: «Ich möchte Ihnen allen noch einmal ins Gedächtnis rufen, dass die Verteidigung nicht dazu gezwungen ist, da die Beweislast für die Schuld des Angeklagten über alle vernünftigen Zweifel hinaus bei der Anklage liegt.»

Dann wandte er sich zu mir und ich stand auf.

«Ist die Verteidigung bereit fortzufahren?»

«Ja, Euer Ehren.»

«Sie haben Ihr Einführungsplädoyer verschoben. Wollen Sie es jetzt nachholen?»

Als ich bejahte, wandte er sich wieder den Geschworenen zu.

«Zu Beginn der Verhandlung hat Mr. Jenkins ein Eröffnungsplädoyer gehalten, in dem er Ihnen eine Art Vorschau auf die Beweismittel gab, die von der Staatsanwaltschaft vorgelegt werden sollten. Jetzt wird Mr. Antonelli dasselbe für die Verteidigung tun. Ich werde Ihnen noch einmal dasselbe erklären wie damals. Bei den Plädoyers der Anwälte handelt es sich nicht um Beweise, sondern um eine Skizzierung der in ihren Augen relevanten Beweismittel.»

Ich knöpfte das Jackett meines dunklen Nadelstreifenanzugs auf, stellte mich ans Ende der Geschworenenbank und blickte zu Boden.

«Die Anklage hat methodisch einen Zeugen nach dem anderen aufgerufen, um zu beweisen, dass die Angeklagte Alma Woolner sich am Abend der Ermordung von Russell Gray in dessen Haus aufgehalten hat und dass sich ihre Fingerabdrücke auf der Waffe befanden, mit der er erschossen wurde. Sie war da», sagte ich und hob den Kopf. «Ihre Fingerabdrücke befinden sich auf der Waffe. Aber was bedeutet das? Heißt es, dass die Anklage Recht hat, dass sie mit allen anderen gegangen ist, später mit einer Waffe zurückkam, ihn aus kürzester Entfernung erschoss und dann, nachdem sie sich all diese Mühe gemacht hat, den Revolver mit ihren Fingerabdrücken einfach liegen ließ, damit die Polizei ihn findet, bevor sie aus dem Haus rannte?»

Gilliland-O'Rourke sprang auf. «Einspruch! Er soll ein Eröffnungsplädoyer halten, kein Schlussplädoyer!»

Richter West hob den nachdenklichen Blick von den Papieren, die er gerade las. «Das ist ein Argument, Mr. Antonelli.»

«Ja, Euer Ehren.» Wir wechselten einen kurzen Blick.

«Die Anklage hat bewiesen, dass sich die Fingerabdrücke der Angeklagten auf der Mordwaffe befinden», sagte ich so, als finge ich noch einmal von vorn an. «Die Verteidigung wird erklären, wie sie dorthin gelangt sind. Die Angeklagte Alma Woolner selbst wird es uns erläutern. Sie wird uns erzählen, dass sie sich in einem anderen Teil des Hauses befand, dass sie etwas hörte, ins Wohnzimmer zurückkam, Russell Gray tot auf dem Boden fand, die Waffe sah, unter Schock danach griff, sie dann zu Tode erschrocken fallen ließ. Sie war zu verwirrt, um zu wissen, was sie tun sollte, und rannte aus dem Haus.»

Ich machte eine Pause und sah mich im Gerichtssaal um, bis mein Blick an Gilliland-O'Rourke hängen blieb.

«Wenn aber Alma Woolner Russell Gray nicht getötet hat – wer war es dann? Die Verteidigung wird einen Zeugen aufrufen, der uns diese Frage vielleicht beantworten kann.»

Gilliland-O'Rourke starrte zurück und wartete, was ich als Nächstes sagen würde. Ihr Gesicht war wie eine unbewegliche Maske.

«Die Staatsanwaltschaft kennt diesen Zeugen. Sie hat ihn zuerst aufgerufen. Andre Barbizon wird jetzt für die Verteidigung aussagen.»

Sie zeigte keinerlei Reaktion. Nichts in ihren grünen Augen verriet, was sie empfand oder was sie dachte.

«Andre Barbizon wird aussagen, dass er erheblich mehr für Russell Gray tat, als nur seinen Haushalt zu führen. Er wird aussagen, dass er vor Jahren der Geliebte von Russell Gray war und im Lauf der Zeit auch der Geliebte mehrerer von Mr. Grays prominenten Freunden geworden ist.»

Sie sprang auf. Richter West ließ seinen Hammer niedersausen und wartete mit unheilvollem Blick, bis die Menge sich beruhigt hatte.

«Wollten Sie Einspruch erheben, Ms. Gilliland-O'Rourke?», fragte er lakonisch.

«Mr. Antonellis Bemerkungen sind bewusst polemisch, Euer Ehren.»

Er sah mich an und wartete auf meine Reaktion.

«Es ist nur das, was ich als Aussagen vonseiten der Zeugen erwarte», beharrte ich und hielt Gilliland-O'Rourkes Blick stand.

«Fahren Sie fort, Mr. Antonelli», forderte mich der Richter auf und lehnte sich zurück.

Ich wandte mich der Jury zu. «Andre Barbizon hat eine Reihe von Liebhabern gehabt, und Russell Gray wusste darüber Bescheid. Er nutzte dieses Wissen zu seinem eigenen Vorteil. Wenn er Geld brauchte – und im letzten Jahr seines Lebens brauchte er eine Menge Geld –, lieh er sich welches von Leuten, die ihr Privatleben geheim halten wollten. Er lieh es sich, aber jeder wusste, dass es niemals zurückgezahlt würde. Am Ende hat irgendwer entschieden, dass damit Schluss sein musste. Doch es gab nur eine Möglichkeit dafür, nur eine Methode, um ganz sicher zu sein, dass er die Geheimnisse, die er kannte, nie mehr ausplaudern konnte. Es waren Geheimnisse, mit denen er das Leben und die Karriere von mehr als einer bekannten Persönlichkeit dieser Stadt hätte zerstören können.»

Ich hatte alles, was ich brauchte. Barbizons Aussage würde die Geschworenen überzeugen, dass es mächtige Leute gab, die jeden Grund hatten, Russell Gray den Tod zu wünschen. Alma Woolners Aussage dagegen würde ihnen klarmachen, dass sie unfähig war, einen Mord zu begehen. Wir würden gewinnen. Ich wusste es. Alma musste nur in den Zeugenstand treten und schwören, dass sie Russell Gray nicht umgebracht hatte.

Alma nahm in einem hochgeschlossenen weißen Kleid

mit großen schwarzen Knöpfen auf dem Stuhl Platz und sah mich mit erschrockenen Augen an. Ich begann mit der einzigen entscheidenden Frage.

«Haben Sie Russell Gray getötet, Mrs. Woolner?»

Es dauerte eine Weile, bis sie antwortete. «Ja», sagte sie dann, «ja, das habe ich getan.»

Hatte sie die Frage falsch verstanden? «Nein», sagte ich rasch, «ich habe gefragt, ob Sie Russell Gray getötet haben.»

«Ich hatte es nicht vor, aber ich habe es getan.»

Mit diesen zehn Worten hatte Alma meine ganze Verteidigung über den Haufen geworfen. Alles, was ich der Jury erklärt hatte, würde nun als Lüge eines Anwalts dastehen, der noch nicht einmal wusste, was die eigene Mandantin aussagen würde. Ich saß in der Falle. Ich konnte ihr nur weitere Fragen stellen und hoffen, dass sie irgendetwas sagen würde, das mir einen Ausweg bot. Wenn ich jetzt aufhörte, würde Alma Woolner aufgrund ihres eigenen Geständnisses verurteilt werden.

«Erzählen Sie der Jury einfach, was passiert ist», schlug ich vor und versuchte, meine Überraschung zu verbergen.

Sie wurde bemerkenswert ruhig, wandte den Blick von mir ab und sah die Geschworenen an.

«Ich hatte eine Affäre mit Russell Gray», erklärte sie. «Sie dauerte bereits ein paar Monate. An diesem Abend wollte ich ihm unter vier Augen sagen, dass es vorbei war. Das ist der Grund, warum ich erst gegangen bin und dann noch einmal zurückkam. Er regte sich furchtbar auf. Er sagte, wir sollten noch einmal zusammen schlafen, dann würde ich meine Meinung schon ändern. Er hat versucht, mich zu zwingen, und da ist es passiert. Ich habe gesagt, er soll mich in Ruhe lassen, und den Revolver auf ihn gerichtet. Er hat nur gelacht. Ich wollte ihn nicht erschießen. Der Revolver ging einfach los. Ich hatte Angst. Ich wusste nicht, was ich tun sollte.»

Meine Gedanken rasten. Sie sagte die Wahrheit, was die Affäre anging, so viel stand für mich fest. Aber wenn sie Russell Gray aus Notwehr erschossen hatte, warum hatte sie es mir nicht gleich gesagt? Es machte keinen Sinn. Sie log, und ich wusste nicht, warum.

«Russell Gray wollte Sie zwingen, mit ihm zu schlafen?», fragte ich.

«Ja», sagte sie mit gesenktem Blick.

«Aber irgendwie haben Sie sich befreien können?»

«Ich habe es geschafft, mich loszureißen. In dem Moment habe ich den Revolver rausgeholt», erklärte sie und sah wieder zu den Geschworenen auf.

«Ach ja, reden wir über den Revolver.» Ich trat zur Geschworenenbank. «Gehörte er Ihnen?», fragte ich und sah ihr in die Augen.

Sie senkte den Blick. «Ja.»

Ich stützte die Hände hinter mir auf die Balustrade und verschränkte die Füße.

«Wo hatten Sie ihn her?»

«Ich habe ihn gekauft.»

«Wo haben Sie ihn gekauft?»

«In einem Waffengeschäft.»

«Die Waffe, mit der Russell Gray getötet wurde, ist nicht registriert. Wie erklären Sie das?»

Zum ersten Mal sah sie mich mit einem verwirrten Gesichtsausdruck an.

«Jetzt erinnere ich mich wieder. Ich habe ihn auf einer

Reise nach New York gekauft. Ein Freund hat mir geholfen.»

«Verstehe. Sie waren zufällig in New York und haben ganz zufällig beschlossen, sich eine Waffe zuzulegen?»

«Es war meine Waffe», beharrte sie und wandte den Blick ab. «Ich habe Russell erschossen. Ich hatte es nicht vor, aber ich habe es getan.»

Dreimal hintereinander lotste ich sie durch ihre Geschichte, von dem Augenblick, als sie am frühen Abend bei Russell Gray eintraf, bis zu dem Moment, als sie ihn spätnachts angeblich erschoss, und jedes Mal war es dasselbe: der künstliche Bericht eines Menschen, der die Worte auswendig gelernt hatte, weil es nichts Reales zu erinnern gab. Sie bestand darauf, dass sie diejenige war, die Russell Gray getötet hatte, obwohl sie es nicht vorgehabt hatte.

Akribisch genau und ohne jeden Anflug von Mitleid ließ Gilliland-O'Rourke sie alles noch einmal wiederholen.

«Sie sagen also aus, dass Sie allein zurückgekommen sind, nachdem Sie zunächst Russell Grays Haus zusammen mit den anderen Vorstandsmitgliedern verlassen hatten?»

«Ja.»

«Mit einem Revolver?»

«Ja.»

«Und sagen Sie weiter aus, dass Ihre Hand auf der Waffe lag, als sie abgefeuert und Russell Gray getötet wurde?»

«Ja, aber ich wollte ihn nicht –»

«Vielen Dank», schnitt Gilliland-O'Rourke ihr das Wort ab. «Keine weiteren Fragen, Euer Ehren.»

Alma setzte sich wieder neben mich. Zuerst sah es aus, als wollte sie etwas sagen, dann änderte sie jedoch ihre Meinung und starrte gedankenverloren auf ihre Hände hinab.

«Sie können Ihren nächsten Zeugen aufrufen, Mr. Antonelli.»

Doch diese Chance wollte mir Gilliland-O'Rourke nicht geben.

«Ich bitte um Unterbrechung der Verhandlung bis morgen früh, Euer Ehren», sagte sie. «Es gibt Dinge, die die Anwälte untereinander besprechen müssen.»

«Mr. Antonelli?»

Ich war drauf und dran gewesen, denselben Antrag zu stellen, wenn auch aus anderen Gründen.

«Keine Einwände, Euer Ehren.»

Die Geschworenen wurden nach Hause geschickt, und ich ging mit Alma in ein kleines Sitzungszimmer am Ende des Gangs. Wütend stellte ich sie zur Rede.

«Sie haben Russell Gray nicht getötet, weder aus Versehen noch in Notwehr. Warum haben Sie das gesagt?» Wir standen noch in der Tür. Sie musste sich auf die Lippen beißen, damit sie nicht zitterten. «Sie hätten mir gesagt, wenn es so gewesen wäre. Sie hätten nicht bis jetzt gewartet. Sie haben sich die ganze Sache ausgedacht. Warum?»

Ich ergriff ihren Arm, entschlossen, die Wahrheit aus ihr herauszuschütteln, wenn es sein musste. Sie riss sich mit blitzenden Augen los, starrte mich an und biss sich noch fester auf die Lippen. Und plötzlich war es mir klar. Es gab nur eine Möglichkeit.

«Horace hat Ihnen gesagt, dass Sie das tun sollen, stimmt's?»

Ihre Augen weiteten sich, aber sie sagte immer noch nichts.

«Horace hat Ihnen gesagt, es sei die einzige Art, zu erklären, wie Ihre Fingerabdrücke auf die Waffe kamen, richtig?»

Sie wandte den Blick ab und sah nicht wieder auf.

«Sie waren nicht mal anwesend, als Russell Gray getötet wurde, stimmt's? Sie sind mit den anderen gegangen und nie zurückgekommen.»

Sie antwortete nicht. Es war auch gar nicht nötig.

Eine halbe Stunde später saß ich vor Gilliland-O'Rourkes kunstvoll gearbeitetem Schreibtisch und lauschte einem Angebot, das nur ein Trottel abgelehnt hätte.

«Lass sie auf Totschlag plädieren. Nach zwei Jahren ist sie wieder draußen.»

«Du hast sie wegen Mordes angeklagt!»

Sie schob sich eine Haarsträhne aus der Stirn und erinnerte mich an Alma Woolners Aussage.

«Sie hat es zugegeben. Niemand kann ihr nachweisen, dass es anders war, als sie geschildert hat. Es war kein vorsätzlicher Mord.»

Sie sprach wie eine überarbeitete Staatsanwältin, die es eilig hatte, einen Fall abzuschließen, um sich dem nächsten widmen zu können.

«Es spielt keine Rolle, was sie da drin gesagt hat», antwortete ich, bevor sie mich erneut daran erinnern konnte. «Sie war es nicht. Ich möchte noch einen Zeugen aufrufen.»

Sie vermutete, dass ich Barbizon meinte. «Das wäre ein schwerer Fehler», warnte sie.

«Versuchst du etwa, mir zu drohen?», fragte ich und stand auf. «Glaubst du wirklich, dass du dir das leisten kannst?»

Sie legte ihre gefalteten Hände auf den Tisch und fixierte mich mit einem mörderischen Blick.

«Ich habe dir ein Angebot gemacht», sagte sie mit harter, dünner Stimme. «Du bist verpflichtet, deine Mandantin davon zu unterrichten. Lass mich wissen, wie sie entscheidet.»

Damit wandte sie sich ab und griff nach dem Telefon, als hätte sie schon genug Zeit verloren.

Draußen auf der Treppe des Gerichtsgebäudes sog ich die neblige Luft ein und hörte Richard Lee Jones' Stimme in meinem Kopf widerhallen, als er von der heimlichen Genugtuung sprach, die wir empfinden, wenn die Mächtigen gestürzt werden. Ich hatte mich dermaßen darauf versteift, dass Russell Gray getötet worden war, um einen Skandal zu vertuschen, dass ich übersehen hatte, was direkt vor meiner Nase lag. Ich war jetzt sicher, dass ich wusste, wer der Täter war, und empfand Schmerz und zunehmend Wut.

Den ganzen Abend saß ich zu Hause in der mit Büchern voll gestopften Bibliothek und plante den Sturz eines der wenigen Menschen, die ich wirklich bewundert hatte. Da ich nicht schlafen konnte, wanderte ich mitten in der Nacht ziellos durch den ächzenden Flur und die leeren Räume, horchte auf den hohlen Klang des endlosen Regens und betrachtete im düsteren ersten Licht der Dämmerung die vom Winter entstellte Landschaft hinter der Fensterscheibe. Als es Zeit war, zog ich mich an und fuhr in die Stadt.

Ich war von Anfang an belogen worden, belogen von Menschen, denen ich vertraute, doch selbst die schlechtesten Nachrichten haben bisweilen eine reinigende Wirkung. Das Gefühl von Wut und Verrat verflog allmählich, und als ich das Gerichtsgebäude betrat, war nur noch eine seltsame Erleichterung da, die mit dem Wissen einhergeht, dass etwas zu Ende gegangen ist und nichts je wieder so sein wird wie vorher.

Zweihundert Zuschauer drängten sich in den Bänken und erhoben sich wie ein Mann, als Richter West in der seitlichen Tür erschien und den kurzen Weg zum Richterstuhl antrat.

«Bitte setzen Sie sich», sagte er, während er selbst Platz nahm.

Einen Augenblick war der Raum von gedämpftem Scharren erfüllt, dann herrschte wieder absolute Stille.

«Gibt es irgendetwas zu besprechen, bevor wir anfangen?», fragte er und warf mir einen erwartungsvollen Blick zu.

«Nein, Euer Ehren», antwortete ich.

Er schien überrascht, spitzte die Lippen und sah mich an. Seine Augen waren halb hinter den dunklen Wimpern verborgen. Schließlich gab er der Gerichtsdienerin ein Zeichen und sagte: «In diesem Fall führen Sie die Geschworenen herein, damit wir anfangen können.»

Sie verschwand in der Geschworenenkammer und tauchte wenige Sekunden später mit den zwölf Geschworenen im Schlepptau wieder auf. Als sie die Bank betraten, stolperte ein untersetzter junger Mann mit Brille auf der Treppe und fiel gegen einen Stuhl in der ersten Reihe. Verlegen rappelte er sich wieder auf und grinste dem Richter schuldbewusst zu.

«Alles in Ordnung?», fragte Richter West und sah von seiner Bank herab.

«Es geht schon, danke», antwortete der junge Mann,

während er sich umdrehte und auf den ihm zugewiesenen Platz in der hinteren Reihe setzte.

Der Richter nickte zuvorkommend, stützte die Ellbogen auf den Tisch und verschränkte die Hände.

«Bitte rufen Sie Ihren nächsten Zeugen auf, Mr. Antonelli.»

Ich räusperte mich. «Die Verteidigung ruft Horace Woolner auf, Euer Ehren.»

Schon war die Staatsanwältin aufgesprungen. Das war nicht der Zeuge, den sie erwartet hatte.

«Ms. Gilliland-O'Rourke?», sagte Richter West und wartete auf ihren Einspruch.

Sie änderte ihre Meinung. «Nichts, Euer Ehren», murmelte sie und nahm wieder Platz.

Ein vernehmbares Raunen flog durch die Menge, als Horace den Gerichtssaal betrat und langsam durch den Mittelgang ging, bis er vor dem Holzgatter in der Absperrung stand. Die ganze Zeit war sein Blick starr auf einen Punkt etwa drei Meter vor ihm gerichtet. Abgesehen von Alma war er der einzige Schwarze im Saal. Ich fragte mich, wie oft er wohl schon so hatte Spießruten laufen müssen angesichts von weißer Feindseligkeit oder auch Mitgefühl.

Es gibt Zeugen, die wie flüchtige Schatten bei ihrer Aussage kaum einen Eindruck hinterlassen und an die man sich nur vage erinnert, wenn sie entlassen worden sind. Horace dagegen beherrschte den Saal vom ersten Augenblick an. Alle Augen ruhten auf ihm. Er saß reglos da und sah mich unverwandt an.

«Sie sind der Ehemann der Angeklagten Alma Woolner?»

Sie saß direkt neben mir und blickte ihn an, so verängstigt, dass sie sich kaum rühren konnte. Sein Blick ließ mich keine Sekunde los.

«Ja», antwortete er. Seine tiefe sonore Stimme schien aus allen Richtungen gleichzeitig zu kommen.

Ohne aufzustehen, fragte ich weiter: «Wie haben Sie sich kennen gelernt?»

«Es war in New York. Ein gemeinsamer Freund hat uns miteinander bekannt gemacht.»

Langsam schob ich den Stuhl vom Tisch zurück und stand auf.

«Als Sie sich kennen lernten», sagte ich und trat auf die Geschworenenbank zu, «war sie Tänzerin beim New Yorker Ballett, nicht wahr?»

Er saß immer noch reglos, doch sein Blick folgte jeder meiner Bewegungen.

«Ja», antwortete er.

«Sie hatte eine viel versprechende Karriere vor sich, nicht wahr?»

«Das sagten alle.»

«Haben Sie sich kennen gelernt, bevor oder nachdem Sie im Krieg waren?»

«Danach.»

Ich verschränkte die Arme und sah zu Boden. In dem Moment hätte ich alles darum gegeben, woanders zu sein. «Sie sind in Vietnam schwer verwundet worden, nicht wahr?»

Es kam keine Antwort, und als ich aufblickte, sah ich mich dem gleichen starren Blick ausgesetzt, mit dem er Zeugen zu mustern pflegte, die versuchten, bei ihrer Aussage zu lügen. In diesem Augenblick hatte ich das vage Gefühl, etwas Falsches zu tun, ohne zu wissen, was es war. Ich senkte den Blick und ging langsam vor der Geschworenenbank hin und her.

«Sie haben beide Beine im Krieg verloren, nicht wahr?»

Immer noch keine Antwort. Ich blieb stehen und sah auf. «Nicht wahr?», wiederholte ich.

«Ja», antwortete er, und irgendwie schaffte er es, dass dieses eine Wort wie eine Anschuldigung klang.

«Sie haben lange gebraucht, um sich an Ihr neues Leben zu gewöhnen, richtig?» Ohne die Antwort abzuwarten, fuhr ich fort. «Und Ihre Frau hat alles getan, um Ihnen zu helfen, diese Zeit zu überstehen, nicht wahr?»

«Ja», sagte er. Und zum ersten Mal wandte er den Blick ab.

«Sie hat ihre Karriere für Sie aufgegeben, stimmt's?»

«Ja.»

«Sie hat ihre Freunde, ihre Familie und alles, was sie kannte, aufgegeben und New York verlassen, um hierher nach Portland zu kommen, richtig?»

In einem langen, langsamen Bogen kehrte sein Blick zu mir zurück.

«Ja, das hat sie getan.»

«Sie haben sie geliebt, nicht wahr?»

«Ja.»

Die strenge Selbstbeherrschung, die formellen, knappen Antworten, die distanzierte Art, mit der er an der Verhandlung teilnahm, als säße er auf der Richterbank statt im Zeugenstand, brachte alles in mir wieder hoch: den Groll, die Wut, das Gefühl, hinters Licht geführt worden zu sein. Mit einer Heftigkeit, die mich selbst überraschte, fiel ich über ihn her.

«Es hätte Sie beinahe umgebracht, als Sie dahinter kamen, dass sie eine Affäre mit Russell Gray hatte, nicht wahr?»

Horace umklammerte die Armlehnen seines Stuhls und funkelte mich böse an.

«Sie war alles, was Sie hatten – sie bedeutete Ihnen alles auf der Welt – und dann erfuhren Sie, dass sie mit einem anderen Mann schläft. Was war das für ein Gefühl?», fragte ich. «Zu wissen, dass sie mit einem anderen Mann ins Bett geht, einem Mann, der so reich ist, dass er zum Ballett nach New York und für eine Theateraufführung nach London fliegen kann, Orten, von denen Ihre Frau träumte, wie Sie sehr wohl wussten. Aber dieser Mann war nicht nur reich, sondern obendrein weiß. Er gehörte zu denen, die zu Hause geblieben waren, während Sie in den Krieg zogen, was ihn nicht um den Schlaf brachte, während Sie beide Beine verloren haben!» Ich war außer mir vor Wut. «Ein Mann, dem Ihre Frau Leid tat, weil sie mit Ihnen verheiratet war. Was für ein Gefühl war das, Richter Woolner?»

Der Klang des Hammers, der jetzt auf die solide Richterbank schlug, brachte mich teilweise wieder zur Besinnung.

«Das hielten Sie nicht aus, stimmt's? Dafür sollten die beiden büßen, richtig? Russell Gray musste sterben, und Ihre Frau Alma, die Frau, die Ihnen einen Grund gegeben hatte weiterzuleben, sollte die Schuld dafür übernehmen, nicht wahr?»

Wieder sauste der Hammer auf die Bank nieder. Ich senkte den Kopf, wandte mich vom Zeugenstand ab und kehrte zum Anwaltstisch zurück. Um das Zittern meiner Hände zu unterdrücken, beugte ich mich vor und stützte mich auf die gespreizten Finger.

«Wie lange wussten Sie, dass Ihre Frau eine Affäre mit Russell Gray hatte?», fragte ich und zwang mich zur Beherrschung.

«Lange genug», antwortete er seltsam abwesend.

«Haben Sie Russell Gray zur Rede gestellt?»

Horace atmete gleichmäßig und beobachtete mich genauso wie vorher. Er kannte nicht nur meine nächste, sondern auch die übernächste Frage.

«Nein.»

«Haben Sie Ihre Frau zur Rede gestellt?»

Er biss die Zähne zusammen. «Ich werde keine Fragen beantworten, die mögliche Gespräche mit meiner Frau betreffen.»

Meine Hände zitterten nicht mehr. Ich ging um den Anwaltstisch herum und stellte mich an seine Ecke, neben Gilliland-O'Rourke. Sie saß da und hatte den Kopf in die Hände gestützt. In ihrem Gesicht spiegelte sich höchste Aufmerksamkeit. Zu ihrer Rechten saß Victor Jenkins und machte sich eifrig Notizen auf einem Schreibblock.

«Waffen, die bei der Ausübung eines Verbrechens benutzt wurden, werden in der Asservatenkammer der Polizei aufbewahrt, nicht wahr?», fragte ich und sah hinüber zum Zeugenstand.

«Ja.»

«Als Richter am Circuit Court und ehemaliger Staatsanwalt hätten Sie keine Schwierigkeiten gehabt, Zugang zur Asservatenkammer zu bekommen, oder?»

«Einspruch!», rief Jenkins. «Die Verteidigung geht von Fakten aus, die nicht in den Beweismitteln enthalten sind.»

Aus dem Augenwinkel beobachtete ich, wie Gilliland-O'Rourke Jenkins am Ärmel zupfte.

«Ich ziehe die Frage zurück, Euer Ehren», sagte ich mit erhobener Hand. «Es ist nicht schwierig, sich eine Waffe zu besorgen, wenn man sie wirklich haben will, nicht wahr?», fragte ich und fing an, auf und ab zu gehen.

«Nein», räumte er ein.

«Die Anklage hat den größten Teil ihres Falls auf die Tatsache gestützt, dass die Fingerabdrücke der Angeklagten auf der Waffe gefunden wurden, mit der Russell Gray getötet wurde. Aber wenn Sie Ihrer Frau beispielsweise gezeigt hätten, wie eine solche Waffe funktioniert, und sie sie auch nur ein einziges Mal in die Hand genommen hätte, würden dann ihre Fingerabdrücke nicht so lange darauf bleiben, bis jemand sie abwischte?»

Jenkins wollte aufspringen, doch Gilliland-O'Rourke hielt ihn zurück.

«Doch», antwortete Horace.

«Wenn also jemand die Waffe – mit ihren Fingerabdrücken drauf – genommen und darauf geachtet hätte, sie vorher mit einem Taschentuch zu umwickeln, oder Handschuhe getragen hätte, wären ihre Fingerabdrücke nach wie vor die einzigen gewesen, nicht wahr?»

«Ja, vermutlich. Falls jemand es so gemacht hätte.»

Ich war jetzt so nahe, dass ich ihn mit der Hand hätte berühren können, und schleuderte ihm seine eigenen Worte ins Gesicht zurück.

«Falls jemand es so gemacht hätte? Es ist doch das, was Sie gemacht haben, oder nicht? Sie haben Russell Gray ermordet, weil er eine Affäre mit Ihrer Frau hatte. Sie haben ihn mit einer Waffe ermordet, die ihre Fingerabdrücke aufwies, damit sie für das, was Sie getan haben, zur Rechenschaft gezogen würde.»

«Sie vergessen, dass Ihre Mandantin zugegeben hat, dort gewesen zu sein», sagte er, und ein Anflug von Trotz blitzte in seinen Augen auf. «Sie hat gestanden, dass sie ihn erschossen hat.»

«Meine Mandantin, Ihre Frau?», fragte ich. «Ja, das hat sie gesagt», räumte ich mit einem Nicken ein. «Aber wir beide wissen doch genau, dass es gelogen war, nicht wahr? Sie hat gelogen, weil Sie sie überzeugt haben, dass es die einzige Erklärung dafür ist, wie ihre Fingerabdrücke auf die Waffe gelangten. Sie hat Ihnen ihr Leben anvertraut, und Sie haben sie betrogen, ist es nicht so? Sie haben Russell Gray getötet, richtig?»

Er wandte den Blick ab und sah vor sich hin.

«Warum streiten Sie es nicht ab?», fragte ich. «Wenn Sie Russell Gray nicht getötet haben, streiten Sie es doch ab!»

Aller Augen ruhten auf ihm. Der Richter spähte zu ihm herab. Aber immer noch keine Reaktion, nichts, kein Zeichen, dass er mich auch nur gehört hatte.

«Wenn Sie es nicht waren, streiten Sie es ab!»

Die Hartnäckigkeit seines Schweigens trieb mich zur Weißglut.

«Sie hat Ihnen das Leben gerettet, sie hat Ihnen einen neuen Sinn im Leben gezeigt, und Sie muten ihr zu, den Rest ihres Lebens für etwas, das sie gar nicht getan hat, hinter Gittern zu verbringen? Haben Sie eigentlich jeden Funken von Anstand verloren?» Ich drehte mich auf dem Absatz um und ging von ihm weg.

«Russell Gray hat mit meiner Frau geschlafen!»

Ich blieb stehen und sah mich um. Horace saß vornübergebeugt da, zitterte vor Wut und zeigte auf Alma.

«Welches Recht hatten sie, mir das anzutun?»

Seine Worte prallten gegen die hohen Wände des Gerichtssaals und hallten wie eine an die Götter gerichtete Klage wider.

Erschöpft fiel ich auf meinen Stuhl. Alma saß zusammengekauert da und wiegte sich auf dem harten Holzstuhl vor und zurück. Tränen strömten über ihr Gesicht.

Einen Augenblick lang sagte niemand etwas. Mit gedämpfter, distanzierter Stimme fragte Richter West, ob die Anklage den Zeugen ins Kreuzverhör nehmen wolle.

Gilliland-O'Rourkes Stuhl gab ein hässliches, scharrendes Geräusch von sich, als sie ihn auf dem polierten Holzboden zurückschob.

«Nein, Euer Ehren.»

Horace Woolner verließ den Zeugenstand und ging, den Blick wiederum starr auf einen Punkt drei Meter vor sich gerichtet, durch die Tür des Gerichtssaals.

«Mr. Antonelli, Sie können Ihren nächsten Zeugen aufrufen.»

Ich warf einen Blick über die Schulter und ließ den Blick über die Zuschauerreihen wandern, bis ich ihn fand. Andre Barbizon saß am Mittelgang in der letzten Bank. Er hatte die Knie fest zusammengepresst und die Hände im Schoß gefaltet. Seine Mundwinkel zuckten nervös. Ich hatte gehofft, ihn zu benutzen, um zu zeigen, dass außer der Angeklagten auch andere als Mordverdächtige im Fall Russell Gray infrage kamen. Jetzt gab es nur noch einen Grund, ihn aufzurufen: die Bestätigung einer Affäre, die Horace Woolner das Motiv für Mord geliefert hatte.

«Die Verteidigung ruft Andre Barbizon auf», erklärte ich.

Im gleichen Augenblick war Gilliland-O'Rourke auf den

Beinen. «Ich möchte etwas mit dem Gericht besprechen, Euer Ehren», sagte sie fest.

Wir warteten, bis die Gerichtsdienerin die Jury aus dem Saal geführt hatte. Der Richter bog die Fingerspitzen gegeneinander und sah Gilliland-O'Rourke an.

Sie stand kerzengerade da. Ihr rotes Haar fiel über den Blazer. «Die Staatsanwaltschaft hat die Pflicht, für Gerechtigkeit zu sorgen, Euer Ehren. Das kann im Einzelfall auch bedeuten, Fehler einzugestehen.»

Ich sah zu ihr hinüber und fragte mich, worauf sie hinauswollte.

«Im Licht der Zeugenaussage, die wir soeben gehört haben, kann kein Zweifel daran bestehen, dass hier Fehler gemacht wurden. Die Angeklagte ist ohne jeden Zweifel nicht schuldig an der Ermordung von Russell Gray, und es wäre eine schwerwiegende Ungerechtigkeit, sie dem Risiko eines Geschworenenurteils auszusetzen. Aus diesem Grund, Euer Ehren, stellt die Anklage den Antrag, sämtliche Anschuldigungen gegen die Angeklagte fallen zu lassen.»

Der Richter schien nicht sonderlich erbaut. «Vielleicht wäre es besser gewesen, gründlicher zu ermitteln, bevor die Anschuldigungen überhaupt erhoben wurden», antwortete er. «Das wäre eine überzeugende Ausübung staatsanwaltlicher Machtbefugnis gewesen.»

Kopfschüttelnd wandte er sich zu mir. «Ich nehme an, die Verteidigung erhebt keine Einwände, Mr. Antonelli?»

«Nein, Euer Ehren.»

«Nun gut. Das Verfahren wird eingestellt.»

Es war vorbei, einfach so. Alma war auf freiem Fuß und sah mitgenommener aus als jeder andere, den ich je bei seiner Verurteilung erlebt hatte. Im Gang draußen stand Gilliland-O'Rourke vor einem massiven Aufgebot laufender Fernsehkameras, während ein Dutzend Reporter ihr dieselbe Frage stellten.

«Ich habe den Antrag auf Einstellung des Verfahrens gestellt, weil es offensichtlich war, dass die Angeklagte Russell Gray nicht ermordet hat», erklärte sie geduldig.

«Wie lange wird es dauern, bis Richter Woolner angeklagt wird?», fragte jemand.

Ich wollte nichts davon hören. Ich fühlte mich verlassen, allein, und ging kopfschüttelnd weiter.

«Aber es gibt keinerlei Beweise dafür, dass Horace Woolner Russell Gray tatsächlich getötet hat, oder?»

Ich blieb stehen und sah mich um. Auf der anderen Seite der Menge, neben der letzten Fernsehkamera, stand Harpar Bryce und wartete auf eine Antwort.

Gilliland-O'Rourke hob das Kinn und lächelte. «Er hat es im Gerichtssaal zugegeben. Das ist doch ziemlich überzeugend, oder?»

«Er hat überhaupt nichts zugegeben», antwortete Harper. Er hatte eine Hand in die Tasche gesteckt und blätterte mit dem Daumen die Seiten seines Notizbuchs um. «Antonelli beschuldigte ihn immer weiter und forderte ihn heraus, die Tat zu bestreiten», sagte er und sah wieder auf, «aber ein Geständnis habe ich nicht gehört.»

Er blätterte weiter, bis er die Seite gefunden hatte, auf die es ihm ankam.

«‹Russell Gray hat mit meiner Frau geschlafen! Welches Recht hatten sie, mir das anzutun?›» Harper schloss das Notizbuch und sah auf. «Halten Sie das etwa für ein Geständnis?»

«So wie Sie es vorlesen, hat er es nicht gesagt», antwortete sie gereizt. Dann wandte sie den Kopf ab, um sich dem nächsten Reporter zuzuwenden.

«Bevor Sie ihn verhaften lassen», sagte Harper langsam und mit einer Stimme, die sie unmöglich ignorieren konnte, «sollten Sie vielleicht jemand damit beauftragen, sein Alibi zu überprüfen.»

Ihre Augen blitzten. «Alibi?»

«In der Nacht, als Russell Gray ermordet wurde, hat Horace Woolner mit drei anderen Richtern zusammen Poker gespielt.»

Kaum hatten wir das Gerichtsgebäude verlassen und die Menge abgeschüttelt, fragte ich: «Woher wissen Sie, was Horace Woolner in der Mordnacht gemacht hat?»

Harper fing an zu grinsen, doch als er meinen Blick sah, wurde er rasch wieder ernst. «Ich war dabei. Wir spielen seit Jahren zusammen Poker. Nur wir fünf. Vier Richter und ich.» Er machte eine kleine Pause und zwinkerte mir zu. «Sie brauchten mich. Ich war der Einzige, der nicht schummelte.» Wieder hielt er inne und starrte auf den Bürgersteig hinab. «Eins steht fest, und das können Sie mir glauben: Wer auch immer Russell Gray getötet hat – Horace Woolner war es jedenfalls nicht.»

24

Warum war ich zurückgekommen? Was hatte ich erreicht? Ich hatte einen Mann überführt, der möglicherweise unschuldig war, und einen Gerichtssaal davon überzeugt, dass mein bester Freund eines Mordes schuldig war, den er gar nicht begangen hatte. Die Frau, die Travis Quentin vielleicht auf eigene Faust angeheuert hatte, lebte von dem Geld, das für Nancy Goodwins Kind bestimmt gewesen war, und es stand so gut wie fest, dass nie herauskommen würde, wer Russell Gray wirklich getötet hatte. Die Unschuldigen waren verurteilt und die Schuldigen freigesprochen worden. Ich hätte bleiben sollen, wo ich war, in der Einsamkeit meiner Bibliothek, um so viele Bücher zu lesen, wie ich nur konnte, mich um meine eigenen Angelegenheiten kümmern und mich aus dem Leben anderer Leute raushalten.

Zum zweiten Mal hintereinander konnte ich nicht schlafen. Die beiden Verhandlungen spulten sich wieder und wieder vor meinem geistigen Auge ab. Worte, Sätze, ganze Abschnitte von Zeugenaussagen, lebendiger in der Art, wie ich mich jetzt an sie erinnerte, als damals, als ich sie zum ersten Mal gehört hatte. Immer wieder hörte ich Horace Woolners Stimme, wie sie meine Fragen beantwortete, eine nach der anderen, und diesmal lauschte ich ohne Wut und die Empörung, die ich empfunden hatte, als ich sie stellte. Und ich hörte auch Kristin Maxfield, die schwor, dass ihr Mann den Mord zugegeben hatte, und jetzt war ich nicht mehr so sicher, dass sie die Wahrheit sagte.

Kurz nach vier ging ich hellwach und ruhelos nach unten und suchte etwas, das ich erst vor wenigen Wochen gelesen hatte, bevor die Verhandlung gegen Alma Woolner begann. Im neunten Kapitel des ersten Buches von Aristoteles' *Rhetorik* fand ich die Stelle:

> Ferner ist gut … was jemandem im Tode eher als Gut bleiben kann als zu Lebzeiten, denn die Güter zu Lebzeiten haben eher Eigennutz an sich. Gut sind auch Taten den Mitmenschen zuliebe, denn darin liegt weniger Eigennutz; ferner jedes gute Werk an anderen, nicht für sich selbst, und an den Wohltätern, denn das ist nur recht und billig, dann die Wohltaten, denn diese vollbringt man nicht im Eigeninteresse.

Es war eine perfekte, verkürzte Biographie von Horace Woolner, der bereit gewesen war, sein Leben zu riskieren, um drei verwundete Fremde zu retten. Ich starrte auf die Zeilen, dachte über ihre Bedeutung nach und lauschte in der Einsamkeit der stillen Morgendämmerung noch einmal auf alles, was er gesagt hatte. Ich betrachtete die mit Bücherregalen bedeckten hohen Wände um mich herum und sah dann wieder auf den Schreibtisch vor mir. Ich hatte das Gefühl, eine Figur aus einer Geschichte zu sein, die jemand anders geschrieben hatte.

Ich fand ihn kurz vor acht im Gerichtsgebäude, über seinen Schreibtisch gebeugt, die Brille auf die Nase geklemmt, konzentriert und geistesabwesend. Er war dabei, auf dem Briefpapier des Circuit Courts einen handschriftlichen Brief zu verfassen. Ich blieb in der Tür stehen, um zu warten, bis er fertig war.

«Kommen Sie rein», sagte er, ohne aufzusehen. «Setzen Sie sich.»

Ich setzte mich auf die andere Seite des Schreibtischs und beobachtete, wie sich seine große Hand leicht und ohne Eile über das Blatt bewegte. Schließlich setzte er seinen Namen unter das Schriftstück, legte den Federhalter zur Seite und blickte zum ersten Mal auf.

«Mein Rücktrittsgesuch», sagte er, während er sich aufrichtete und mit beiden Händen auf den Armlehnen hochstemmte. Mühsam fand er sein Gleichgewicht und ging dann mit ruckhaften Bewegungen zu einem kleinen Tisch neben dem Aktenschrank.

«Möchten Sie auch einen?», fragte er, als er sich Kaffee aus der zerbeulten Blechkanne in seinen angestoßenen weißen Becher einschenkte.

Das klare Morgenlicht strömte durchs Fenster und über den Boden und umrahmte seine Silhouette, während er, den Blick auf diese simple Aufgabe gerichtet, die länger, als einer von uns zurückdenken konnte, Teil seiner täglichen Routine gewesen war. Als er zurückkam, stellte er den Becher auf den Tisch, stützte sich mit beiden Armen ab und ließ sich wieder im Schreibtischsessel nieder. Ohne den Blick von mir abzuwenden, hob er den Becher zum Mund und nahm einen Schluck.

«Warum haben Sie das getan, Horace?», fragte ich.

Ein nachdenklicher Ausdruck lag auf seinem Gesicht, als sei er sich selbst nicht ganz sicher. Er drehte sich halb herum, bis er seitlich zum Schreibtisch saß, verschränkte die Arme vor der mächtigen Brust und schlürfte bedächtig seinen Kaffee.

«Ich wusste, was zwischen Alma und Gray vorging»,

sagte er schließlich und musterte die dunkle Oberfläche des halb leeren Bechers. «Ich wusste es von Anfang an. Ich konnte förmlich mit ansehen, wie sie sich in ihn verliebte.»

«Und es hat Ihnen nichts ausgemacht?», platzte ich heraus.

Sein Kopf hob sich, und ein unheilvolles Aufblitzen seiner Augen bedeutete mir, dass ich mich auf gefährlichem Terrain befand.

«Es war nicht ihre Schuld», sagte er. «Es war nie ihre Schuld.»

Er legte den Kopf auf die Seite und sah geradewegs durch mich hindurch. «Vielleicht ist es an der Zeit, dass Sie verstehen», sagte er und stand wieder auf.

Er ging zu der kleinen Toilette im hinteren Teil des Arbeitszimmers. Wenige Augenblicke später hörte ich hinter der geschlossenen Tür, wie etwas polternd zu Boden fiel. Dann stand er plötzlich in der Tür, und ich musste mich zwingen, den Blick nicht abzuwenden. Horaces untere Hälfte war verschwunden. Er stand da wie jemand, der im Erdboden versunken war. Er hatte sein Jackett ausgezogen, die Hose und auch die Beine, die ihn normalerweise aufrecht hielten. Alles, was von ihm übrig war, waren zwei schwarze Stümpfe, so kurz, dass die Hemdzipfel über den Boden schleiften. Er war das groteske Überbleibsel eines menschlichen Wesens. Wenn er aufrecht stand, war er mindestens eins neunzig groß; ohne seine künstlichen Beine weniger als eins zwanzig.

«Das hat Alma Woolner geheiratet», sagte er und sah mich mit den düstersten und trostlosesten Augen an, die ich je gesehen hatte. «Damit geht sie Abend für Abend zu Bett. Und Sie fragen, ob es mich gestört hat, dass sie mit einem anderen Mann geschlafen hat? Sie wollen wissen, ob es mir was ausgemacht hat?»

Er schüttelte heftig den Kopf, und seine Mundwinkel zitterten, als er darum kämpfte, zumindest den Anschein von Selbstbeherrschung zu wahren.

«Was spielt das denn für eine Rolle? Verstehen Sie nicht? Sie hat was Besseres verdient als mich.»

Ich wollte zu ihm gehen, doch bevor ich den ersten Schritt machen konnte, hob er den Arm, griff nach der Türklinke und warf die Tür zu.

Als sie sich wieder öffnete, war es Horace, so wie ich ihn immer gekannt hatte. Mit steifen Bewegungen ging er zum Schreibtisch und ließ sich langsam in seinem Sessel nieder. Nur zeigte sich in seinem Gesicht nicht das ausgelassene Grinsen und ruhige Selbstvertrauen, das ich so viele Jahre für selbstverständlich gehalten hatte; diesmal war es vollkommen ausdruckslos.

«Warum haben Sie das getan, Horace?», fragte ich noch einmal und schluckte schwer.

Das Licht vom Fenster streifte sein Gesicht und tauchte den großen grauen Kopf in einen gelblichen Schimmer.

«Ich wusste, dass Sie glaubten, ich hätte Russell Gray aus Eifersucht umgebracht und dann versucht, die Tat aus Rache Alma in die Schuhe zu schieben; ich wusste, dass Sie mich dafür hassen, dass Sie mich als Zeugen aufrufen und alle Welt davon überzeugen würden, dass ich derjenige welcher war. Der schwarze Mann hatte den weißen Liebhaber seiner Frau ermordet. Wer hätte das nicht geglaubt?»

Ich hatte es geglaubt, und ich war sein bester Freund. Gefangen in meiner eigenen Täuschung, davongerissen von der Gewissheit, dass er Russell Gray getötet hatte, hatte ich seine trotzige Herausforderung für ein Eingeständnis gehalten, dass ich Recht hatte. Ich war keine Sekunde auf die Idee gekommen, dass ich auf dem Holzweg sein könnte. Ich hatte genau das getan, was er von mir erwartet hatte. Ich war die letzte Schachfigur auf dem Brett, und das hatte Horace vorausgesehen, noch ehe der erste Zug gemacht worden war.

«Sie sind der Beste, den ich je gesehen habe», sagte er, während ich nur darüber nachdachte, wie schnell ich mich gegen ihn gestellt hatte. «Sie haben sich genau so verhalten, wie ich es mir gedacht hatte.»

Ich sah ihn an. Ich war fast genauso wütend wie vorher im Gerichtssaal. «Und hat Gilliland-O'Rourke sich auch so verhalten, wie Sie es sich gedacht hatten?»

Er starrte nachdenklich auf seine Hände. «Gilliland-O'Rourke habe ich einen Ausweg gelassen – die Möglichkeit, sich zu schützen und gleichzeitig mit mir abzurechnen.»

Ich verstand immer noch nichts. «Aber warum? Alma brauchte doch bloß die Wahrheit zu sagen: dass sie gegangen und noch einmal zurückgekommen war, dass sie den Schuss gehört und die Waffe in die Hand genommen hatte. Dann hätten wir gewonnen.»

Er hob den Kopf und starrte mich an. Sein Gesicht war eine undurchdringliche Maske. Dann wandte er den Blick ab und plötzlich begriff ich.

«Sie hat es doch getan, nicht wahr? Alma hat Russell Gray getötet.»

Er gab keine Antwort, jedenfalls nicht sofort. «Alma ist außer Gefahr», sagte er schließlich. «Das ist alles, was zählt.»

Mehr gab es nicht zu sagen. Erschöpft schob ich meinen Stuhl zurück und stand auf.

«Sie müssen das nicht tun», sagte ich und deutete mit dem Kinn auf sein Rücktrittsgesuch. «Sie haben kein Verbrechen begangen.»

Er stemmte sich vom Stuhl hoch und sah mir direkt in die Augen. «Ich stand unter Eid.»

«Aber Sie haben nicht gelogen. Sie haben keinen Meineid geleistet.»

Es war das Argument eines Anwalts und er fegte es verächtlich vom Tisch. «Aber die Wahrheit habe ich auch nicht gesagt, oder?» Er hob das Kinn und kniff die Augen zusammen. «Ich wusste genau, was ich tat. Ich wusste auch, was alle Leute denken würden, wenn ich die Fragen, mit denen Sie mich bombardierten, nicht beantwortete. Ich habe gelogen, Joseph, ich habe durch mein Schweigen gelogen. Ich habe die anderen etwas glauben gemacht, das nicht wahr war. Es war kein Meineid – und wenn schon! Trotzdem war es eine Lüge, und die Tatsache, dass das Gesetz mich dafür nicht bestraft, bedeutet nicht, dass ich nicht dafür bezahlen muss.» Ohne den Blick von mir abzuwenden, schüttelte er langsam den Kopf. «Ich habe dem Gesetz genug geschadet. Ich werde mich nicht auch noch dahinter verstecken.»

«Und was wollen Sie jetzt machen?» Ich fragte mich, ob er daran überhaupt einen Gedanken verschwendet hatte.

«Weiß ich noch nicht», antwortete er ohne jedes Selbstmitleid. «Alles, was nötig ist, damit es Alma gut geht», fuhr er fort und wandte den Blick ab. «Sie braucht mich jetzt.»

Ich konnte beinahe hören, wie er mit sich selbst sprach, damals, vor Jahren, draußen im Dschungel, am anderen Ende der Welt, jedes Mal, wenn er einen verwundeten Soldaten in Sicherheit gebracht hatte und sich dann dazu zwang, den nächsten zu holen.

Ich habe nie jemandem erzählt, was Horace an diesem Morgen gesagt hat, niemandem außer Kristin Maxfield, und auch ihr nicht alles. Als ich sie eine Woche später zum Essen einlud, schien sie überrascht, dass ich so lange gebraucht hatte, um anzurufen. Sie hatte an diesem Abend schon etwas vor, setzte jedoch nach kurzem Zögern hinzu, dass sie es absagen könne.

Sie holte mich in einem silbernen Mercedes im Büro ab. «Es war Zeit für einen neuen», erklärte sie, als sie die geschäftige, regennasse Straße entlangfuhr.

Wir fuhren zu einem italienischen Restaurant im Zentrum der Stadt und setzten uns an die Bar, bis ein Tisch frei wurde. Es war erst kurz nach sechs, aber freitagabends aßen viele Leute in der Stadt zu Abend, bevor sie nach Hause fuhren.

«Auf unseren neuen Gouvernor», sagte Kristin und hob das Glas. «Das verdankt sie nur Ihnen», fuhr sie fort, nachdem sie getrunken hatte. «Ich war da. Ich habe gesehen, wie Sie Horace Woolner festgenagelt haben.»

Sie rührte mit der Spitze des Zeigefingers das Eis im Glas um. Dann sah sie mich an, und in ihren Augen schimmerte unverwechselbar das Gefühl, Recht gehabt zu haben.

«Erinnern Sie sich noch, was ich Ihnen gesagt habe? Diese Leute spielen nach anderen Regeln.»

«Glauben Sie, es sind bessere Regeln?», fragte ich und nippte an meinem Scotch mit Soda. Ihr Mund verzog sich zu einem wissenden Lächeln, das mir weismachen sollte, sie kenne jedermanns Geheimnisse, einschließlich meiner eigenen.

«Sie kriegen, was sie wollen», antwortete sie.

Unser Tisch war bereit. Als wir die Bar verließen, sagte ich: «Was, wenn ich Ihnen sagte, dass von allen Beteiligten in diesem Fall nur Horace Woolner wirklich bekommen hat, was er wollte?»

Sie glaubte, ich machte einen Witz, und entschied dann, dass es eher ein Irrtum war.

«Gwendolyn hat bekommen, was sie wollte», beharrte sie, als das Essen kam. «Niemand wird rauskriegen, was mit ihrem Mann los ist, und so wie der Fall ausgegangen ist, glaubt alle Welt, dass sie nur versucht hat, das Richtige zu tun. Was hat Horace Woolner bekommen? Er hat sich von der Justiz verabschiedet, und immer noch denken viele Leute, dass er mit dem Mord etwas zu tun haben muss.»

«Er hat die Frau gerettet, die er liebt.»

Sie verzog geringschätzig den Mund. «Sie hat immerhin mit Russell Gray geschlafen.»

«Sie glauben also nicht, dass man jemanden so sehr lieben kann, dass man mit der Untreue lebt?»

«Wären Sie dazu fähig?», gab sie zurück.

Horaces Bild flog mir durch den Kopf, wie er in der Tür der Toilette stand und die Hemdzipfel bis auf den Boden fielen.

«Ich nehme an, dass es geht, wenn man den anderen mehr liebt als sich selbst.»

Sie hörte gar nicht zu. «Was ich einfach nicht glauben kann, ist, dass Gwendolyn mit einem Mord davongekommen ist.»

Ich sah sie an und sagte nichts.

«Ihr Mann ist nicht imstande zu so was, und sie ist die Einzige, die noch ein Motiv hat», erklärte sie.

Da der Fall eingestellt worden war, ging sie wie alle anderen davon aus, dass jemand anders als Alma der Täter sein musste. Horace hatte Recht. Alma war außer Gefahr. Nicht nur konnte man sie deswegen nie wieder vor Gericht stellen, sie war obendrein über jeden Verdacht erhaben.

«In der Nacht, als Russell Gray ermordet wurde», bemerkte ich, als ich die Rechnung bezahlte, «hat Gilliland-O'Rourke auf einer Wohltätigkeitsveranstaltung vor fünfhundert Leuten gesprochen.»

Der Kellner nahm das Geld und ging wieder.

«Das heißt natürlich nicht, dass sie unschuldig ist, nicht wahr?», fuhr ich fort und steckte die Brieftasche ein. «Vermutlich hätte sie auch jemanden anheuern können, um es zu tun.»

Eine Frage blitzte in ihren Augen auf, aber nur eine Sekunde, dann war sie wieder verschwunden.

Erst als wir das Restaurant verließen, bemerkte sie meine Aktentasche. «Wozu haben Sie die dabei?», fragte sie lachend, als wir auf den Wagen warteten.

«Ich muss nochmal im Gefängnis vorbei und einem meiner Mandanten ein paar Unterlagen übergeben», erklärte ich. «Macht es Ihnen was aus? Es dauert nur ein paar Minuten.»

Das Parkhaus gegenüber vom Gefängnis war fast leer. Ihre hohen Absätze hallten auf dem Betonboden wider, bis wir aus dem Vordereingang hinaustraten, und verstummten, als wir vor der roten Ampel warteten.

Wir nahmen die Abkürzung durch den Park, der das Gefängnis von der Jugendstrafanstalt trennte. Unter dem wachsamen Blick eines uniformierten Wärters trug ich mich in die Besucherliste ein.

«Kommen Sie doch mit», schlug ich vor, «Sie kennen sich aus der Zeit in der Staatsanwaltschaft bestimmt hier aus.» Wir passierten den Metalldetektor und folgten dem Wärter einen langen Gang entlang.

«Erzählen Sie mal, was denken Conrad Atkinson und seine Freunde über das, was passiert ist? Sie mochten Horace nicht besonders, wie?»

«Ich sehe Conrad nicht sehr häufig», antwortete sie. «Wie gesagt, wir sind einfach nur gute Freunde.»

Der Wärter blieb vor einer Tür stehen und steckte den Schlüssel ins Schloss.

«Ach, das hatte ich fast vergessen», sagte ich und suchte ihren Blick. «Hier hat die Polizei Sie verhört, nicht wahr?»

Sie sah mich an und fragte sich, worauf ich hinauswollte. Der Wärter drehte den Schlüssel im Schloss herum und wartete mit der Hand auf der Klinke auf mich.

«Würden Sie Ms. Maxfield in den Raum nebenan führen?», bat ich ihn. «Vielleicht interessiert es sie, wie es ist, jemanden zu beobachten, der nichts davon weiß.»

Ich schloss die Tür hinter mir, setzte mich an den Tisch und wartete. Wenige Minuten später öffnete sich eine andere Tür. Mit auf dem Rücken gefesselten Händen, Fußschellen und Kette wurde der Häftling von zwei bewaffneten Wärtern hereingestoßen.

«Setzen Sie sich», sagte ich und griff in meine Aktentasche. Ich stellte einen tragbaren Kassettenrekorder auf den Tisch, warf einen Blick in den durchlässigen Spiegel an der Wand und wandte mich dann wieder Marshall Goodwin zu.

«Ich habe Sie aus der Zelle holen lassen, weil ich etwas habe, das Sie sich möglicherweise anhören wollen.»

Ich schaltete den Kassettenrekorder ein. Auf dem Band befand sich ein auf richterliche Anweisung mitgeschnittenes nächtliches Telefongespräch zwischen Kristin und ihrem ehemaligen Verlobten. Er hörte schweigend zu.

Ob es die häufig wiederholte Klage war, dass sie einem Mörder und Lügner auf den Leim gegangen war, oder die verführerische Beteuerung, dass sie es kaum erwarten konnte, Conrad Atkinson alles zu zeigen, was sie lieber mit ihm gemacht hätte als mit ihrem Mann, jedenfalls war Marshall Goodwin plötzlich nicht mehr so überzeugt, dass es sich gelohnt hatte, Kristins Leben zu retten und dafür das eigene aufs Spiel zu setzen.

«Ich werde Ihnen alles erzählen, was Sie wissen wollen», erklärte er.

Ich blickte direkt in den Spiegel und versuchte mir Kristins Gesicht vorzustellen, als ich ihn fragte, ob sie gewusst hätte, was sich in dem Umschlag befand, den sie Travis Quentin ausgehändigt hatte.

«Die ganze Sache war ihre Idee», antwortete er.

Er tat mir beinahe Leid. Doch als ich mich daran erinnerte, was sie getan hatten, verspürte ich Erleichterung, dass ich letztlich doch nicht den Falschen überführt hatte und wenigstens dieses Mal niemand mit einem Mord davongekommen war.

Ich machte die Tür auf und bedeutete dem Wärter, Kristin hereinzuführen. Ihre Arme waren auf dem Rücken gefesselt. Die beiden sahen sich an wie zwei Fremde, die einen Augenblick lang das Gefühl hatten, sich schon einmal irgendwo begegnet zu sein.

Um ein Haar wäre ihr Plan aufgegangen. Wenn Travis Quentin keinen weiteren Mord begangen hätte und nie wieder verhaftet oder aber in einem Staat geschnappt worden wäre, der die Todesstrafe abgeschafft hatte, und wenn die Polizei mit dem, was sie hatte, zur Staatsanwaltschaft gegangen wäre statt zu Horace Woolner – wenn irgendetwas davon passiert wäre, hätte nur ihr eigenes schlechtes Gewissen sie verraten können, und so hatten ihre Chancen besser gestanden, als die meisten Leute sich vorstellen können.

Fast ein Monat verging, bevor ich versuchte, Horace Woolner wieder zu sehen. Eines frühen Nachmittags fuhr ich zu dem Gebäude, wo er seine Wohnung hatte, und rief aus der Lobby bei ihm an. Niemand nahm ab, und als ich den Pförtner fragte, ob er wisse, wann Horace zurückkomme, erfuhr ich, dass die Woolners ihr Apartment zum Verkauf angeboten hatten und nach New York gezogen waren. Zuerst konnte ich es nicht glauben, doch dann ging mir auf, dass es das einzig Vernünftige war, was sie machen konnten. Ich sah hinauf zu den Fenstern im zwölften Stock und dachte an jene Nacht, als ich dort gewesen war, und an den stolzen, einsamen Ausdruck in Horace Woolners Gesicht, als alle Welt seiner Frau Beifall klatschte. Ich wandte mich ab und trat auf die Straße. In diesem Augenblick wünschte ich mir, dass ich irgendwie die Zeit zurückdrehen und verändern könnte, was passiert war.

Ich ging einfach weiter. Eine halbe Stunde später stand ich vor dem Gerichtsgebäude. Ich musste mit jemandem sprechen.

Die Empfangsdame kritzelte noch die Nachricht eines

Anrufers auf ihren Block, während sie schon den nächsten in der Leitung hatte, und sah gerade lange genug auf, um nach meinem Namen zu fragen. Als ich Platz nahm, öffnete sich die Tür zu Gilliland-O'Rourkes Büro, und zwei junge Männer kamen heraus, in ein lebhaftes Gespräch vertieft. Eine kleine energische junge Frau wäre auf dem Weg hinein um ein Haar mit ihnen zusammengestoßen. Wenige Minuten später suchte die Empfangsdame meinen Blick und gab mir ein Zeichen, dass ich an der Reihe war.

Gwendolyn stand an einem runden Tisch am anderen Ende des Zimmers und studierte einen Stapel Schwarzweißfotos.

«Ja, ich glaube, Sie haben Recht», sagte sie und tippte mit dem Finger auf eins. «Wir nehmen das hier.»

Strahlend sammelte die junge Frau die übrigen Fotos ein und verließ den Raum ebenso rasch, wie sie gekommen war, ohne mich eines Blickes zu würdigen.

«Ich habe nicht viel Zeit», erklärte mir Gilliland-O'Rourke und setzte sich hinter ihren glänzenden antiken Schreibtisch.

«Morgen wird meine Kandidatur bekannt gegeben, und bis dahin habe ich noch tausend Sachen zu erledigen.»

Es gab eine Menge, was ich mit ihr hatte besprechen wollen, Dinge, über die ich mit niemandem sonst hätte reden können. Doch jetzt, als ich ihr von Angesicht zu Angesicht gegenübersaß, gab es plötzlich nichts mehr zu sagen.

«Ich wollte nur reinschauen, um dir viel Glück zu wünschen», sagte ich und stand auf. «Bitte grüß deinen Mann», setzte ich hinzu, bevor ich mich zum Gehen wandte. «Ich freue mich, dass es ihm besser geht.»

Bis auf die Jahre, in denen ich zur Schule ging, hatte ich

immer in der Stadt gelebt. Doch als ich jetzt durch die Straßen wanderte, fühlte ich mich fremd wie jemand, der davon träumt, nach Hause zu kommen, nur um dann festzustellen, dass nichts mehr so ist, wie es mal war. Um mich herum gingen die Menschen ihren Geschäften nach, allem Anschein nach ohne jeden Zweifel darüber, was sie taten und warum sie es taten. Ich aber hatte kein Ziel und war abgeschnitten von der Welt. Es gab nichts, worauf ich mich freuen konnte. Ich sehnte mich verzweifelt nach einem vertrauten Gesicht, einer freundlichen Stimme, nach irgendjemandem, mit dem ich reden konnte. Schließlich fand ich mich im Büro der Zeitung wieder und fragte nach Harper Bryce. Man sagte mir, er sei an der Küste, in Astoria, wo er über einen Mordfall berichtete. Ich hatte niemanden mehr, den ich besuchen konnte.

In dieser Nacht schlief ich zum ersten Mal seit Wochen wieder durch und erwachte erst spät am Morgen. Die Sonne fiel schräg durch das Schlafzimmerfenster und der Himmel glänzte strahlend blau.

Als ich mich angezogen hatte, ging ich die lange, spiralförmige Einfahrt zu dem schmiedeeisernen Tor hinunter. Das Pflaster glänzte schwarz, noch feucht vom Regen, der irgendwann vor dem Morgengrauen gefallen war. Wasser tropfte von einem Platanenast, wo ein Vogel den Kopf von einer Seite auf die andere legte und sein Nest betrachtete, um herauszufinden, wo der Zweig, den er im Schnabel trug, am besten hinpasste. Nach der Erstarrung des Winters stand jetzt der Frühling vor der Tür.

Ich trat hinaus, hob die Morgenzeitung auf, klemmte sie

unter den Arm und trottete die Einfahrt wieder zurück. Nach ein paar Schritten blieb ich stehen, kniff die Augen zusammen und hob das Gesicht der wärmenden Sonne entgegen. Ein Geräusch durchbrach die Stille. Zwei Jungs fuhren auf ihren Fahrrädern den Bürgersteig entlang. Einer beschimpfte den anderen als Lügner, ein Vorwurf, der ebenso oft wiederholt wie abgestritten wurde, während sie mit den Rädern abwechselnd den Bordstein hinauf- und hinuntersprangen.

Vielleicht werden wir mit dem Gefühl eines Unterschieds zwischen Wahrheit und Lüge geboren, dem Glauben, dass man lieber die Wahrheit sagen sollte, dass es aber leichter ist, zu lügen. Ich hatte ein Jahr in einem selbst gewählten Exil verbracht, weil ich jemanden dazu gebracht hatte, einen Meineid zu leisten, und jeder, mit dem ich anschließend zu tun gehabt hatte, erzählte seine eigenen Lügen. Manche logen, um zu verbergen, was sie getan hatten, und manche logen, um andere zu beschützen. Vielleicht war das der Unterschied, um den es ging, nicht ob man immer die Wahrheit sagte, sondern was man für wertvoll genug hielt, um zu lügen.

Ich setzte mich auf eine Steinbank unterhalb der Holzveranda und betrachtete eine Weile den blanken Himmel über mir. Die Stimmen der Kinder waren verflogen. Man hörte nur eine leichte Brise, die in den Tannen raschelte. Derselbe Vogel wie eben kehrte mit einem neuen Zweig im Schnabel zu seiner Platane zurück. Schließlich schlug ich die Zeitung auf und entdeckte Gilliland-O'Rourkes Foto auf der ersten Seite, wo ihre Kandidatur für den Gouverneursposten bekannt gegeben wurde. Ihr Mann, Arthur O'Rourke, stand mit leicht abwesendem Ausdruck neben ihr, als sei er nicht ganz sicher, was er dort verloren hatte.

Unten, außerhalb des Parks, waren die beiden Jungs wieder zurückgekehrt. Ich hörte sie lachen, als sie sich beim Springen vom Bordstein abwechselten. Ich ließ die Zeitung sinken, lehnte mich gegen die Hauswand und fragte mich, was wohl passiert wäre, wenn jemand den Fall gegen Alma Woolner übernommen hätte, der nicht seine eigenen Lügen und Geheimnisse hätte schützen müssen.

Ich werde nie erfahren, was sich in jener Nacht wirklich zwischen Alma und Russell Gray abgespielt hat. Ich werde nie ganz sicher wissen, warum sie ihn getötet hat – weil er die Beziehung beenden wollte oder aus Notwehr. Ich kann mir nicht mal annähernd vorstellen, wie viel sie Horace erzählt hat und wie viel er wusste, ohne dass sie ein Wort gesagt hat. Ich kenne mich nicht aus mit Gesprächen zwischen Eheleuten. Alles, was ich mit Gewissheit sagen kann, ist, dass Horace zwar das Gesetz liebte, sie aber noch mehr. Es spielte keine Rolle, was sie getan hatte. Er hätte keinen Tag ohne sie leben können. Indem er sie rettete, hatte er sich selbst gerettet. Und das war das Mindeste, was er verdiente.

Philip Kerr

Philip Kerr wurde 1956 in Edinburgh geboren und lebt heute in London. Er hat den Ruf, einer der ideenreichsten und intelligentesten Thrillerautoren der Gegenwart zu sein. Für seinen Roman «Das Wittgensteinprogramm» er-hielt er den Deutschen Krimi-Preis 1995, für seinen High-Tech Thriller «Game over» den Deutschen Krimi-Preis 1997. «Philip Kerr schreibt die intelligentesten Thriller seit Jahren.» *Kirkus Review*

Das Wittgensteinprogramm
Ein Thriller
Deutsch von
Peter Weber-Schäfer
416 Seiten. Gebunden
Wunderlich Verlag
und als rororo 22812

Feuer in Berlin
(22827)

Alte Freunde - neue Feinde
Ein Fall für
Bernhard Gunther
(22829)

Im Sog der dunklen Mächte
Ein Fall für
Bernhard Gunther
(22828)

Der Plan *Thriller*
Deutsch von Cornelia
Holfelder- von der Tann
(22833)

Gruschko *Gesetze der Gier*
Roman (26133)

Der zweite Engel
Deutsch von Cornelia
Holfelder-von der Tann
448 Seiten. Gebunden.
Wunderlich und als
rororo 23000

rororo Unterhaltung

Game over *Thriller*
Deutsch von
Peter Weber-Schäfer
(22400)
Ein High-Tech-Hochhaus in Los Angeles wird zur tödlichen Falle, als der Zentralcomputer plötzlich verrückt spielt. Mit dem ersten Toten beginnt für die Yu Corporation ein Alptraum.
«Brillant und sargschwarz.» *Wiener*

Der Tag X *Roman*
512 Seiten. Gebunden
Wunderlich Verlag
Deutsch von Cornelia
Holfelder-von der Tann
Amerika 1960: Der Profikiller Tom Jefferson wird von der Mafia auf Fidel Castro angesetzt. Doch dann läuft die Sache völlig aus dem Ruder...

Esau *Thriller*
Deutsch von
Peter Weber-Schäfer
(22480)

Weitere Informationen in der **Rowohlt Revue**, kostenlos im Buchhandel, oder im **Internet: www.rororo.de**